# 사장님,
## 아무거나 먹지 마세요

# 사장님, 아무거나 먹지 마세요

The Man Who Died

안티 투오마이넨 지음 · 전행선 옮김

리프

## 차례

{ 1부 }

# 먹지 말아야 할 것을 먹은 남자

## ‖ 1 ‖

"소변 검사까지 하길 잘했어요."

책상 뒤에 앉아 있는 의사의 달걀형 얼굴에 진지하고 엄숙한 표정이 드리운다. 짙은 색 안경테 덕분인지 푸른 눈동자와 입체적으로 느껴지는 강렬한 시선이 더욱 두드러져 보인다.

"이건……." 그가 머뭇거린다. "이건 약간의 배경 설명을 해드려야 할 것 같네요. 제가 코트카와 헬싱키에 있는 동료들에게 자문해봤습니다. 그들도 우리가 이곳에서 추론해낸 사실과 근본적으로 같은 결론을 말하더군요. 환자분이 지난번에 내원하셨을 때 이걸 알아냈다고 해도, 사실상 우리가 할 수 있는 건 아무것도 없었을 거라고요. 몸 상태는 어떠세요?"

나는 어깨를 으쓱해 보인다. 그리고 지난번 여기 왔을 때 의사에게 이야기했던 것과 같은 정보를 되짚은 후, 최근의 증상을 설명한다. 모든 것은 불시에 찾아온, 너무 지독해서 말 그대로 숨이 넘어갈 듯한 메스꺼움과 구토에서 시작되었다. 그러고 나서는 상태가 안정되는 듯했지만, 그것도 잠시뿐이었다. 가끔은 너무 어지러워서 이러다가 기절이라도 하면 어쩌나 걱정스럽다. 발작적인 기침 증세도 있다. 스트레스 때문에 밤잠도 설친다. 그러다가 깜빡 잠이라도 들려고 하면 악몽을 꾼다. 때로는 두통이 어찌나 심한지, 마치 누군가 뒤에서 칼로 눈알을 긁어대는 것처럼 느껴진다. 목도 계속 마른다. 메스꺼움이 경고도 없이 불시에 공격해오며 다시 시작되곤 한다.

하필이면 우리 사업이 올해 들어 가장 중요한 시기를 앞두고 있을 때, 창업하고 얼마 지나지 않아 가장 큰 도전을 준비하고 있을 때, 이 모든 증상이 시작되었다.

"그렇군요." 의사가 고개를 끄덕인다.

"이건 우리가 처음에 생각했던, 쉽게 낫지 않는 복합적인 독감 증세와는 아무 관련이 없습니다. 소변 샘플이 아니었으면 정확한 원인을 알아내지 못했을 거예요. 그게 많은 걸 알려주었고, 덕분에 MRI 검사를 하게 됐으니까요. 검사 결과를 통해 이제는 무슨 일이 일어나고 있는지 좀 더 확실히 파악하게 되었습니다."

나는 아무 말도 하지 않는다. 의사가 잠시 멈췄다가 다시 말을 잇는다.

"보시다시피, 몸에서 가장 중요한 내부 장기들인 신장, 간, 췌장이 극도로 손상되었습니다. 환자분의 설명을 고려해보면, 중추 신경계도 심각하게 손상된 것 같아요. 또한, 어느 정도 뇌 손상도 진행되었다고 볼 수 있겠네요. 이 모든 게 소변 샘플이 알려준 중독의 직접적인 결과입니다. 독성 수준, 즉 체내에 축적된 독소의 양은 하마도 쓰러트릴 정도입니다. 환자분이 지금 제 앞에 앉아 있고 심지어 여전히 일도 한다는 사실은, 제 추측으로는 중독이 상당히 장기간에 걸쳐서 독이 체내에 축적될 수 있는 방식으로 서서히 진행됐음을 방증한다고 할 수 있습니다. 어쨌든 간에, 환자분은 그 독에 익숙해진 겁니다."

마치 높은 데서 추락하는 것 같은 느낌이다. 내 안의 무언가가 거칠게 떨어져 나가서 아래쪽의 차가운 심연 속으로 곤두박질쳐 내려가는 것 같다. 그런 감각이 몇 초쯤 지속한 다음 멈춘다.

지금 나는 의사의 맞은편 의자에 앉아 있다. 오늘은 화요일 아침이며, 나는 곧 회사에 출근할 것이다. 전에 화재의 순간에도 정신을 바짝 차리고 행동하는 법, 또는 총에 맞아 피를 철철 흘리면서도 전혀 당황하지 않는 법에 대해 읽은 적이 있다. 나는 정신을 차리고 의사의 눈을 똑바로 바라본다.

"버섯 사업을 하신다고요?" 의사가 말한다.

"하지만 제가 키우는 건 송이버섯입니다. 송이버섯에는 독성이 없어요." 내가 대답한다. "그리고 이제 수확이 코앞입니다."

"송이버섯이요?"

어디서부터 이야기를 시작해야 할지 모르겠다.

헬싱키에서 아내는 공공기관 급식과 관련된 일을 하고, 나는 영업직에 종사하던 시절부터 시작하면 될 것이다. 3년 반 전, 불황이 닥치면서 아내와 내가 다니던 직장이 둘 다 타격을 입었다. 우리는 거의 동시에 정리해고를 당했다. 그리고 지금 우리가 살고 있는 소도시 하미나헬싱키에서 약 150킬로미터쯤 떨어진 작은 마을는 사정이 비슷한 수십 개의 다른 소도시처럼 텅 비어버린 항구와 최근 폐쇄된 제지 공장을 대체할 새로운 영리 사업을 필사적으로 찾고 있었다. 우리는 빠른 협상 과정을 거쳐 넉넉한 창업 보조금을 받았다. 거의 공짜나 다름없는 비용으로 부지도 확보하고 이 지역의 숲과 지형에 정통한 직원들을 채용했다. 그다음 헬싱키 교외의 방 하나짜리 아파트를 팔고 그 돈으로 하미나에 단독 주택 한 채를 샀다. 유리섬유 재질의 작은 보트도 하나 장만해 부두에 묶어놓았다. 집 우편함에서 불과 70미터 떨어진 곳이다.

우리의 사업 아이템은 간단했다. 송이버섯이었다.

일본인은 송이버섯이라면 사족을 못 썼고, 핀란드 숲은 송이버섯 천지였다. 일본인들은 일찌감치, 그러니까 버섯이 싹 트는 단계부터 1킬로그램당 최대 1000유로까지 지급할 의사가 있었다. 하미나의 북쪽과 동쪽에는 숲이 있고, 그곳에서는 눈앞에 놓인 접시에서 버섯을 집어 드는 것만큼이나 쉽게 송이버섯을 딸 수 있었다. 우리는 하미나에 가공 시설과 건조기, 포장 구역, 냉장 공간 그리고 직원들을 두었다. 수확기 동안에는 일주일에 한 번씩 도쿄로 화물을 보냈다.

여기까지 말했으니 잠시 숨을 돌려야겠다. 의사는 무언가를 생각하고 있는 것 같다.

"그 외의 생활 방식은 어떤가요?"

"제 생활 방식이요?"

"식습관, 운동량, 그런 것들이요."

나는 의사에게 내가 먹기도 잘 먹고 식욕도 왕성하다고 말한다. 타이나를 만난 이후로 나는 직접 요리를 해 먹은 적이 단 한 번도 없다. 그게 벌써 7년도 더 지났다. 타이나가 차려주는 식사는 셀러리 퓌레 한 티스푼이 접시를 가로질러 새싹 보리 한 가닥에 맥없이 닿아 있는 그런 류의 음식이 아니다. 타이나가 요리에 넣는 기본 재료는 크림, 소금, 버터, 치즈 및 다량의 돼지고기다. 나는 타이나의 음식을 늘 좋아했고, 지금도 마찬가지다. 그 사실은 내 허리둘레가 증명한다. 몸무게 역시 타이나를 처음 만났을 때보다 24킬로그램이나 불어났다.

타이나는 몸무게가 늘지 않았다. 그건 아마도 그녀가 나보다 뼈대가 굵고, 항상 경기를 앞두고 최고의 신체 상태를 유지하는 역도 선수처럼 보이기 때문일 수도 있다. 그녀의 허벅지는 단단하고 둥글고 강하다. 어깨는 넓고 근육질도 아니면서 팔 힘이 세다. 배는 납작하다. 나는 울퉁불퉁하지도, 괴상망측하지도 않은 여성 보디빌더의 사진을 볼 때마다 타이나를 생각한다. 타이나는 운동도 한다.

체육관에 다니고 에어로빅 수업을 받고, 우리가 이곳으로 이사 온 이후로는 바다에 나가서 노도 젓는다. 때로는 나도 아내처럼 해보려 애쓰지만, 그마저도 아주 가끔 있는 일이다.

내가 왜 이렇게 속사포처럼, 입에 거품이라도 문 것처럼 이야기하는지 그리고 왜 타이나에 관해서 이렇게 시시콜콜 죄다 털어놓는지 모르겠다. 이러다가는 의사에게 그녀의 신체 치수까지 센티미터 단위의 근사치로 알려줄 것 같다.

나는 의사에게 내가 뭘 어떻게 해야 하는 거냐고 묻는다. 그가 나를 어떻게 치료하면 좋을지 생각하는 것 같지 않았기 때문이다. 그는 내가 자신의 말을 단 한마디도 듣지 않았다는 것을 방금 깨달은 사람처럼 나를 쳐다본다. 안경 뒤에서 그의 눈이 깜빡인다.

"치료 방법이 없어요. 할 수 있는 게 아무것도 없습니다."

사방으로 창이 나 있는 진료실은 여름 햇살로 가득 차 있다. 나는 눈을 가늘게 뜨고 그를 바라본다.

"죄송합니다." 그가 말한다. "아무래도 제가 명확하게 말씀을 안 드린 모양입니다. 우리는 어떤 종류의 독이 이런 증상을 일으켰는지 확실히 알 수가 없습니다. 일단은 다양한 천연 독소가 복합적으로 작용한 것처럼 보입니다. 독소 자체와 마찬가지로, 환자분의 중독 정도 역시 장기간에 걸친 노출과 유난히 고도로 발달한 내성 수준이 최적으로 조합한 결과인 것 같습니다. 물론 독성학적 관점에서 볼 때 그리고 환자분 증상과 환자분이 제공한 설명으로 판단해볼 때 그렇다는 겁니다. 만약 이게 즉각적으로 대처할 수 있는 특정한 일회성 중독 같은 거라면 몇 가지 조치를 취해볼 수도 있습니다. 예를 들어, 해독제 처방 같은 거 말이죠. 하지만 환자분의 경우에는 할 수 있는 일이 아무것도 없습니다. 이미 망가진 몸을 정상으로 되돌릴 방법, 또는…… 아, 뭐라고 설명해야 할까요. 몸이 나아가는 방향? 그걸 바꿀 방법은 없다고 해야겠네요. 그야말로 신체의 기능이 하나씩 멈춰가는 걸 그냥 지켜보는 수밖에 없습니다."

그가 말을 잇는다.

"죄송합니다만, 환자분은 결국 죽음에 이르게 될 겁니다."

창문을 통해 흘러드는 여름날의 밝은 햇살은 그의 마지막 말이 주는 섬뜩함을 고조시킨다. 그 말은 주인을 잘못 찾은 게 틀림없다. 나도 엉뚱한 곳에 있는 게 분명하다. 나는 약간의 위경련과 간헐적인 어지럼증을 동반한, 그리 심하지 않은 독감 증세 때문에 이곳에 왔을 뿐이다. 내가 듣고 싶은 말은 항생제를 처방해주겠으니 충분히 휴식하라는 것이다. 위세척을 받아야 한다는 말도 괜찮다. 그렇게 하고 나면 말끔히 나아서 다시 일상으로…….

"지금 환자분 상태는 췌장암이나 간경변증 환자에 비유할 수 있겠네요." 의사가 말을 잇는다. "인간의 주요 장기는 그 능력을 초과해 혹사당하면 정상으로 돌아가지 못하고 그대로 쇠퇴해버립니다. 자신을 다 태우고 나서 꺼져버리는 촛불을 떠올려보시면 이해가 쉬우실 겁니다. 우리가 할 수 있는 일은 아무것도 없는 거죠. 게다가 주변 장기도 손상이 되어 새로운 장기를 지탱할 수 없게 되었으니, 장기 이식도 불가능합니다. 아니, 제 생각에는 새로운 장기를 이식한다고 해도 그것마저 오작동을 일으킬 것 같습니다. 더욱이 환자분은 지금 모든 장기가 똑같이 퇴화 상태에 이른 것으로 보입니다. 긍정적으로 보자면, 환자분 상태가 상대적으로 안정적인 비결이 바로 그 때문이라고 할 수 있겠죠. 이렇게 말해도 될지 모르겠지만, 일종의 '공포의 균형<sub>핵무기를 상호 보유하고 있다는 사실이 전쟁을 억제하는 힘이</sub> <sub>된 상태</sub>'에 이른 겁니다."

나는 의사를 바라본다. 그의 고개가 거의 알아볼 수 없을 정도로 약하게 끄덕거린다.

"물론 모든 것은 상대적입니다."

의사는 책상 앞에 앉아 있다. 그는 오늘 나머지 시간, 내일 그리고 다음 주에도 그 자리에 앉아 있을 것이다. 이 사실을 매우 강렬하게 의식한다. 잠시 후에야 나는 내가 왜 그런 생각을 했는지 이해한다.

"얼마나……?" 나는 말을 시작한다. 그리고 그 순간 이것이 일생에 단 한 번뿐인 질문이라는 사실을 깨닫는다.

"얼마나, 언제 제가, 그러니까……, 제게 남은 시간이 얼마나 되나요?"

앞으로 은퇴하기 전에 최소한 10년은, 아니 어쩌면 20년은 더 환자들의 목숨을 구할 것 같은 의사가 갑자기 심각해 보인다.

16

"여러 요인을 종합해서 판단해보면," 그가 말한다. "며칠, 기껏 해야 몇 주 정도 남았을 겁니다."

비명을 지르고 싶다. 아무 말이나 고래고래 소리 지르고 싶다. 그런 다음에 뭔가를 후려치거나 때리고 싶다. 그때 다시 메스꺼움 이 올라온다. 하지만 나는 꾹 참는다.

"어떻게 이런 일이 일어날 수 있죠?"

"그건 모든 요인을 종합적으로……"

"그런 뜻이 아닙니다."

"그렇군요."

우리 둘 다 침묵한다.

여름이 가을로, 겨울에서 봄으로 그리고 다시 여름으로 바뀌는 것 같다. 의사는 내 이름과 세부 사항이 적힌, 책상 위의 푸른색 서 류를 만지작거리면서 내내 호기심 어린 시선으로 내 쪽을 흘낏거린 다. 야코 미카엘 카우니스마. 사회보장번호 081178-073H.

"혹시 부탁하고 싶으신 거라도 있나요?"

의사가 계속 질문을 해오는 걸 보니, 내가 얼이 나간 표정을 짓 고 있는 게 틀림없다.

"위기 중재? 정신과 상담? 호스피스나 가정 방문 간병인을 알아 봐 드릴까요? 진통제나 진정제는 어떠세요?"

여태까지 내가 그런 것들에 관해 생각해본 적이 없다는 걸 인정 해야겠다. 난 내 삶의 마지막 날이 어떠할지 현실적으로 생각해본

적이 한 번도 없다. 그러니 죽음을 앞두고 해야 할 일도 정리한 적이 없었다. 죽음은 일생에 단 한 번 찾아온다. 내가 인지하는 것은 딱 거기까지였다. 어쩌면 죽음에 관해 좀 더 생각하며 살아야 했는지도 모르겠다. 하지만 나는 늘 그 주제나 그에 관련된 모든 것을 회피했다. 이제야 나는 그것이 얼마나 거대한 질문인지 깨닫는다. 정말 중요한 질문이며, 중대한 결정이라는 것도.

지난 7년 동안 나는 항상 아내와 함께 큰 결정을 내려왔다. 헬싱키에서 하미나로의 이주. 평범한 일상에서 송이버섯 사업까지.

"아내와 얘기를 해봐야 할 것 같습니다."

내 말을 내 귀로 들으면서, 나는 그것이 내가 할 수 있는 유일한 일임을 깨닫는다. 나는 아내에게 이 사실을 말해야 하고, 그 후에 알아야 할 모든 것을 알게 될 것이다.

# ‖ 2 ‖

아스팔트가 부풀어 올라 부글부글 끓는 것 같다. 바람은 그 유일한 기능, 즉 산들바람을 불러일으키는 일을 잊은 듯하다. 주위의 모든 게 초록색이고 공기는 너무 답답해서 마치 두꺼운 이끼가 가득한 욕조에 빠져버린 느낌이다. 나는 땀에 젖은 휴대전화를 손에 쥔다. 이유는 모르겠다. 사실 전화할 곳은 아무 데도 없다. 이런 일을 전화로 사람들에게 알릴 수는 없지 않은가. 살갗에 달라붙은 셔츠를 떼어내 보지만, 셔츠는 풀이라도 바른 듯이 다시 몸에 들러붙는다.

차에 앉아 시동을 켜고 에어컨을 가능한 한 가장 시원한 온도로 설정한다. 핸들이 축축하고 흐물흐물한 느낌이다. 내 침착함이 단지 여전히 충격에서 벗어나지 못했기 때문이라면, 당분간은 그런 상태로 있어도 괜찮은 것 같다.

나는 병원 주차장을 빠져나와 좌회전한다. 아마도 그게 가장 빠른 길이어서 그랬을 것이다. 하지만 시간이 좀 필요하다. 생각을 정리하고 싶다.

우리 회사는 헤보샤카 교외에 있는, 눈에 잘 띄는 급수탑 맞은편에 자리해 있다. 나는 도로가 이어지는 한 멀리까지 살멘비르타 쪽으로 운전해 간다. 그런 뒤 좌회전하여 사비라티 쪽으로 해안선을 따라간다. 나무들과 집들 사이로 경찰복처럼 파란 바다가 빛을 받아 반짝인다. 누군가 흠잡을 데 없이 말끔한 정원 포장석을 다시 손질하고 있다. 한 여성이 머리칼을 찰랑이며 시장에서 돌아오는 중이다. 자전거 앞의 바구니에는 식료품이 가득 들어 있다. 오전 10시 55분, 하미나 마을의 아침 풍경이다.

나는 마네르헤이민티에에 도착해서 좌회전한다. 물린코스켄티에에 도착해서는 테올리수스카투로 좌회전한다. 헤보샤카 교외는 작지만, 그 풍경은 놀랍도록 다차원적이다. 이곳에는 단독 주택부터 아파트 단지, 패스트푸드 매점, 산업용 창고에 이르기까지 모든 형태와 크기를 아우르는 주거지와 사업체가 있다.

우리 회사는 한쪽 끝에 상품을 적재하는 작은 공간이 있고, 다른 쪽 끝에는 사우나 시설과 테라스가 있는 황갈색의 단층 건물에 있다. 타이나의 차가 건물 앞쪽에 주차돼 있어야 하지만 보이지 않는다. 아마도 아직 집에 있거나 점심을 먹으러 시내로 나갔나 보다. 나는 근무 중에 집에 가는 건 좋아하지 않는다. 생체 시계를 엉망으로 만들기 때문이다. 낮에는 직장에 있다가 저녁에 집에 돌아가는 것이 훨씬 더 편하고 체계적이다. 그런 식으로 세계를 분리하면, 직장은 오직 일만을 위한 곳으로 느껴지고 집은 훨씬 더 집처럼 느껴진다. 나는 집으로 가기 위해 회사 앞마당에서 차를 돌려 파필란사리 쪽으로 운전해 간다. 휴대전화는 내 무릎, 다리 사이에 놓여 있다.

하미나는 종종 동심원 마을이라고 불린다. 하지만 그건 오직 마을 중심, 즉 타운홀과 그것을 둘러싼 블록에만 해당하는 명칭이다. 그 외의 거리는 다른 마을이나 마찬가지로 전부 바둑판처럼 교차한다.

시장은 분주하다.

지역 노점상 외에도, 전국의 모든 여름 시장에 가면 흔히 볼 수 있는 행상들이 역시 온갖 물건을 팔고 있다. 딱딱하게 굳혀 막대로 만든 감초 사탕, 부끄러운 줄도 모르고 비싸게 값을 매겨 파는 사우나용 면수건, 열 개, 스무 개, 백 개씩 상자를 쌓아놓고 파는 뻣뻣한 속옷 등.

그런 풍경을 보면서 나는 때때로 죽음에 대해 생각한다. 하지만 죽음에 대해 생각한다는 건 사실상 거의 불가능하다. 특히 그게 자기 자신의 죽음일 때는 더욱더 그렇다. 잠시 후엔 완전히 다른 무언가를 생각하고 있기 일쑤다. 예를 들어, 오늘 구매해야 할 물건이라든가 사업상의 지출 같은 것을 말이다.

몇 분 후, 나는 파필란사리 해협을 가로지르는 다리에 도착한다. 하미나는 섬과 반도, 황야 여기저기에 몇 채 안 되는 주택 군집들이 있는 작은 마을이다. 바다는 여러 주택과 주민들 사이사이로 그 긴

촉수를 뻗어 녹색 풍경에서 푸른 요소들을 낚아챈다.

멀리 타이나의 적포도주색 현대차가 보인다. 그 뒤쪽으로, 한 번에 한 귀퉁이씩, 번쩍이는 코롤라의 검은색 형태가 드러난다. 방금 세차를 하고 온 모양이다. 나는 우리 집 차량 진입로에 닿기 훨씬 전에 도로 옆에 차를 세우고 시동을 끈다.

페트리가 집에 들를 예정이라는 말을 타이나가 했던가?

때때로 타이나는 새로운 요리를 시도해보는데, 그때마다 페트리가 그녀를 도와준다. 페트리는 우리 회사의 첫 정규직 직원이다. 그는 회사의 모든 기계와 장비를 알고 있으며, 회사에 필요한 모든 것을 설치하고 고칠 수 있다. 또 반경 50킬로미터 이내의 모든 길과 언덕, 골짜기를 속속들이 꿰고 있다. 게다가 회사의 다양한 물류 문제를 해결하는 일도 돕는다.

나는 차에서 내리면서 생각한다. 회사의 청소 장비가 작동하지 않으니 페트리에게 얼른 돌아가서 살펴보라고 일러야겠다. 뭐가 됐든 그를 돌려보낼 구실을 생각해내야 한다. 그런 다음 타이나와 함께 소파에 앉아 이야기하는 것이다. 그녀에게 뭐라고 말해야 할지 모르겠다. 그러나 아무것도 지어낼 필요가 없다는 사실만은 분명한 것 같다.

우리 집은 점점 좁아지는 자갈길 끝에 있는 마지막 집이다. 집의 밝은 노란색 전면은 거리 쪽을 향하고 있고, 집 뒤편에는 까치밥나무 덤불과 오래된 화단으로 꾸며진 푸른 정원이 있다. 화단은 해안을 따라 만발한 갈대와 부들 쪽으로 경사면을 따라 구르듯이 이어진다. 정원 한가운데는 10제곱미터 크기의 테라스가 있어서 평화롭고 조용하게 앉아 바다를 바라볼 수 있다. 오직 반대편 해안만 보이고, 그것도 적당한 거리에 있어서 가능한 일이다.

나는 현관 앞의 계단을 오른다. 지난 몇 주 동안 끊임없이 숨이 가빠오는 것을 느꼈다. 하지만 단지 기관지염이거나 독감 증상인 줄 알았다. 최악의 경우 폐렴일 수 있다고 생각했다. 난간에 손을 얹고 잠시 안정을 취한다. 수상 비행기 소리가 가까이 들린다.

부유한 러시아 관광객들은 지역 해안선을 따라 놓인 지역의 거대한 '요새'들을 사들여서 개인 부두에 요트를 정박해둔다. 그뿐만 아니라 다수가 개인 경비행기도 가지고 있다. 그들은 요트와 경비행기 등을 이리저리 요란스럽게 몰고 다니며 여름 내내 골칫거리로 지낸다. 그러다가 곧 지루해지면 모든 것을 팔려고 내놓는다. 그러나 수상 비행기는 말할 것도 없고, 그 정도 규모의 빌라를 매도하는 일은 거의 불가능하다. 실업률이 높고 은퇴자와 고령 인구가 많이 사는 지역 사회에는 충동적인 백만장자가 별로 없다.

수상 비행기가 더 가까이 미끄러져 온다.

난간이 갑자기 차갑게 느껴진다. 얼른 손을 떼고 문을 연다. "나 왔어!" 아무도 대답하지 않는다. 아마도 둘 다 주방에 있는 모양이다. 나는 복도를 따라 주방이 있는 집 반대편으로 걸어간다. 목재 마룻바닥이 발밑에서 삐걱거린다.

주방은 비어 있고, 모든 게 티끌 한 점 없이 깔끔하다. 가스레인지 위에서 끓고 있는 냄비나 팬 같은 건 없다. 공기 중에서도 요리 냄새를 맡을 수 없다. 조리대는 깨끗하게 텅 비어 반짝거린다. 나는 타이나의 이름을 부른다.

수상 비행기가 털털거리면서 집 바로 위를 날아가고, 그 소음이 내 목소리를 집어삼킨다. 나는 뒷문 쪽으로 가서 문을 열고 밖으로 나가 테라스 층계 맨 윗단으로 올라간다. 수상 비행기가 문 열리는 소리와 내 입에서 무심코 빠져나가는 숨소리를 가린다.

테라스가 흔들린다.

아니, 흔들리는 것은 나일지도 모르겠다.

아니, 흔들리는 것은 확실히 테라스다.

내 바로 위의 따뜻하고 푸른 하늘을 가로지르는 수상 비행기의 포효에도 불구하고, 나의 예민해진 감각은 보고 듣는다. 싸구려 일광욕 의자의 모든 이음새에서 새어 나오는 금속성 삐걱거림을. 붉은색과 흰색 줄무늬 쿠션의 직물이 맞닿을 때마다 질러대는 인공적인 비명을. 일광욕 의자의 오른쪽에 세워놓은 독일제 가스 바비큐 장치의 바퀴가 한 번에 1밀리미터씩 테라스 가장자리로 밀려 나가는 것을. 제라늄 화분들이 마치 단거리 달리기 선수처럼 지금 당장이라도 튀어 나갈 것처럼 들썩이는 것을.

페트리는 일광욕 의자에 누워 있다. 발바닥은 집을, 즉 내 쪽을 향하고 있다. 목은 일광욕 의자 가장자리에 거의 부자연스러운 각도로 걸친 채 뒤로 한껏 휘어 있다. 바다를 거꾸로 바라보는 것이다. 물론 그게 가능한지는 잘 모르겠지만, 어쨌든 그가 눈을 뜨고 있다는 전제하에 그렇다는 것이다. 타이나는 그가 계속 눈을 감고 있게끔 최선을 다하는 중이다.

타이나는 내게 등을 돌린 채 앉아 있다. 그녀의 넓은 등은 땀으로 번들거리고, 둥글고 강한 엉덩이는 한 쌍의 붉은 뺨처럼 빛을 발한다. 그녀는 마치 말을 타고 산비탈을 오르는 것처럼 페트리를 타고 앉아 있다. 발은 테라스 바닥을 단단히 딛고 있고, 엉덩이는 말에게 온 힘을 다해 질주하라고 격려하면서 열심히 오르락내리락한다. 인상적인 광경이다. 타이나의 얼굴은 하늘을 향하고 있다. 아마도 우리는 같은 수상 비행기를 보고 있을 것이다.

시간의 흐름이 빨라진다. 그런 일은 물리적으로 불가능하지만, 어쨌든 그렇다.

장작용 헛간 옆에 기대어놓은 쇠막대가 눈에 들어온다.

그 시점에서 구역질이 느껴진다. 메스꺼움의 파동이 어찌나 강력한지, 나를 쓰러트릴 정도다. 나는 양손으로 난간을 움켜잡는다. 구토물이 테라스를 향해 호를 그리며 공중을 날아간다.

수상 비행기가 집 전체를 흔든다. 본능적으로, 거의 내면의 힘에 이끌린 듯 나는 집 안으로 들어가 등 뒤로 문을 당겨 닫는다.

폐를 채우는 공기가 느껴진다. 잠시 나는 숨을 멈춘다. 그러다가 똑바로 일어선다.

수상 비행기의 소리가 점점 작아지더니 마치 옆방에서 윙윙거리는 파리 소리처럼 멀어져간다. 이제 난 이곳에 와서 하려던 말을 할 수 없게 되었음을 깨닫는다. 그 말을 들어야 할 사람이 그 말을 들을 자격이 없다는 것도 안다. 지금 내게 가장 필요한 것은 내 차의 에어컨이다.

# ‖ 3 ‖

이따금씩 나는 반대편 차선으로 표류해 간다. 그래서 두 눈을 도로 한가운데에 집중해야만 한다. 도로가 튀어 오르기도 하고 흔들리기도 한다. 다행히도 거리는 텅 비어 있다. 관광객들은 보나 마나 시장이나 바다에 나가 있을 테고, 지역 주민들은 아침이나 이른 오후면 모두 시내 중심부로 일을 보러 나간다. 한낮은 고요한 시간이다.

내 마음은 고요와는 거리가 멀다. 분노가 충격으로, 뒤이어 엄청난 실망감으로, 그다음에는 공허한 냉담함으로 변하더니, 다시 강렬하게 치솟는다. 한번씩 의사의 목소리가 들린다. 그의 진지한 얼굴과 흰색 가운도 눈앞에 나타난다. 그러다가 잠시 후에는 타이나의 둥근 허벅지가 마치 로데오 기수처럼 위아래로 들썩이는 모습이 보인다.

자동차 에어컨은 최저 온도로 가동 중이다. 시원한 공기가 화끈

거리는 피부를 진정시키고, 땀이 흘러들어 따끔거리는 눈을 식혀
준다.

얼굴이 다시 한번 내 것처럼 느껴진다.

이제는 내가 어디로 가는지 알 것 같다.

경찰서 앞의 빈 주차 공간이 눈에 들어온다. 이 층짜리 경찰서
건물은 조용해 보인다. 광장에 있는 유일한 현대식 건물이다. 타운
홀 양쪽에 교회가 있는데, 남동쪽 교회에는 정교회 신도들이, 북서
쪽 교회에는 루터교도들이 다닌다. 주변에는 150년 된 목조 가옥들
이 광장을 빙 둘러 에워싸고 있다. 모두 개축하여 아름답게 장식해
놓았다. 만약 그런 집들이 헬싱키에 있다면, 복권에 당첨되어야 소
유할 수 있을 것이다.

나는 전에 딱 한 번 경찰서를 방문한 적이 있다. 한 달 전쯤에 절
도 신고를 하기 위해서였다. 우리가 고용한 배송 회사가 쓰고 남은
포장재를 회사 앞마당에 내려놓았는데, 그게 감쪽같이 사라진 것이
다. 나는 누가 가져갔는지 알고 있었다. 내가 직접 탐정처럼 알아본
결과다. 문제는 아무것도 증명할 수 없었다는 것이다. 그리고 경찰
은 내 추리에 그리 호의적이지 않았다. 나는 그냥 입을 다물고, 보
험 회사에 제출할 도난 물품 목록을 적은 진술서 사본을 집어 든 채
다시 회사로 돌아갔다. 당연히 타이나에게 한바탕 잔소리를 들어야
했다. 아내는 내가 사람들에게 너무 쉽게 굴복한다고 했다.

거기까지 생각이 미치자, 갑자기 현재 상황이 바로 직전에 생각

했던 것과는 현저히 다르게 보인다.

나는 시동을 끈다. 전속력으로 돌아가던 에어컨 소음이 잦아들자 묘한 평온함이 그 자리를 대신한다. 여름 원피스를 입은 소녀가 자전거를 타고 곁을 스쳐 지나간다. 소리들이 예민하게 들린다. 소녀의 치마에 스치는 바람과 아스팔트 위를 구르는 자전거 바퀴, 그뿐 아니라 꽃집 밖에서 파란색 팬지에 관해 나누는 대화, 아이스크림 노점에서 들려오는 냉장고의 웅웅거림까지도 들을 수 있을 것 같다.

나는 내게 무슨 일이 일어났는지 나에게 물었다.

나는 답을 알고 있다.

그때 경찰서 문이 열리더니 나와 나이가 비슷해 보이는 남자 하나가 화난 표정으로 주위를 둘러본다. 그러고는 차 문을 열고 마치 좌석을 부수려고 작정이라도 한 듯이 쿵 소리 나게 자리에 앉는다. 자동차가 타이어 긁는 소리를 내며 사관학교 쪽으로 속도를 낸다. 이게 바로 골이 잔뜩 나서 심란한 상태로 급하게 일을 처리하려 하는 사람의 모습이다.

불과 몇 초 전만 해도 나는 경찰서로 돌진해 들어갈 작정이었다. 그런데 들어가서 정확히 뭐라고 말을 할 것인가?

*제가 죽어가고 있는데, 아무래도 독극물에 중독된 거 같아요. 그런데 증거는 하나도 없어요. 지금 제 아내는 우리 집 정원에서 우리 회사의 젊은 직원 페트리와 불륜을 저지르고 있어요. 경찰이 뭐라*

사장님, 아무거나 먹지 마세요      29

도 좀 해줘야 하는 거 아닙니까?

나는 그런 말이 얼마나 한심하고 비굴하게 들릴지 절절하게 깨닫는다.

만약 내가 죽는다면, 그게 언제가 될지는 차마 내 입으로 말 못하겠지만 어쨌든 결국 그렇게 될 거라면, 난 이 작은 마을의 경찰서에서 은밀한 사생활을 모두에게 공개하면서 남은 시간을 허비하고 싶지 않다. 특히나 그런 세세한 것까지 폭로해봤자 얻는 건 아무것도 없을 것이다. 하지만 내 마음속을 질주하는 이 음모론이 사실로 밝혀진다면 어쩌지? 내 아내와 아내보다 열 살이나 어린 그녀의 연인이 정말로 날 독살하기로 한 거라면?

내 의지와는 상관없이 어디선가 불쑥 솟아난 생각이다. 나는 그걸 마음속에 놓아둔 적이 없다. 하지만 이 가설에는 확실한 논리가 있다. 나를 없애버리면 두 사람은 길고 지루한 전회 없이 곧장 본경기로 들어갈 수 있기 때문이다. 하지만 그렇다면 왜 그냥 이혼 소송을 제기하지 않는 걸까? 나도 모르겠다.

만약 두 사람이 혐의를 받게 된다면, 이 사건은 어떤 식으로 해결이 될까? 또 해결된다고 하더라도 기간은 얼마나 걸릴까? 그리고 난 거기서 어떤 식으로 이익을 얻게 될까?

이익 같은 건 없을 것이다. 난 곧 죽을 테니.

나는 차에서 내린다. 한낮의 열기가 나를 감싸 안는다. 공기는 정체되어 있다. 나는 주위를 둘러본다. 짙고 선명하게 빛을 발하는 초록이 여름의 절정을 예고한다.

제복 차림의 경찰 두 명이 허리춤에 무기를 매달고 경찰서 밖으로 걸어 나온다. 한 명이 나를 바라본다. 나는 미소 지으며 고개를 끄덕여 인사한다. 경찰은 우리가 서로 안면이 있는지 궁금해하는 표정으로 바라본다. 물론 그렇지 않다. 그가 나를 알 리가 없다. 그는 고개를 돌려 앞을 바라보며 계속해서 동료가 하는 말을 듣는다. 우리는 서로 스쳐 지난다. 우리 사이의 거리는 기껏해야 1.5미터밖에 되지 않는다.

아이스크림 노점에서는 어린 여학생 하나가 일하고 있다. 갈색 머리를 길게 길렀고, 긴 팔도 갈색이다. 소녀는 한결같이 친절한 미소를 짓는다. 여름의 화신 같다. 우선 나는 럼과 건포도 맛 한 스쿱과 감초와 바나나 맛 한 스쿱을 주문한다. 소녀가 콘을 건네주려 할 때, 세 번째로 전통 바닐라 맛 한 스쿱을 추가한다. 소녀는 퍼 담은 아이스크림을 꾹꾹 눌러서 이제는 거의 30센티미터쯤 높아진 콘을 건네준다. 나는 소녀에게 50유로짜리 지폐를 건네고, 거스름돈을 카운터 위의 작은 팁 상자에 집어넣는다. 소녀는 맑게 울리는 목소리로 감사의 인사를 하고, 나는 소녀에게 행복한 하루를 기원해준다.

나는 낮은 돌담에 걸터앉아서 아이스크림 꼭대기 측면으로 시냇물처럼 흘러내리는 크림을 핥아 먹는다. 다시 경찰서 쪽을 바라본다. 누구하고라도 얘기를 나눠야 한다. 물론 지금은 아니다. 입안에 맛있고 달콤하고 부드러운 크림을 가득 물고 있는 이 순간에는 아니지만,

곧. 이제부터는 모든 것이 '곧'이다.

내 부모님은 돌아가셨다. 나는 연로한 부부의 외아들이었고, 형제자매는 물론이고 가까운 친척도 없다. 어린 시절 친구들과도 연락하지 않는다. 특별히 취미도 없고 친한 동료도 없다. 나는 내 인생을 채우고 있는 얼굴들을 떠올려본다. 그들의 소리와 그들의 모습도 떠올려본다. 친숙한 사람들이 차례대로 일어나 어떤 말들을 하면서 내 쪽으로 걸어와 나를 만지고 내 눈을 들여다본다. 그러고는 다시, 이번에는 더 단호하게 멀어져간다.

아무도 멈추지 않고, 아무도 남지 않는다. 아무도 내가 하는 말을 들으려고 하지 않고 기다려주지 않는다. 나는 곧 모든 희망을 잃게 될 것이다.

그래도 아이스크림 덕분에 그나마 기분이 나아졌다. 강력한 마약류를 정맥에 직접 주사한 듯한 느낌이다. 적어도 내 상상으로는 이런 느낌이 아닐까 싶다. 내가 남은 생애 동안 마약을 주사할 일은 없을 것이니 실제로 비교해볼 수는 없지만, 모든 게 다 이런 게 아니겠는가? 우리 인생도 마음대로 만들어낸 가정과 기대가 뒤죽박죽 섞여서 나오는 결과물이다. 과연 우리의 인생을 무엇이라 규정할 수 있을까?

나는 평생 이런 생각 자체를 해본 적이 없다. 그게 좋은 건지 나쁜 건지는 잘 모르겠다. 아이스크림이 배 속에 들어가니 기분이 좋아진다. 이건 작은 승리다.

다시 한번, 내 인생의 사람들을 되짚어본다. 그러다가 마침내 유용할지도 모를 생각 하나를 떠올린다.

*

지금 나는 사무실로 가고 있다. 경찰서를 향해 광분한 상태로 운전할 때보다 훨씬 여유롭다. 나는 오른손으로 핸들을 잡고 왼팔을 열린 창문 밖으로 내놓은 채, 여름 공기가 얼굴을 스쳐 가도록 내버려 둔다.

마을은 조용하고 따뜻하다. 나는 마네르헤이민티에를 따라 운전하면서 도로 양쪽에 공원이 넓게 펼쳐져 있다는 사실을 처음으로 알아차린다. 왼쪽으로는 경사면이 나무 그늘을 통과해 작고 예쁜 연못으로 향해 가고, 오른쪽으로는 초록 들판이 마을에 남은 옛 요새 터를 가로지르며 물결처럼 흘러간다.

마침내 테올리수스카투 도로로 들어서지만, 나는 회사 앞에 차를 세우지 않는다. 타이나의 목소리가 들리는 것 같다. 특유의 책망하는 듯한 어조로 내가 상황을 제대로 꿰뚫어 보지 못하고 너무 쉽게 굴복한다고 말한다. 그 목소리가 내가 좀 전에 목격한 장면과 겹쳐진다. 분노가 치밀어 오른다.

테올리수스카투 도로가 왼쪽으로 90도 꺾여서 도로의 이름이 바뀔 때까지 700미터쯤 더 운전해 간다. 그리고 진한 파란색 건물을 지나친다.

하미나 머시룸 컴퍼니. 6개월 전에 난데없이 나타난 세 남자가 운영하는 회사다.

그들이 우리 회사의 일본인 고객들과 접촉했다. 그리고 더 저렴하고 품질 좋은 버섯을 제공하겠다고 약속했다. 절대 지킬 수 없는 공허한 약속에 불과하다. 하지만 나 또한 영업을 하기 때문에 그런 조건이 수입업자의 귀에는 듣기 좋은 노랫소리나 다름없다는 사실을 안다. 대체 그들이 어떻게 실력 있는 피커숲에 들어가 버섯을 따는 인부를 모집하고, 어떤 식으로 버섯을 수확하려는 것인지 모르겠다. 돈으로 해결하지는 못할 것이다. 하미나 머시룸 컴퍼니는 아직 우리만큼 큰 고객이 없기 때문이다.

회사 앞마당은 텅 비어 있다. 보통은 화려하게 치장한 회사명을 써넣은 밴이 밖에 주차되어 있다. 가끔 건물의 커다란 기어 작동식 문이 열려 있을 때면, 밖으로 최신 핀란드 팝송이 흘러나오기도 한다. 세 남자 중 하나가 마당으로 소파를 끌어다 놓고 담배를 피우는 모습이 보일 때도 있다. 하지만 지금은 쥐죽은 듯 조용하다. 건물 전체가 텅 빈 것 같다.

나는 잠시 그 앞을 지나쳤다가 유턴한다. 다시 파란색 건물로 다가가서 눈을 가늘게 뜨고 초점을 맞춘다. 아무도 없다. 아무것도 없다. 나는 길가 쪽으로 차를 몰고 가서 앞마당으로 운전해 들어간다.

이제 겨우 한낮이다. 그런데 나는 여기 와 있다. 아침에 있었던 일은 아주 오래전에 일어난 것처럼 느껴진다. 클러치에서 발을 떼고, 건물 앞에서 호를 그리며 차를 돌린 다음 차에서 내린다.

건물의 긴 벽에는 기어식 문 외에 일반적인 문도 달려 있다. 옆에는 초인종이 있다. 나는 그것을 누른다. 잠시 후에 다시 누른다. 아무도 문을 열지 않고, 안에서 걸어오는 발소리도 들리지 않는다. 문을 살짝 밀어본다. 손잡이를 돌리자 문이 열린다. 나는 안으로 들어가 소리쳐 인사한다. 대답이 없다.

내 앞에는 일종의 사무실 같은 공간이 있다. 건물의 다른 영역에 도달하려면 그곳을 통과해 걸어가야 할 것이다. 하지만 나는 사무실에서 멈춘다. 탁자와 선반은 모두 비어 있다. 노트북 컴퓨터 한 대와 문 쪽을 향해 있는 사무용 의자 하나가 보인다. 의자에 앉아 있던 누군가가 서둘러 사무실을 나갔음을 암시한다. 초상화 한 점이 방 전체의 분위기를 지배한다. 초상화라기보다는 사진인데, 몇 배나 확대해서 액자에 끼워놓은 것이다. 케코넨 대통령<sub>핀란드의 전직</sub> <sub>대통령</sub>의 눈이 내 이마를 빤히 바라본다. 내가 돌아서서 건물 안으로 더 들어가도 눈의 힘을 풀지 않는다.

이들은 확실히 주방과 직원실에 많은 공을 들인 듯하다. 높은 바 상판과 음료 보관용 대형 캐비닛은 이들이 맥주를 무척 좋아한다는 걸 보여준다. 맥주는 대부분이 에스토니아산인데, 많기도 하다.

주방은 깔끔하다. 왼쪽은 소파, 대형 TV 및 음향 시스템이 완비된 직원실이다. 나는 깔끔하게 정리된 CD와 DVD 선반을 찬찬히 살펴본다. 소프트 록과 액션 스릴러가 눈에 들어온다. 펀치백 하나가 천장에 매달려 있고, 벽에는 빨간 권투 글러브 한 쌍이 걸려 있다. 그 아래로는 다양한 소형 역기가 진열돼 있다.

하지만 뒤돌아섰을 때 맞은편 벽에서 보이는 물건들은 뭔가 완전히 다른 것이다.

나는 자세히 살펴보기 위해 다가간다. 예전에 사무라이 영화를 본 적이 있는데, 이 검들은 그 영화 속의 근엄한 무사들이 손에 쥐고 있던 것과 같은 종류다. 나는 손을 뻗어서 진열장 위에 놓인 여러 검 중 하나를 조심스럽게 든다. 그리고 칼집에서 검을 뽑아낸다. 날이 길다. 강철이 번뜩이고, 검의 날카로움이 등골을 오싹하게 한다. 차갑고 불쾌한 오싹함이다. 나는 칼집에 검을 다시 꽂아 넣고 제 위치에 돌려놓는다.

버섯과 조금이라도 관련 있는 건 전혀 눈에 띄지 않는다. 만약에 순전히 내가 본 것에만 근거해서 이곳이 어디인지 판단한다면, 검술 클럽과 케코넨 대통령 감사 협회의 중간쯤 되는 곳이라고 추측했을 것이다. 그러나 사무실과 주방과 직원실은 창고 전체 면적의 일부만 차지할 뿐이다. 나는 또 다른 문을 열고 공장 구역으로 발을 내디딘다.

그 순간 나는 살면서 느꼈던 것 중에 가장 큰 부러움과 가장 큰 충격을 느낀다. 오늘 앞서 겪은 두 번의 충격을 제외한다면 말이다. 장비와 기계가 우리 것보다 훨씬 더 좋고 현대적이다. 모두 번쩍번쩍 빛난다. 한 번도 사용하지 않은 것이 분명하다. 흠집 하나도, 녹슨 자국 하나도 없다. 나는 시설을 돌아다니며 놀라운 마음을 속으로 삼킨다. 내가 기대했던 모습은 이런 게 아니다. 나는 다음과 같은 사실을 깨닫는다.

첫째, 우리 경쟁자들은 진지하다.

둘째, 그들은 내가 상상했던 것과는 완전히 다른 사람들이다.

셋째, 오늘 나는 벌써 세 번째로 허를 찔렸다.

아니, 마지막 말은 취소다. 나는 한 번도 허를 찔린 적이 없다. 어쩌면 그게 내 실수였는지도 모른다.

우리에게 진짜 경쟁자가 생겼다.

그러고 보니 나는 여전히 회사를 '우리' 회사라고 생각하고 있다. 당연하지 않은가. 타이나와 나는 함께 회사를 설립했고, 함께 회사를 소유하며, 함께 작은 성공담을 일구어왔다. 나에게는 그게 중요하게 느껴진다. 아니 중요하다. 사업이야말로 지금 내 인생에서 가장 중요한 것인지도 모른다. 적어도 그것은 오늘 내내 변함없는 모습으로 남아 있지 않은가. 이 시점에서 그건 거의 사소한 기적이라 할 수 있다.

여러 개의 문이 나 있는 벽에 뚫린 유일한 창을 통해 햇살이 작업실로 흘러든다. 이곳의 공기는 시원하다. 여기 와서 내가 보고자 했던 것은 이제 다 본 것 같다. 나는 잠시 그 자리에 서 있다가 왔던 길로 되돌아간다. 내가 건물 밖으로 곧장 걸어나갔다는 건 케코넌

대통령이 보증할 수 있다.

나는 차에 올라타서 가속페달을 밟아 앞뜰을 빠져나간다. 그리고 건물 뒤쪽을 따라 곧게 뻗은 테올리수스카투로 들어선다.

운 좋게도, 하미나 머시룸 컴퍼니의 밴이 이제서야 반대 방향에서 다가온다. 세 남자 모두 앞쪽 캡트럭이나 밴에서 앞쪽에 사람이 앉을 수 있는 칸에 나란히 앉아 있다. 내가 지나갈 때, 그들이 차례로 나를 쳐다본다.

## ‖ 4 ‖

"일주일."

올리는 신선한 호밀빵 위에 버섯 파테고기나 생선을 곱게 다져 양념해서 차게 식혀 빵 등에 발라 먹는 음식를 펼쳐 바르면서 말한다. 파테는 두께가 1센티미터나 되고, 빵 조각은 꼭 골동품 스키 같다.

"그러면 1차분은 떠날 준비가 됩니다. 그걸 물어보신 거라면요."

올리는 베테랑 버섯 전문가다. 그는 전반적인 품질, 포장, 건조, 보존, 냉동 및 배송 등 버섯과 관련된 모든 분야를 꿰고 있다. 그는 쉰한 살이고 손주까지 둔 할아버지다. 그리고 적어도 내가 당면한 문제 중 몇 가지에 관해서는 의견을 구해봐도 될 만한 사람이다.

"그럼 일본 측에 다음 주 수요일에 선적한다고 약속해도 되겠네요?" 내가 묻는다.

"약속이든 뭐든 원하는 대로 하세요." 올리가 대답한다. "하지만 결정은 숲이 하겠죠. 뭐든 알 때가 되어야 알게 되는 거니까요."

올리의 말은 늘 약간의 해석이 필요하다. 때로는 평범한 말로 번역해야 할 때도 있다.

우리는 사무실 밖의 안뜰에 앉아 있다. 올리는 고기와 감자를 으깨 퓌레로 만든 수프를 먹기 시작한다. 커피가 필터를 통해 한두 방울씩 천천히 떨어진다. 나는 아까 먹은 아이스크림 때문에 여전히 배가 부르다. 입맛도 없다.

그래도 비스킷 정도는 먹을 수 있을 것 같다. 나는 탁자 위의 그릇에서 비스킷 하나를 꺼내 조금 잘라서 입안에 넣는다.

"올리, 내가 뭐 좀 물어봐도 될까요?"

"월급 주는 분이니 얼마든지 물어보세요."

"회사 업무와는 관련 없는 거예요. 그냥 개인적인 일이고, 약간 긴박해요. 아니, 실은 굉장히 긴박한 문제예요. 이제부터는 모든 게 다 긴박해요. 올리도 그걸 알아두는 게 좋을 겁니다."

올리는 갈색 눈으로 나를 쳐다본다. 숱 많은 검은 머리는 젤을 발라 뒤로 빗어 넘겼고, 각진 얼굴은 다정해 보인다. 조지 클루니가 하미나에서 태어나 탄수화물을 많이 먹고 버섯 관련 일을 하며 일생을 보냈다면 아마도 이런 모습이었을 것이다.

"내 질문은…… 음, 이성과 관련 있는 거예요. 여자들이요."

올리는 딱히 어리둥절한 표정은 아니다. 그가 고개를 끄덕인다. 나는 고개를 돌려 이웃한 건물을 바라본다. 그 잿빛 산업용 건물은 약간 비스듬한 위치에 있다.

"내 말은, 올리는 경험이 많잖아요."

"50년 치가 있죠."

나는 막 무슨 말인가 하려다가 재빨리 머리를 굴리고는 다시 올리 쪽을 바라본다.

"내 생각에, 가끔은, 그러니까 어떻게 표현해야 할까요. 간혹 실망할 때가 있지 않나요?"

올리는 한숨을 쉰다. "50년이라니까요, 이 사람아. 그만큼 난 오랜 세월 동안 실망해왔어요."

대화가 잘못 흘러가는 것 같아 당황스럽다.

"맞아요." 올리가 말하며 검게 그을린 팔꿈치를 탁자에 기댄다. 그도 시선을 돌려 회색 창고를 바라본다. 창고는 햇살을 받아 거의 흰색으로 보인다.

"나는 경험이 많아요, 여자들과. 내가 처음 결혼했을 때가 열아홉 살이었어요. 그녀는 5년 후에 나를 떠났습니다. 두 번째 아내는 결혼한 지 3년 만에 떠났고요. 가장 최근에 결혼했던 사람은 1년밖에 안 걸리더군요."

"죄송해요."

"괜찮아요." 올리가 애석한 표정으로 먼 곳을 응시하며 대꾸한다.

어쩐지 대화가 내 계획대로 흘러가지 않는다. 반드시 직접적이거나 상세하게는 아니더라도 내가 느낀 실망감을 그에게 털어놓을 수 있으리라 생각했었다. 타이나의 들썩이는 엉덩이가 페트리의 남성미 넘치는 허벅지에 부딪히는 장면이 바로 지금도 눈앞에 보인다. 하지만 이제는 내가 올리를 위로해야 할 것 같다.

올리가 고개를 돌린다. "뭔가 얘기하고 있지 않았나요?"

"아, 네. 아내에게 다른 남자가 있다는 의심이 들어요."

올리는 폐 속으로 천천히 공기를 빨아들인다. 어쩌면 지금 난 우주 역사상 가장 길게 숨을 들이마시는 인간의 모습을 목격하고 있는지도 모른다.

"그럴 리가요." 그가 말한다.

"정말이에요." 내가 대답한다.

"확실해요?" 그가 묻는다.

땀에 젖은 살끼리 철썩이며 부딪치는 소리, 입안에서 느껴지던 구토의 맛. 나는 고개를 끄덕인다.

"빌어먹을 여편네들!" 올리가 말한다.

"그 표현이 딱이네요." 내가 호응한다.

잠시 우리 둘 다 아무 말도 하지 않는다.

"그래서 어떻게 할 겁니까?"

올리의 질문에 나는 놀란다. 나는 그가 내게 답을 주리라 생각했었다. 그의 질문은 오히려 처음보다 나를 더 혼란스럽게 만들었다. 누군가에게 비밀을 털어놓는 이유가 뭐겠는가. 문제를 공유함으로써 뭔가 건설적인 해결책을 얻고자 하는 게 아니겠는가.

"잘 모르겠어요." 내가 솔직히 말한다.

"이런 일이 처음이라 무슨 생각을 해야 할지도 모르겠어요."

"힘들 겁니다. 누군가 당신의 연못에서 자기 노를 흔들어대고 있으니."

"난 이 문제를 그런 식으로는 생각해보지 않았……."

"그가 당신의 잔디를 깎고 있어요, 이 사람아! 당신의 개울을 휘젓고 있다고요."

"알겠어요."

"최악의 상황을 극복하려고 할 때 내가 뭘 하는지 알아요?"

*새로운 비유법을 생각해내나요?* 퍼뜩 이런 생각이 들지만, 입 밖으로 말하지는 않기로 한다. 대신 나는 고개를 젓는다.

"기준을 낮춥니다."

"뭐라고요?"

"기준을 낮춘다고요." 올리가 설명한다. "다음번 상대에게는 지난번 결혼에서 기대했던 것만큼 기대하지 않는 겁니다. 지난번 상대가 겨우 배변 훈련만 마친 수준이었다고 해도, 다음번에는 그보다 훨씬 낮은 수준의 기대치에 만족하는 거죠."

"올리는 각각의 결혼이 직전 결혼보다 기간이 짧았잖아요. 그게 그리 좋은 전략은 아니라는 생각이 드네요."

올리는 내가 그의 말을 전혀 이해하지 못했다는 듯이 나를 바라본다. 마치 아무것도, 쥐뿔도 이해하지 못했다는 듯이.

"아무런 계획도 세우지 않는 게 실패할 확률 0퍼센트에 달하는 비결입니다."

갑자기 배가 경련을 일으키기 시작해서 몸을 반으로 접었다. 마치 누군가가 펜치로 두개골을 잡아당기는 것처럼 타는 듯한 고통이 관자놀이를 휩쓸고 지나간다. 발작은 몇 초 정도 지속한다. 고통이 지나가고 나니 태양이 조금 전보다 더 밝아 보인다. 나는 올리를 흘깃 쳐다본다. 그는 걱정스러운 표정이다. 아니, 그보다 놀란 듯하다.

"괜찮으세요?"

"그 어느 때보다 좋아요."

나는 몸을 똑바로 세우고 의자에 바르게 앉는다.

"사업은 어떻게 할 겁니까?"

이것은 다루기 훨씬 쉬운 질문이다. 그렇긴 해도, 아직 사업과 관련해서 해결되지 않은 문제가 많이 남아 있다. 그것은 대부분 나의 임박한 죽음 때문이다. 하지만 지금은 그 건에 관해 단 한마디도 털어놓지 않을 작정이다. 또다시 올리의 비유 섞인 말들을 감당할 자신이 없으니까.

"이 문제는 사업에 전혀 영향을 미치지 않을 겁니다." 내가 말한다. 물론 이 말은 진실이다.

"사업은 평소처럼 해나갈 거예요. 그게 가장 중요하니까요."

올리는 이 말을 받아들이는 것 같다.

"하지만 우리에게 새로운 경쟁자가 생겼잖아요." 내가 말한다.

"하미나 머시룸 컴퍼니에 관해 뭐 좀 아시는 거 있어요?"

"어느 정도는요."

"그들에게 경험이 있나요?"

"경험이요?" 나는 올리를 쳐다본다. 그는 분명히 다른 경험에 관해 생각하고 있는 것이다.

"버섯 사업과 관련해서 말이에요." 내가 부연한다.

"아, 이 사업 쪽에는 아예 경험이 없어요." 올리가 대답한다.

나는 그 말을 잠시 생각해본다. 나는 올리에게 내가 좀 전에 하미나 머시룸 컴퍼니에 들렀다는 사실 역시 말하지 않을 것이다. 들렀다? 무단으로 침입했다고 말하는 게 좀 더 정확할까? 나도 모르겠다. 경찰서 밖에 서 있는 동안 생각을 가다듬기는 했지만, 정신이 돌아온 것 같지는 않다. 경쟁 회사에 몰래 들어갔다가 나와서, 올리 같은 사람에게 조언을 청하겠다고 찾아왔으니 말이다. 여자 문제를 다루는 그의 비법이라는 게 기껏해야 매번 자기 자신을 더 나쁜 상황으로 몰아가는 강철 같은 결단력 아닌가. 나는 경쟁사의 번쩍거리던 새 장비, 그들의 환상적인 업무 환경을 떠올린다.

"그들에 관해 아는 것 좀 있으세요?" 나는 다시 묻는다.

올리는 한숨을 쉬며 숟가락을 내려놓고 나를 빤히 바라본다.

"이 마을 애들이에요."

나는 아무 말도 하지 않는다. 올리는 내 침묵을 계속 이야기하라는 신호로 받아들인다.

"금발 머리에 늘 밴을 운전해 다니는, 셋 중 가장 나이 많은 친구는 아스코예요. 조수석에 앉은 청년들은 사미와 토미라고 하죠. 아스코는 안 해본 일이 없어요. 제지 공장에서도 일했고, 부두에서도 일했고, 생선을 가공해서 통조림으로 만드는 일도 했어요. 사미는 야구선수였습니다. 토미는 자기 어머니를 죽여서 교도소에 들어갔다가 얼마 전에 출소했고요. 사미는 하미나 야구단 역대 최고의 양손잡이 타자로 2루에서 13시즌을 뛰었어요."

나는 올리를 쳐다본다.

"하미나에서는 야구 인기가 대단해요. 게다가⋯⋯."

"잠깐, 토미가 자기 어머니를 죽였다고요?"

올리가 고개를 끄덕인다.

"청어 때문에요. 그는 어머니와 함께 살았었죠. 그런데 어머니가 청어를 많이 튀겼나 봐요. 청어 지방 냄새가 정말 역하잖아요. 냄새며 기름기며, 그게 사방에 다 배죠. 커튼이랑 옷은 물론이고 온 집 안에. 저녁에 자려고 누우면 베개에서 청어 냄새가 나고⋯⋯. 그런데 토미의 어머니가 그 생선을 너무 좋아한 거죠."

"그럼 그 친구들은 어쩌다 버섯 사업을 하게 된 건가요?"

올리가 어깨를 으쓱했다.

"보나 마나 우리 사업이 잘되는 걸 보고 시작했겠죠."

# ‖ 5 ‖

　나는 사무실에 혼자 앉아 있다. 앞에는 컴퓨터와 서류 더미가 있다. 컴퓨터 오른쪽에는 푸켓의 해변에서 보냈던 휴가 때 찍은 사진 하나가 놓여 있다. 햇볕에 그은 채 행복해 보이는 아내와 나. 당시만 해도 난 꽤 건강했다. 하지만 힘줘서 배를 당겨 넣고 있다는 건 누가 봐도 알 수 있을 것이다. 신혼여행이었다고 할 수는 없지만, 거의 그렇다고 봐도 좋을 그런 여행이었다. 우리는 팔짱을 끼고 서 있고, 말라카 해협의 청록색 바닷물이 우리의 발을 씻어내고 있다. 둘 다 빨간 수영복 차림이다. 그 수영복이 타이나에게 「베이워치」젊은 남녀 수상 안전 요원들의 삶을 그린 미국 드라마를 떠올리게 했다는 건 기억하지만, 그래서 그녀가 그걸 좋아했는지 싫어했는지는 기억나지 않는다.

　사진에 포착된 순간은 수십 년쯤, 또는 수천 킬로미터쯤 멀리 떨어져 있는 듯 보인다. 오늘 내가 본 타이나는 이 사진 속의 타이나가 아니다. 자외선 차단 로션이 마치 풀처럼 우리의 몸을 딱 붙여놓을 만큼 내 몸에 자기 몸을 세게 밀착해왔던 그 타이나가 아니다.

오늘 아침에 나를 계단 꼭대기에서 뒷걸음치게 만든 힘은 무엇일까? 어떤 힘이 등 뒤로 문을 닫아버리게 했을까? 하지만 내가 옳은 일을 했다는 것은 안다. 쇠막대를 힘없이 휘두르며 뒤뜰로 돌진해 들어갔다면, 보나 마나 한심한 피해자로 보였을 것이다.

컴퓨터를 켠다.

낮고 친숙한 웅웅거림이 이상하게도 위안이 된다. 어쩌면 이것은 지구의 목소리, 지구가 틀어놓은 은은한 사운드트랙일지도 모른다.

나는 온라인에서 하미나 머시룸 컴퍼니에 대해 검색한다. 아무것도 찾을 수 없다. 당연히 기업등록부에 기재된 항목은 있다. 하지만 영업을 시작한 지 얼마 되지 않아서 재무제표나 다른 정보는 없다. 아스코 마키투파가 CEO로 등재되어 있고, 자본금은 겨우 2000유로에 불과하다. 그들의 호화로운 장비와 시설을 떠올리자 아까보다 더 당혹스럽다. 부두 노동자와 존속 살해자 그리고 양손잡이 타자가 대체 무슨 수로 그토록 순조롭게 사업의 첫발을 내디딜 수 있었는지 짐작도 못 하겠다.

갑자기 가슴에 쑤시는 듯한 통증이 찾아온다. 순간 모든 것이 두 개로 보인다. 목덜미로 식은땀이 솟아나고 목이 따끔거린다. 역시 이번에도 통증과 증세는 몇 초 만에 지나간다.

나는 구글에서 중독에 관해 검색해보고 의사가 이미 일러준 내용이 맞다는 것을 간단히 확인한다. 지속적인 중독은 처음에는 내성 수준을 높이지만, 궁극적으로는 장기 부전으로 이어지고 결국 때가 되면 완전한 붕괴를 일으킨다.

올리가 열린 문을 지나쳐 걸어 나간다. 골몰히 생각에 잠긴 듯하다. 보아하니 우리 모두 나름의 문제를 안고 사는 것 같다. 내 문제는 두 가지로 보인다. 삶에 영향을 미치는 것과 죽음에 영향을 미치는 것. 지금까지 나는 그 두 가지가 얼마나 밀접하게 얽혀 있는지 깨닫지 못했다. 위기의 상황에서는 죽음이야말로 삶의 진정한 증류물이다. 따라서 모든 것이 하나의 거대한 질문으로 응축된다.

*어떻게 사는 것이 최선인가? 어떻게 살아왔어야 하는가? 만약 삶이 하루밖에 남지 않았다면, 당신은 무엇을 하겠는가? 만약 일주일이 남았다면? 한 달이 남았다면?*

난 이런 문제는 거의 생각해본 적이 없다. 아니, 전혀 생각해본 적이 없다.

그때 뭔가가 이런 상념에서 나를 깨운다.

*

하미나 머시룸 컴퍼니 소유의 밴이 방향을 틀어 우리 회사 앞뜰로 들어온다. 나는 밴이 포장되지 않은 마당을 가로지르며 덜컹거리는 것을 창밖으로 지켜본다. 앞쪽 캡에 앉아 있는 세 남자는 너무 바짝 붙어 있어서 전혀 움직이지 않는 것처럼 보인다.

올리가 내 사무실로 머리를 들이밀고 무슨 말인가 한다. 나는 내가 처리하겠다고 말한다. 그는 아무 대답도 없이 나를 바라보더니 걸어가 버린다.

내가 회사 앞문을 열고 앞뜰로 나가는 동안, 세 남자가 밴에서 내린다. 해는 중천에 떠 있다. 햇빛 때문에 나는 눈을 가늘게 떠야 한다. 밴이 휘저어놓은 먼지가 얼굴에 들러붙는다. 입에서도 먼지의 맛이 느껴진다. 흙과 휘발유의 쓴맛이 섞여 있다.

차에서 내린 남자들이 각자 위치를 잡는다.

나는 올리가 들려준 그들의 이야기를 기억한다. 따라서 쉽게 아스코를 알아본다. 그가 운전석에서 내렸다. 세 명 중 확실히 가장 연장자다. 음, 쉰이 넘은 듯하다. 운동을 하는 게 분명하고, 여전히 체격도 좋다. 이마는 벗어지기 시작했다. 긴 금발 머리는 뒤로 빗어 넘겼으며, 파란 눈은 내 눈을 정면으로 뚫어지게 바라본다. 뺨에는 보조개가 패어 있고, 갈색으로 그은 팔에서는 힘줄이 툭툭 불거져 나왔다. 양말도 안 신은 발에 밝은 네온 색 운동화를 신고 있는데, 다리는 부자연스러울 만큼 햇볕에 그어 있다. 전체적인 인상은, 가장 원시적인 방식으로 배우고 경험한 사람이라는 것이다. 그는 사냥꾼이다. 물론 나이는 먹었다. 하지만 독특하게 숙련돼 보인다.

다른 두 사람, 사미와 토미는 아스코 곁에 부동자세로 서 있다.

나는 야구선수인 사미가 세 명 중 유일하게 역기 운동을 하지 않는 사람일 것이라고 추측한다. 비쩍 마르고 놀랄 만큼 창백하다. 심지어 내 혈색이 훨씬 좋을 것 같다. 나로 말할 것 같으면 주로 앉아서 하는 일을 하며, 또 죽어가는 사람이 아닌가. 사미 같은 안색은 아스코 다리의 구릿빛만큼이나 엄청난 노력을 들여야 얻을 수 있을 것이다.

두 명의 졸개(아스코의 옆에 서 있는 그들의 모습을 보면서 이 단어를 떠올릴 수밖에 없다) 중 다른 한 명은 엄청난 거구다. 토미가 틀림없다. 그는 모든 면에서 크다. 머리통 크기가 보통 남자의 세 배쯤 되는 것 같다. 머리 크기도 보디빌딩으로 키우는 게 가능할지 모르겠지만, 어쨌든 그의 머리는 보통 사람들보다 훨씬 부피가 크다. 여름 풍경의 커다란 면적을 잡아먹고 있는 얼굴의 표정은 아무리 밝은 태양이라도 어둡게 만들 것 같다.

"당신에게 경고하려고 왔습니다."

아스코가 아무런 소개나 인사도 없이 불쑥 말한다. 그의 목소리는 깊고 부드러워 듣기 좋다.

"방금 당신이 우리 건물에 침입한 것이 찍힌 보안 비디오를 보고 왔어요."

이런 일이 일어날 가능성을 미리 생각했어야 했다. 하지만 이미 엎질러진 물 아닌가.

나는 하려는 말을 강조하기 위해 양손을 들어올린다.

"죄송합니다. 침입한 것처럼 보였다면 말이에요. 하지만 제 의도는 그게 아니었습니다. 인사를 하러 들렀던 거예요. 문이 열려 있어서 여러분이 안에 있다고 생각하고 들어갔습니다. 그런데 아무도 없어서 그냥 나왔고요."

"그래도 산업 스파이 활동은 하고 떠났더군요."

나는 남자들을 차례로 바라보며 오늘 같은 날 지어 보일 수 있는 가장 친절한 미소를 짓는다.

"제가 늘 하는 말이지만, 사물이나 상황을 그 본래 의도와 다른 식으로 오해하기란 참으로 쉬운 일입니다."

"저 뚱보 녀석을 두들겨 패버려?" 토미가 말한다.

"물론 사물이나 상황을 대할 때 그런 방법을 쓸 수도 있지만, 저 같으면 거기까지는 가지 않을 겁니다. 이런 말을 해도 될지 모르겠지만……."

"우리는 경고하려고 왔습니다." 아스코가 내 말을 자르고 반복한다.

"저놈에게 왜 우리 창고에 와서 기웃거렸는지 물어봐요." 사미가 말한다.

"방금 물어보신 거 아닌가요?" 내가 사미에게 말하고는 아스코 쪽을 바라본다.

"다시 대답할까요? 이러실 일이 아닙니다. 제가 실수를 저질렀고, 그건 사과드립니다. 이번으로 두 번째 사과군요."

"일본인들에 관해 물어봐요." 사미가 자기 상사에게 다시 재촉한다. 사미의 목소리는 외모와 완벽하게 일치한다. 맥도 없고, 색깔도 없다. 도저히 이해가 안 가는 게, 저런 체격의 사람이 어떻게 야구공을 칠 수 있었을까? 공을 담장 너머로 넘기는 건 고사하고 말이다.

"일본인들이 어쨌는데요?" 내가 묻고는 사미를 바라본다. "그리고 당신은 왜 계속 다른 사람에게 대신 질문을 해달라고 하나요?"

"당신은 우리에게 잘못을 저질렀습니다. 그러니 보상하세요."

"보상요?"

"일본인 고객들이 언제 도착하는지 알려주시죠."

내가 아는 한 일본인 고객들은 이번 여름에는 오지 않는다. 만약 온다면, 내가 그 사실을 알고 있을 것이다. 물론 그렇게 장담할 건 못 된다. 오늘 아침만 해도 나는 내가 '영생'을 누릴 것이고, 헌신적인 아내와 결혼했다고 믿고 있었다.

"열흘쯤 후에요. 수확할 준비가 되셨나 보군요." 내가 말한다.

"수확 좋아하시네." 토미가 내뱉는다. "저 뚱보 녀석이 자꾸 내 신경을 건드리네."

뚱보 녀석? 이번이 벌써 두 번째다.

"토미 말은 우린 직접 수확에 참여하지는 않는다는 겁니다." 아스코가 설명한다. 그는 나머지 두 사람의 말을 통역하는 데 익숙한 것 같다. "우리는 작업을 감독합니다."

"이미 피커를 고용했다는 의미인가요?" 내가 묻는다.

"알려주지 말아요." 사미가 재빨리 끼어든다.

아스코는 조금 더 깊게 숨을 들이마신다. 내가 이미 원하는 답을 얻었으며, 그건 더 많은 질문으로 이어질 것이라는 사실을 그는 안다.

"지역 인근에서 구하셨나요, 아니면 멀리서 데려오나요? 일본인이 올 걸 염두에 두고 인부를 구하셨다면, 보존, 포장, 수출 같은 물류 쪽에 경험이 있는 사람들을 뽑으셨겠네요."

아스코는 잠시 아무 말 없이 나를 쳐다본다.

"우린 경고했습니다."

나는 아무 대꾸도 하지 않는다.

아스코가 막 돌아서려는 찰나에 토미가 입을 연다.

"당신 침대에서 부러진 볼레테식용 그물버섯 종류가 발견되면, 그게 무슨 뜻인지 알게 될 거야."

아스코는 그대로 멈춰 선다. 나는 토미를 빤히 바라본다. 그의 덩치가 얼마나 큰지, 그저 바라보는 것만으로도 뭔가 운동을 한 듯한 기분이 든다.

"부러진 볼레테요?" 내가 묻는다.

토미가 거대한 머리를 끄덕인다.

"그게 무슨 뜻인지는 모르겠지만, 베개 위에서 잘린 버섯을 보면 당신을 떠올리겠습니다."

토미가 고개를 젓는다. "자른 게 아니야. 뚝 부러뜨린 거야."

아스코가 한 손을 들어 올린다.

사미와 토미는 잠시 나를 빤히 쳐다보고, 이후 세 사람은 다시 차에 올라탄다. 밴이 좌우로 흔들린다.

"우린 그만 가보도록 하죠." 아스코가 창문 밖으로 말한다.

"하지만 우리가 여길 왜 찾아왔……."

"경고하러 오셨죠."

밴은 먼저 후진한 다음 앞으로 나아간다. 타이어가 앞뜰의 자갈을 밟으며 굴러가는 소리가 들린다. 나는 돌아서서 안으로 향한다. 올리가 창문 앞에 서 있는 걸 봤다고 생각했지만, 그건 그저 내 상상이었을지도 모른다. 다시 보았을 때 유리창에는 맑고 푸른 하늘만이 반사되고 있었다.

# ‖ 6 ‖

나는 사무실 문을 닫고 종이와 펜을 꺼낸다. 내 사무실에는 책상과 탁자 하나가 있다. 책상 위에는 웅웅거리는 컴퓨터 한 대와 문서더미 그리고 어수선한 것들이 놓여 있다.

난 모든 걸 목록으로 만드는 사람이다. 내 인생을 A4 용지 한 장으로 볼 수 있게끔 정리하는 걸 좋아한다. 늘 그렇듯이 나는 현안을 세 가지 범주로 나눈다. 일단 표제를 적고 사이사이에 간단한 메모나 필요한 내용을 적을 충분한 공간을 남겨둔다. 지금 살펴야 할 현안은 총 세 가지다.

1. 진행 중인 프로젝트

2. 계획된 프로젝트

3. 오늘의 과제

예전에 내가 들었던 한 가지 원칙은 세상에는 오직 중요한 일과 긴급한 일만 있으며, 긴급한 일보다 중요한 일을 먼저 처리하라는 것이다. 이 역설적인 제안은 시간을 효율적으로 사용하도록 장려하기 위한 것이다. 그 사실을 염두에 두고 나는 다른 목록을 만든다.

1. 중요한 문제
2. 긴급한 문제

이 두 가지 범주에 속하는 일부 사항은 내가 이미 알고 있는 것이므로 단순히 검토만 하면 된다. 하지만 어떤 것은 너무나도 새로워서 일단 마음속에서 명확히 정리하고 말로 표현해봐야 한다.

1. 진행 중인 프로젝트

    - 나 자신의 죽음(원인: 중독)

    - 중독의 출처 확인 → 중독이 가능한 독극물

    - 타이나(& 페트리)

    - 수확: 피커와 직원 관련 문제 해결

    - 경쟁사의 속셈 알아내기

    - 일본인 고객들 안심시키기

2. 계획된 프로젝트 – 살아 있기(당분간은)

3. 오늘의 과제

나는 적은 내용을 대충 훑어본다. 무언가를 글로 적어두면 개별적인 문제 간의 연관성을 볼 수 있다. 나는 장기간에 걸친 지속적인 중독으로 죽어가는 중이다. 논리적으로 생각해보면, 사실 그것이 이 목록을 적는 이유다. 내가 그런 장기적인 독성에 노출될 수 있었던 장소는 단 두 곳뿐이다. 회사 아니면 집. 누군가 고의적인 독살 의도를 가지고 있는 것이 틀림없다. 나는 새 목록을 작성한다.

1. 회사

 - 노르딕 포레스트 델리커테스 엑스포트 LTD

 - 타이나(품질 및 시식 책임자, 수석 레시피 디자이너, ~~나쁜 년~~)

 - 페트리(기계 및 납품 책임자, ~~자기 커서커도 제대로 간수 못 하는 바람둥어~~)

 - 올리(포장, 보존, 냉동)

 - 산니(수석 피커이자 수확 코디네이터)

 - 라이모(구매 관리자)

 - 수비(시간제 사무 보조원)

 - 나(CEO)

2. 집: 파필란사리

 - 타이나(아내)

 - 베이코(정원에 사는 고슴도치)


혹시 내가 아침에 고슴도치 베이코에게 구토를 하지는 않았을

지 생각해본다. 녀석이 가장 좋아하는 은신처 중 하나가 집 뒤편 계단 앞쪽의 무성한 덤불이기 때문에 그랬을 가능성이 있다. 가여운 베이코에게 그런 짓을 했을지도 모른다는 생각에 기분이 안 좋아진다. 일단 집에 가면 베이코를……. 하지만 '집'을 떠올리자마자 생각이 쉽게 이어지지 않는다. 집은 우리가 세상의 악으로부터 보호받는 곳이어야 한다. 아내와 내 회사 직원의 성기가 서로 부딪쳐 철썩이는 것을 어쩔 수 없이 보아야 하는 곳이어서는 안 된다. 하지만 그렇다고 해도 고슴도치 베이코의 안녕은 무엇보다 중요하다.

처음에는 목록이 놀랄 만큼 짧아 보이더니, 잠시 후에는 길어 보인다. 이것은 의심의 여지 없이 내가 이른바 두 개의 다른 시간대에 살고 있어서 가능한 일이다. 첫 번째는 이전 시간대. 그곳에서는 무슨 일이든 무기한 연기할 수 있고, 언제나 내일이라는 시간이 있으며, 미래는 본질적으로 영원히 지속하는 길고 막연한 개념에 지나지 않는다. 나머지 하나는 현재라는 시간대다. 그 시간대는 뭔가를 할 만한 시간이라는 게 없고, 아주 기본적인 일조차도 마무리 지을 수 없을 만큼 갑작스럽게 끝나버릴 수 있다.

생각만으로도 무시무시하다. 그것이 나를 목록의 마지막 부분으로 이끌어간다.


3. 오늘의 과제
  - 살인 사건 수사 시작(나 자신의 살인 사건)

- 불륜에 대한 수사 시작(일광욕 의자에서 페트라 위에 올라타 있던 타이나)

　- 위의 내용을 고려하여 → 모두에게 내 건강 문제는 숨기기로 한다.


　느닷없는 고통이 다시 한번 나를 후려친다. 이번에는 전기 충격과 같은 느낌이다. 온몸이 덜덜 떨리고, 고통은 각각의 세포를 개별적으로 공략한다. 온몸 구석구석이 아프다. 저녁이 되자 점점 어두워지는 창문 앞에 나는 앉아 있다. 차츰 기운이 빠져간다.

　나는 죽지 않았다.

　이 모든 발작과 마찬가지로 모든 게 일단 끝나고 나면 더 명확해 보인다. 목록은 내 앞 탁자 위에 놓여 있다. 나는 고개를 든다. 사람 모양의 형체가 창문 앞을 지나쳐 간 것 같다.

　바로 그때 전화벨이 울린다.

　나는 전화를 받지만, 처음에는 목소리를 알아차리지 못한다. 의사는 바로 본론으로 들어간다. 내가 그의 말을 따라잡기까지는 그리 오래 걸리지 않는다. 나는 영원한 '현재' 상태에 있다. 존재하는 걸 완전히 멈출 때까지 현재에 머물러 있을 것이다. 심리적인 여진이 척추를 타고 흘러내린다.

　인간 형상의 그림자가 내 망막에 맺혔지만, 잠시 후 햇빛이 비친 콘크리트 벽만이 내가 볼 수 있는 전부가 된다.

　"아내와 상의한다고 하셨잖아요." 의사가 말한다. "얘기 나눌 기회가 있으셨나요?"

"아직 적당한 때를 찾지 못했습니다." 내가 대답한다. 정직한 대답이다.

"이해합니다. 사랑하는 사람에게도 미묘한 상황이 될 수 있을 테니까요."

"그런 식으로 말할 수도 있겠죠."

"뭐라고요?"

"아무것도 아닙니다." 내가 말한다.

문득 의사가 나에게 전화를 해온 것은 그가 다른 환자와 나를 혼동해서 잘못된 서류를 읽었고, 그래서 잘못된 진단을 내렸기 때문이 아닐까 하는 기대가 생긴다. 이 모든 사건이 하나의 커다란 오해였을지 모른다.

"제 상태에 변화가 있나요?"

"저야 모르죠. 변화가 있었어요?"

내 희망은 처음 타오를 때처럼 빠르게 사그라든다. 나는 감정적인 롤러코스터를 타고 있다. 이건 분명한 사실이다. 하지만 계속되는 충격이 내가 가파른 감정의 기복을 느끼지 못하게 한다.

"당연히 아닙니다." 내가 말한다.

의사는 잠시 침묵한다. "독성 검사 결과가 나와서 전화했습니다. 아직 실험실 테스트가 진행 중이라 상황은 아침에 말씀드린 그대로예요. 하지만 좋은 소식은 전염성이 없다는 겁니다."

이게 좋은 소식이라면 대체 나쁜 소식이란 무엇인가요? 이걸 물어야 할지 말아야 할지 고민이다. 난 아무 말도 하지 않고, 의자에 기대앉는다.

"우리가 헬싱키에 더 많은 소변 샘플을 보냈습니다. 내일이나 모레쯤이면 독소, 즉 독극물의 구성 성분에 관해 좀 더 확실히 알게 될 겁니다. 어제도 말씀드렸듯이 저는 천연 독소 쪽이라고 생각합니다. 현재 상황만 보자면, 우리가 다루고 있는 건 다양한 식물과 버섯에서 얻을 수 있는 독극물……."

"제가 알아야 할 모든 걸 알고 싶습니다. 가능한 한 빨리요." 내가 그의 말을 자르고 이야기한다. "어떤 정보라도 새롭게 알게 되는 게 있으면, 바로 전화 주십시오. 약속해주세요."

의사가 목청을 가다듬는다. "아시다시피 제가 내일부터 여름휴가를 가서, 대신 제 동료가 분명히……."

"아니요."

"제 동료가……."

"아니요." 나는 전혀 화내지 않으면서 단호하고 분명하게 반복한다. 말하는 동안 목록을 내려다본다. '오늘의 과제'라는 제목 아래 무엇을 썼더라? '살인 사건 수사 시작.' 여기서부터 시작하자. 이 전화부터.

"다른 사람은 안 됩니다." 내가 말한다. "선생님뿐이에요. 여긴 작은 마을입니다. 아무도 이 사실을 알게 하고 싶지 않아요. 그 누구도요. 선생님 병원의 직원도 안 됩니다. 다른 어디에 있는 의사도 안 돼요. 이거 의료 기밀, 맞죠?"

"물론입니다. 하지만 누군가는 선생님의 상태를 돌볼……."

"제 말이 그 말입니다. 이 문제에 대한 제 아내의 입장이 어떤지 확실히 알기 전까지, 이 문제에 관해 누구와도 상의하지 않았으면 합니다."

나는 그에게 진실을 말하는 게 중요하다고 느낀다. 하지만 모든 진실을 털어놓지는 않을 것이다. 논의하고 싶지 않은 진실은 간단히 생략해버릴 수 있다.

나는 의사가 자기 의견을 말하기 전에 먼저 입을 연다.

"제가 언제든지 선생님과 연락할 수 있으면 좋겠어요. 전화번호를 알려주세요. 진통제 같은 게 필요해질 때를 대비해서요."

의사가 나에게 저주를 퍼붓는 소리가 귀에 들리는 것 같다. 오랫동안 기다려온 휴가 속으로 불쑥 불청객이 침입해 들어왔으니 그럴 만도 하다. 하지만 현실을 직시하자. 내가 살해당하는 게 날이면 날마다 있는 일도 아니지 않은가.

"그럼 좋습니다." 그가 말한다. "하지만 될 수 있는 대로 낮에만 전화를 주셨으면 합니다."

의사가 내게 휴대전화 번호를 알려준다. 마지못해서지만, 어쨌든 숫자들이 그의 입에서 나오기는 한다. 나는 전화를 끊고 다시 목록을 내려다본다. 그리고 적어놓은 이름들을 읽어보고는 문으로 향한다.

# ‖ 7 ‖

나는 키파리쿠자 끄트머리에 차를 댄다. 차에서 내리는 동안 사비니에미 자갈이 발밑에서 차르륵 소리를 낸다. 나만큼 키가 크고 벽돌담만큼 빽빽하게 늘어선 산사나무가 베리 덤불과 오래된 사과나무가 자라는 예쁜 녹색 정원을 외부에서 보이지 않게 가려준다. 내가 찾아온 집은 정원 끝자락에 서 있다.

그 집은 퇴역 군인들을 위한 조립식 주택이 등장하기 전에 지어진 진한 청록색 목조 주택이지만, 거의 비슷한 양식이다. 크기는 대부분의 퇴역 군인 집보다 약간 작다. 아마도 거주 가능한 바닥 공간은 현대식 원룸 아파트보다도 크지 않을 것이다. 집, 정원, 관목, 화단 등 모든 것이 잘 관리되어 깔끔하고 질서 있게 정돈되어 있다.

산니는 운동화 위로 몸을 웅크린 채 현관 앞 계단에 앉아 있다.

긴 적갈색 머리가 흘러내려서 얼굴을 가리고, 새로 덮은 구리 지붕처럼 햇살을 받아 반짝거린다. 신발 끈을 묶는 손가락이 빠르고 민첩하다. 물건을 찾고, 평가하고, 집어 올리는 데 익숙해 보인다. 산니는 나와 동갑으로 우리 회사의 수확 코디네이터다. 인근 지형을 손바닥 들여다보듯이 훤하게 알고 있다. 그녀는 인부들이 스스로 품질 관리를 하며 적절한 위치에서 효율적으로 일할 수 있게 관리하고 진두지휘하는 일을 한다. 이혼해서 지금은 혼자 사는데, 그 생활에 완벽하게 만족하고 있는 걸로 안다.

산니는 흰색 트레이닝 반바지에 작은 빨간색 가방을 허리에 차고, 꽉 끼는 민소매 상의를 입고 있다. 그녀가 새것처럼 보이는 빨간 운동화 위로 똑바로 구부리고 앉아 노란색 끈을 단정하게 이중 매듭으로 묶어 단단히 조인다. 그러다가 고개를 들어 나를 보더니 깜짝 놀란다.

"어쩜 그렇게 소리도 없이 다가왔어요?"

"제가요?"

우리는 서로 몇 미터 떨어져 있다. 산니의 눈동자는 녹색과 파란색이 섞여 있다.

"갑자기 불쑥 나타났잖아요."

"얘기를 좀 하고 싶어서요." 나는 말을 더듬는다. "당신이 매우 성실하고 모든 업무를 문제없이 처리하고 있으리라는 건 잘 알아요. 단지 조만간 수확이 시작될 거라서, 몇 가지 검토하고 싶은 게 있어요."

산니는 자그마한 체구에 여리여리하다. 키는 160센티미터가 조금 넘는다. 그녀의 가녀린 몸매를 보고 있자니 문득 토미가 내게 내뱉은 '뚱보 녀석'이라는 말이 생각난다. 나는 본능적으로 배를 집어넣고 가슴을 부풀려보지만, 곧바로 한심한 기분이 든다. 여기 내가, 언제 죽어도 이상하지 않을 내가, 남의 집 정원 한가운데 서서 여전히 이성에게 잘 보이려 애쓰고 있다니.

"좋아요." 산니가 말한다.

나는 숨을 내쉬면서 그녀가 눈치채지 못하도록 자연스럽게 힘을 풀어 다시 배가 늘어지도록 한다.

"우리 저쪽으로 가서 앉죠."

나는 초록색과 흰색 체크 무늬 캠핑용 접이식 의자를 가리키며 말한다. 앉기 전에는 다시 한번 의자를 확인한다. 깨끗한 의자든 아니든, 정액 같은 것이 남아 있지는 않은지 살펴보기 위해서다. 반드시 그럴 필요는 없겠지만, 타이나와 페트리가 함께 은밀한 시간을 보내는 걸 목격한 이후로는 평소에 일광욕 의자에 가지고 있던 일반적인 위생에 관한 믿음을 내버리게 되었다.

태양은 하늘에 영구히 자리 잡은 모양이다. 적어도 보기에는 그런 것 같다. 움직이지도 변하지도 않고, 그 어떤 것도 손댈 수 없는 밝은 하얀색 빛의 덩어리로 남아 있다. 푸른 하늘은 깨끗이 닦아놓은 것처럼 텅 비어 있다. 공기는 정체돼 있다. 어디선가 누가 양탄자를 두드려 턴다.

내가 말을 시작한다.

"오전에 하미나 머시룸 컴퍼니 사람들과 얘기를 나눴어요. 물론 그들에게서 어떤 솔직한 대답을 얻은 건 아니지만, 오늘 보고 들은 것으로 판단해보건대, 우리에게 아주 진지하게 받아들여야 할 경쟁자가 생긴 것 같아요."

산니는 아무 말도 하지 않는다.

"어쩌다 보니 그들의 포장 및 보존 장비가 우리 것보다 훨씬 현대적이고, 언제든지 전원을 켤 준비가 되어 있다는 걸 알게 됐거든요. 그들에게 피커에 관해 물어보기는 했지만, 답을 얻지는 못했고요. 이 모든 일이 뭔가 좀 이상해요. 솔직히 말해서 정말 모든 게 이상해 보여요. 모든 게 다요, 젠장!"

산니가 나를 쳐다본다. 나는 그냥 무시해도 좋다는 식의 손짓으로 마지막 문장을 지우며 묻는다.

"뭐 들은 얘기 없어요?"

산니가 약간 주저한다. 눈만 깜빡여도 놓칠 만큼 아주 짧은 머뭇거림이다. 그게 바로 내가 그걸 알아차린 이유다. 머뭇거림이 사라지고 나자, 산니는 얼굴로 흘러내린 긴 머리칼을 뒤로 휙 넘긴다. 그리고 여전히 아무 대답도 하지 않는다.

"산니?" 내가 다시 묻는다. "뭐 들은 얘기 없어요?"

그녀가 나를 쳐다본다.

"그쪽에서 내게 일자리를 제안해왔어요. 수확 업무 총괄 책임자

자리요."

총괄 책임자? 우리 회사에서 산니는 코디네이터어떤 업무나 행사를
조정하고 진행하는 직책일 뿐이다.

"언제요?"

산니는 시선을 돌려 수풀 쪽을 바라본다. 뒤엉킨 초록이 마치 정
글을 연상케 한다.

"얼마 안 됐어요."

"그래서 뭐라고 했어요?"

산니가 나를 다시 쳐다본다. 그녀는 조금 전과 다르게 보인다.
청록색 눈동자가 이제는 태양의 하얀 눈부심을 반사한다.

"사장님과 얘기해보겠다고 했어요."

나는 숨을 들이마시고 내쉰다.

"그들에 대해 아는 게 있나요? 내 말은, 그 회사에 관해 말이에
요."

"내가 상당한 연봉 인상을 받게 되리라는 건 알아요."

멀리서 양탄자 터는 사람이 계속해서 먼지를 두드려댄다. 소리
는 해안 방향에서 올라오는 것 같다.

"당신은 버섯에 열정이 있다고 전에 말했잖아요."

"맞아요." 산니가 고개를 끄덕인다. "난 그 어떤 인간보다도 버
섯이 좋아요. 하지만 급여 인상과……."

그녀는 고개를 돌려 앞을 똑바로 응시한다.

"급여 인상 외에 뭔가 다른 것도 제공하기로 했습니까?"

산니는 잠시 침묵한다.

"그들은 우리, 아니 사장님 회사는 미래가 없다고 생각해요."

이마 깊숙한 곳에서 타는 듯이 극심한 통증이 부글부글 일어나기 시작한다. 시야 앞으로 전기뱀장어가 스르르 가로질러 지나가는 것 같다.

"어떤 면에서요? 우리에게 왜 미래가 없다는 건가요?"

산니가 나를 쳐다본다.

"우린 용기와 결단력이 부족하기 때문이죠. 우린 충분히 공격적이지 않거든요."

"그게 그들의 의견인가요?"

산니는 신발 끈이 여전히 단단히 묶여 있는지 확인이라도 하듯이 입술을 오므리며 아래로 시선을 내린다. 끈은 묶인 그대로다.

"산니, 이 말은 꼭 소리 내서 해야 할 것 같네요. 하미나 머시룸 컴퍼니는 신뢰를 주지 못해요. 오히려 그 반대예요. 그들의 배경을 보면……."

"나도 알아요." 산니가 고개를 끄덕인다. "하지만 사람은 저마다 다 다른 측면이 있어요. 버섯처럼. 아름다워 보이는 그물버섯에도 구더기가 득실거릴 수 있어요. 밀크캡은 생긴 건 흉해도 맛은 일품이고요. 그리고 사미와 저는 한때 사귀던 사이예요."

"당신과 그 야구선수가요?"

"네, 예전에요. 그가 야구를 그만두었을 때 헤어졌어요."

산니는 내가 자신을 쳐다보고 있음을 알아차린다. 내 시선은 흔히들 강렬하다고 말하는 그런 종류다.

"왜 그런 눈으로 보세요?"

"당신은," 나는 말을 더듬는다. "내 말은, 그는 당신과는 너무 달라 보여요. 그것도 아주 완전히."

"그러니까 그는 매번 방망이를 휘두를 때마다 야구공 대신 자기 머리를 후려칠 것 같은 사람처럼 보인다는 거죠? 어떤 면에서는 그게 사실이에요." 그녀가 설명한다. "은퇴 전 마지막 경기에서, 사미는 마지막 타석에 나가기 전에 몸을 풀고 있었어요. 시합은 세이네요키에서 열리고 있었는데, 경기장 분위기는 긴장돼 있었죠. 그들이 한 점 차로 뒤지고 있었거든요. 타자들은 경기장 가장자리에서 방망이를 휘두르고 있었지만, 사미는 경기에 완전히 몰두해 있었어요. 그는 예의 그 유명한 낮은 스트레칭을 하면서 몸을 풀고 있었죠. 한 선수가 스트라이크 아웃을 당했고, 판정은 명확하지가 않았어요. 사미는 먹잇감을 공격할 준비를 마친 검은 표범처럼 몸을 뻗고 있었죠. 그런데 그가 벌떡 일어섰을 때, 할로넨의 방망이가 벤치를 향해 날아와서 그의 머리를 후려치고 말았어요. 할로넨은 와일드카드 타자였죠. 그가 진짜 강한 한 방을 날렸던 거예요."

우리는 잠시 조용히 앉아 있다. 양탄자 치는 소리는 어느새 멈췄다. 정원은 향기롭다.

"이제 뭘 할 겁니까?" 나는 묻는다.

"10킬로미터 조깅을 할 거예요." 산니가 대답한다.

"내 말은 그런 뜻이 아니에요."

"알아요."

산니는 손으로 머리카락을 훑어서 모아 잡더니 손목에 끼고 있던 밴드를 빼내 머리채를 단단히 묶는다. 올려 묶은 머리가 바람에 펄럭일 준비가 된 구리빛 깃발 같다. 그녀는 허리에 차고 있는 가방에서 단백질 바를 꺼내 포장을 벗기고 먹기 시작한다.

"산니, 원하는 게 뭐예요?"

그녀는 씹던 것을 삼키고 단백질 바를 한 번 더 베어 문다. 그녀가 입안에 가득 찬 것을 우물거리며 대답한다.

"연봉 인상일 걸요, 아마도."

"인생에서 전반적으로 원하는 거 말이에요."

산니의 청록색 눈동자 속에는 힘과 밝음이 있고, 내가 전에는 전혀 알아차리지 못했던 무언가 다른 것도 있다.

"화요일 오후에 받기에는 꽤 심오한 질문인데요."

나는 그녀를 바라보며 아무 말도 하지 않는다. 산니는 혀로 윗입술을 핥으며 입안에 있는 음식을 삼킨다.

"싱그럽고 상쾌한 아침에 숲속을 걷고 싶어요. 침대에서 아침을 먹고 싶지만, 생일에는 싫어요. 사람을 불러서 우리 집 배수구를 고치고 싶어요. 살면서 빅토리아 시크릿 브랜드 속옷을 적어도 한 번은 입고 싶어요. 신상으로 고급 산탄총도 하나 갖고 싶어요. 도쿄 마라톤을 3시간 30분 이내에 완주하고 싶어요. 버섯과 식물에 관해 내가 알아야 할 모든 것을 알고 싶어요."

산니가 말을 멈추고 마지막 남은 단백질 바를 입안으로 던져 넣는다. 나는 내 목록, 즉 살인 사건 수사 그리고 중독에 관해 생각한다. 다른 인간들에 둘러싸인 인간이 된다는 건 바로 이런 것이다. 나는 산니가 원하는 게 무엇인지는 알지만, 산니에 관해서는 아무것도 모른다.

"당신이 말하는 연봉 인상은 어느 정도인 거죠?" 나는 묻는다.

"50퍼센트."

산니의 대답에 나는 입안이 비어 있음에도 거의 목이 멘다.

"그들은 심지어 더 많은 액수를 약속했어요." 그녀가 뒤이어 설명한다.

"그걸 의심하는 건 아닙니다."

난 여러 가지 이유에서 산니가 필요하다. 무엇보다 난 그녀를 가까이 두어야 한다. 게다가 난 그녀가 원하는 돈을 어디에서 찾을 수 있는지 안다. 페트리는 새 배달 밴이 필요치 않다. 개인 차로 원하는 곳은 어디든 아무 문제 없이 갈 수 있는 것 같으니까.

"음, 예산 내에서 연봉 인상을 약속할게요. 그 대가로 나도 뭔가를 요청해야 할 것 같은데요."

산니는 내 제안을 듣고 싶어 하는 눈치다.

"난 당신이 그쪽에 좀 비싸게 굴어줬으면 좋겠어요. 하미나 머시룸 컴퍼니 직원들에게 그쪽 제안을 신중하게 검토해보겠다고 해줘요. 장단점을 좀 가늠해봐야 할 것 같다고. 그들이 수확 작업을 어떤 식으로 계획하고 있으며, 누구와 사업을 하고 있는지 알고 싶다고 하면서 말이에요."

산니의 입꼬리가 살짝 말려 올라가며 미소가 떠오른다. 어쩌면 딱히 미소라고는 할 수 없을지 모르지만, 입술이 살짝 뒤틀리다가 이내 자연스럽게 풀어진다.

"내가 그들을 염탐해주길 바라는군요."

나는 아무 대꾸도 하지 않는다. 산니는 실망한 듯하면서 동시에 신이 난 목소리로 말한다.

"제가 사장님을 완전히 잘못 알고 있었나 보네요."

# ‖ 8 ‖

나는 차를 돌린다. 자갈이 바퀴 밑에서 튀는 소리를 낸다. 햇빛은 누군가가 거대한 거울을 가지고 장난치는 것처럼 보닛 위에서 눈부시게 반짝인다. 나는 에어컨을 켜는 대신 차창을 내린다. 그리고 자갈길을 따라 천천히 운전해 가다가 칼라스타잔카투 쪽으로 접어든다. 내가 다른 차량의 속도를 늦추고 있는 게 아님을 확인하기 위해 백미러를 들여다본다. 모퉁이에서 진한 파란색 포드 몬데오가 나타난다. 나는 속도를 조금 높이고 오른쪽을 본다.

밝은색 단독 주택 밖에 딸린 정원이 언뜻 보인다. 그곳에 서 있는 남자는 전에도 본 적이 있는 사람이다. 새벽부터 어스름까지 늘 무언가를 하고 있다. 이번에는 장작을 자르는 중이다. 정원을 빙 둘러 깔끔하게 쌓아놓은 장작더미는 거의 작은 스키 슬로프만큼이나 높다랗다. 남자는 키가 작고 근육질에 영원히 나이를 먹지 않는 사람처럼 보인다. 세월에 거칠어진 얼굴과 지방이라고는 없는 완벽한 몸매를 보고 있노라면, 롤링 스톤스의 기타리스트가 떠오른다. 그는 일단 본론으로 들어가길 좋아하는 그런 사람의 분위기를 풍긴다. 무자비함, 솔직함, 신비로움 그리고 맡은 일은 반드시 완수할 것 같은 느낌이 뒤섞여 전해진다. 내가 만약 전쟁을 치러야 한다면, 승리를 위해 그 남자와 그의 전기톱을 전장으로 보낼 것이다. 오늘은 내가 온갖 종류의 일을 다 하는 상상을 할 수 있을 것 같다.

자갈길과 도로의 교차로에서 트럭 한 대가 먼저 지나가도록 잠시 멈춘다. 파란색 몬데오가 길 가장자리로 미끄러져 가더니 멈춰 서는 게 백미러를 통해 보인다. 내가 생각에 잠겨 꾸물거린 일이 다른 사람의 길을 막아선 것은 아닌 듯하다. 나는 방향 지시등을 켜고 교차로를 회전한 후 시내 중심부로 이어지는 도로를 계속 따라간다.

산니가 달리기를 시작해 차에서 멀어지며 자갈을 밟던 소리가 들리는 듯하다. 우리의 작은 거래를 기념하며 악수했을 때, 내 손에 전해지던 그 손바닥의 따뜻함과 크기도 느껴진다. 나는 산니의 적갈색 머리와 흰색 반바지를 본다. 바지는 그녀가 달리면 더 짧아 보인다. 산니, 내 비밀 버섯 요원.

짙은 파란색 몬데오는 여전히 내 뒤에 있다. 나는 비로소 내가 그 차를 신경 쓰고 있음을 깨닫는다. 나는 즉시 외면한다. 그리고 곧 다시 확인한다. 아무래도 조금 더 운전해봐야 할 것 같다. 나는 시내로 향한다. 시장 광장은 거의 비어 있다. 나는 이리저리 방향을 틀면서 마을 중심부를 향해 나아가다가 문득 좋은 생각이 떠오른다.

300여 년 전에 설계된 시청 주변의 동심원 도로는 추격당하는 사람에게는, 혹은 적어도 자신이 추격당하고 있지는 않은지 확인해보고 싶은 사람에게는 신이 내린 선물이다. 이 도로의 가장 큰 원형, 즉 가장 바깥쪽 도로는 오직 일부분만 원형이다. 길이가 약 1킬로미터 정도 되는데, 마지막 4분의 1에 해당하는 호가 누락되어 있다. 이것이 이소임피라카투, 즉 '빅 서클 스트리트'다.

어느 시점부터 몬데오가 보이지 않는다.

나는 가능한 한 오랫동안 이소임피라카투를 빙글빙글 돌다가 배스천까지 운전해 간다. 19세기 초에 지어진 배스천은 원래 군사 요새였다. 벽에는 일련의 벽돌 포대가 뚫려 있다. 최근에는 그곳의 분위기 있는 중심 경사면에서 다양한 공개 행사가 열리곤 한다.

타이나와 나도 하미나 타투<sub></sub>하미나에서 매년 열리는 군사 행사가 열렸을 때, 배스천 요새를 방문했었다. 나는 햇볕에 그을린 타이나의 모습을 마음에서 몰아내 버린다. 맨살의 허벅지가 땀으로 끈적이던 모습도 기억에서 지워버린다. 나는 라우한카투로 꺾어져 들어가서 곧장 타운홀 쪽으로 향해 간다. 그때 내 뒤로 또다시 짙은 파란색 몬데오가 보인다. 짧은 순간이지만, 내 상상력이 나를 속이는 게 분명하다고 확신한다. 하지만 그렇지 않다.

좋다, 그럼.

원형 도로 중에서 가장 짧은 안쪽 길은 불과 200미터에 불과하다. 그 길이 타운홀 주위를 어찌나 깔끔하게 감아 도는지, 마을의 나머지 건물보다 약 20미터쯤 키가 큰 타운홀은 건물이라기보다는 마치 여덟 개의 도로가 바퀴처럼 모여드는 곳에서 불쑥 솟아오른 섬처럼 보인다. 나는 백미러를 흘낏 바라보면서, 모든 길은 결국 로마로 이어지는 게 아니라, 핀란드 동부에 있는 작은 도시의 행정 중심지로 이어진다고 생각한다. 속도를 늦추고 첫 번째 회전을 시작한다.

끊임없이 회전하는 동안에는 백미러가 아무 쓸모가 없다. 나는 창밖으로 머리를 내놓고 뒤를 바라본다. 짙은 파란색 몬데오는 내 뒤에 있다. 나는 그다지 빠른 속도로 달리지 않는다.

첫 번째 회전은 약 30초밖에 걸리지 않는다. 나는 계속해서 돈다. 몬데오는 나를 따라온다. 두 번째 회전 중간쯤 되었을 때, 나는 다시 돌아보면서 몬데오 내부를 보려 애쓴다.

운전자는 다부진 체구다. 두 번째 회전도 끝이 난다.

세 번째에서 빨간 폭스바겐 골프가 우리와 합류한다. 그 차는 당연히 속도를 줄이고 곧 우리의 작은 회전목마를 떠나버린다. 떠나는 차량의 타이어가 화난 듯이 자갈길을 긁어댄다. 우리는 이전처럼 계속 돌고 있다. 이제 난 속도를 올리기 시작한다.

네 번째 회전도 마찬가지로 빠르게 돈다. 심지어 속도는 더 빨라진다. 여름 새가 높은 곳에서 우리를 내려다본다면, 고양이와 쥐가 이상한 게임이라도 하는 건가 하고 궁금해할 것이다.

다섯 번째 회전에서 몬데오의 운전자가 슬슬 인내심을 잃기 시작한다. 마침내 그 목소리가 자신의 정체를 드러낸다. 나는 어깨 너머로 바라본다. 열린 창밖으로 거대한 머리가 튀어나온다.

"이봐, 뚱보! 내 말 들리나, 뚱보?"

나는 이 시나리오를 이 시점 이후로는 생각해보지 않았다. 영화관이나 TV에서 누군가 다른 사람을 미행하는 장면은 보통 뒤를 쫓는 스토커의 정체가 드러나면서 끝나지 않는가. 토미와 나는 같은 영화를 본 적이 없는 것 같다. 이제 그는 창밖으로 고함을 질러댄다. 엄청나게 화가 난 게 분명하다. 그가 우리의 만남을 단순한 스토킹으로 남겨놓을 계획이 아님을 깨닫기 시작한다. 이 녀석은 청어 몇 마리 때문에 어머니를 살해하지 않았던가. 그물버섯을 부러뜨리겠다는 위협을 비웃은 나에게는 대체 무슨 짓을 하려는 걸까?

"어이, 뚱보! 멈춰!"

토미는 경적을 울리고 창밖으로 욕을 퍼부어대면서 계속 차를 세우라고 소리친다.

시내에서 시속 50킬로미터는 일반적으로 상당히 빠른 속도다. 그런데 원을 그리며 돌면 느리게 느껴진다. 이번이 아마도 일곱이나 여덟 바퀴째 될 것이다. 슬슬 메스꺼움이 느껴지기 시작한다. 심각한 독극물 중독 상태로 회전목마를 타듯이 도로를 빙빙 도는 건 상당히 압도적인 경험이다.

나는 60킬로미터로 가속한다.

토미도 이제는 고함치는 것을 멈춘다. 메스꺼움이 인내의 한계에 도달할 때, 나는 오른쪽으로 급회전한다.

카데티코울룬카투에서 차를 정면으로 향하게 한 후에 다시 가속 페달에 발을 올리고 심지어 더 속도를 낸다. 토미는 여전히 내 뒤에 있다. 얼마 후 나는 좌회전한다. 내가 마을 지리를 딱히 잘 아는 것은 아니지만, 어떤 방향으로 가더라도 마을 중심부가 곧 내 뒤에 있게 되리라는 사실만은 알고 있다. 그렇게 되는 데는 얼마 걸리지도 않는다.

유일한 문제는(내가 미치광이 보디빌더에게 쫓기고 있다는 사실을 제외하면) 당장이라도 토할 것 같은 느낌이 들기 시작했다는 것이다. 회전, 압박감, 모든 게 내가 감당하기에는 너무 벅차다.

길 오른쪽으로는 몇 채의 집만 서 있을 뿐이다. 왼쪽으로는 나무가 드문드문 서 있는 버려진 땅덩어리가 있는데, 보아하니 내리막 경사로 같다. 아스팔트 도로가 끝나고 자갈길로 바뀐다. 경사면 왼쪽에 키르코야르비의 호수 쪽으로 흐르는 작은 강, 또는 개울이라고 할 만한 것이 있다는 게 기억난다. 내 왼쪽에는 회전하는 자동차의 타이어 탓에 잘 자라지 못한 덤불 부분이 보인다. 나는 그 방향으로 차를 몰고 가서 안전띠를 푼 뒤 문을 열고 밖으로 튀어나가 구토한다.

내 차의 엔진 소리가 잦아들면서 몬데오가 다가오는 소리가 들린다. 몬데오가 급격한 감속을 하며 범퍼를 도로변에 긁고 엔진을 부르릉거린다. 차가 마른 콩처럼 지표면 위에서 튕긴다. 나는 아슬 아슬하게 구토를 하면서 혼자 생각한다. 최악의 상황은 끝났다고.

몬데오가 멈추더니 토미가 튀어나온다. 그의 손에는 길고 반짝 이는 무언가를 들려 있다. 나는 차 안으로 다시 뛰어들려 하지만, 어쩐 일인지 차 키가 내 손에 없다. 땅에도 떨어져 있지 않다. 나는 차 안을 들여다본다. 점화 스위치에 꽂혀 있지도 않다.

토미는 불과 10미터쯤 떨어져 있다.

그는 내게 달려온다. 이제야 비로소 그가 무엇을 들고 있는지 보 인다.

도와달라고 외칠 수도 있을 테지만 주변에는 집 한 채도, 지나는 사람 하나도 보이지 않는다. 어쨌든 나는 숨을 쉴 수도 없다. 목구멍 안쪽을 누가 발톱으로 긁어대는 듯한 느낌이다. 내 눈은 토미의 손에 집중한다. 일종의 사무라이 검이다. 일반적인 사무라이 검보다 몇 센 티미터쯤 짧을지도 모르지만, 모양과 번뜩임과 칼날은 똑같다. 내겐 그 정도면 충분하다. 나는 반대 방향으로 달린다.

땅에는 풀이 무성하고, 바닥은 고르지 않으며 아래쪽으로 경사 져 있다. 나는 토미에게 대체 원하는 게 뭐냐고 소리쳐 물어보려 하 지만, 그럴 수가 없다. 그는 나를 죽이러 오는 것이다. 우리는 나무 사이를 뛰어다닌다. 나는 주머니 속을 더듬어보지만, 휴대전화를 차 안에 두고 내렸음을 깨닫는다. 곧이어 우리는 개울에 도착한다. 내가 보기엔 다른 선택의 여지가 없다. 나는 길 가장자리로 몸을 낮춘다. 흙이 무너져 내린다. 나는 아래로 미끄러져서 진흙 속에 무릎까지 잠긴다. 몇 초 동안 토미의 모습은 어디에도 보이지 않는다.

갑자기 토미가 내 위쪽 길 가장자리에 불쑥 나타나 있는 힘을 다해 아래로 뛰어내린다. 손에 검을 든 채 허공을 나는 건장한 남자의 모습은 거의 만화책 속에서 튀어나온 듯한 인상을 준다. 내내 뒤쪽을 살피면서, 나는 진흙을 헤치고 도랑 반대편으로 가기 위해 애쓴다.

토미의 점프에는 힘이 있다. 가속도가 그의 몸을 앞으로 약간 기울인다. 그는 위치를 조정하기 위해 팔을 뒤로 움직인다. 그 모습은 마치 공중에서 스테퍼발로 밟아 운동 효과를 얻는 기구를 하는 것 같다. 어쨌든 그는 땅에 닿는다. 그의 다리는 진흙 속으로 가라앉고, 무릎은 꺾였으며, 오른손은 두껍고 마른 나뭇가지 위에 곧장 내려앉는다. 그리고 검은 똑바로 세워진 채 기다리고 있다. 토미의 머리가 나머지 몸을 따라 내려오기를. 결국 칼날이 턱뼈 아래로 들어가 머리 꼭대기를 통해 나온다. 칼자루를 움켜쥔 주먹은 턱 밑 부분에서 멈춘다. 토미는 마치 가만히 앉아 무언가를 곰곰이 생각하는 듯이 보인다. 머리에 칼을 꽂은 채로.

나는 도랑 가장자리에 털썩 주저앉아, 영원처럼 느껴지던 시간 이후 처음으로 폐 속에 공기를 채워 넣는다. 나는 일어서려 애를 쓴다. 다리가 몸을 운반할 수 있겠다는 확신이 서자마자, 진흙 속을 터벅이며 걸어가서 도랑 경사면을 기어오른다. 마침내 길 가장자리로 올라선 후에 비틀거리며 걸어가 차 안으로 고꾸라진다. 자동차 키가 운전석 아래로 떨어진다. 나는 신발과 양말을 벗고 바지를 말아 올린다. 최선을 다해 신발을 닦아낸 후 맨발에 신발을 신는다. 몬데오로 걸어가 점화 스위치에 꽂힌 키를 빼내고 차 문을 잠근 후, 덤불 속으로 키를 던져버린다.

그런 다음 내 차로 돌아가 시동을 켜고 문을 닫는다. 나는 안전띠를 착용한 후, 백미러를 들여다보며 운전해 간다.

몬데오는 누군가 일부러 공터에 세워놓은 것처럼 보인다. 토미는 적어도 한동안은 엿보는 눈들을 피해 홀로 생각에 잠긴 채 개울가에 앉아 있을 것이다.

살다 보면 이상한 일이 일어나기 마련이다.

{ 2부 }

# 아무도 믿지 마세요

# ‖ 1 ‖

감자 냄비에서 따라낸 물이 배수구로 흘러들어 간다. 타이나는 수증기 속으로 사라진다. 잠시 후 그녀가 다시 나타난다. 맨 팔에는 힘이 잔뜩 들어가 있고, 냄비는 여전히 손에 들려 있다. 감자에서 김이 올라온다. 흙과 설탕이 섞인 듯한 달콤한 향이 번져간다. 타이나는 내 방향을 바라보지만, 나와 시선을 마주치지는 않는다. 내가 식탁으로 걸어가는 모습을 바라보지도 않는다.

"어서 와." 그녀가 말한다. "난 당신이 낮잠 자는 줄 알았어. 깔때기뿔나팔버섯을 곁들인 미트로프, 크림 양파 그레이비, 햇감자, 가염 버터를 잔뜩 넣은 호밀빵이야. 디저트로는 휘핑크림을 얹은 팬케이크에 내가 직접 만든 딸기잼을 얹어 먹을까 해."

"냄새 좋다. 아주 맛있겠어." 내가 말한다. "정말 성찬이네."

그녀가 고개를 돌린다. 나는 미소를 지어 보인다.

타이나. 내 아내.

159센티미터의 키, 어깨까지 내려오는 숱 많은 갈색 머리칼과 둥글고 회색빛을 띤 파란 눈, 자그마한 코와 하얀 치아로 가득 찬 크고 익살스러운 입.

우리는 항상 6시에 저녁을 먹는다. 나는 이미 샤워를 마쳤다. 진흙투성이 옷은 세탁기에 던져 넣고 엉망진창이 된 신발은 밖으로 가지고 나가 쓰레기통에 버렸다. 그리고 약장 안을 살펴보고는 침대에 누워 천장을 빤히 바라보며 시간을 보냈다. 나는 타이나가 집에 돌아와 큰 소리로 인사를 하고 주방에서 저녁을 준비하는 동안 내내 누워 있었다. 그녀가 어디에 다녀왔는지는 모르겠다. 바라건대, 회사이길.

"당신은 잠깐 눈 좀 붙인 것 같네." 그녀가 미소 지으며 말하고는 감자 냄비를 식탁으로 가져온다.

나와 타이나는 저녁을 먹기 위해 식탁에 앉는다. 내가 뭐라도 삼킬 수 있을지 잘 모르겠다. 우리는 식탁을 가로질러 서로에게 냄비와 접시를 건네준다. 접시 위에 놓인 음식에서 김이 모락모락 올라온다. 나는 내 잔을 들어 올린다.

"당신을 위해, 건배."

타이나가 나를 바라보며 역시 자신의 잔을 들어 올린다. 우리는 잔을 부딪치고 한 모금씩 마신다. 그녀가 말한다.

"한동안 당신이 그 셔츠 입는 거 못 본 거 같은데."

이 셔츠는 몇 년 전에 내가 맥도널드 슈퍼밀을 먹고 사은품으로 얻은 '스내키 서머 걸' 셔츠다. 그녀는 내가 이 옷을 입는 걸 좋아하지 않는다. 형태든 모양이든, 어떤 면에서도 맵시라고는 찾아볼 수 없기 때문이다. 물론 처음 셔츠를 얻은 이래로 내 몸무게가 거의 작은 아기 무게만큼 더 불어난 탓도 있을 것이다. 하지만 현 상황을 고려해보면, 이 셔츠가 이상하게도 잘 어울리는 듯 느껴진다. 몸에 딱 달라붙는 이 흰색 티셔츠에는 기름기가 뚝뚝 떨어지는 더블 햄버거에 금발 여성이 매혹적인 자세로 기대어 있는 사진이 프린트되어 있다.

"아무 생각 없이 꺼내 입었어."

이렇게 말하고 나는 앞에 놓인 접시를 내려다본다. 아내의 미트로프는 입안에서 녹아내릴 만큼 맛있고, 그레이비소스의 풍미는 타의 추종을 불허한다. 따라서 평범한 상황이라면 난 접시 위의 음식을 거의 들이마셨을 것이다. 하지만 지금은 까다로운 상황이다. 타이나는 이미 먹고 있다. 늘 그렇듯이 식욕이 왕성하다.

"오늘 하루는 어땠어?"

"똑같았지 뭐." 그녀가 입안에 음식을 가득 물고 대답한다.

나는 아내를 쳐다본다. 대답은 이해할 만하면서, 동시에 완전히 터무니없다. 그녀가 음식을 삼키고 말한다.

"하미나 머시룸 컴퍼니 남자들이 우리 회사를 방문했었다는 얘기를 들은 것만 빼면. 대체 왜 왔대?"

"나도 몰라." 내가 대답한다.

"그 사람들이 원하는 게 뭔데?"

"내 생각에는 자기들이 우리와 같은 계열의 사업을 하고 있다는 걸 우리에게 알리고 싶었던 것 같아."

"당신에게 그걸 말하려고 우리 회사에 왔었다고?"

"요점만 말하자면 그렇다는 거지. 어느 정도는."

"어느 정도라."

타이나가 내 말을 반복하고, 나는 내 접시를 바라본다.

"다 괜찮은 거지?" 그녀가 묻는다.

"더 좋을 수 없을 만큼 괜찮지."

나는 나이프로 미트로프 한 조각을 잘라내고 감자 한 덩어리를 그 위에 올려놓는다.

"그들은 사업 경쟁을 부추기려는 거야." 내가 설명한다. "아까 나눈 대화로 판단하자면, 그들은 새로운 장비는 물론이고 모든 걸 완벽하게 준비해두었어. 나한테 일본인들이 언제 도착하는지 묻더라고."

타이나의 눈이 내 시선을 피해서 자신의 접시로 후퇴한다.

"그런데 내가 아는 한 일본인들은 이번 여름에는 오지 않거든." 나는 타이나에게 시선을 고정하고 말한다. "그들이 왜 갑자기 여름에 핀란드까지 오겠어? 우리 쪽 일이 다 제대로 돌아가고 있고, 선적 시간과 가격도 상호 합의를 봤잖아. 하지만 그 세 사람에게 그렇게 말하지는 않았어."

타이나는 먼저 마당 쪽을 흘깃 바라본 후에 내 쪽을 쳐다본다.

"그럼 뭐라고 했는데?"

"일본인들이 열흘쯤 뒤에 올 거라고 했지."

"왜?"

"왜 그 사람들에게 그렇게 말했는지 묻는 거야, 아니면 왜 일본인들이 오는 거냐고 묻는 거야?"

"왜 그렇게 말했어?"

타이나가 묻는다. 목소리에는 살짝 짜증이 묻어난다.

"시간을 가지고 노는 거지. 난 그자들 정체가 자기들이 주장하는 바와는 다르다고 생각하거든."

"그들은 자기들이 누구라고 주장하는데?" 그녀가 묻는다.

"하미나 머시룸 컴퍼니 직원."

타이나는 나를 바라보며 조용히 먹는다. 오늘 내가 먹은 거라고는 아이스크림뿐이지만, 전혀 배고프지 않다. 앞에 놓인 내 접시에서 김이 오르던 것이 멈췄다. 타이나는 확신에 차서 먹는다. 그녀는 호밀빵을 한입 가득 베어 물고, 오른손에 들고 있는 포크로 커다란 미트로프 한 조각을 찍어 올려 차례로 입안에 밀어 넣는다. 어찌나 빠르게 집어넣는지 씹는 동작에 상당한 주의가 필요해 보인다. 아무래도 야외에서 한바탕 문란한 정사를 치른 것이 식욕에 놀라운 영향을 미친 듯하다.

"마침 우리가 하미나 머시룸 컴퍼니인지 뭔지 하는 것에 관한 얘기를 나누고 있으니 하는 말인데, 경쟁이 치열해지고 있어서 내가 산니에게 급여 인상을 약속했어."

타이나가 미미하게 떤다. 포크가 손에서 거의 떨어질 뻔하지만, 그녀는 순간적으로 그것을 낚아챈다.

"뭘 했다고?"

"지금껏 우리 회사가 고용했던 피커 중에 산니만 한 사람이 없었잖아. 산니가 수확 코디네이터로 근무하는 동안 우리는 신경 쓸 일이 하나도 없었어. 그녀가 자신을 도울 최고의 현지 피커들을 찾아내리라는 걸 추호도 의심해본 적이 없으니까. 산니는 노련하고, 우리가 이 사업에서 직면한 과제가 뭔지 이해해. 일종의 투자이자 미래를 위한 보험인 거지. 우리는 그녀가 하미나 머시룸 컴퍼니로 안 가고 우리 회사에 남아주기를 바라잖아."

타이나는 포크를 접시 위에 내려놓고 의자에 등을 기댄다. 움직임이 크거나 과장되지 않지만, 그래도 충분히 감지할 수 있다.

"당신이 어련히 숙고하고 결정했으려고." 그녀가 말한다. "그렇다면 그 여분의 돈을 어디서 구할지도 생각해봤겠네?"

나도 역시 접시에 포크를 내려놓는다. 타이나의 몸짓 언어가 내게 그럴 수 있도록 허락해주는 것 같다. 물론 그녀의 접시는 거의 비어 있지만, 내 접시는 아직 손도 대지 않은 상태다.

"그 문제에 대해서는 나한테 해결책이 있어. 몇 가지 세부적인 계산을 하고, 회사 차량도 좀 살펴봤거든. 그러고 나서 페트리에게 새 배달용 밴을 사줄 필요도 없고, 이번 여름에 꼭 봉급 인상을 해줄 필요도 없다고 결론 내렸어. 페트리는 아직 어리고, 어떤 면에서는 경험도 너무 부족해. 지금 이 시점에서 그에게 보상하는 건 오히려 잘못된 신호를 줄 수도 있어. 나는 그가 왜 자신이 우리에게 중요한지 더 확실하게 증명해주길 바라. 우리에게 무엇을 제공해줄 수 있는지도 구체적으로 보여줬으면 좋겠고. 만약 당신이 내게 묻는다면, 그는 여전히…… 음, 어떻게 표현하면 좋을까? 조금 더 성장해야 해. 그 친구는 아직 어린애야. 소년이지. 근육만 잔뜩 있지 상황 대처 능력은 없잖아."

타이나의 얼굴이 붉어지는 것 같다. 붉은 기운이 목에서부터 뺨까지 거슬러 올라간다.

"이미 그에게 새 밴과 급여 인상을 약속했잖아."

나는 고개를 저으며 최선을 다해 고민하는 척한다.

"난 생각해보겠다고 약속했어. 그 둘은 아주 다른 거야."

이제 타이나의 얼굴은 이마까지 빨갛게 달아오른다.

"그는 새 밴이 필요해." 그녀는 내 눈이 아니라 내 왼쪽 어깨 너머, 아마도 거실쯤 되는 곳을 응시한다. "그는 믿을 수 없을 정도로 회사에 도움이 되고 기운도 넘쳐. 당신은 어떻게 생각할지 몰라도, 창의력도 풍부해."

"음, 난 이미 결정을 내렸어." 내가 말한다. "산니야말로 우리가 눈여겨봐야 할 직원이야."

타이나가 의자에서 자세를 바꾸어 앉는다. 몸을 비틀거나 하지 않고, 아주 미묘하게 움직인다. 하지만 그 움직임에서 여전히 안절부절못하는 감정이 드러난다. 난 마침내 본론으로 들어간다.

"그리고 얘기하는 김에 말하자면, 난 우리가 좀 더 가벼운 식단으로 바꿔야 한다고 생각해."

타이나의 움직임에서 드러나던 조바심이 사라지고, 전에 보지 못했던 무거움이 그 자리를 대신한다. 그리고 엄숙한 표정이 뺨의 붉은색을 더 빛나고 강하게 만든다.

"뭐라고?"

저는 천연 독소 쪽이라고 생각합니다. 현재 상황만 보자면, 우리가 다루고 있는 건 다양한 식물과 버섯에서 얻을 수 있는 독극물…… 의사의 목소리가 머릿속에서 울리는 것 같다. 나는 팔꿈치를 식탁 위에 올려놓는다.

"우린 너무 거하게 먹어. 우리가 처음 만난 이래로 내 몸무게가 너무 많이 불었어. 정확히 말하면 24킬로그램이 늘어났지. 내 초등학교 1학년 때 몸무게만큼 불어난 거야. 때로는 내가 그 어린애를 함께 끌고 다니는 것 같은 기분이야. 아무리 맛있어도 일단 열량이 높은 소스와 그레이비, 너무 진한 스튜, 빵, 캐서롤, 미트로프 같은 건 좀 멀리했으면 해. 그리고…… 음, 뭐라고 해야 할까. 성분을 확인하기 쉬운 그런 식단으로 바꿨으면 좋겠어."

타이나가 나를 쳐다본다. 눈동자는 내가 전에 본 적 없는 색깔이다. 그게 지는 해 때문일까, 아니면 식탁 위에 매달린 에너지 절약형 전구에서 나오는 고통스러울 정도로 희미한 빛 때문일까? 그도 아니면 완전히 다른 무엇 때문일까?

"그런 말은 갑자기 다 어디서 튀어나온 거야? 성분을 '확인'하기 쉬운 식단?"

우리는 서로를 응시한다. 침묵은 윙윙거리는 소리로 가득 차 있다. 기계가 도달할 수 없는 파장이다.

나는 뒤로 기댄 후 한 손을 들어 올려 배를 두드린다.

"난 이걸 없애버리기로 작정했어. 이제 운동도 하고, 처음 우리가 만났을 때의 모습으로 돌아갈 거야."

타이나는 잠시 망설인다. 망설임의 순간은 극히 짧지만, 나는 그녀의 약점을 들여다볼 수 있다.

"정말?" 그녀는 평정을 되찾으며 외치고, 이내 그 약점은 사라진다. "그거 엄청난 도전인데."

"새로운 식단과 장기적인 운동 요법이면 완벽하게 달성할 수 있는 목표야. 우리가 다시 조깅을 함께 할 수도 있잖아. 이 배는 크리스마스쯤에는 사라질 거야. 어떻게 생각해?"

타이나는 무슨 말인가 하려는 것처럼 보이지만, 침묵을 지킨다. 대신에 앞만 응시하며 일어서더니 자신의 접시를 들고 앞으로 몸을 기울여 내 것도 집어 든다.

그녀가 돌아서서 주방 싱크대로 향할 때, 내가 입을 연다.

"아. 그리고."

그녀가 손에 접시를 든 채로 가던 길을 멈추고, 내가 묻는다.

"혹시 오늘 베이코 본 적 있어?"

그녀는 고개를 돌리지도, 나를 쳐다보지도 않는다.

## ‖ 2 ‖

아침은 황금빛이고 공기에서 소금기가 느껴진다. 바다는 부두 아래서 물결친다. 나는 아침에는 절대로 수영을 하지 않지만 오늘은 하기로 한다. 바다로 뛰어든다. 수면 근처의 물은 따뜻하지만, 50센티미터만 내려가도 차가운 얼음 주먹이 정강이를 움켜쥐는 것 같은 느낌이 든다. 나는 다시 수면으로 올라가 눈을 깜빡인다.

수평선에 시선을 고정하고 천천히 평형을 한다. 세상은 새로운 빛으로 가득 차 있다.

난 어젯밤을 살아서 넘겼다. 그리고 내게 있는 줄도 몰랐던 능력을 찾아냈다. 일단 나는 타이나 곁에서 뜬눈으로 밤을 지새우면서도, 나를 살해하려 했다고 그녀를 비난하지 않을 수 있었다(그러려면 일단은 증거가 필요하지 않겠는가). 또한 자정에서 오전 6시 사이에 꿀맛 나는 유산균 요구르트를 1리터나 마실 수 있었다. 그 뒤에 내가 나아갈 수 있는 다음 단계를 생각하면서 현재 내 상황을 숙고해 봤다.

죽음이 왜 좋은지 우리는 각자 저마다의 견해를 말할 수 있다. 하지만 죽음이 가진 다이어트 효과는 절대 과소평가해서는 안 될 것이다. 엊저녁부터 시작한 단식 덕분에 초여름만 하더라도 엉덩이에 꽉 끼고 사타구니를 너무 조여서 탈장을 일으킬 것 같았던 트렁크 수영복이 이제는 아주 근사하게 잘 맞는다.

나는 이 나이 먹도록 죽게 되리라는 상상은 해본 적이 없다. 그건 마치 이 여름이 끝나더라도 다음번 여름은 변함없이 우리를 기다릴 것이며, 어떤 이유에선지 그 여름은 지나간 여름보다 훨씬 더 근사하리라고 믿는 것과 같다. 하지만 우리가 가진 것이라고는 시시각각 짧아지는 지금 이 시간뿐이다. 그것은 우리의 이해를 넘어서는 광휘를 내뿜으며 얼핏 비치는 햇살처럼 순식간에 지나가버린다.

내가 밤에 떠올리는 생각은 낮 동안 떠올리는 생각의 골격이고, 꿈으로 뒤틀어진 살점이다. 새벽 4시에 갈기갈기 찢어진 짧은 꿈에서 깨어났을 때 이 사실을 깨달았다. 난 그동안 잘못 살아왔을까 봐, 인생을 낭비했을까 봐 두려웠다. 그것은 돌이킬 수 없는 무언가에 대한 두려움이었다. 입을 쩍 벌린 낭떠러지 위로 헛발질을 해대며 절벽 가장자리에서 도망치려 버둥대는 듯한 두려움.

태양과 바다와 새로운 아침은 모든 걸 치유해주는 듯하다.

내가 받은 충격의 결과는 무엇이고, 중독이 내게 미치는 영향은 무엇일까? 내 삶이 포함하거나 포함하지 않는 것을 깨닫는 데서 난 무엇을 얻게 될까? 이러한 질문들에 답하기란 결코 쉬운 일이 아니다. 그러나 어제 일어난 일은 아마도 내 인생 최대의 사건일 것이다. 그것이 나를 내 삶의 심장부에 데려다 놓았다.

지금 바로 이 순간, 이곳에서 난 태양과 바다와 하나가 되어 있다. 나는 허우적거리다가 물이 무릎까지밖에 안 차는 곳이었음을 깨닫고 일어선다.

그때 비로소 그 남자를 알아본다.

그는 해안을 따라 무성하게 자란 풀밭에 서 있다. 몸에 맞지 않는 짙은 색 청바지에 '수오네뇨키 딸기 따기' 축제 로고가 들어간 티셔츠를 입고, 실내 스포츠용 흑백 퓨마 운동화를 신고 있다. 내 또래로 보이지만 상당히 호리호리하다. 왜 나는 항상 내 몸무게 생각만 하는 걸까? 몸무게 같은 건 전혀 중요하지 않은 이 순간에 말이다. 아니, 중요할까? 토미가 '뚱보 녀석'이라고 부르는 소리가 들리는 것 같다. 난 이 남자가 왜 이곳에 왔는지 안다.

"야코 카우니스마 씨?"

남자가 묻는다. 나는 고개를 끄덕이면서 눈에서 바닷물을 닦아낸다. 그가 경찰 배지를 나에게 보여준다.

"하미나 경찰서의 미코 티카넨입니다. 크게 방해가 안 된다면, 몇 가지 질문드릴 게 있는데요."

"예, 괜찮아요." 내가 말한다.

나는 부두로 돌아가서 수건을 집어 들고 얼굴을 닦는다. 이유는 모르겠지만, 왠지 마른 얼굴이 내 얼굴인 것 같은 느낌이 든다. 그리고 마른 얼굴이 표정을 조절하기도 더 쉽다.

미코 티카넨은 햇살을 받아 반짝이는 풀밭을 성큼성큼 걸어서 부두로 다가온다. 여름날에 어울리는 보폭이다. 부두의 길이는 약 8미터밖에 되지 않기에, 얼마 안 가 우리는 중간에서 서로를 마주 보고 서게 되었다. 티카넨의 입 주변에는 모서리를 둥글게 다듬은 짙은 사각형이 있다. 신중하게 손질한 수염이다. 그의 눈은 친절하고 기민하다. 그가 주머니에서 종이를 꺼내 내려다본다. 종이를 보고 있는 자세를 보아하니, 그는 거기 적힌 내용을 이미 암기하고 있는 것 같다. 종이는 소품에 지나지 않는다.

"사무라이 검 한 점에 대한 도난 신고가 들어왔는데, 그 주인들은 선생님이 그걸 가져갔다고 믿는 것 같습니다. 그러니까 선생님이 어제 오후 12시 41분에서 46분 사이 테올리수스카투 27번지에 있는 하미나 머시룸 컴퍼니 부지를 방문했을 때 말입니다. 선생님이 거기 있었다는 증거로 검의 주인들은 보안 카메라 영상과 바닥에 찍혀 있던 발자국 사진을 제공했습니다."

티카넨이 나를 쳐다본다. 내 수영복이 초여름 때처럼 조여드는 것 같은 기분이다. 거짓말을 할 수는 없다.

"난 칼 같은 건 훔친 적이 없습니다."

티카넨의 눈은 나를 더 꼼꼼하게 살펴본다. 나는 수건으로 등을 말린다. 피부에 닿는 공기가 작은 동물의 따뜻한 숨결처럼 기분 좋게 부드럽다.

"하지만 그 건물을 방문했던 것은 인정하시는 거군요."

"보안 카메라에 잡혔다면, 제가 달리 주장하기 어려울 것 같은데요."

티카넨은 아무 말도 하지 않는다. 빠르게 깨달은 모양이다.

"제 말은, 제가 비디오에 찍혀 있다면 아주 명백할 테니까요."

"무슨 뜻인가요?"

"비디오 영상이 내가 그 건물에 갔다는 사실과 함께 검을 훔치지 않았다는 사실도 보여주겠죠."

지금까지는 전부 진실이다.

"카메라는 한 대밖에 없습니다." 그가 말한다. "그리고 제가 확인한 영상은 선생님이 앞서 말한 그 부지에 강제로 문을 열고 들어간 것만 보여줍니다. 선생님이 건물을 떠나는 모습은 영상에서 보지 못했습니다."

"난 강제로 따고 들어가지 않았어요." 내가 한숨을 쉰다. "그냥 들어갔어요. 문이 열려 있었거든요."

"벨을 누르셨나요?"

"예."

"누군가 와서 문을 열어주던가요?"

"아니요."

"그렇다면 그게 무슨 의미라고 생각하세요?"

우리는 서로를 응시한다. 수영복에서 물이 뚝뚝 떨어지며 허벅지 안쪽을 간지럽힌다. 하지만 사타구니를 수건으로 닦아낼 만큼 형사와의 대면이 편안하게 느껴지지는 않는다.

"반드시 어떤 의미가 있어야 하는 건 아니잖아요. 그 주인들은 일하느라 바빴을지도 모르니까요. 기계 소음 때문에 벨 소리가 안 들렸을지도 모르고요."

티카넨은 또 아무 말도 하지 않는다.

"알았어요." 결국엔 내가 다시 말을 잇는다. "현관에서 멈출 수도 있었지만, 더 안으로 들어갔어요."

"왜죠?"

티카넨의 질문은 어딘가 다른 방향에서 와서 다른 방향으로 가는 것처럼 느껴진다. 이 질문은 딸기 그림이 들어간 티셔츠를 입고 내 앞에 선, 현실에 발을 딛고 선 미코 티카넨이라는 남자가 던지는 질문이다.

"궁금했거든요." 이게 나의 솔직한 대답이다.

"뭐가 궁금했나요?" 이번에도 형사의 인격이 배제된 미코 티카넨의 질문이다.

"나는 버섯 사업을 합니다. 아내와 함께 3년 반 전에 사업을 시작했죠. 우리는 항상 장기적인 계획을 구상하면서 인내심 있게 사업을 구축해왔습니다. 그런데 난데없이 하미나 머시룸 컴퍼니가 나타났죠. 난 내 소개를 하고 사업에 대해서 질문하고 싶었습니다."

"왜 하필 어제였나요?"

어제는 내가 죽은 날이었으니까. 어제는 내가 마침내 살아난 날이었으니까.

"수확 시즌이 다가와서 그랬어요. 곧 버섯 수확이 시작되거든요. 일기예보에서 주말에 비와 폭풍이 몰려올 거라고 했는데, 통상 버섯은 그 직후에 수확할 수 있어요."

티카넨은 고개를 돌려 부두 저편의 테르바사리를 바라본다.

"왜 버섯인가요?"

"예?"

"버섯이 어떤 면에서 매력이 있나요? 애초에 왜 버섯을 따기 시작했습니까?"

"우린 버섯을 따지 않아요." 내가 설명한다. "내 말은, 물론 우리도 따긴 하지만, 아내와 내가 숲에 들어가서 직접 따지는 않는다는 거죠. 수확 자체를 우리가 직접 관여하지는 않습니다. 우리는 둘 다 직장을 잃었었죠. 그때 아내가 일본 버섯 애호가들이 핀란드 송이버섯을 찾아 이곳까지 날아온다는 기사를 신문에서 읽은 거예요. 그래서 우리가 대신 일본인에게 송이버섯을 배송해줄 수 있겠다고 생각하게 됐죠."

"아내분도 그렇게 말씀하시더군요."

"내 아내요?"

티카넨이 나를 쳐다본다.

"타이나 카우니스마 씨. 방금 그분과 얘기를 나누고 왔습니다. 어디 가면 선생님을 찾을 수 있을지 알려주더군요."

"그랬을 테죠." 나는 고개를 끄덕인다.

이제 내 몸은 거의 다 말랐다. 수건은 축 늘어져서 내 손에 매달려 있다. 나는 일종의 보호책으로 옷이 필요하다고 느낀다.

"아내분은 검을 본 적이 없다고 하더군요."

"당연히 없겠죠."

"그러니까 선생님은 그 검을 가져가지도 않았고, 현재 가지고 있지도 않다는 거죠?"

순간 개울가 제방에 꼿꼿이 앉아 있는 토미의 모습이 마음속에 번쩍하고 나타난다. 검이 마치 멀리 떨어진 라디오 주파수를 듣는 데 사용하는 안테나처럼 그의 머리를 뚫고 솟아올라 있다.

"네, 안 가지고 있어요. 손에 쥐어본 적도 없습니다."

티카넨이 나를 빤히 쳐다본다. 그의 새로운 표정이 내게 무엇을 말하려고 하는지 잘 모르겠다. 그의 태도는 진지하다. 하지만 진심으로 신이 난 듯 보인다. 물론 신이 난 게 아니라, 호기심이 동하는 것일지도 모르겠다.

"갖고 싶기는 한가요?"

어서 이 부두를 떠나고 싶다. 나는 수건을 잡은 손을 바닥을 향해 흔든다.

"죄송하지만, 이만 가도 될까요? 수확이 코앞이라……."

티카넨이 나를 쳐다본다. 몇 초 동안 그의 몸은 미동도 하지 않는 듯이 보인다. 나는 그의 심장도 뛰지 않을 것 같다고 생각한다.

"물론입니다." 그가 결국 말한다.

티카넨이 돌아서고, 우리는 걸어서 부두를 벗어나 잔디밭으로 들어간다. 방금 뭔가 정말로 끔찍한 것에서 탈출하기라도 한 듯이, 발밑의 땅이 약속의 땅처럼 느껴진다. 나는 티카넨을 지나쳐서 우리 집 정원을 향해 성큼성큼 걸어간다. 집이 나뭇잎 사이에서 깜빡거리는 것처럼 보인다. 티카넨은 꼭 까슬까슬한 우엉의 씨앗 같다. 그가 극도로 불편해지기 시작했다.

"저는 선생님과 선생님의 부인을 알고 있습니다." 그가 내 등에 대고 말한다. "비록 이전까지 만난 적은 없었지만요. 여긴 작은 마을이고, 소문은 돌게 마련이거든요. 이곳에서는 사람들이 조만간 알아내지 못할 일이 별로 없습니다. 비밀을 지키는 게 어렵다는 거죠. 한 사람에게 말할 마음을 먹는다면, 차라리 시장이 열릴 때 광장에서 기자회견을 하는 게 나을 거예요."

우리는 정원에 도착한다.

"아내분이 좋은 사람 같더군요." 티카넨은 계속 말한다.

차량 진입로에 낯선 차 한 대가 주차돼 있다. 티카넨의 차가 틀림없다. 나는 제조사와 모델을 마음속에 기록한다.

"이젠 정말 가봐야 해요."

"네, 수확을 하셔야죠. 알겠습니다."

나는 층계에 다다라서 뒤를 돌아본다.

"그럼 그 문제에 대해 제게 더는 의문점이 없으신 거죠?"

"일단은요."

"그리고 제가 검을 훔쳤다고 의심하지도 않으시는 거죠?"

티카넨은 즉시 대답하지 않는다.

"그렇습니다."

그가 대답하고 돌아서서 차 문을 열려고 한다. 순간적으로 나는 심문이 끝났다고 생각하지만, 그때 그가 마지막 질문을 던진다.

"괜찮으세요?" 질문의 의도를 파악하려는 순간, 코 밑에 뭔가가 느껴진다. 나는 윗입술을 손가락으로 문지른다. 피다.

"수영을 하면 가끔 이러더라고요."

*

집 안에 들어서자, 내 쪽으로 등을 돌린 채 창가에 서 있는 타이나가 보인다. 마치 창이 그녀를 감싼 액자 같다. 그녀 주위에서 새로운 하루가 시작되고 있다. 몇 년 동안 누군가와 함께 살면 머리와 몸의 위치를 보기만 해도 그들이 어떤 기분인지 알 수 있다. 타이나는 돌아보지 않는다. 의심할 여지 없이 티카넨의 차가 진입로에서 빠져나가는 모습을 뚫어져라 보고 있는 것이다.

나는 주방과 거실 사이의 문간에서 멈춘다.

집 안에 찬바람이 흘러든다. 이제 내 허벅지는 다 말랐다. 그것으로 은빛 물속에서 수영했던 만족감도 자취를 감춘다. 짜증이 나고 춥다.

"경찰 말이야." 타이나가 말한다.

"그래."

"난 이해를 못 하겠어. 여기 왜 온 거야?"

"사무라이 검에 대해 묻던데?"

"나도 그건 알아. 경찰이 내게도 같은 걸 물어봤으니까. 그런데 왜 우리 집에서 그런 걸 찾고 있는 거냐고?"

여전히 그녀는 돌아서지 않는다.

어젯밤에 나는 저녁 잘 먹었다는 인사 후에 베이코에게 주려고 우유 한 사발을 가지고 정원으로 나갔다. 사실상 그 이후로 타이나의 눈을 본 적이 없는 것 같다. 그녀는 계속 눈을 마주치지 않음으로써 나와 부딪히지 않으려 애쓰는 듯하다. 이해할 만한 일이다. 아침에 커피를 내려주던 아내와 바로 어제 회사의 젊은 직원과 즐겁게 불륜을 저지른 아내를 바라보는 시선이 어떻게 같을 수 있겠는가. 24시간 전, 그때만 해도 모든 게 달랐다.

"오해 때문이야. 경찰이 잘못된 정보를 가지고 있는 게 틀림없어. 나를 다른 사람과 혼동하고 있는 거지. 물론 난 누구의 검도 훔친 적이 없어. 내가 무슨 도둑인가?"

내 말에 타이나가 다시 묻는다.

"경찰한테 무슨 말 했어?"

"무슨 뜻이야?"

"경찰한테 뭐라고 했냐고."

"똑같이 말했지. 내가 뭐라고 해야 했는데?"

타이나는 즉시 대답하지 않는다. 그녀가 살짝 돌아본다. 키는 작아도 매우 다부진 체구다. 타이나는 몸에 꼭 맞는 분홍색 티셔츠를 입고 있는데, 이 각도에서 그리고 이 빛 속에서 보면 가슴이 꽉 끼고 무거워 보인다. 다시 한번 나는 「베이 워치」를 떠올린다. 꽤 오랜 시간이 지났음에도 그걸 떠올리는 이유가 무엇인지는 잘 모르겠다.

"아무 말도 하지 말았어야지, 당연히. 난 그냥 좀 놀랐을 뿐이야. 그게 다야. 여긴 작은 마을이잖아. 당신도 그게 뭘 의미하는지 알 테고. 경찰의 관심을 받는 건 좋은 게 아니라고. 사업상으로는 특히 더. 우리 명성이 훼손될 수도 있어."

타이나는 말을 하며 돌아서서 나를 마주본다. 빛이 그녀의 뒤에서 들어와 얼굴에 그림자를 드리운다.

"하지만 이게 단지 오해에서 비롯된 일이라면 더는 얘기할 필요 없겠네. 여기서 티카넨을 다시 볼 일도 없을 테고." 그녀가 말한다.

"난 그 친구 초대하거나 그럴 생각 없어."

"물론 그럴 이유도 전혀 없지."

"그래, 그럴 이유가 없지." 나는 고개를 끄덕인다.

타이나가 한 걸음 가까이 다가선다. 나는 다시 배에 힘을 주어 뱃살을 집어넣는다. 그리고 이게 어떤 식으로 작동하는지 그 메커니즘을 이해하기 시작한다. 누군가 내게 다가오면, 난 실제보다 어떻게든 더 잘 보이려고 노력한다. 그건 아주 흔한 현상이다. 그 정도는 나도 안다. 하지만 내 인생의, 또는 내 죽음의 단계에서는 상당한 노력이 필요한 행동이다.

"어제 당신이 한 제안을 생각해봤어." 타이나가 말한다.

"어제 내가 제안한 게 꽤 많지."

"식단을 가볍게 하자는 거 말이야. 당신 말이 맞아. 우리 식단이 너무 거하기는 해."

나는 미소 지으려 애를 쓴다. 하지만 얼굴이 마치 바닷물에 절인 것 같고, 뺨을 움직일 수도 없다.

"그래도 식사 준비는 계속해줄 거지?" 나는 묻는다.

"물론이지." 타이나가 대답한다. "흥미로운 도전이 될 것 같아. 사실 난 그런 게 필요해. 변화는 항상 좋은 거니까. 자전거도 매년 같은 걸 타면 지루해지잖아."

타이나가 얼굴을 붉힌다. 왠지 그 이유를 짐작할 수 있을 것 같다. 혹은 아닐지도 모르고. 나는 안장 바꾸는 걸 제안하려다가 지금 당장은 너무 과한 반응이 될 것 같아 그만둔다. 나는 자체 수사를 해나가야 할 책임이 있다. 그건 나 자신에 대한 책임이다.

"오늘은 뭘 먹고 싶어?" 그녀가 묻는다.

나는 간단히 요구르트나 한잔 마시겠다고 할 수가 없다. 아직은 예전의 나, 살아 있는 나로 남아 있어야만 한다.

"아무거나 괜찮아."

나는 이렇게 말하고는 이발소의 여성 잡지에서 읽었던 것을 떠올리며 덧붙인다.

"단백질만 풍부하다면 뭐든 좋아."

## ‖ 3 ‖

밴의 보닛이 활짝 열려 있다. 페트리는 셔츠를 벗어 던지고 빨간 반바지만 입은 채 보닛 속으로 허리를 구부려 일한다. 해는 방금 떠올랐지만, 이미 그 눈부신 빛이 그의 피부를 태우고 있다. 페트리는 구릿빛 피부에 건장하며, 바라보기 고통스러울 만큼 젊다. 나는 그렇지 않다.

어딘가에서 덜덜거리는 잔디깎이처럼 모페드모터와 페달이 달린 모터사이클의 일종 엔진이 부르릉거린다. 우리는 회사 뒤뜰에 있다. 숲 가장자리까지 약 50미터쯤 떨어진 곳이다. 뙤약볕 아래 서 있는 소나무들은 완전히 엉뚱한 세상에 태어난 고아들처럼 보인다.

나는 자동차에 관해서는 아무것도 모른다. 차에 문제가 생기면 곧장 정비소로 가져간다. 나는 보닛 아래서 일어나는 일에는 일말의 관심도 가져본 적이 없다. 뭔가 손볼 게 대단히 많은 모양인지 페트리는 내가 다가가는 것도 알아차리지 못할 만큼 완전히 일에 몰두해 있다. 나는 밴 반대편으로 빙 돌아가서 엔진을 고치는 그의 손을 바라본다. 강하고 숙련된 손이다. 손가락은 빠르고, 팔뚝은 마치 TV 속 운동 경기에서 방금 튀어나온 것처럼 보인다. 나는 그 모습을 잠시 지켜본다. 마침내 그가 깜짝 놀라 고개를 든다.

"나 신경 쓰지 말고 일해." 내가 말한다.

그의 눈이 잠시 내 눈과 마주친다. 이내 검은 머리카락이 다시 한번 얼굴 앞으로 떨어져 내린다.

"어딘가가 새고 있어요." 그가 말한다.

"말도 안 돼." 내가 반박한다. "그거 좋은 모터야."

페트리의 손은 멈추지 않는다. "오래됐잖아요. 새것으로 교환해야 해요."

잠시 나는 아무 말 않는다. 팔 근육의 움직임을 통해서 나는 페트리가 렌치나 드라이버를 비틀고 있다는 걸 알 수 있다.

"그럴 계획이야." 내가 마침내 말한다. "회사 재정이 허락하는 대로."

"문제는 제가 이걸 고치느라고 매일 적어도 한두 시간쯤 허비한다는 겁니다."

아무래도 그건 좋은 일 같은데? 그렇지 않으면 너와 내 아내를 동네 토끼들과 구분할 수 없을지도 몰라.

"인내심을 가져." 내가 말한다. "모든 일은 때가 돼야 일어나는 거니까."

"아마도요."

"자넨 행복한가?" 내가 묻는다.

페트리가 양 손바닥을 차량 측면에 가져다 댄다. 팔뚝으로 몸을 밀어 올리면서 등을 곧게 펴려는 것 같다. 물론 이건 불필요한 행동이다. 그는 똑바로 일어서기 위해 몸을 지탱할 필요가 없다. 빨래판 같은 복근과 수영선수의 등을 가지고 있지 않은가. 그는 일광욕 의자에 등을 대고 누워 지나치게 열정적인 사이클 선수 밑에 깔린 상태에서도 곧장 똑바로 일어설 수 있는 사람이다. 페트리가 어리둥절한 표정으로 나를 바라본다.

"하는 일에 대해서 말이야." 내가 말을 잇는다. "회사에서의 위치에 대해 묻는 거야."

페트리는 계속 나를 쳐다본다. "무슨 뜻인가요?"

"자네가 현재 맡고 있는 책임에 대해 어떻게 생각해? 지금 하는 일에 만족해? 난 자네가 우리 상황이 다소 바뀌었다는 걸 알고 있으리라고 생각하거든."

페트리의 눈이 엔진에서 하늘로, 하늘에서 손에 들고 있는 걸레로 움직인다.

"어떤 식으로 변했다는 건가요?" 그가 묻는다.

"우리에게 경쟁자가 생겼잖아. 저쪽 길 끝에 있는 세 남자."

페트리가 주변을 흘낏 쳐다본다. 마치 하미나 머시룸 컴퍼니 사람들이 우리 앞에 서 있길 기대하기라도 하듯이. 하지만 거기에는 하얀 벽돌 벽과 햇빛에 노랗게 변한 잔디밖에 없다. 그는 밴과 엔진 쪽으로 다시 시선을 내리고 아무 말도 하지 않는다. 그러고 있으니 심지어 조금 전보다도 훨씬 어려 보인다.

"그렇죠." 그가 고개를 끄덕인다. "그 사람들이 나타났죠."

"그 사람들이 자네에게도 스카우트 제의를 해왔나?"

페트리는 망설인다. 그의 손이 그렇다고 말해준다. 갑자기 양손 모두 산만해져서, 지금 당장 무엇을 어떻게 해야 하는지 좀 전만큼 잘 알지 못하는 것 같다.

"나한테는 솔직해도 돼. 누군가 자기들을 위해 일을 해달라고 요청하는 건 전혀 잘못된 게 아니야. 나라도 그렇게 했을 테니까. 자네처럼 무한한 에너지를 가진 청년을 누가 마다하겠어. 기대하는 것 이상을 해내는 주도적인 청년이잖아."

페트리가 어색한 미소를 지어 보인다. 비밀을 숨긴 채 자신을 칭찬하는 말을 듣고 있는 게 얼마나 힘든 일인지 경험을 통해 나도 잘 안다.

"음." 그가 말한다. "네, 맞아요."

"그러니까 그들이 자네에게 연락해왔다는 거지?"

페트리가 고개를 끄덕인다.

"더 나은 보수를 제안했겠지?"

페트리는 시선을 옆으로 돌린다. 그리고 고개를 젓는다.

"새 밴을 뽑아준다고 했어요."

"그럼 그때 곧장 내게로 오지 그랬어."

페트리가 내 눈을 똑바로 바라본다. "하지만……."

"그랬다면 함께 좋은 방안을 생각해낼 수도 있었을 거야. 어쨌든, 때가 되면 밴 문제는 처리해줄게. 하지만 그 전에 자네와 내가 합의에 도달할 수 있는 몇 가지 사항이 있다고 난 확신해. 우리가 서로를 도울 수 있을 거야."

페트리는 시선을 내리고 엔진 안쪽을 똑바로 응시한다. 나는 말을 잇는다.

"우리가 함께 해결해나갔으면 좋겠어. 우리 둘이 2인 전문가 클럽을 시작할 수도 있지. 흔히들 싱크 탱크라고 하는 거."

"잘 모르겠어요……."

"페트리, 내가 비밀 한 가지 얘기해줄게. 이건 우리 둘만 알고 있어야 해."

이제 페트리의 손은 아까보다 더 느리고 확신도 없다. 손이 떨리고 있다. 아주 미묘하고 거의 눈에 띄지 않지만, 나는 알아볼 수 있다. 나는 일부러 오랫동안 말을 멈추고, 보닛이 우리 두 사람에게 거의 동굴처럼 느껴질 때까지 엔진 위로 몸을 기울인다.

"나는 이 회사에 다니는 다른 누구보다 자네에게서 더 많은 열정을 봐. 난 자네가 무엇이든 할 수 있는 능력이 있다는 인상을 받았어. 그건 좋은 거잖아. 열정과 추진력이야말로 남자가 가져야 할 좋은 자질 아닌가. 자네는 인생에서 앞으로 나아가기를 원하고, 당연히 그래야 하는 거지. 자신이 가진 선택 사항이 무엇인지 따져보는 건 잘하는 일이야. 하지만 내가 자네에게 해주고 싶은 조언이 하나 있어. 친구로서 말이야. 내가 자네를 친구라고 해도 괜찮겠지?"

페트리가 무슨 말인가 하지만 알아들을 수가 없다. 손을 향해 중얼거린 데다 소리도 너무 작아서, 그의 손에 쥐고 있는 걸레만 그 말을 들었을 것 같다.

"친구로서 해주는 조언이야." 나는 계속 말한다. "자넨 친구가 필요해. 그걸 알아야 해. 무엇이든, 뭐든 얘기할 수 있는 상대가 필요하다고. 나는 새 밴이 자네가 원하는 전부라고 믿지 않아. 자네는 더 많은 걸 원해. 내 말이 맞지?"

페트리는 두 손을 맞잡고 보닛 아래서 몸을 빼낸다. 시선은 여전히 아래를 향하고 있다. 일어선 후에도 그의 눈은 자신의 신발을 바라본다.

"제가 좀 바빠서……."

"물론이지. 그럼 우리 나중에 다시 얘기하자고, 새 친구."

"글쎄요, 저는……."

"하게 될 거라니까. 가능한 한 이른 시일 안에."

나는 돌아서서 걸어간다. 페트리가 움직이는 소리는 전혀 들리지 않는다.

## ‖ 4 ‖

가장 큰 문제는 내가 언제 죽을지 전혀 모른다는 것이다. 죽음이 1분 후에 닥쳐올지, 일주일 후에 올지 나는 알 수가 없다. 하지만 사실 이것은 모든 사람의 문제다. 내 말은, 말 그대로 이건 모든 사람의 기본적인 문제라는 거다. 죽음, 모든 사람의 마지막 장애물. 계획이 끝나고 기대가 무산되는 순간.

누구도 죽음은 피할 수 없다. 나는 죽을 것이고, 당신도 죽을 것이고, 그도 그녀도 그리고 동물도 모두 죽을 것이다. 모두가 죽는다. 백과사전을 잠깐 들여다보면, 인류 역사상 약 500억 명의 사람이 지난 10만 년 동안 지구를 걸어 다녔음을 알 수 있다. 그리고 단 한 사람도 빠짐없이 모두 죽었다.

이미 사망한 사람은 제쳐두고라도, 현재 살아 있는 70억이 조금 넘는 우리 모두가 죽을 것이다. 지금껏 나와 악수했던 모든 사람,

내가 아침 출근길에 보았던 모든 사람, 내가 알고 있거나, 알았던 적이 있거나, 또는 지나가면서 흘깃 바라본 적 있는 모든 사람이 다 죽을 것이다.

모두가 죽어서 더는 존재하지 않게 될 것이다.

태어나는 순간 게임은 이미 시작된다. 죽음은 확실하고 똑같은 온기로 우리에게 다가온다. 죽음은 우리 삶에서 유일하게 영구적이다. 그것은 우리가 진정 신뢰할 수 있는 유일한 것이다.

나는 뒤로 기대어 숨을 들이쉬고 내쉰다. 내가 정말로 미쳐가는 것은 아닌지 생각해본다. 의사도 뇌 손상 가능성을 언급했었다. 이게 그건가? 나도 모르겠다. 만약 우리가 정말로 미쳐간다면, 미쳐가고 있다는 걸 깨닫기는 할까? 미쳐간다는 건 정신이 사라지고 광기가 그 자리를 대신 차지해서, 정신이 사라진 것조차 알아차리지 못하는 걸 의미하는 게 아닐까? 나는 한숨을 쉬고 머리를 빗기로 한다. 머리는 아침 수영 이후로 계속 헝클어져 있다.

어쨌든 죽음은 내가 걸어 들어가는 다음 방이 될 것이다. 그것은 바로 저기, 내 사무실 문 뒤에 있다. 죽음은 구체적이다. 그것은 나를 위해 주선되었기에 빠져나올 수 없는 만남이다. 그리고 죽음은 내가 자신을 잊게끔 그냥 내버려 두지 않을 것이다.

오늘 아침에 나는 코피와 갑작스러운 두통, 위와 신장의 통증, 시야 가장자리에서 번뜩이는 이상한 섬광 등의 증세를 경험했다. 이런 증상들이 전부터 있었는지, 아니면 요즘 들어 자주 나타나는 것인지 말하기는 어렵다.

죽음은 바로 이 순간 닥쳐올 수도 있다. 어느 순간 눈을 감고 다시는 못 뜰 수도 있다. 밖을 내다보지만 더는 아무것도 보이지 않을 수도 있다. 신발 끈을 묶지만, 더는 한 걸음도 내딛지 못할 수도 있다.

*

노크 소리가 들린다. 그건 내가 아직 살아 있다는 의미다.

나는 탁자 위에 손바닥을 올려놓고 문 쪽으로 고개를 돌린다. 내가 얼마나 오랫동안 정신적인 고뇌에 사로잡혀 있었는지 모르겠다. 하지만 방의 밝기로 판단해보건대 여전히 조금 전과 같은 이른 아침 시간대인 것 같다. 나는 문밖을 내다보기도 전에 그게 라이모라는 걸 알아차린다. 빠르고 불규칙하고 강한 노크 소리와 함께 갑자기 문이 벌컥 열린다.

라이모는 우리 회사의 구매 관리자로 짙은 턱수염을 기른 중년 남성이다. 그리고 그 누구보다 나와 많은 논쟁을 벌여온 사람이기도 하다. 그는 청바지에 하늘색 셔츠 그리고 진홍색 재킷 차림이다. 하지만 바깥 온도는 내가 수영할 때 이미 25도였다.

"시간 좀 있으세요?"

내가 고개를 끄덕이자, 라이모는 안으로 들어와서 등 뒤로 문을 닫는다. 문이 쿵 닫히고, 라이모는 책상 맞은편 의자에 앉는다.

"아무래도 내구성 있는 플라스틱 퍼닛<sub>상하거나 무르기 쉬운 과일, 채소</sub>
<sub>등을 수집, 운송, 판매하기 위해 담는 작은 상자나 바구니</sub>을 구매해야 할 것 같아
요. 옆면에 구멍이 뚫린 깊은 것으로요. 그래야 상품이 제대로 호흡
을 해서 신선함을 유지할 수 있으니까요."

"왜죠?"

"왜냐하면, 저쪽에서 그걸 2만 개나 주문했거든요."

"하미나 머시룸 컴퍼니 말인가요?"

라이모가 고개를 끄덕인다. 그는 뭔가 이상한 점을 알아차리기라
도 한 듯이 나를 자세히 들여다본다. 그러나 아무 말도 하지 않는다.

"그 사람들이 퍼닛을 그렇게 많이 주문했다는 건 어떻게 알아요?"

라이모는 계속 분명한 목소리로 말하고 있었음에도 다시 한번
목청을 가다듬는다.

"그냥 어쩌다가 알게 됐어요."

이것이 라이모가 우리 회사에 주는 선물이다. 그는 모든 것을 듣
고, 모든 것을 배우고, 많은 논쟁과 말다툼 끝에 항상 가장 신뢰할
수 있는 도매상에서 가장 좋은 가격을 찾아준다.

"생분해성 모델인가요?"

라이모가 고개를 끄덕인다. "전부 이번 수확에 쓸 거예요. 그건
저들이 운영 첫해에 우리 회사가 3년째 되던 해에 수확한 버섯보다
두 배나 많은 양을 목표로 하고 있다는 뜻이에요. 부연하자면, 그때
수확량은 우리 회사의 최고치였어요."

그가 다시 고개를 끄덕인다. 그의 표정, 아니 그의 무표정은 읽어내기가 쉽지 않다. 나처럼 그도 거구의 남성이다. 음식과 세월이 그의 모습을 충격적으로 바꾸어놓았다. 하지만 그의 경우에는 살집이 몸 전체에 고르게 자리 잡았다. 나는 허리에 모래를 채운 비치볼을 두르고 다니지만, 라이모의 넘치는 에너지는 마치 빵 조각 위에 고루 펴 바른 버터처럼 몸 전체에 분산돼 있다.

"그리고 그들의 것이 더 좋아 보여요." 그가 말한다. "사람들이 그걸 좋아해요. 신상 퍼닛 옆에 구식 퍼닛이 있으면 소비자는 안에 들어 있는 버섯의 질과는 상관없이 신상을 선택할 겁니다."

*내 인생 이야기네.* 나는 속으로 생각한다. 라이모는 콧수염을 쓰다듬는다. 수염은 고집스럽게 제자리에 남아 있다.

"그와 관련해서 몇 가지 작은 문제점이 있어요. 아니, 실은 그렇게 작은 문제라고 할 수 없겠네요." 내가 말한다. "우리에게는 구식 비생분해성 퍼닛이 한 시즌은 거뜬히 사용하고도 남을 만큼 많이 남아 있어요. 물론 새로운 생분해성 제품이 좋은 건 알지만, 그만큼 더 비싸기도 해요."

라이모는 재킷 자락을 곧게 어루만진다. 뭔가 하고 싶은 말이 있지만, 주저하는 듯하다.

"게다가 그건 단지 퍼닛에 관한 것만은 아니에요." 내가 계속해서 말한다. "우리에게는 여전히 최고의 상품과, 장담하건대 최고의 피커들이 있어요."

"맞습니다. 우리가 그들에 투자하고 있기 때문이죠."

라이모가 조용히 대꾸한다. 그는 내 눈을 바라보지 않고 대신 창밖을 바라본 다음, 우리 중간쯤에 있는 컴퓨터 뒤쪽으로 시선을 낮춘다. 거기에 딱히 흥미로운 것이 있어서는 아닐 것이다.

"우리도 때가 되면 퍼닛에 투자를 할 겁니다. 하지만 지금 당장은……."

"우리는 지금 당장 공격을 해야 해요." 라이모가 말하고는 다시 나를 쳐다본다.

"공격?"

"그들에게 누가 대장인지 보여줘야죠. 우리가 이 마을에서 가장 뛰어난 버섯 수출업자라는 걸 그들에게 알려줘야 한다고요."

"나는 우리가 핀란드에서 가장 뛰어난 버섯 수출업자라고 생각하는데요."

"그게 그거죠."

라이모가 하미나에서 태어나서 자란 토박이라는 사실을 잊고 있었다. 그에게는 겨우 30분 거리에 있는 마을인 코우볼라도 베네수엘라만큼 이상하고 이국적인 곳이다. 코트카는 독특하고 불쾌한 곳이며 거의 다른 행성이나 마찬가지다. 나는 하미나 머시룸 컴퍼니의 성공을 믿지 않는다는 말을 그에게 할 수가 없다. 또한 그들 중한 명이 얼마 전에 자기 머리에 스스로 검을 관통시켰다는 사실도 말할 수 없다.

"그래서 어떤 제안을 하고 싶은가요?" 나는 묻는다.

"우리는 빠르게 행동해야 합니다." 라이모가 대꾸한다. "퍼닛 3만 개를, 그것도 새로운 모델로 주문해야 해요. 우린 그걸 다 채워서 팔 겁니다."

내가 제대로 들은 건지 모르겠다. "우리 버섯 양이 충분하지 않으면 어쩌죠? 그러면 퍼닛 수만 개가 재고로 남게 될 텐데, 그건 내년 수확기가 되면 쓸모없어질 거예요."

"위험을 감수해야죠." 라이모가 말한다. "우린 그걸 받아들여야 합니다. 이건 단지 퍼닛에 관한 게 아니에요. 퍼닛은 버섯을 담으라고 있는 거고, 주문해서 가져오면 어떻게든 채워질 겁니다. 둘 중 한 회사만 살아남을 거예요. 이 마을에 버섯 수출업체가 두 개나 있을 필요가 없어요."

"나도 거기에는 동의해요." 내가 말한다.

지금 우리가 할 일은, 남은 경쟁사 직원 두 명 역시 자살하기를 기다리는 것뿐이라고 덧붙이지는 않기로 한다. 그건 싸구려 농담이 될 테고, 심지어 나 자신도 그렇게 믿지 않기 때문이다.

"하지만 불필요한 지출로 우리가 우리 사업을 무너뜨리면, 그들이 어부지리로 이기게 될 겁니다."

나는 말하고 나서 우리 경쟁사의 부지가 있는 방향을 바라본다. 라이모는 침묵한다. 처음에는 그가 다음에 할 말을 생각하고 있는 거라고 넘겨짚었다. 하지만 사실 그는 나를 빤히 쳐다보는 중이었다. 면밀하게 살피는 듯하다. 그가 자신의 행동을 자각하고는 재빨리 다시 창밖으로 시선을 돌린다.

"이번이 우리 회사의 마지막 시즌이 된다면, 별로 재미없을 것 같은데요."

"무슨 뜻입니까?"

"구급차가 너무 느리게 가면 병원으로 가는 도중에 환자가 죽을 수 있잖아요."

나는 깊이 심호흡한다. "구급차가 너무 빨리 가면 환자, 운전자, 구급대원, 의사가 모두 교통사고로 사망하게 될 겁니다."

"제 말이 무슨 뜻인지 아시잖아요."

우리는 침묵 속에 앉아 있다. 열린 창문을 통해 마당에서 시동 걸리는 소리가 들려온다. 페트리가 마침내 엔진을 고친 것이다. 나와 잠시 나누었던 대화가 페트리에게 약간의 공포심을 심어주어 그가 행동하게 해주기를 바란다. 나는 그럴 권리가 있다. 사실 완곡하게 말하자면, 결국 그는 내 영역을 침범하고 있지 않은가.

페트리를 따라가야 한다. 거기까지 생각하고 나는 자리에서 벌떡 일어선다. 라이모가 약간 놀란 표정을 짓는다. 페트리의 밴이 서서히 앞뜰을 돌고 있다.

"일단 때를 기다려봅시다." 내가 말한다. "지금은 내가 가야 할 데가 있어요."

"어떡하실 거예요?" 라이모가 묻는다.

"뭘 어떡해요?"

"퍼닛이요!" 그가 거의 고함을 지른다.

"아무것도 안 해요." 내가 말하고는 문을 향해 크게 두 걸음을 내디딘다. "당분간은요."

라이모가 고개를 젓는다. "누군가 이곳을 중심으로 몇 가지 더 큰 변화를 계획하고 있다고 해도, 나는 놀라지 않을 겁니다."

그게 무슨 뜻이냐고 물어볼 시간이 없다. 나는 일단 달려야 한다. 내 차는 회사 앞마당에 주차되어 있다. 나는 문밖으로 돌진하면서, 페트리의 밴이 시내로 이어지는 길을 따라 속도를 올리는 것을 본다. 나는 차를 돌리면서, 여러 면에서 라이모의 말이 일리가 있을지도 모른다고 생각한다.

때로는 먼저 공격을 감행해야 할 때도 있는 법이다.

# ‖ 5 ‖

버섯 수출 사업을 시작하기 전까지 나는 버섯에 대해서는 문외한이었다. 물론 다른 사람들처럼 나도 버섯을 먹어본 적은 있다. 피자에 들어가는 양송이버섯, 수프와 소스에 들어가는 깔때기뿔나팔버섯, 리소토에 넣어 먹는 꾀꼬리버섯과 그물버섯 등. 하지만 내가 직접 버섯을 따본 적은 한 번도 없었다.

그러다가 우리 부부는 정리해고를 당했고, 타이나가 송이버섯 사업 아이디어를 떠올렸다.

그때부터 갑자기 우리는 비유적으로나 문자 그대로나 버섯에 '귀를 기울이기' 시작했다. 나는 버섯에 관해 어찌나 많은 자료를 읽었던지 꿈에서도 버섯을 보게 되었다. 때로 나는 거대한 그물버섯 속으로, 또는 지하 저장고와 야생동물의 배설물 냄새가 나는 어둠 속으로 사라지곤 했다. 또 두껍게 바른 시멘트 같은 회청색 버섯 곰

팡이 조직 속에 갇혀서 결국에는 고통스럽게 질식해 죽기도 했다.

사람들이 생계를 위해 하는 모든 일이 그러하듯이, 초기의 열정은 이내 사그라들었다.

하지만 그 엄청난 독서를 통해서, 나는 각 지역의 창업 보조금 지급 여부를 결정하는 담당자들을 설득할 때 필요한 정보를 습득할 수 있었다. 우리는 그들에게 다섯 종류의 버섯을 이용해 차린 식사를 대접했다. 보조금 결정은 바로 다음 날 내려졌다. 핀란드-일본 간의 교역에 특화된 조직이 우리가 처음 일본과 접촉하는 것을 도왔다. 우리는 도쿄로 날아가서 제안하고, 도쿄에서 헬싱키로 돌아오는 항공편을 기다리는 동안 공항에서 첫 거래를 성사시켰다.

우리가 처음으로 버섯을 직접 수확하면서 느꼈던 기분은 무엇에도 견줄 수 없다. 소나무에서 자라는 송이버섯은 여름철에 나타나기 시작하는데, 빠르면 7월 중순부터 자라나기도 한다.

여름철 숲은 끝없이 늘어선 일련의 높은 방과 같다. 각각의 방은 그다음 방보다 더 아름답고 험하고 풍부하다. 처음에는 숲의 정적이 불안했다. 그러다가 숲은 결코 진정으로 고요하지 않다는 것을 깨달았다. 그곳에는 간신히 알아들을 정도로 작은 나뭇잎의 바스락거림과 웅얼거림에서부터 나뭇가지의 우렛소리와 잔가지들의 울부짖음이 가득하다.

숲은 또한 생명으로 넘쳐난다. 온갖 모양과 크기의 덤불이 사방으로 뻗어 있다. 누구라도 시간을 내서 보고 듣는다면, 숲이 항상 바쁘다는 걸 알 수 있다. 나는 수백 마리의 새, 수천, 수만 마리의 곤충, 뱀, 여우, 너구리를 만났다. 한번은 늑대도 얼핏 보았다. 개울을 따라가는 제방에서 곰과 스라소니의 흔적을 발견한 적도 있다.

시간이 지나면서 나는 모든 것에 익숙해졌다. 그리고 그 고조된 감수성으로, 멀리 떨어진 곳에 있는 다른 사람의 존재를 느낄 수 있게 되었다.

숲에서 다른 인간을 마주치면 석기 시대로 다시 돌아가는 것 같은 느낌이다. 우리는 힐끗거리고 불신하고 서로의 움직임을 평가한다. 아마 코를 살짝 들어 올려 공기 중의 냄새를 킁킁거리면서 서로에게 다가가기도 할 것이다. 그리고 아직은 의심을 거두지 않은 채 신중한 인사와 끄덕임을 건네고 입술의 움직임 등을 조합해본 후에, 마침내 서로에게 넓은 정박지를 제공한다. 우리는 너무 흰히 보이는 곳에서는 다른 사람에게 등을 보이지 않는다. 절대로. 우리는 다른 버섯 피커를 각자의 시야 범위에 가두어둔 채, 옆걸음질로 서로에게서 멀어진다. 그들이 마음을 바꾸어 우리 영역을 침범하려하면, 우리의 바구니를 그들의 바구니에 맞서 들어 올려서 우리의 수확물을 지키기 위함이다.

회사가 성장해감에 따라, 우리는 운영을 조율하고 업무가 좀 더 효율적으로 이루어지도록 감독하고 유지해야 했다. 한마디로 우리는 사업을 이끌어나가야 했다. 최고 의사결정권자가 필요했다. 더는 숲으로 나갈 시간이 없었다. 난 더 이상 버섯 피커가 아니었다.

이제 버섯 사업가였다.

어쩌면 무슨 일이 생긴 것은 그 순간이었는지도 모른다.

내가 평소 신던 웰링턴 장화를 끈이 달린 날렵한 구두로 바꿔 신었다는 사실 외에 다른 무엇이 바뀌었던 걸까?

*

나는 페트리와 밴을 보면서 이 모든 생각을 하고 있다. 정오다. 해는 핀란드에서 볼 수 있는 가장 높은 하늘에 떠 있다. 이것은 내가 마을을 더 명확하게 볼 수 있음을 의미한다. 나는 여기서 죽을 것이다. 이곳이 바로 내 죽음의 장소가 될 것이다. 죽음의 장소라니. 사람들이 태어난 장소를 언급할 때만큼 크게 가슴을 울리지는 않는다. 그렇다고 해도 별로 놀랄 일은 아니다. 죽음의 장소에 대해서는 할 말이 거의 없고, 그것에 관해 말을 하는 사람도 거의 없기 때문이다.

페트리는 천천히, 아주 천천히 운전해 간다. 나는 그게 페트리나 밴, 둘 중 하나와 관련이 있다고 생각하다가, 어쩌면 둘 다와 관련 있을지도 모른다는 걸 바로 깨닫는다. 페트리는 엔진을 이해하기 때문에, 그걸 아끼고 있는 것이다. 아주 짧은 순간이나마 그에게 미안함을 느낀다. 그에게 새 밴이 필요한 건 확실하지만 그는 그걸 얻지는 못할 테니까. 그런 다음 나는 기억한다. 아니, 본다고 표현하는 게 맞을 것 같다(기억은 출구를 찾을 수 없는 극장과도 같기 때문이다).

페트리와 타이나가 우리 집 정원에 있는 모습을. 게다가 나는 지금 나름대로 수사를 하는 중이다.

나는 운전대 앞에 앉으면 사고가 더 명확해진다. 평소에는 그게 손이 바쁘면 뇌가 자동조종 모드로 들어가기 때문이라고 생각했었다. 하지만 이제는 그것이 마음 저 밑에서 일어나는 일, 즉 우리를 몰아가는 어떤 힘 때문임을 이해한다. 그 힘에 이끌려 달려가는 길은 옆으로 휘어 있어도 항상 깨끗하고 선명하게 볼 수 있다. 그 길은 절대 구불구불하지도, 복잡하지도 않다. 잠깐 딴생각을 한다고 갑자기 1989년으로 돌아가거나 하지도 않는다. 그 길은 항상 정확하고 한 치의 오류도 없이 시간순이며 논리적이다. 또한 여정이 아무리 고통스러울지라도, A 지점에서 B 지점까지 솔직함과 일관성을 잃지 말 것을 강요한다.

느린 속도가 내게는 더 잘 맞는다. 머릿속에서 사람과 사건을 정리할 시간을 주기 때문이다. 나는 내가 아는 모든 것을 검토하고, 알았지만 이제는 변해버린 것도 모두 살펴본다. 그리고 사건의 전말을 종합해본다.


**나를 살해한 모든 사람(확률이 높은 순서대로)**

1. 타이나*

2. 페트리*

*이들은 순서가 바뀔 수는 있지만, 어쨌든 계속 목록에 남아 있을 것이다.

차창은 끝까지 내려져 있다. 나는 팔꿈치를 밖으로 밀어낸다. 여름이 차 안으로 밀려 들어와 왼쪽 겨드랑이를 말린다.

우리는 타운홀에 도착한다. 건물을 반 바퀴쯤 돌았을 때, 페트리의 밴이 거의 기어가는 정도까지 속도를 늦춘다. 그다음 그가 한 일이 나를 아연실색하게 한다.

그는 경찰서 앞 주차 공간으로 차를 몰고 들어가고 있다.

내가 할 수 있는 일이라고는 그 앞을 지나쳐서 계속 원을 그리며 도는 것뿐이다. 나는 타운홀을 돌아 페트리의 밴이 훤히 잘 보이는 지점에 도착해서 차를 멈춘다.

페트리가 차에서 나와 포장도로 위로 뛰어내리더니 흰색 셔츠를 입는다. 옷을 입는 동안 이두박근이 구부러지고 삼두박근이 부풀어 오르며 복부 근육이 긴장한다. 나는 그가 의도적으로, 또는 허영심에서 그렇게 하는 게 아니라고 확신한다. 그냥 저절로 그렇게 되는 것이다.

내 눈으로 보고도 믿기 어려운 게 그거 하나만은 아니다. 그가 가슴 앞쪽으로 뭉친 티셔츠를 펴고 주름을 매끄럽게 두드리고 옷깃을 아래로 살짝 잡아당긴 후, 경찰서로 걸어가 문을 열고 안으로 사라진 것이다. 잠시 나는 아무것도 이해할 수 없다.

내 아내는 저놈과 놀아났다.

저놈과 아내가 나를 살해했다.

그런데 저놈이 경찰서까지 왔다. 도대체 왜?

그 순간 비치 보이스의 「서핑 사파리」가 차 안을 가득 메운다. 나는 전화를 받기 전에 화면을 바라본다. 타이나다. 나는 전화를 받고 내 이름과 성을 모두 말한다. 타이나는 잠시 침묵한다.

"어디야?" 마침내 그녀가 묻는다.

"시내."

"뭐 하려고?"

나는 광장을 바라본다. "아이스크림 사 먹으려고."

이번에도 타이나는 잠시 침묵한다.

"음, 당신이 아이스크림을 사 먹으면서 온갖 방식으로 해괴하게 구는 동안, 내가 라이모와 대화를 나누었거든."

"해괴하게?"

"그래. 어제도 그랬고 오늘 아침에도 그랬지. 그리고 지금도 마찬가지고. 아이스크림을 사 먹으면서 말이야."

"내가 정말로 아이스크림을 사 먹는다면 어쩔 건데?"

타이나는 잠시 뜸을 들이다 말을 잇는다. "우리도 그 신상 퍼닛이 필요해."

"아니."

"뭐가 아니야?"

"우린 그게 필요하지 않아. 우린 그걸 구매하지 않을 거야."

"그럼 어떡할 건데?"

"우리는 실리를 따지고 절제하면서 기존의 장기적인 전략을 따를 거야."

"뭐라고?"

"나는 우리 사업에 믿음을 두고 있어. 성급한 결정은 내리지 않을 거고, 갑자기 떠오르는 생각을 실천에 옮기지도 않을 거야. 모든 걸 미리 계획할 거야. 지난번에 구매한 퍼닛이 아직 많이 남아 있잖아. 이번 수확에는 그걸 사용해서 불필요한 지출을 줄여 비용을 절약할 거야. 이건 실패할 확률이 없는 전략이야. 우리나 직원들이 실수만 안 하면 돼."

"당신 더위라도 먹은 거야?"

"당신은 왜 그렇게 서두르는 건데? 어디 급하게 가야 할 데라도 있어?"

침묵.

"라이모 말로는……."

"라이모는 모든 구매 관리자가 하는 말을 해. 구매 관리자의 임무는 물건을 구매하는 거니까, 그가 그렇게 하지 않으면 내가 실망할 거야."

머릿속에서 내 휴대전화 벨소리인 비치 보이스의「서핑 사파리」가 다시 울리기 시작한다. 해변, 태양, 서핑. 모두가 아주 오래전 일만 같다.

"타이나?"

"그래."

"태국 기억나?"

"무슨 말이야?"

"신혼여행으로 갔던 태국의 해변, 작은 방갈로 기억하느냐고."

잠시 침묵이 흐른다. 들을 수 있는 소리라고는 내 차를 통해 여름 바람이 흘러가는 소리뿐이다.

"물론 기억하지. 그건 갑자기 왜? 어쨌든 이 퍼닛은……."

"퍼닛 얘기는 잊어버리라고." 나는 거의 화를 낼 듯하다가 다소 친근한 어조로 다시 말한다. "아니, 잊어버리면 안 되겠지만, 일단은 나중에 다시 얘기하는 거로 하자. 난 우리 신혼여행 갔던 거 생각하고 있었어. 우리가 그곳 해변과 사람들을 얼마나 좋아했었는지. 당신도 언젠가 거기 다시 한번 가면 좋겠다고 했었잖아. 그때 갔던 같은 장소로."

"내가?"

타이나의 목소리가 낮게 소곤거린다. 마치 주변에 다른 사람이 있어서 그런 개인적인 문제는 논의하기 곤란하다는 듯이. 하지만 그녀가 누구와 함께 있을 수 있겠는가? 애인은 경찰서에 있고, 남편은 그 맞은편 주차장에 있는데.

"난 우리가 가을이나 겨울 여행으로 거길 예약하면 어떨까 생각했거든." 내가 다시 말을 시작한다. "상상해봐. 녹아서 진창이 된 11월의 눈길에서 곧장 햇살 가득한 해변으로 날아가는 거야. 만약……."

"11월?"

"지금은 그냥 가능성일 뿐이야." 나는 주차장을 가로질러 시선을 고정한 채로 제안한다. "당신이 원한다면 12월의 눈길, 또는 1월의 눈길에서 날아갈 수도 있어."

"난 그런 뜻이 아니야." 그녀가 재빨리 말한다. "내 말은, 그때까지는 아직 시간이 많이 남아 있다는 거지."

"휴가는 미리미리 예약하는 게 현명한 거야. 내가 오늘 저녁이라도 예약할 수 있어."

"글쎄, 난 잘 모르……."

"아니, 잠깐만." 내가 그녀의 말을 가로막는다. "나한테 더 좋은 생각이 있어."

타이나는 또다시 침묵한다.

"우리 둘이 함께 예약하자. 그게 좋겠어. 숙소며 전부 다. 무엇이 제공되고 가격은 얼마며, 위치는 어떤지 둘이 함께 살펴보면, 어느 쪽도 불평할 수 없을 테니까. 물론 난 우리가 그 방갈로를 다시 예약할 것 같아. 우리의 방갈로."

더운 날 약하게 부는 산들바람은 따뜻하고 퀴퀴하다. 차 안의 공기는 재활용된 느낌이다. 타이나는 오랫동안 아무 말도 하지 않는다.

"태국?" 마침내 그녀가 묻는다.

"그래."

"11월?"

"예를 들자면."

다시 그녀는 멈춘다. "알았어, 그럼."

"완벽해. 오늘 저녁에 함께 예약해보자. 마실 걸 만들어서 테라스로 가지고 나가 항공편과 호텔을 예약하면서, 우리 둘만의 멋진 저녁 시간을 보내는 거야."

타이나는 아무 말도 하지 않는다.

전화가 끊어진다.

\*

한 무리의 관광객이 광장으로 몰려들고 친숙한 공연이 펼쳐지기 시작한다. 단체 사진 촬영이다. 한 사람은 디지털카메라를 들고 서 있고, 다른 사람들은 열을 지어 서려고 한다. 웃음. 카메라가 작동하지 않는다. 카메라를 든 사람이 이런저런 버튼을 누른다. 관광객들의 미소가 점차 희미해져간다. 결국, 누군가가 일행을 떠나 카메라 작동법을 설명하려 애를 쓴다. 곧 모든 사람이 카메라와 사진을 찍어주려던 사람 주위로 모여든다. 그러다가 무리는 하나둘씩 흩어져서 광장을 탐험한다. 카메라를 든 사람은 나머지 무리 뒤에서 맥없이 걸어간다.

그들 무리가 내 시야에서 경찰서 문을 가리는 데 성공한다. 밴이 여전히 같은 장소에 있는 것을 보니, 내가 놓친 것은 아무것도 없는 듯하다. 나는 차에 앉아 계속 기다린다.

이유를 알고 싶다.

페트리가 왜 이곳에 왔는지. 그뿐만 아니라 더 전체적으로는, 왜 그들이 내게 이런 짓을 하고 있으며, 왜 이런 상황이 발생했는지. 이유를 알게 되면 무엇을 해야 하고, 어떻게 해야 할지도 알게 될 것이다. 어쩌면 나는 결코 미친 게 아닐지도 모른다. 내가 해야 할 일은 살아 있는 것이다. 죽기 전까지. 내 자체 수사 중에는 절대 죽으면 안 된다.

물론 그 전에도 죽으면 안 된다.

페트리가 햇살을 받으며 포장도로로 나선다. 그 뒤로 내가 몇 시간 전에 만났던 남자가 따라 나온다.

이 거리에서 보면 미코 티카넨의 딸기 축제 티셔츠에 있는 빨간색 딸기는 그의 가슴 한가운데에 있는 거대한 한 쌍의 입술처럼 보인다. 두 남자가 밴 옆에 멈춰 선다. 그들은 잠시 대화를 나누더니 곧 악수한다. 티카넨은 경찰서로 돌아간다. 페트리는 밴에 올라타고 후진해서 주차 공간을 빠져나온다.

난 시간이 별로 없다.

# ‖ 6 ‖

오후의 사무실. 컴퓨터가 핑 소리와 함께 새 이메일이 도착했음을 알린다. 책상은 서류로 덮여 있고, 열린 문을 통해서는 작업하는 소리가 들려온다. 모두가 이곳에 있다. 회의는 2시 반에 회의실에서 열릴 예정이다.

한낮의 광휘가 창문을 통해 밀려든다. 덕분에 방 안에 보이는 거의 모든 것이 1천 분의 1밀리미터 두께의 먼지층으로 뒤덮여 있음을 알 수 있다. 자세히 살펴보면 먼지도 희미하게 빛을 발하는 듯하다. 마치 무한한 에너지원을 전달하듯이 수백만 개의 작고 미세한 별빛 광선을 끊임없이 사방으로 보내는 것 같다. 어쩌면 그건 내 상상에 지나지 않을지도 모른다. 하지만 죽어가는 사람은 자신이 좋아하는 것을 상상할 권리가 있다.

이제야 나는 이 사업이 내게 얼마나 중요한지 깨닫는다. 흔히 말하듯이, 사업은 그 사람의 창조물이다. 나는 논의하고 싶은 사항, 아니 반드시 논의해야 하는 사항을 재빨리 짧은 목록으로 작성한다.

시간이 째깍거리며 지나간다. 예정된 회의를 생각하면 시간은 더 느리게 흘러간다. 그러나 죽음을 생각하면, 시간은 빛의 속도로 흘러간다.

아무도 내 사무실에 들어오지 않는다. 그게 딱히 특이한 일은 아니다. 나는 이미 올리에게 아내가 바람을 피운다고 말했다. 라이모에게는 생분해성 퍼닛 구매를 엄격히 금지했다. 이제는 그가 이미 판매상에게 물건을 구매하겠다고 반쯤 약속을 해버린 건 아닐까 의심이 들기 시작한다. 나는 아내와 바람피우는 남자에게 친구가 되고 싶다는 말을 해서 겁을 주었다. 산니에게는 나를 위해 첩자가 되도록 했다. 불륜을 저지르는 아내를 여러 번 당황케 하기도 했다. 사무라이 검에 관한 대화와 과거 신혼여행 장소로 다시 여행을 다녀오자는 제안이 특히 어이없었을 것이다. 대체로 사람들은 어디로 튈지 예측할 수 없는 사람과는 거리를 두고 싶어 한다.

우리 회사의 시간제 사무 보조원인 수비가 복도를 따라 휙 스쳐 간다. 내가 최근에 기괴한 대화를 건네지 않은 유일한 사람이다. 불법적인 일을 요청하거나 차로 미행해 다니지도 않았다.

수비는 키가 크고 양심적이며 진취적이고 말수가 적다. 세부 사항에 주의를 기울임으로써 여러 번 나를 구해주기도 했다. 그녀는 남편이 솔벤트 남용으로 사망한 후 무역학 학위를 받기 위해 다시 대학에 진학했고, 스물일곱 살이며 두 아이의 엄마다. 긴 콧수염을 기른 라이모가 내게 그 이야기를 들려주었다. 당시 그는 수비를 섹시하다고 묘사했다. 생분해성 퍼닛도 그렇지만, 라이모가 수비를 볼 때 그의 마음에서 어떤 일이 일어나는지 전혀 알고 싶지 않다.

시계가 2시 29분을 가리킬 때, 나는 일어나 복도 끝에 있는 회의실로 걸어간다. 가는 동안 우리가 공장 구역이라고 부르는 왼쪽 공간은 물론이고, 오른쪽에 있는 다른 두 사무실도 바라보지 않는다.

나는 회의 탁자에 앉는다. 직원들이 밀려들어 오지만, 어디에 앉을지 결정하는 데 평소보다 시간이 약간 더 오래 걸린다. 아무도 내 옆에 앉기를 원하지 않는다.

타이나는 탁자 맞은편 왼쪽으로, 거의 방의 맨 끄트머리에 앉는다. 그녀는 휴대전화를 만지작거리다가 두 손에 든 폴더를 열어본다. 우연히라도 나를 쳐다보지 않으려 애쓰는지 다시 휴대전화로 주의를 돌린다. 직원들은 마치 수업을 들어온 학생들처럼 방 뒤쪽부터 미적미적 자리를 채운다.

마지막으로 등장한 두 명의 직원, 페트리와 수비가 결국 내 앞에 앉게 된다. 나는 페트리에게 윙크를 한다. 그는 즉시 시선을 돌려 창밖을 응시한다. 나는 직원 한 사람 한 사람과 차례로 눈을 맞추고 웃으며 인사한다.

20년간의 직장 생활을 통해 나는 이러한 업무 회의가 얼마나 불편한지, 또한 얼마나 끔찍한지 잘 안다. 특히 예고도 없이 갑자기 소집하는 회의는 거의 항상 불쾌한 소식을 통보한다는 점에서 더욱 더 그렇다. 예를 들어 사업 효율화(정리해고), 융복합(정리해고), 최근 급증하는 회사 자산의 절도(정리해고), 회사 미래 재검토(파산 진행) 등이 그 주제인 것이다.

나는 말을 시작한다.

"모두 참석할 수 있어서 다행이네요. 너무 급하게 회의를 소집했다는 거 압니다. 하지만 필요한 경우 우리 모두 빠르게 행동할 수 있잖아요, 그렇죠?"

진짜 질문이 아니기에 나도 대답을 기대하지는 않는다.

"모두 아시다시피, 이번에 우리에게 경쟁자가 생겼어요. 전에도 우리는 그 주제로 이야기를 나눈 적이 있죠. 그리고 여러분끼리도 그 사항을 논의했으리라고 확신합니다. 가장 큰 질문은 바로 이거예요. 이제 어쩌지? 우린 뭘 해야 하지?"

나는 직원들을 차례로 한 명씩 주의 깊게 관찰한다. 나는 이들이 나를 믿고 함께 일하게 해야 한다. 그건 큰 도전이 될 것이다.

"제가 회의록을 작성할까요?"

수비의 말에 내가 고개를 끄덕이자, 그녀는 긴 손가락으로 펜을 비틀어 잡고 끝을 딸깍 눌러 펜촉을 꺼낸 다음, 조용한 손동작으로 종이 위에 메모를 작성하기 시작한다.

"방금 했던 질문에 내가 직접 답을 해보지요. 우리는 과거처럼 일을 계속해나갈 테지만, 이제는 모든 것을 전보다 조금 더 잘해야 합니다. 우리는 여전히 최고의 직원, 최고의 피커 그리고 최고의 상품을 보유하고 있습니다. 더군다나 우리에게는 경쟁사가 갖지 못한 무언가가 있습니다. 바로 경험이죠. 저는 여러분 중 일부가, 아니면 여러분 전부가 스카우트 제의를 받고 있다는 것을 압니다. 그건 당연한 일입니다. 그래서 저는 여러분에게, 바로 여기 모든 분 앞에서 한 가지 약속을 하고 싶습니다. 그들이 여러분에게 무엇을 제안하든, 저는 여러분에게 어떤 식으로든 더 나은 것을 제공하겠다고 약속합니다. 만약 그들이 다시 접촉해온다면, 부디 제게 그 사실을 알려주세요."

잠시 멈춤. 짧지만 효과적으로. 나는 직원들이 완전히 집중할 때 다음 사항을 이야기한다.

"한 가지가 더 있습니다. 우리는 생산량을 늘릴 예정이지만, 비용과 인력 수는 그대로 유지할 겁니다."

나는 타이나를 흘끗 쳐다본다. 얼굴이 벌겋게 달아올라 있다. 그녀는 개인 통산 최고 기록을 노리는 역도선수처럼 보인다. 허리에 힘을 주고 100킬로그램짜리 역기를 공중으로 들어 올리면서, 온몸으로 젖 먹던 힘까지 쥐어짜 내는 모습을 떠올리게 한다. 그녀의 맞은편에 앉은 라이모는 콧수염을 쓰다듬는다. 수염이 가지런히 제자리를 찾게끔 할 수 없는 모양이다.

내가 이처럼 관심의 중심에 섰던 적이 있었던가? 나와 시선을 마주쳐야 한다는 사실 때문에 겁에 질려 있는 게 분명한 페트리조 차도 내 쪽으로 몸을 돌려 내 갈비뼈 아랫부분 어딘가를 응시한다. 난 이번에는 배를 집어넣지 않는다. 이 모습 그대로가 나이기 때문 이다.

"이 말은 적어도 처음 중요한 몇 주 동안은 우리 모두 수확 과정 에 참여하게 되리라는 의미입니다."

타이나는 전날 저녁 식사 자리에서 지어 보였던 것과 같은 당황 한 표정으로 나를 바라본다. 라이모는 부드럽게 목청을 가다듬더니 의자에 앉은 채 앞으로 몸을 기울인다.

"수확이요?" 그가 묻는다.

"맞습니다. 나도 참여할 겁니다."

"숲속에서요?"

"산니가 우리를 데려가는 곳이라면 어디든요."

다른 사람들이 산니 쪽을 돌아본다. 위로 바짝 올려 묶은 그녀의 머리채는 움찔하지도 않는다.

"나도 처음 듣는 말이에요." 그녀가 말한다.

머리들이 다시 내 방향으로 돌아온다. 마치 테니스를 관람하는 것 같다. 한 가지 다른 점이라면 선수 중 한 명이 곧 죽게 되리라는 것이다.

"다른 업무는 어떻게 하고요? 우리의 진짜 업무, 각자가 맡은 일 은요?" 라이모가 묻는다.

"그것도 각자 알아서 해야죠."

"그건 근무 시간이 길어지는 걸 의미할 텐데요." 올리가 말한다. "근로 계약서에 적힌 내용을 확실히는 모르겠지만……."

나는 올리에게 남는 시간에 달리 할 일이 있기는 하냐고 물어볼 용기까지는 내지 못한다. 어차피 헤어질 다음 아내를 만나는 일이라도 하나? 나는 내 제안이 그의 수입을 늘려주리라는 사실을 굳이 언급하지 않는다.

"우리는 예외적인 시대에 살고 있어요."

내가 말하고는 책상에 팔꿈치를 얹고 몸을 끌어서 단번에 모두에게 가까이 다가간다. 나는 페트리가 몸을 반대 방향으로 기울이는 것을 알아차린다. 페트리는 내 우정을 생각하면 말 그대로 페트리화페트리(Petri)는 '겁에 잔뜩 질리다' 또는 '석화하다'라는 의미의 'petrify'라는 단어와 일부 철자가 같다되어버리는 모양이다.

"내 제안이 파격적이라는 건 알지만, 생산성을 높이려면 여러분 모두가 투입돼야만 합니다."

"저는 숲에 갈 수 없습니다." 라이모가 끼어든다.

나는 진심으로 놀라 그를 쳐다본다. "왜 갈 수 없죠?"

라이모는 망설인다. "저는……, 저는 숲이 싫어요."

"이해를 못 하겠네요." 내가 말한다. "당신은 회사 전체 자산이 숲에서 나오는 회사에서 일하고 있어요."

"이게 시간제 직원에게도 적용되는 건가요?" 수비가 묻는다.

난 거기까지는 생각해보지 않았다. 어쨌든 빠른 결정을 내려야 한다. "맞아요."

"알겠습니다." 그녀는 곰곰이 생각하더니 회의록에 그 사실을 기록한다. 모두가 수비처럼 복잡하지 않다면 얼마나 좋을까.

나는 라이모에게로 돌아간다. "아무도 숲을 좋아할 필요가 없습니다. 아무도 당신에게 숲을 사랑하라거나 나무를 껴안고 있으라고 요구하지 않아요. 가서 열심히 일하기만 하면 됩니다. 버섯, 우리는 가서 버섯을 따기만 하면 돼요. 아주 간단한 거예요."

"모든 게 너무 갑작스럽네요." 타이나가 말한다.

회의 시작 이후 그녀가 처음 한 말이다. 고개들이 그녀의 방향으로 돌아간다. 잠시나마 내 존재가 가려진다. 그건 좋은 일이다. 내 시야의 가장자리에서 다시 번개처럼 불꽃이 번쩍이기 시작하기 때문이다. 복부에 경련이 인다.

"일기예보에 따르면 이번 주말 내내 비가 올 거예요." 타이나가 계속한다. "그 말은 첫 버섯은 다음 주 초, 이르면 다음 주 월요일쯤 수확할 수 있다는 의미죠. 오늘은 수요일이고요. 다시 말해서, 우리가 각자의 업무를 처리할 시간이 내일과 금요일밖에는 없다는 의미잖아요. 그 정도로는 시간이 너무 짧아요."

타이나가 입을 다문다. 말을 하는 동안 그녀는 나를 제외한 모든 사람을 바라보았다. 겨우 기운을 차린 내가 대꾸한다.

"토요일과 일요일에 쉬는 건 잊어버립시다. 난 우리가 주말까지 일해야 한다고 제안하는 겁니다."

라이모의 얼굴이 벌겋게 상기된다. 페트리는 나를 바라보고 싶지만, 스스로가 그것을 허락할 수 없는 모양이다. 올리는 기차가 역을 빠져나가는 동안 시간표를 손에 들고 망연자실한 채 서 있는 관광객처럼 혼란스러운 표정이다. 산니는 침착함을 유지한다. 그녀는 중립적인 표정으로 나를 바라본다. 수비는 계속 회의록을 적는다. 타이나는 오늘 아침 일찍이 티카넨이 찾아와서 검에 관해 묻고 갔을 때와 똑같은 표정으로 나를 쳐다본다.

"전 이번 주말은 좀 힘들 것 같습니다. 아내가 사본린나 오페라 페스티벌 공연의 표를 샀거든요." 라이모가 말한다.

"근로 계약서에 명시된 노동 시간을 초과하면⋯⋯." 뒤이어 올리가 말한다.

"나는 괜찮아요." 산니가 말한다. "계약서를 새로 만들고 서로 조건에 합의한다면요. 그리고 초과 근무 수당을 받고요."

산니의 의견이 나를 포함한 모두를 놀라게 한다. 바로 어제 나는 그녀에게 50퍼센트의 급여 인상을 약속했다. 이제 그녀는 더 많은 것을 원한다. 산니는 자신이 세상 무엇보다도 버섯을 좋아한다고 말했지만 나는 그 말이 의심되기 시작한다. 모두가 다시 내 쪽을 바라본다.

"물론 나는 누구도 공짜로 일하리라고 기대하지 않습니다." 내가 재빨리 말한다. "우리가 왜 그리고 어떻게 이 싸움에서 승리를 거머쥐게 될지 설명하기 위해 이제 막 본론으로 들어가려던 참이었어요. 우리는 서로에게 더 많은 걸 기대할 거고, 더 많은 것이 위태롭게 될 겁니다. 따라서 나는 우리가 조금 더 많은 돈을 벌 가능성 또한 누려야 한다고 믿습니다."

그들의 관심이 깨어나는 것이 눈에 보인다. 빠르게 돈을 벌 기회보다 더 사람들의 관심을 끄는 것은 없는 법이다.

"세부 사항은 좀 더 조율해야 할 겁니다. 차후 개별 면담을 통해 더 자세한 대화도 나눌 테지만, 기본 원칙은 분명합니다. 만약에 성공한다면 우리는 경쟁자를 물리치고, 생산을 늘리고, 우리 사업의 다른 분야에서도 성공하게 될 겁니다. 그러면 여러분 모두 회사의 주주가 될 기회를 얻을 겁니다. 모두에게 우리 회사의 지분을 가질 권리가 생기는 것입니다. 성공적인 버섯 수출 사업체의 주식이라. 음, 그건 당첨이 확실한 복권과 같을 거예요."

완전한 침묵. 타이나는 즉시 페트리를 바라본다. 페트리도 그녀를 돌아본다. 둘 다 얼굴이 벌겋게 달아올라 있다. 내 눈으로 직접 볼 수 있는 건 딱 그 정도다. 눈앞이 여전히 희미하고 깜빡이는 빛으로 얼룩져 있기 때문이다. 마침내 그들이 서로를 쳐다보고 있다는 사실을 자각했을 때, 두 사람의 얼굴은 더욱 붉어질 뿐이다. 타이나가 숨을 참는다. 페트리의 눈은 나도 타이나도 보이지 않는 어딘가를 올려다본다.

라이모는 콧수염을 쓰다듬는다. "오페라 가수들은 나 없이도 살아남을 것 같네요. 공연은 공연이고, 사업은 사업이죠."

좋아, 라이모는 내 편으로 돌아섰다. 다른 사람들은 내가 방금 말한 내용을 듣고도 여전히 고민하는 것 같다. 매우 급진적인 제안 아닌가. 그 사실에는 의심의 여지가 없다. 더군다나 이렇게 짧은 시간에 생각해낼 수 있는 아이디어 중에는 최고라고 할 수 있다. 실은 꽤 괜찮은 생각이다. 나는 현재 이 사업체의 지분 75퍼센트와 최종 결정 권한을 가지고 있다. 하지만 머지않아 난……. 그들이 나를 화장할까, 아니면 온전히 매장할까? 가장 중요한 것은 내 제안이 타이나와 페트리에게 어떤 식의 영향을 미치는지 내가 직접 볼 수 있다는 것이다. 혼란과 분노가 그들의 얼굴, 특히 타이나의 얼굴 전체에 노골적으로 드러나 있다.

"저는 좋은 제안이라고 생각해요." 산니가 말한다. 그녀가 고개를 돌려 내 눈을 바라본다. "우리가 이미 합의한 모든 것도 여전히 유효하다는 가정하에요."

"당연히 유효하죠."

내 대답과 동시에 타이나가 산니를 쳐다본다. 타이나의 표정에는 놓치기 힘든 무언가가 있다. 갑작스러운 질투와 호기심 그리고 정확히 꼭 집어서 말하기 힘든 어떤 것이 가득 차 있다.

"올리." 나는 그를 바라보며 부른다.

올리는 뒤로 미끄러질까 봐 걱정하는 사람처럼 탁자 가장자리를 꽉 움켜잡는다.

"다른 분들 의견이 다 그렇다면야……."

"고마워요." 내가 재빨리 그의 말을 자른다. "페트리?"

페트리는 여전히 창문만 응시한다. 그는 손을 어디에 두어야 할지 잘 모르는 듯하다. 앞에는 오직 자기 무릎과 텅 빈 탁자뿐이다. 바람피울 다른 남자의 아내는 말할 것도 없고, 연장이나 볼트 하나도 없다. 타이나와 페트리는 상대방의 담력을 평가하면서 서로 빤히 응시하며 앉아 있다. 마치 심문을 받는 두 명의 용의자라도 되는 것 같다. 그리고 그런 진단은 진실에서 그리 멀지 않다.

"잘 모르겠어요."

"회사의 주주가 되는 것보다 더 좋은 게 있는 거야?" 라이모가 그를 돌아보며 묻는다.

"그런 뜻이 아니라……." 페트리는 너무도 괴로워하며 얼굴을 붉힌다. 사람이 기절하지 않고 견딜 수 있는 최대 한도에 도달해 있는 듯하다.

"페트리." 나는 그를 향해 몸을 기울이며 말한다. "우린 아주 새로운 일을 눈앞에 두고 있어. 그러니 당연히 동의하리라 믿네."

페트리가 고개를 끄덕인다. 그가 숨이나 제대로 쉬고 있는지 잘 모르겠다.

"우리 모두가 조금은 불안하고, 심지어 두렵기까지 할 겁니다. 그렇지만 모두 다음 단계로 나아가기를 원합니다. 라이모가 그렇고, 산니도 그렇고, 올리도……."

"그리고 저도요."

수비가 내 말에 끼어들며 마치 커피를 더 마시고 싶다고 말하는 것처럼 쉽게 이야기한다.

페트리는 이제 간신히 창에서 시선을 거둔다. 타이나를 쳐다보지 않으려면 모든 힘과 결의를 그러모아야 하는 것 같다. 그는 앞에 놓인 탁자의 표면을 응시한다. 나는 그의 쪽으로 몇 센티미터쯤 더 몸을 기울인다.

"페트리, 때때로 우리는 위험을 감수해야 해. 가끔은 안전지대를 벗어나서 울타리 반대편의 풀들은 어떤지 살펴봐야 하는 거야."

페트리는 나를 쳐다보지 않고 입술을 움직인다. 하지만 사람들이 그가 말하는 것을 들을 수 있을지는 의심스럽다. 그도 그 사실을 알아차렸는지 기침을 하고 목청을 가다듬는다.

"밴이요." 그가 더듬거린다.

내가 고개를 끄덕인다. 타이나가 고개를 뒤로 젖히고 천장을 올려다보면서 고래고래 고함을 질러대지 않으려고 안간힘 쓰는 게 보인다. 그녀의 손가락이 탁자 가장자리를 있는 힘껏 움켜잡는다. 마치 그게 목 조르고 싶은 사람이라도 된다는 듯이.

"새 밴…… 새 밴이 필요해요."

그 말에 나는 즉흥적으로 연설한다. "그렇다면 내가 이어서 제안을 하겠습니다. 주주로서 우리는 함께 그런 결정을 내릴 것입니다. 그렇게 하면 눈 깜짝할 사이에 구매 절차를 개선할 수 있을 거예요. 그리고 만약 우리가 매출을 늘리는 데 성공한다면, 어떠한 한계도 없이 새로운 장비를 구매할 수 있을 겁니다."

나는 잠시 말을 멈추고 직원들을 한 명씩 차례로 바라본다.

"생분해성 퍼닛, 피커 고용 확대, 최신 포장 기계, 새로운 냉장 공간과 새로운 밴. 모든 게 가능합니다."

나는 페트리에게로 돌아간다. 그의 눈은 서서히 내 쪽으로 향한다. 이토록 상충하는 표정은 평생 본 적이 없다.

"자네도 끼는 건가?"

나는 끌어낼 수 있는 가장 부드럽고 친절한 목소리로 묻는다. 약 3초간의 내적 혼란을 거친 후, 페트리가 훅하고 숨을 내쉰다.

"네."

나는 타이나를 바라본다. 그러자 다른 사람들도 똑같이 한다. 내가 아내를 잘 안다고 주장하지는 않겠다. 하지만 지금 타이나는 자리에 가만히 앉아 있기 위해 무진 애를 쓰고 있다. 그 정도는 나도 알 수 있다. 과거에 근거해서 추측한다면, 아마도 가장 가까이 있는 프라이팬을 집어 들어 탁자를 쾅 하고 내리친 후 끌어낼 수 있는 가장 큰 목소리로 "젠장, 빌어먹을!"이라고 고함을 지르고 싶을 것이다. 하지만 그녀는 미소 지으며 고개를 끄덕인다.

"다수의 의견이 아마도 옳겠죠. 당연히 나도 낄게요."

그녀가 말하는 방식, 너무나 뻔한 자기 자신의 감정을 감추는 그 방식이 나를 오싹하게 한다. 나는 그녀에게서 다른 곳으로 시선을 돌려야만 한다.

"완벽해요." 내가 말한다. "이제 우리는 빠르게 움직일 수 있어요. 내일 아침에 시작하겠습니다. 내가 여러분 한 명 한 명과 짧은 주주 총회를 개별적으로 하고 난 후에, 다시 한번 다 같이 모이도록 하죠. 동참해주셔서 정말 감사드립니다. 여러분은 내게 가족과 같아요."

아무도 이 말에 대해 이렇다 저렇다 언급하지 않는다. 나는 사무실로 걸어가서 등 뒤로 문을 닫고 바닥에 앉아 무릎에 팔뚝을 기댄다. 마치 마라톤을 뛰고 방금 결승선을 넘은 후 앉아서 숨을 돌리는 듯한 느낌이다.

시간이 얼마 남지 않았다.

## ‖ 7 ‖

직원들에게 주식을 나눠주겠다는 내 제안은 진심이다. 죽을 때 주식을 가져갈 수 있는 것도 아니지 않은가. 우리가 여기 지상에서 가지고 있던 것은 여기 그대로 남아 다른 사람들에 의해 찢기고 흩어지게 될 것이다. 하지만 이것은 모두 부차적인 문제다. 나는 타이나와 페트리가 다음에는 무엇을 할지 보고 싶다.

사무실에서 나는 오직 숨을 돌리는 데 필요한 시간만 보낸다. 나는 몸을 반쯤 책상 밑에 밀어 넣은 이상한 자세로 바닥에 등을 대고 누워 있다. 호흡이 안정되고 시야를 가리는 번쩍임이 가라앉아 눈앞에 있는 게 무엇인지 알아볼 수 있게 되어서야 바닥에서 일어난다. 그다음에는 문을 여는 데 집중한다. 그리고 아무 일 없었다는 듯이 문밖으로 나간다. 라이모와 타이나는 아직 건물 안에 있는 것 같다. 나는 손을 흔들어 작별 인사를 하고 희미한 대답을 들으면서 회사 밖으로 나간다.

공기가 무겁게 느껴진다. 아직은 구름이 보이지 않지만, 그건 아무 의미도 없다. 공기가 습하고, 이른 아침보다 더위가 더 끈적한 것 같다. 주말에는 비가 올 것이다.

나는 차로 걸어가 시동을 걸고 차창을 내린 후 후진 기어를 넣는다. 가속페달을 밟으면서 백미러를 흘낏 바라보다가 마지막 순간에 가까스로 충돌을 피한다. 나는 다른 페달은 모두 잊고 오직 브레이크만 힘껏 밟는다. 엔진이 멈춰버린다. 백미러를 바라본다.

맞은편 밴의 보닛이 너무 거대해서 마치 내 목까지 오는 것 같다. 밴의 문이 열리는 소리가 들린다. 내가 키 쪽으로 손을 뻗고 막 다시 시동을 걸려던 차에, 아스코의 목소리가 들리고 창문으로 그의 구릿빛 근육질 팔이 보인다. 그가 몸을 숙인다. 미소는 따뜻하지만 눈은 차갑다.

"가서 한잔합시다."

*

테르바사리는 내가 하미나에서 가장 좋아하는 장소 중 하나다. 일반적으로 그렇다는 거다. 이 지역은 예전에 항구였다. 옛날에는 제재소, 부두 그리고 몇몇 작은 공업용 건물이 있던 자리다. 기찻길은 해안까지 이어져 있었다. 마지막 열차가 항구로 들어온 지 어언

60년이 지났다. 오늘날 테르바사리는 큰 공원이 있는 보존 지구다. 이전에 물품 적재 구획이 있던 장소에는 레스토랑이 들어섰고, 부두에는 술집 겸 보트가 정박해 있다.

우리는 선상 술집의 위쪽 갑판에서 플라스틱 맥주잔 하나씩을 앞에 두고 앉아 있다. 오늘 아침만큼 강렬하지는 않지만, 태양은 여전히 이글거리면서 강하게 내리쬔다. 마치 너무 밝고 뜨겁지만 손을 뻗어 비추는 각도를 조정할 수 없는 램프 같다. 산들바람이 내가 앉아 있는 플라스틱 의자 사이로 간지럽게 불어온다. 그렇지만 나는 여전히 땀을 뻘뻘 흘리는 중이다.

나는 차를 몰고 아스코를 따라오면서 내게 주어진 선택지를 살펴보았다. 바로 어제 나는 그의 동료 중 한 명에게서 도망치려 애쓰다가, 세상 기묘한 우발적인 자살 덕분에 겨우 목숨을 건졌다. 하지만 만약 토미의 시신이 발견되었다면, 아스코가 술이나 한잔하자고 청해올 일이 없었으리라는 결론에 도달했다. 그랬다면 그는 사무라이 검의 유무와는 관계없이 토미가 했던 것과 거의 똑같이 나를 대할 것이다. 나는 당분간은, 비록 그게 숙적과 마주 앉아 술을 마셔야 함을 의미할지라도, 의심받지 않도록 가능한 한 예의 바르게 행동하기로 마음먹었다.

맥주는 맛이 약하고 김도 빠져 있다. 순식간에 태양이 그 거품을 빨아들여 상온으로 데워놓은 탓이다. 나는 핀란드 사람들이 왜 여름이면 어떤 대가를 치르더라도 야외에서 술을 마셔야 한다고 고집하는지 전혀 이해를 못 하겠다. 우선 맥주가 너무 차다. 플라스틱 컵을 움켜쥔 손가락이 얼얼해지고, 이가 컵 가장자리에 덜덜 떨며 부딪힐 정도다. 마치 얼음낚시를 하면서 옷을 너무 얇게 입고 있는 듯한 느낌이 든다. 그리고 햇볕이 머리와 맥주에 내리쬐면서 술은 입술에 닿기도 전에 오줌처럼 변해버리고 머리도 곧 푹 익어버린다.

아스코는 잔을 들어 올린다. 바다가 내 앞에 펼쳐져 있다. 아스코는 마을과 오래된 테르바사리 다리를 마주 보고 앉아 있다. 나는 바다를 바라본다. 나를 어디든 데려다줄 수 있는 파도를 바라본다.

"내가 어렸을 때는," 아스코가 말을 시작한다. "저 다리에서 뛰어내리는 게 남자가 확실한 명성을 얻는 길이었습니다. 머리부터 거꾸로 뛰어내리면, 아무도 더는 당신을 괴롭히지 않게 되죠. 사람들이 당신을 범접하기 힘든 사람이라고 생각하게 되거든요. 물론 다리에서 뛰어내리는 건 위험합니다. 물속에는 눈에 잘 띄지 않는, 이를테면 난파선 파편이나 부두에서 내려온 쓰레기 같은 게 있을 수 있거든요. 다리에서 뛰어내리면 수면 아래로 족히 10~12미터 정도 잠수해 들어갈 수밖에 없는데 말이죠. 물속에서는 아무것도 볼 수 없어요. 특히 밤에는 더 안 보이지만, 그때가 사람들이 가장 많이 뛰어내리던 시간이기도 하죠. 나도 그랬고요. 우리는 광장에서 술을 마시고, 자전거에 여자애들을 태우고 다리로 가서 뛰어내리곤 했어요. 물론 전부 다 여자애들에게 잘 보이기 위한 쇼였죠.

그때도 우린 다리 한가운데로 갔습니다. 따뜻한 밤이었고 여자애들
은……."

아스코는 부둣가를 따라 자전거를 타고 가는 커플에게 손을 흔
든다. 골든레트리버 한 마리가 자전거 사이를 질주한다. 마치 서커
스 공연을 보는 것 같다. 아스코는 의아한 표정으로 나를 바라본다.

"내가 어디까지 얘기했죠?"

"다리 위로 갔다고요." 내가 대답한다. "한밤중에."

"우리는 술에 취해 있었고, 다리만으로는 충분하지 않았어요.
그래서 다리 기둥을 타고 꼭대기의 서까래까지 올라갔습니다. 거기
까지는 4미터쯤 더 올라가야 하고, 전체 높이는 15미터쯤 되죠. 그
정도면 밤이 아무리 따뜻해도, 또는 술을 아무리 많이 마셨어도 빌
어먹게 높게 느껴지는 거예요. 하지만 물론 그쯤 되면 되돌리기에
는 너무 늦죠. 속옷만 입고 올라간 데다가 여자애들이 지켜보고 있
었으니까요. 그게 바로 우리가 처한 상황이었어요."

아스코는 다리 쪽을 바라본다.

"나와 시밀라 형제들. 온갖 허세를 다 부려대기는 했지만, 우리
는 무슨 말을 해야 할지 몰랐어요. 그저 서로를 바라보기만 했죠.
그때는 아무도 우리에게 머리부터 뛰어들라고 소리 지르지 않았어
요. 하지만 우리는 이미 그렇게 하겠다고 했고, 그건 약속이잖아요.
나는 여자애들이 서 있는 곳을 내려다봤어요. 사람들이 작아 보이
더군요. 물은 꼭 달 표면 같고, 멀리 떨어져 있었죠. 그때 갑자기 빌

레가 뛰어내리더군요. 머리부터. 그가 물에 부딪힐 때까지는 아주 긴 시간이 걸렸어요. 그리고 소리가 났죠."

아스코가 맥주를 한 모금 마신다.

"물이 몇 센티미터밖에 차 있지 않은 양철통 바닥에 펜치가 떨어지는 소리, 아니 웅덩이에 놓인 나뭇가지를 도끼로 찍는 것 같은 소리가 나더군요. 수면 바로 아래 통나무 하나가 잠겨 있었던 거예요. 아주 큰 놈이. 빌레가 그걸 머리로 들이받은 거죠. 고요하고 깜깜한 밤중에 녀석의 두개골이 쩍 하고 갈라지는 소리가 마치 총소리 같이 울렸어요."

아스코가 나를 바라본다.

"그때 우리는 그 사실을 몰랐어요. 그가 자기 두개골을 쪼개서 열었다는 사실을. 우리가 본 거라고는 잠시 물에 둥둥 떠 있다가 천천히 시야에서 보이지 않게 가라앉는 사람의 형상뿐이었죠. 그의 뇌는 틀림없이 수면을 가로질러 퍼져나가서 바다로 흘러갔을 겁니다. 여자애들은 비명을 지르지 않았어요. 그냥 자전거에 올라타더니 사라져버렸죠. 나와 칼레는 아래로 내려와서 속옷 차림으로 해안가로 페달을 밟았어요. 우리는 말없이 서서 달빛 속의 검은 바다 표면을 바라보다가 구급차와 경찰을 불렀죠."

아스코가 잠시 말을 멈추더니 마침내 말한다.

"그렇게 우리 중 하나가 떠나갔습니다."

겨드랑이가 너무 축축해서 방금 바다에서 걸어 나온 것 같은 기분이다. 나는 눈을 가늘게 뜨고 손으로 문지른다. 햇빛 때문인지, 아니면 관자놀이 뒤쪽 어딘가에서 뿜어져 나오는 듯한 빛의 완고한 깜박거림 탓인지는 모르겠지만 시야가 뿌옇다. 나는 맥주를 몇 모금 마신다.

이런 상황에서는 대체 무슨 말을 해야 할지 모르겠다. 영화를 보면 이런 이야기를 들은 사람들은 안타깝다고 말하면서 애도를 표하곤 한다. 그러나 현실에서는 이런 상황에 놓이는 경우가 거의 없어서 일상적인 반응을 보이기가 힘들다. 게다가 아스코는 쉰이 훨씬 넘었다. 그가 다리에서 뛰어내리던 당시에 십 대였다면, 모든 일이 일어난 지 이미 40년 정도 되었을 것이다. 그러니 달 착륙이나 나 자신의 출생에 관해 놀라움을 표하는 편이 더 나을지도 모른다.

"슬픈 이야기네요." 나는 억지로 말한다.

아스코는 몽상에서 깨어난다. "뭐라고요?"

"지금 그 얘기 말입니다. 슬픈 일이네요. 음, 그 얘기 자체가 아니라 마지막 결말이요. 끝이 슬퍼요."

아스코는 의자에 등을 기댄다. 근육질의 사냥꾼이 천천히 입을 뗀다.

"그게 끝이 아닙니다. 우린 토미도 잃었어요. 그게 둘 중 더 큰 일이죠. 내가 누구를 얘기하는 건지 아실 겁니다."

"네, 알죠." 내가 대답한다. "그런데 그를 정확히 어떻게 잃었다는 겁니까?"

아스코가 나를 바라본다.

"연락도 안 되고 찾을 수가 없어요. 집에는 없고, 전화도 안 받아요."

"정말요?"

"정말입니다."

그가 대답하면서 나를 지그시 바라본다. 그의 눈은 고드름처럼 푸르다.

"그런데 문득 그 생각이 나더라고요. 토미가 당신에게 꽤 화가 나 있었다는 사실이요. 우리 부지에 침입하고 그에게 거만하게 군 것 때문에……."

"난 침입하지 않았습니다." 나는 단호하게 말한다. "그리고 난 누구에게도 거만하게 군 적이 없다는 생각이 드네요. 고의로는 절대로 아닙니다. 어쨌든."

아스코는 맥주를 한 모금 들이키더니 맥주잔을 천천히 탁자 위에 내려놓는다.

"그리고 검의 문제도 있죠."

"아니요." 내가 끼어든다. "난 당신 검에 손도 대지 않았어요."

나는 이 말이 반드시 사실은 아니라는 것을 깨닫는다.

"글쎄요, 내가 만졌을지도 모르겠네요. 만약 내가 만졌다면, 그건 그러니까……, 내가 당신의 회사에 방문했을 때였어요. 보안 카메라 확인하면 내가 검을 다시 벽에 걸어놓고 그쪽으로 돌아가지 않았다는 걸 볼 수 있을 겁니다."

"우린 그런 건 보지 못했어요. 우리가 당신의 강도 행각을 조사하던 중에 시스템이 맛이 가버렸으니까."

아스코는 이렇게 말하고 바다 쪽을 흘낏 바라본다.

"맛이 가요?"

"저절로 꺼졌다고요."

"그건 내 잘못은 아니죠, 안 그래요? 그리고 내가 그 건물을 떠난 후에 검이 사라진 거라면, 분명히 난 그걸 훔칠 수 없었을 테고요."

"당신이 다시 돌아왔을 수도 있죠. 어쩌면 그 검에 완전히 마음을 빼앗겨서 다시 돌아와 우리에게서 그걸 훔쳐 갔을지도 모르는 거잖아요."

나는 고개를 젓는다. "난 가져가지 않았어요. 그런 생각조차도 해본 적 없어요."

아스코는 다시 생각에 잠긴다. "그렇다면 토미는 실종된 거네요. 그 친구는 당신 얘기를 하고 있었어요. 당신한테 화가 잔뜩 나 있었죠. 정말 화가 나 있었다고요."

"도무지 이해를 못 하겠네요." 내가 매우 정직하게 말한다.

"토미는 당신을 마음에 안 들어 했어요."

그 정도는 나도 알아차렸지.

이곳에서 벗어나고 싶다. 지금 이게 무슨 상황인지 너무도 자명해서 마음이 편치가 않다. 난 지금 심문당하고 있다. 한마디로 용의자다. 그럼에도 아스코가 토미의 실종에 대해 진심으로 걱정하는 것처럼 보여서 한편으로 다행스럽기는 하다.

하지만 다른 모든 측면을 고려해보면, 일이 한층 더 복잡해진 듯하다. 실종된 친구를 찾는답시고 이들은 나를 경찰에 신고했고, 내가 자기들 검을 훔쳤다고 의심한다. 그들의 실종된 친구, 밑도 끝도 없이 내게 이상한 원한을 품었던 그 남자는 이미 그 검에 찔려 죽었다. 나를 살해 중인 것으로 의심되는 두 사람은 그 검 절도 사건을 수사 중인 경찰과 접촉하고 있다. 정상적인 상황에서라면 나는 해가 뜨겁든 아니든 간에, 앞에 있는 맥주를 싹 다 마셔버리고 한 잔 더 주문했을 것이다.

"어떤 식으로든 모든 게 밝혀질 테죠." 아스코가 말한다. 그의 목소리에서는 동지애라 할 만한 것이 느껴진다. 친밀감에 가까운 무언가도 있다. "토미가 나타나기만 하면. 검을 가지고 나타나든 그렇지 않든 간에 말이에요."

"물론이죠." 나는 안도하며 말한다. 이 대화를 얼마나 간절히 끝내고 싶어 하는지 나는 내 목소리를 통해 들을 수 있다.

아스코가 묘하게 따뜻한 미소를 지어 보인다. "그 친구는 쉽게 결론을 내려버리죠. 우리 토미 말입니다. 누가 알겠습니까, 어쩌면 상트페테르부르크<sub>러시아 연방의 북서부 끝에 있는 항구도시로 하미나에서 남동쪽으로 250킬로미터쯤 떨어져 있다</sub>에 갔는지. 종종 그렇게 하거든요. 그러고는 언제든 내키면 돌아오죠. 그냥 기다려야 할 것 같네요. 때가 되면 다시 나타날 겁니다."

"맞아요."

이번에는 좀 더 회유하는 어조로 내가 다시 동의한다. 그리고 갑자기 무언가를 깨닫는다.

아무래도 집에 가는 길에 잠시 들러야 할 것 같다.

## ‖ 8 ‖

페트리는 커다란 차고 문을 활짝 열어놓고 열심히 작업 중이다. 이번에는 긴 전면 포크<sub></sub>이륜차의 앞바퀴를 손잡이와 연결해서 방향을 조절하고 균형을 잡을 수 있게 하는 부품, 낮은 프레임, 안장 모양의 좌석이 있는 일종의 오토바이를 수리하는 것 같다. 스피커에서 힙합 노래가 크게 울려 나온다. 가사는 경찰과 정부에 반항하는 내용이다. 목가적인 핀란드 풍경과는 전혀 어울리지 않는 노래다. 주변에는 넓게 트인 들판과 톱니 모양으로 침식해 들어간 소나무 숲이 하늘과 맞닿아 만들어낸 스카이라인이 보인다. 사용하지 않는 우물 옆에는 진짜 1950년대에 나온 트랙터 한 대가 세워져 있다. 나는 페트리가 그것역시 수리했다고 해도 놀라지 않을 것이다.

페트리는 어머니와 함께 산다. 내가 아는 공식적인 이유는 다음과 같다. 그는 최근에 이혼했다. 이혼 과정은 지저분했고, 페트리의 처지에서 보자면 조건은 특히 불리했다. 그의 전처는 부부가 함께 살던 집과 보트까지 다 가져갔다. 그러나 공식적인 이유를 안다고 해서 다른 가능한 이유를 상상하지 말라는 법은 없다. 저 어린 망아지 녀석은 케이크와 우유를 얼마든지 실컷 먹을 수 있기에 엄마와 함께 사는 것이 분명하다. 그래야 내 아내에게 종마 역할을 할 체력을 유지할 수 있을 테니까.

여기에서 하미나 시내 중심지까지는 불과 6킬로미터밖에 되지 않는다. 이곳은 핀란드 내 어디라고 해도 믿을 만한 그런 풍경이다. 낡은 시골집과 큰 헛간 하나가 보이는데, 헛간은 페트리가 차고로 쓰는 곳이다. 나는 문간에 서서 그가 일하는 모습을 지켜본다. 그는 무아지경에 빠져 있는 듯하다. 손이 오토바이의 엔진을 만지작거리는 동안 왼쪽 다리는 나름의 리듬감 있고 힙합적인 삶을 사는 것 같다.

나는 이곳까지 운전해 오는 시간을 기력을 그러모으는 데 사용했다. 자판기에서 빼낸 초콜릿 바 두 개를 다 먹었고, 다이어트 콜라가 아닌 설탕이 들어간 콜라를 거의 1리터나 마셨다. 그러고 나니 한 시간 전 선상 술집의 갑판에 앉아 있던 때보다 몸 상태는 눈에 띄게 좋아졌다. 나는 혈액 속을 돌아다니는 당분을 느낄 수 있다. 거의 100스푼 분량과 맞먹는 설탕을 혈관 속으로 쏟아붓지 않았는가.

문 안쪽으로 이동하자, 내 그림자가 페트리의 시야 속으로 들어간다. 그는 마치 전기 충격이라도 받은 듯이 놀라 돌아본다. 그리고 정말 그렇게 보이기도 한다.

"사장님?"

"내가 놀라게 했으면 미안해. 여기 정말 근사한데?"

나는 헛간 안으로 들어가 사방을 둘러본다. 안에는 엔진과 자동차 부품이 가득 차 있다. 어수선하지만 동시에 깔끔하기도 하다. 도구는 벽에 가지런히 매달려 있다. 나는 그 앞에서 멈춘다.

"고맙습니다." 페트리가 말한다. 페트리의 표정을 단지 당황했다고만 묘사하면 너무 절제된 표현이 될 것이다.

"페트리, 자네 도움이 필요해. 그리고 몇 가지 도구도. 굉장히 미묘한 문제라서, 믿을 수 있는 사람이 필요하거든."

*

우리가 하미나로 운전해 돌아가는 동안 페트리는 조용히 앉아 있다. 여름 저녁이 열린 차창을 통해 부드럽고 온화하게 웅얼거린다. 가는 길에 우리는 외딴 주택 몇 채를 지나친다. 마치 숲, 들판, 반짝이는 물 같은 것을 그렸던 19세기 풍경화 화가들의 작품 전시회를 통과해 가는 것 같다. 사람도 없고 교통 체증도 없다. 라디오는 꺼져 있고, 나는 침착하게 운전한다.

페트리는 앞만 똑바로 응시하며 손을 놓을 적절한 장소를 찾으려고 애쓴다. 비밀과 수치심은 강력한 조합이다. 그는 아직 우리가 어디로 가는지 묻지 않았다.

"내 친구에 관한 일이야." 내가 말을 시작한다. "그를 도우려는 거야. 호의를 베푸는 거지. 그가 불행한 사고를 당했거든. 콜라 좀 마시겠나?"

내가 병을 내밀자 페트리는 고개를 젓는다. 나는 길게 한 모금 마신다. 검은 설탕 액체가 마치 불로장생의 영약 같다.

"내 친구가 대놓고 상의하길 꺼리는 그런 사고인데, 가서 보면 이해가 될 거야. 내가 장담해. 가끔은 그런 일들이 일어나곤 하잖아. 가장 친하고 믿을 수 있는 친구에게만 말할 수 있는 일들."

페트리는 아무 말도 하지 않는다. 비포장도로가 끝나는 곳에서 나는 주도로로 올라선다. 아스팔트가 마치 베개처럼 느껴진다.

"그의 사고 소식을 듣자마자 자네 생각이 났어."

페트리가 고개를 내 쪽으로 약 1~2센티미터쯤 돌린다.

"자네는 젊어. 자네는 강하지. 자네라면 그의 사고 이야기를 우리 둘만의 비밀로 묻어둘 수 있을 거야."

나는 페트리를 흘낏 쳐다본다. 그의 후골이 올라갔다가 내려가는 게 보인다. 나는 나머지 콜라를 꿀꺽꿀꺽 마신다.

"자네도 그런 친구가 있지?"

"네?"

"자네도 좋은 친구가 있지? 믿을 수 있는 사람 말이야."

그의 후골이 다시 오르내린다. "저는……, 잘 모르겠어요."

"이걸 다른 관점에서 한번 보자고. 자네도 비밀 몇 개쯤은 가지고 있을 거야, 그렇지? 어쩌면 한 가지 비밀일지도 모르겠네. 하나면 충분해."

"잘 모르겠어요⋯⋯. 아마도요."

"누가 그것에 관해 알고 있나?"

"저는 정말 모르겠⋯⋯."

나는 손을 저어서 그 문제를 여름 저녁 속으로 밀어내버린다. 이제 거의 다 왔다. 그곳에 도착하면, 부디 페트리가 제 역할을 해주길 바란다.

"자네도 그 원리를 이해할 거야. 내 친구와 나에게는 한 가지 비밀이 있었어. 우리의 우정, 그게 비밀이었거든. 난 아무도 그 사실을 알게 하고 싶지 않아. 어쩌면 자네도 다른 사람이 모르는 친구가 있거나 전에 있었을지도 모르지."

페트리는 아무 말도 하지 않는다.

"내가 자네에게 이 모든 사실을 말해주는 건 그를 만나도 놀라지 않기를 바라서야. 자네도 그를 알아볼걸? 비록 사고 이후로 그의 모습이 조금 달라 보이기는 하겠지만."

"무슨 사고요?"

나는 그에게 진실을 말한다.

"일본 영화에 나올 법한 사고."

*

우리는 호비마키에 도착한다. 시몬카투 끝까지 운전해 간 후에, 나는 내가 그 장소를 올바르게 기억하고 있음을 깨닫고는 안심한다. 도로가 끝난다. 앞에는 좁은 모랫길이 나 있다. 이 길이 우리를 올바른 방향으로 이끌어갈 길이다. 나는 잠시 생각해보고 차를 돌려 최대한 나무 쪽으로 후진한 다음 시동을 끈다. 점화 스위치에서 키를 빼내고 조수석 글로브 박스에서 고무장갑 두 켤레를 꺼낸다. 페트리에게는 나머지 길은 걸어갈 거라고 말한다. 차에서 내린 후, 나는 그에게 내 앞으로 걸어오라고 손짓한다. 그리고 얼른 뒤를 힐끗 돌아본다. 차는 보이지 않게 숨겨져 있다.

모랫길이 우리를 어두워지는 저녁의 녹색 중심부로 곧장 이끌어간다. 두텁고 푸르른 나무들 사이로 초원의 조각과 엉킨 덤불이 보인다. 마치 초록 경관 사이사이에 반드시 무엇이라도 들어가 있어야 한다는 듯이, 그 어떤 것도 생명을 억제할 수 없음을 확인이라도 하듯이. 심지어 이 모든 아름다움 속에서도 생명은 불규칙하고 강인하며, 혼란스럽고 전혀 통제할 수 없는 듯하다. 아예 질서라는 것이 없다.

페트리는 약 20미터마다 어깨 너머로 힐끗 돌아본다. 오른쪽으로 빽빽하던 나무들이 점차 듬성듬성해진다. 우리는 땅이 사라졌다가 다시 저 멀리서 솟아오르는 것을 볼 수 있을 때까지 계속 나아간다. 그곳이 개울이 시작되는 곳이다. 거의 물가로 내려간 다음 옆으로 돌아 개울이 흐르는 방향으로 따라간다. 중요한 건 아무도 위쪽 길에서 우리를 볼 수 없다는 사실이다.

여름 저녁은 벌레로 가득하다. 공기 중에 득실거리는 모기가 입안으로 밀고 들어온다. 목과 팔을 물어대는 것도 느껴진다. 진드기에 물릴까 봐 걱정하지 않는 건 생애 처음이다. 풀이 무성하고 땅이 질척여서 우리의 걸음은 느리다. 신발은 이미 진흙투성이다. 목적지에 거의 도달했다.

나는 멈추어 서서 소리를 듣는다. 일단 우리가 이 근방의 유일한 사람들인지 확인한다. 내가 들을 수 있는 소리라고는 모기의 윙윙거림과 페트리가 걷는 소리뿐이다.

"페트리!" 나는 하천의 마지막 굴곡 전에 외쳐 부른다.

그가 멈춰서 돌아본다.

"난 자네가 겁먹지 않았으면 해. 내 친구의 사고는 이상하면서 동시에 심각했거든. 부디 자네가 강하게 버텨주길 바랄게."

우리는 마지막 굴곡을 터벅이며 돌아가서 토미를 발견한다.

페트리가 토한다.

잠시 후, 우리는 진흙탕 속에서 서로의 멱살을 잡는다.

*

페트리가 제 실력을 발휘 못 하는 건 누가 봐도 알 수 있다. 내 몸무게가 이 싸움에서 이점으로 작용한다. 나는 제방을 더 올라간다. 그럼으로써 그와 씨름하기에 더 좋은 위치를 선점한다. 나는 재빨리 그를 타고 앉아 가슴 양쪽 위로 무릎을 꿇고 그의 손을 바닥으로 누른다. 페트리는 알아들을 수도 없는 이상한 소리를 계속 그르렁거리면서 허우적대고 몸부림친다. 다행히도 비명을 지르지는 않는다. 우리가 깨어 있든 잠들어 있든 간에, 가위에 눌렸을 때 반응은 똑같은 것 같다. 아무리 발버둥을 쳐도 다리는 움직이지 않고, 목소리는 갑자기 나오지 않는다. 나는 그에게 말을 걸어 진정시키려고 노력한다.

"페트리, 자네도 토미가 더는 고통받지 않는다는 걸 알 수 있잖아. 그는 정말로 평화롭게 저기 앉아 있는 거야. 내가 이제 자네를 놓아줄 거야. 침착하게 굴겠다고 약속할 수 있지?"

페트리는 눈을 크게 뜨고 하늘을 올려다본다. 몸부림치던 것을 멈춘다. 나는 그의 몸 위에서 내려와 심호흡한다. 지금 난 신체적 능력의 한계에 도달해 있다. 페트리의 눈은 여전히 저 너머를 올려다본다.

"왜죠?" 그가 묻더니 침을 삼킨다.

"토미는 매우…… 괴팍했어. 심지어 나도 그가 어디까지 괴팍해질 수 있는지 알고는 놀랐으니까. 모든 일이 순식간에 일어났어."

페트리는 진흙 속에서 고개를 젓는다.

"왜 나를? 왜 나예요?"

이제야 나는 그가 의미하는 바를 이해한다.

"그는 거구야. 못해도 100킬로그램이 넘을 거라고. 나 혼자서는 그를 들어 올릴 수가 없어. 자네가 날 도와줘야 해."

페트리는 눈을 떴다가 감는다. 그는 진흙 속에서 일어나 앉아, 조금씩 고개를 돌려 토미가 있는 방향을 조심스럽게 바라본다. 다시 그 광경을 받아들이기 위해 마음을 단단히 먹는 듯하다. 아마도 그게 최선일 것이다. 토미를 보는 것은 나에게도 힘든 일이지만, 적어도 나는 내가 본 것에 놀라지는 않았다.

사무라이 검이 안테나처럼 머리에서 튀어나와 있는, 노란색 반바지를 입은 수심에 잠긴 보디빌더가 죽은 채 앉아 있는 것은 확실히 인상적인 광경이다. 그의 피부는 검을 쥐고 있는 주먹과 그 아래쪽 팔과 무릎을 제외하고는 완전히 대리석처럼 창백하다. 팔과 무릎을 뒤덮고 있는 피가 지금은 말라서 새까맣게 변해 있다. 토미의 자세는 확신에 차고 침착하다. 내가 마지막으로 본 이후로 그는 한 치도 움직이지 않았다. 주변 지형, 즉 겨드랑이와 팔꿈치 아래의 나뭇가지, 등 뒤의 나무줄기, 발바닥이 빠져 있는 진흙 등 모든 것이 그를 껴안고 있는 듯하다. 거의 기괴한 예술 작품처럼 보인다.

공기 중에서 뭔가 부패하는 냄새가 난다.

"사고라고요?"

페트리의 질문은 이해할 만하다.

"이건 아마도 토미가 자신의 마지막이 되리라고 짐작했던 모습과는 매우 다를 거야. 하지만 그는 운이 좀 안 좋았어." 내가 그에게 진실을 말하면서 설명한다.

"두 사람, 친구였어요?"

"그랬었지." 나는 자연스럽게 과거시제를 강조하며 대답한다.

"잠시였지만, 그래도 우린 친구였어."

페트리는 아무 말도 하지 않는다. 이 문제를 다시 생각해보는 것 같다. 그래도 평소보다 더 많이 생각하는 것 같지는 않다. 사실 지난 몇 주 동안 페트리는 어떤 사안에 대해 스스로 결정을 내리기보다는 다른 사람의 계획을 수동적으로 따르는 것처럼 보였다. 나는 그에게 할 수 있는 한 많은 시간을 준다. 하지만 우리는 일을 해야 한다. 나는 페트리의 팔을 잡고 토미 쪽으로 이끈다.

그렇다. 그 썩은 냄새는 시체에서 나는 것이다. 나는 토미를 바라보며 어떻게 일을 처리해야 좋을지 생각해내려 애를 쓴다.

먼저 우리는 그를 하천 바닥에서 들어 올려 둑 가장자리로 옮겨야 한다. 그다음 앉은 자세에서 운반하기 쉬운 자세로 바꾸어야 한다.

"우리가 뭘 하려는 겁니까?"

페트리가 다시 타당한 이유를 가지고 묻는다. 그의 목소리는 불안감에 갈라져 나온다.

"토미가 이런 모습으로 있는 걸 다른 사람이 보도록 내버려 둘수 없어. 그건 자네도 이해하리라고 믿어. 그는 자기 이미지와 외모에 굉장히 까탈스럽게 굴었기 때문에, 자신이 이런 모습으로 있는 걸 아무에게도 보이고 싶지 않을 거야."

"하지만 이건 범죄 현장인……?"

"페트리, 그는 죽었어."

"하지만 시체를 훼손하는 건 좀 아니지 않……?"

"우리는 시체를 훼손하는 게 아니야. 토미를 돕기 위해 여기 와있는 거라고."

핀란드의 여름날 저녁에 우리는 토미를 옆에 앉혀둔 채로 마주보고 서 있다. 그 장면은 그것이 수반하는 모든 사항을 고려할 때 놀랍도록 자연스럽다. 페트리는 머리부터 발끝까지 진흙을 뒤집어썼다. 내 모습도 상당히 비슷해 보일 것이다. 나는 무엇이 페트리를 이곳에 잡아두고 있는지 안다. 바로 그의 양심이다. 완전히 사이코패스가 아닌 다음에야, 사람은 다 그런 식이다.

페트리는 내게 잘못을 저질렀지만, 그 사실을 털어놓을 수가 없다. 그래서 다른 방식으로 자신의 실수를 만회하려 노력하는 것이다. 아마도 그가 인식하지는 못하지만, 그의 내면에서 진행 중인 대화가 있을 것이다. 그리고 마음속 저울의 한쪽에는 그의 이전 행적(타이나와 자고 나를 살해하려 한)이, 다른 쪽에는 현재의 상황(토미를 처리하는 것을 돕는)이 놓여 있을 것이다. 지금 그는 스스로 결정을 내릴 수 없기에 내가 그를 위해 결정을 내린다.

"그의 팔 밑을 들어 올려." 나는 이렇게 말하고 페트리에게 장갑한 벌을 건네준다. "칼 조심해. 아주 날카롭거든."

페트리가 나를 바라본다. "어디로 가져갈 거예요? 아니, 데려갈 거예요?"

"차로."

"하나님 맙소사!"

"하나님이야 혼자 걸어가겠지. 우리가 도와야 하는 건 토미야."

페트리가 고개를 젓는다. "차까지 한참을 되돌아가야 하잖아요."

"그래서 자네가 여기 있는 거야." 내가 참을성 있게 말한다. "자, 어서 팔 아래쪽을 들어."

페트리는 고개를 몇 번 더 흔들더니 장갑을 낀다. 그가 우리의 보디빌더 주위로 조심스럽게 몇 걸음 돌아가더니 뒤에서 자세를 잡는다. 그리고 손을 천천히 토미의 겨드랑이 사이로 밀어 넣는다. 나는 토미의 발목을 잡는다. 페트리가 나를 바라본다.

"셋에 들어 올려." 내가 말한다. "하나, 둘, 셋!"

토미가 진흙에서 빠져나온다. 자세는 여전히 뻣뻣하게 굳어 있다. 페트리는 토미의 머리에서 튀어나와 있는 검을 잘 피해야 한다. 검 때문에 마치 완고한 유니콘이 그를 공격하는 것처럼 보인다. 힘쓰는 일은 거의 페트리가 해야 한다. 우리는 간신히 토미를 경사면으로 끌어 올려 등을 대고 눕힌다. 가슴에 다리를 웅크리고 있는 그는 마치 뒤집혀 있는 거대한 딱정벌레 같다. 다른 점이라면 사무라이 검이 머리에 꽂혀 있다는 것이다. 우리는 숨을 고르기 위해 잠시 멈춘다.

"이젠 어떻게 해요?" 페트리가 묻는다.

나는 잠시 생각해본다. 그리고 셔츠를 벗는다. 고급 소재로 만든 좋은 셔츠다. 긴 소매가 든든히 버텨줄 것이다.

"그를 조금만 들어 올려봐."

나는 셔츠를 썰매로 바꾼다. 튼튼한 어깨 부분은 토미의 등 밑으로 간다. 셔츠 등 쪽은 그의 허리를 받친다. 나는 소매를 그의 허벅지에 단단히 묶는다.

"여기." 페트리에게 토미의 왼쪽 발목을 가리키고 나는 오른쪽 발목을 잡는다. 우리는 함께 썰매를 끄는 개처럼 토미를 당긴다. 토미가 풀밭 위를 미끄러진다. 우리 둘 다 한마디도 하지 않는다. 그를 끌어당기는 건 힘든 일이다. 모기가 맨살을 물어뜯는다. 느리게 움직이기는 해도, 우리는 마침내 길에 도착한다. 둘 다 땀에 흠뻑 젖은 채로 멈춘다.

"이제는요?" 페트리가 다시 묻는다.

"스키를 타는 척하는 거야. 그러면 되겠어."

나는 근처 소나무에서 나뭇가지 몇 개를 꺾어서 솔잎을 이용해 토미 아래쪽에 여분의 패드를 만든다. 페트리도 내가 하는 것을 보고 돕는다. 그는 자신의 행위를 보상하는 중이다. 나는 그걸 알아

챌 수 있다. 하지만 그는 우리가 하는 일이 토미뿐 아니라, 그 자신과도 관련이 있다는 사실을 모른다. 난 단지 시간을 벌기 위해 이런 짓을 하는 게 아니다. 난 수사를 하는 중이다. 토미와 그의 검이 실종된 상태로 남아 있는 한, 난 아스코나 경찰에 대해 걱정할 필요가 없다. 그러면 얼마 남지 않은 시간을 더 중요한 문제에 쓸 수 있다.

우리는 토미 아래 나뭇가지와 솔잎으로 두껍고 부드러운 층을 만들고, 셔츠 소매 쪽을 붙들어 잡는다. 그리고 다시 출발한다. 토미는 물결치는 풀밭보다 거친 모랫길에서 훨씬 쉽게 미끄러진다. 페트리는 뒤를 주시하고 나는 앞을 주시한다.

우리는 차에 도착한다. 그리고 상당한 노력을 기울인 후에 가까스로 토미를 트렁크에 싣는다. 전부는 아니다. 토미는 덩치가 너무 크고 검은 너무 길어서, 트렁크가 제대로 닫히지 않는다. 나는 페트리에게 그의 티셔츠도 벗어달라고 부탁한다. 그는 주저한다. 확실히 그가 가장 좋아하는 셔츠인 듯하다. 나는 시체 냄새는 세탁해도 절대로 빠지지 않을 거라고 새빨간 거짓말을 한다. 그는 셔츠 냄새를 킁킁거리더니 잠시 머뭇거린다. 나는 처음에는 악취가 스며들고, 다음 날부터 냄새가 나기 시작한다고 말한다.

페트리가 나를 바라보며 셔츠를 벗는다. 나는 토미의 왼발에 셔츠를 감아서 큰 가구나 그와 비슷한 물건을 옮기는 것처럼 보이게 한다. 이제 트렁크 뚜껑을 묶어놓을 뭔가가 필요하다. 나는 짧고 신축성 있는 고무 끈을 찾아낸다. 결과물은 조잡하지만, 어쨌든 제구실은 할 것이다.

나는 주위를 둘러본다. 적어도 우리를 본 사람은 아무도 없다.

\*

우리는 여름 저녁에 웃통을 벗은 채로 차에 타고 있는 두 명의 남자일 뿐이다. 자세히 살펴보면 우리는 우리 안의 돼지만큼 더럽고 냄새도 고약하다. 페트리는 마치 숨 쉬는 것을 완전히 멈춘 것처럼 보인다. 나는 침착하게 운전한다. 마을 광장은 조심스럽게 피해 간다. 사람들이 저녁 장터에 모여들 것이 분명하기 때문이다. 장터에는 가족들과 얼굴에 아이스크림을 묻힌 아이들이 바글거릴 것이다.

차창은 내려져 있고, 우리 피부에는 땀과 진흙과 먼지가 떡이 져 있다. 군데군데 묻은 더께는 셔츠만큼이나 두껍다. 마른 입술 위로 혀를 내두르자, 썩은 돼지고기 파이와 비슷한 맛이 난다. 목이 말라서 기침이 나기 시작한다. 발작적인 기침이 너무도 강력해서 눈에 눈물이 고이고 시야도 흐려진다. 갑자기 밤이 된 듯 눈앞이 칠흑같이 어둡다. 무언가가 속을 뒤집는다.

"조심해요!" 페트리가 소리친다.

나는 홱 방향을 틀어 다가오는 트럭을 피하고, 차를 다시 도로의 올바른 쪽으로 끌고 가기 위해 고군분투한다. 공포가 나를 깨우고 눈을 밝게 한다. 핸들을 꽉 움켜쥐고 곁눈질을 한다. 페트리는 이제 확실히 숨을 쉬고 있다. 입은 크게 벌어지고 가슴은 위아래로 움직인다.

"괜찮아." 내가 말한다. "잠깐 현기증이 나서 그랬어."

페트리는 아무 말도 하지 않는다. 나는 하미나에서 외곽으로 10킬로미터쯤 떨어진 작은 마을인 네우보톤으로 이어지는 고속도로에 진입한다. '단서가 없는'이라는 의미의 이름을 가진 그곳은 이제부터 우리가 하려는 일에 적합해 보인다. 하지만 내가 그곳을 선택한 실제적인 이유는 이름 때문이 아니라, 그곳에 사람이 살지 않는 해안이 뻗어 있기 때문이다. 나는 그 마을에 작은 선착장이 있었던 것을 기억한다. 우리는 이웃 마을인 수마를 지나간다. 나는 속도를 시속 90킬로미터로 올린다. 태양은 하늘을 부드러운 붉은색으로 물들이면서 천천히 저물기 시작한다.

여름 저녁이다.

\*

나는 그 선착장을 쉽게 찾아내 가능한 한 해안 가까이에 주차한다. 그리고 차에서 내린다. 사람이라고는 우리 둘뿐이다. 토미까지 계산한다면 셋. 물론 우리는 토미를 셈에 넣어야 한다. 그는 여전히 조금 전만큼이나 무게가 나간다. 우리는 부둣가에 정박해 있는 노 젓는 배를 '빌리기'로 한다. 페트리가 볼트 커터로 잠긴 체인을 열고, 근처 보트에서 닻 두 개를 집어 든다. 나는 닻을 가져가는 대신 각각의 보트에 50유로짜리 지폐 몇 장씩을 남겨놓고 돈 위에 돌을 얹어놓는다. 난 도둑이 아니다.

우리는 노를 저어 바다로 나간다. 아니, 페트리가 노를 젓는다. 나는 토미의 몸에 닻을 연결한다.

마치 온 세상이 저녁으로 접어들고 있는 것 같다. 바다로 나가니 잔잔한 바람이 불고, 수면을 가로질러 잔물결이 일렁인다. 물속에 비친 하늘의 강렬한 진홍빛이 감각에 장난을 친다. 그것은 반짝거리는 금속성이면서 동시에 벨벳처럼 부드럽기도 하다. 노가 물속으로 뛰어들 때의 쿵 소리, 그게 다시 당겨질 때 철썩 하는 소리. 배의 옆구리에 부딪히는 조용한 잔물결. 사진을 축소하는 것처럼 해안이 우리 뒤로 사라진다.

잠시 나는 그냥 가만히 앉아서 페트리가 노를 저어 우리를 바다로 데리고 가게 내버려 둔다.

잠시 후, 우리는 토미를 배 밖으로 굴린다.

토미가 바위처럼 가라앉는다.


*


페트리를 집으로 데려다주는 동안, 나는 그의 표정을 읽으려고 애쓴다. 그는 내가 모르는 것을 알고 있고, 나는 그가 모르는 많은 것을 알고 있다. 비밀이 우리를 하나로 묶고, 이제 우리는 공동의 비밀을 갖게 되었다. 나는 이 두 가지 사실이 다 필요하다.

테르바사리에서 다리를 건너는 동안, 나는 선상 술집의 갑판을 내려다본다. 불과 몇 시간 전에 내가 앉아서 맥주를 마시던 곳이다. 지금 나는 사람들이 죽어가는 사람에게 일반적으로 기대할 법한 그런 속도로 움직이며 일한다. 과거에는 족히 일 년은 걸려 일어났을 만한 사건들이 하루 만에 다 일어나고 있다.

우리는 페트리의 헛간에 도착한다. 나는 그가 아직 조수석에 앉아 있는 동안 차를 돌린다.

"페트리." 내가 말을 시작한다.

"물론 말할 필요도 없을 것 같지만, 어쨌든 해야겠어. 이 일은 아무에게도 말하지 않기야?"

페트리는 나를 쳐다보지 않는다. 그의 눈은 숲 가장자리를 바라보고 있다. 들판과 숲이 만나는 지점은 마치 풍경 속의 블랙홀처럼 이미 어둡다.

"페트리?"

그가 깜짝 놀란다.

"아무에게도 말이야." 내가 단호하게 말한다.

그가 고개를 끄덕인다.

"말로 해."

"아무에게도 말하지 않을 겁니다."

"좋아."

그는 움직이지 않는다.

"이제 내려야지." 내가 말하고는 그의 무릎을 두드린다.

페트리는 문을 열고 차에서 내린 후 차를 빙 돌아 걸어간다. 나는 기어를 넣고 클러치를 푼다. 그리고 백미러를 통해 그가 헛간을 향해 걸어가는 것을 본다. 나는 그가 얼마나 오랫동안 우리의 비밀을 지킬 수 있을지 궁금하다. 어쩌면 하루, 또는 이틀이나 사흘 정도? 난 그가 누구에게 그 사실을 털어놓을지 추측해본다. 부디 내 짐작이 맞았으면 좋겠다.

*

타이나의 차는 집 밖에 주차되어 있다. 나는 그 뒤에 차를 세운다. 마당으로 들어서면서 나는 신선한 공기로 폐를 채운다. 신발과 양말은 쓰레기통에 곧장 던져 넣고, 안으로 들어가기 전에 마음을 단단히 먹는다. 내 모습이 어떻게 보일지 잘 알기에, 어떤 식으로 설명할지도 미리 생각해둔다. 나는 발바닥에 콘크리트의 한기를 느끼며 맨발로 계단을 올라가 문을 연다.

맛있는 냄새가 군침이 돌게 한다. 닭고기 레드 커리와 난, 바스마티 쌀밥이다. 내가 가장 좋아하는 음식. 발소리가 들리더니 타이나가 문간에 나타난다. 우리가 함께해온 세월을 통틀어 처음으로

180

나는 그녀의 표정을 읽을 수 없다. 나를 바라보면서 전혀 당황하지도 않고, 눈도 거의 깜빡이지 않는다.

그녀가 가까이 다가와 미소 짓는다.

"목에 거머리 한 마리가 붙어 있네."

## ‖ 9 ‖

뜨거운 물로 하는 샤워가 이토록 기분 좋게 느껴진 적이 있었는지 모르겠다. 물이 나를 어루만지며 괴로움을 덜어준다. 피부가 다시 내 피부처럼 느껴진다. 거머리는 빠르게 잡아당기자 떨어졌다. 타이나는 왜 내가 조금 전에 도랑에서 기어 나온 것 같은 모습인지 묻지 않았다. 이유가 뭘까? 어쨌든 그게 진실 아닌가. 혹시 페트리가 자신이 안고 있는 비밀의 압박감에 눌려 벌써 약속을 저버린 것은 아닐까? 아직은 아닐 것이다. 타이나가 사근사근하게 구는 데는 분명히 다른 이유가 있을 것이다.

나는 뜨거운 물이 얼굴을 부드럽게 씻어내도록 내버려 둔다. 샤워를 마치고 거울을 보니 뺨은 빨갛게 상기돼 있고, 목에는 거머리 자국이 남아 있다. 그것만 제외하면 예전의 모습, 또는 그 언저리로 돌아간 듯하다. 옷을 입고 아래층으로 내려가서야 나는 저녁 식사의 주제를 이해한다.

역시 태국이다.

내가 휴가를 떠나 우리의 방갈로로 돌아가자고 제안하지 않았던 가. 아니, '우리의' 방갈로라고 해도 되는 걸까? 우리 삶의 얼마나 많은 부분을 소위 '우리의 것'이라고 표현할 수 있는 걸까? 상상, 가정, 지어낸 사실 그리고 추억이 진실 여부와는 상관없이 우리 마음 속에 너무도 아름답게 남아 있다. 나는 내가 잘못된 장소에서 잘못된 생각을 하고 있음을 다시 한번 깨닫는다. 비유적으로든 문자 그대로든 나는 정신을 바짝 차려야만 한다. 문자 그대로 정신을 바짝 차린다는 건 사실 말처럼 쉽지 않을 것이다. 오늘 하루는 실력이 월등히 좋은 상대와 길게 맞붙은 유도 경기나 다름없었다.

타이나는 조리대 상판에 허리를 기대고 음식을 하느라 바쁘다. 그녀의 손가락이 여기저기 무언가를 뿌린다. 전날 저녁의 재연처럼 나는 내 자리로 가서 앉는다. 우리가 함께 하는 저녁 식사에 아내가 확실히 큰 노력을 기울인 듯하다. 음식은 차림새도 한몫하기에 그녀는 동양적인 주제의 냅킨에 이르기까지 대단히 많은 것에 신경을 썼다. 이미 동남아시아의 다양한 진미가 내 앞에 줄지어 놓여 있는데, 보아하니 더 많은 음식이 나올 것 같다. 타이나는 프라이팬에 있는 것을 깊고 커다란 검은 그릇에 퍼 담는 데 완전히 집중해 있다. 짙고 뜨거운 증기 구름이 그녀 앞으로 솟아오른다. 음식은 군대도 먹일 만큼 엄청난 양이다.

"가볍게 먹자는 제안에 당신이 동의했다고 생각했는데." 내가 말한다.

타이나가 나를 쳐다본다. 눈에 보이는 광경이 그녀를 기쁘게 하는 모양이다. 별일이다.

"맞아, 그랬지. 채소는 살짝 데치기만 한 거야. 닭고기는 허브에 재워 오븐에서 구웠어. 소스는 무지방 요구르트로 만들었고. 바스마티 대신 현미, 씨앗을 곁들인 새싹 채소를 썼어. 오늘 요리에서 유일하게 과거와 같은 것은 이게 여전히 당신이 가장 좋아하는 음식이라는 점이지. 새로운 건 모든 게 저지방이라는 거야."

타이나가 미소 짓는다. 이제 나는 그녀의 표정을 더 분명하게 읽을 수 있다. 그녀는 나를 어린아이처럼 바라본다. 가식적으로 느껴지지는 않는다. 나는 그녀가 여덟 살 아이 보듯 나를 바라본다고 생각하지만 내색하지 않으려 애를 쓴다. 나는 중년 남성이고, 지금 분홍색 토미 힐피거 셔츠를 입고 있다. 또 그 밑에는 내가 죽는다고 해도 없어지지 않을 것 같은 뱃살이 임산부처럼 부풀어 올라 있다.

"저녁 먹고 나서," 그녀가 내게 채소 한 접시를 건네주며 말을 잇는다. "일정 보고 언제 휴가 낼 수 있을지 계획을 짜보자."

"좋아, 그렇게 해."

솔직히 말해서 나는 긴 대화를 이어가고 싶은 기분이 아니다. 내 몸은 휴식을 외치고 있다. 나는 방금 거대한 근육질 남성을 바다에 던져버리고 왔다. 그 전에는 아내의 연인과 진흙탕에서 씨름을 했다. 하지만 이건 오늘의 가장 중요한 만남, 그러니까 산 사람과 죽은 사람을 통틀어서 다른 누구와의 만남보다 더 중요한 만남일지도 모른다.

타이나는 여전히 나를 쳐다본다. 시선은 따뜻하다.

"일단 내가 놀랐다는 걸 말해야겠어." 그녀가 말한다.

"뭐에 놀라?" 솔직한 질문이다. 최근 내 주변에서 일어난 많은 사건이 대부분 사람을 놀라게 했기 때문이다.

"당신이 오늘 오후에 한 연설. 주주에 관한 것이며……, 전부 다 놀라웠어."

나는 이 모든 아시아 진미의 환대 뒤에 무엇이 있는지 이해하기 시작한다.

"우리에게는 경쟁자가 있고, 그들은 진지해." 내가 설명한다. "나는 우리가 이 전투에서 정상에 오르기를 바라고 있어."

"굉장히 단호한 것 같네."

타이나는 이 말을 거의 지나치듯이 하지만, 단어들은 잔뜩 날이 서 있다. 하지만 그녀는 여전히 미소 지으며 음식을 먹지 않는다. 너무도 특이한 일이라 그 사실만으로도 내 관심을 끈다.

"어떻게 표현해야 할까? 그래, 나는 깨어난 것 같아. 당신은 어떻게 생각해? 직원들에게 주식을 나눠주고, 우리가 직접 수확을 하고 생산량도 두 배로 늘리는 것에 대해서?"

타이나는 간신히 아무렇지 않은 듯한 표정을 짓고 있지만, 나는 그녀가 난감해하는 것을 알 수 있다.

"글쎄." 그녀가 시작한다. "내게 먼저 상의를 해줬으면 좋았을 텐데."

"모든 일이 너무 빨리 일어났어. 지금 이 순간에도 모든 일이 빠르게 일어나고 있는 것 같아."

식탁에는 맛있는 음식이 가득하지만, 우리 둘 다 아무것도 먹지 않는다. 내가 오늘 실제로 무언가를 먹기는 했던가? 몇 개의 초콜릿 바, 약간의 탄산음료, 맥주 반 잔이 전부다.

"인생은 확실히 놀라움으로 가득 차 있지."

타이나가 골똘히 생각에 잠겨 말한다. 잠시 후 그녀는 마지못해 식탁으로 다시 시선을 돌린다.

"식기 전에 얼른 먹자."

나는 어젯밤에 했던 것과 똑같이 한다. 평소라면 맛있게 먹었을 모든 음식을 일단 접시 위에 덜어놓는다. 이번에는 안전을 기하기 위해 칠리소스는 제외한다. 만약 타이나가 질문해온다면, 오늘 오후 일찍이 먹은 돼지고기 파이 때문에 속이 느글느글하다고 말할 것이다. 파이의 이름이 토미였다는 사실은 생략하겠다.

"그게 다 어디서 나온 아이디어야?" 그녀가 마침내 묻는다. "이 모든 변화 말이야."

나는 마치 내가 매일 회사에서 대대적인 구조조정을 하고 있기라도 하다는 듯이 어깨를 으쓱한다.

"우리 사업은 성장하지 않으면 어쩔 수 없이 위축될 수밖에 없는 시점에 도달했어. 여기서 제자리걸음만 하고 있을 수는 없잖아. 그건 선택 사항이 아니야."

"당신 하는 말 엄청나게 효율적으로 들리네."

다시 한번 그녀의 갑작스러운 대답이 나를 놀라게 한다. 이제 나는 그게 어디서 나오는지 이해한다. 그녀는 자신이 나를 파악하기 어렵다고 느끼고 있고, 그게 괴로운 것이다.

"당신은 좀 놀란 것 같네." 내가 말한다.

나는 조심스럽게 닭고기와 쌀을 포크로 떠서 입에 넣는다. 타이나는 나를 바라보지 않는다. 무언가를 생각하는 것 같다. 바깥은 점점 어두워지고 있다. 저녁의 어스름이 집 안으로 밀려든다. 식탁 위에서 희미하게 빛나는 전등 빛이 우리 주위로 은신처를 만든다.

"사업이 거의 일상화돼버린 것 같아서." 타이나가 대답한다.

"난 원래 일상적인 거 좋아했어." 내가 말한다.

타이나는 능숙하게 나이프를 사용해서 각 음식의 적정량을 포크 위에 올려놓는다. 하지만 여전히 나를 쳐다볼 용기는 내지 못한다. 나는 소량의 음식을 삼키고 그것이 식도를 따라 미끄러져 내려가는 것을 느낀다.

"그건 그렇지." 그녀가 말한다. "일상적인 게 좋은 거야. 때로는 호기를 놓치지 말고 바로 움직여야 할 때도……"

타이나가 말을 하다 멈춘다. 갑자기 불안감에 동요하는 듯하다.

얼굴도 붉히기 시작한다. 나는 그것을 볼 수 있다.

"위험을 감수해야 할 때도 있어." 그녀가 말을 잇는다. 어조는 훨씬 나긋나긋하다. "오늘 당신이 좋은 예를 보여줬어."

나는 진심으로 충격을 받는다. 아내가 나를 유혹하고 있다! 더워서 땀을 뻘뻘 흘리는 내 퉁퉁한 얼굴과 분홍색 배 그리고 목에 남은 거머리의 키스 자국이 떠오른다. 나는 브래드 피트가 아니다. 그녀가 나를 유혹하는 이유는 내 외모와는 상관이 없다. 타이나는 뭔가를 노리고 있다. 그게 뭘까? 나는 곧 죽을 것이다. 그걸로는 충분하지 않은 걸까?

"고, 고마워."

나는 더듬거리며 이 희롱의 축제에서 내 역할을 다 하기로 한다.

"모든 걸 긍정적으로 받아들여 줘서 정말 고마워. 솔직히 말해서 나는 당신이 이런 변화를 조금은 못마땅해할지도 모른다고 생각했어."

또다시 타이나는 친밀한 표정과 차분한 목소리를 유지하려 최선을 다한다.

"못마땅해하다니?"

나는 페트리를 따라잡으러 나갈 때 라이모가 했던 말을 기억한다. 누군가 이곳을 중심으로 몇 가지 더 큰 변화를 계획하고 있다고 해도 나는 놀라지 않을 겁니다.

"아니, 난 그저, 당신도 나름대로 우리 사업을 발전시킬 방법을 고민하고 있을지도 모르고, 그게 어쩌면 내 생각과는 약간 다를 수도 있다고 생각했었거든."

내 목소리에는 온기가 가득하다. 나는 그녀의 눈을 바라본다. 난 그녀의 남편이자 친구다.

"글쎄……." 그녀가 입을 연다.

난 그녀의 말을 막고 끼어든다. "물론 그렇다고 해도 얼마든지 이해할 수 있어. 그동안 난 귀를 틀어막은 채 고집스럽고 무관심했잖아. 소위 내 방식대로만 하려고 했지. 할 수 있는 최소한의 일만 해왔을 뿐, 시야를 넓히려고 애쓴 적이 없어."

나는 스스로의 말을 주의 깊게 듣는다. 맞는 말 같다.

"정확히 그랬었지." 내가 계속한다. "대담하게 굴어본 적도 없고, 내가 얼마나 많은 걸 할 수 있는지 가늠해본 적도 없어. 능력을 최대치로 발휘하는 건 고사하고, 그냥 멀찍이 한발 물러나 있었어. 아마 당신도 눈치채고 있었을 거야."

마지막 문장은 의도적으로 강조했다.

"어쩌면……." 타이나가 망설이며 나를 쳐다본다.

"당신도 더는 날 신뢰할 수 없었을 거야." 내 단어들은 직접적으로 그녀를 조준한다.

타이나는 계속 망설인다. 포크를 음식으로 채우는 시간이 갈수록 길어진다.

"아니야." 그녀가 마침내 말한다. "나는……, 당연히 아니지."

그녀가 거짓말한다. 내 아내가 내게 거짓말을 하고 있다.

"듣기 좋은 말이네." 내가 대꾸한다. "상호 신뢰와 존중만 한 게 어디 있겠어."

타이나는 음식을 빤히 바라본다. 포크를 잡은 그녀의 손에 아주 미세해서 거의 감지할 수 없는 떨림이 지나간 것 같다. 그녀는 아무 말도 하지 않는다.

"그건 필수적이야." 나는 계속한다. "특히나 큰 구조적인 변화를 불러오고자 할 때……."

"그래도 직원들에게 주식을 나눠줄 수는 없어."

타이나가 단도직입적으로 말한다. 압력을 받아 터진 수도관에서 물이 뿜겨져 나오듯이, 단어들이 그녀의 입에서 쏟아진다.

우리는 서로의 눈을 바라본다.

"거기 난 좀 건네줄래?" 내가 청한다.

"적어도 우리가 좀 더 알기 전까지는."

"그리고 버터도 부탁해."

타이나가 나를 바라보더니 난 한 장과 버터 접시를 건네준다. 그녀가 내 눈앞에서 마음을 가다듬으며 애써 침착함을 유지한다.

"캐러멜처럼 주식을 나눠줄 수는 없어. 직원들은 그걸 직접 벌어야 해. 그리고 우리는 시간을 두고 그들을 지켜봐야 해. 그들이 무엇을 할 수 있는지 우리에게 보여주도록 해야 한다고."

난 의자에 기대앉는다. "어느 정도의 시간을 두자는 거야? 언제이 상황을 재평가하면 좋을까?"

타이나의 표정이 눈에 띄게 밝아진다. "가을쯤 되면 더 많이 알 게 될 거야."

거기에는 의심의 여지가 없지. 당신과 페트리가 내 무덤 앞에 서 게 될 때에는 정말로 더 많은 걸 알게 될 거야. 물론 당신이 정원의 일광욕 의자가 주는 안락함을 떨치고 어딜 나다닐 수 있을지 모르 겠지만.

"왜 가을이야?"

"그때는 수확도 끝나고, 버섯도 다 땄을 때잖아. 그때면 올해 우 리가 얼마나 잘했는지 알게 될 테니까."

나는 내 접시를 내려다보고 또 한 입 먹는다. 지금은 먹는 행위 가 그다지 나쁘지 않다.

"그런 다음에는 태국?" 내가 코코넛 밀크, 닭고기, 쌀밥에 시선 을 단단히 고정하고는 말한다. "그러면 좋겠어?"

"당신이 원한다면." 타이나가 말한다.

그녀가 목소리에 약간의 열정을 불어넣으려 애쓰는 게 보인다. 하지만 결과적으로는 억지로 꾸며낸 것 같은 긴장한 목소리가 흘러 나온다. 타이나가 여기에 많은 걸 걸었음은 확실해 보인다. 그녀가 얼마나 멀리까지 갈 준비가 되었는지는 모르겠다. 하지만 난 알아 보고 싶다.

"이상하게 온종일 목이 아프네. 어깨도 뻣뻣하고." 나는 이렇게 말하며 아내의 눈길을 끌려고 애쓴다.

"디저트 먹고 등 마사지해 줄게." 그녀가 따뜻한 미소를 지으며
말한다.

나는 아내가 나를 죽였다고 확신한다.

## ‖ 10 ‖

　나는 하미나의 어떤 모습을 보고 사랑에 빠져버렸던 걸까? 여름 아침의 고요한 느림? 부드러운 바람이 싣고 오는 바다 내음? 지난 3년 반 동안 내가 적어도 한 번쯤은 당뇨병 공포증을 느낄 만큼 원 없이 즐겼던, 설탕을 잔뜩 묻힌 도넛과 진미들을 파는 아침 시장?

　차창은 열려 있고, 공기는 정체돼 있다. 가속페달에 발을 올리고 밟아도 바람 한 줄기 들어오지 않는다. 하늘 높은 곳 어딘가에 뚜껑이 덮여 있고 그 아래 압력이 쌓여 폭발할 준비를 하는 듯하다. 하늘은 여전히 구름 한 점 없다. 마치 방금 그린 그림 같아 보인다. 깊고 진한 푸른색으로 빛나고 반짝인다. 신기루가 분명하다. 분명히 그 뒤에는 먹구름, 상쾌한 바람, 우르르거리는 빗줄기가 숨어 있을 것이다. 그건 폭풍을 의미한다. 그리고 그것은 버섯을 의미한다.

　"얘기 좀 해요. 출근하기 전에 들르세요."

내가 6시 반에 소파에서 일어났을 때, 산니의 문자메시지가 나를 기다고 있었다.

나는 전날 저녁에 서바이벌 프로그램 「도전! 팻 제로」를 보면서 경쟁자들에 대해 논평하고 바삭한 과자와 사탕을 먹었다. 그 후에는 무슨 일이 있었는지 거의 기억하지 못한다. 아마 그대로 잠이 든 것 같다.

나는 우리의 저녁 식사를 기억한다. 내가 먹을 수 있다는 사실에 얼마나 놀랐었는지도 기억한다. 먹으면 먹을수록 허기가 심해지던 것도. 닭고기와 밥은 또 얼마나 맛있었고, 딸기와 크림은 또 얼마나 완벽하게 달콤했는지도. 그리고 내가 그것들을 그릇에서 집어 올릴 때마다 매번 이번이 마지막이라고 생각했던 것도 기억한다. *이번이 마지막이야, 이번이.*

맨어깨에 닿던 타이나의 손길도 기억한다. 한때는 매우 익숙했지만 이제는 너무도 낯선…… 아니, 꼭 낯선 것은 아니다. 하지만 그 손이 전달하던 가장 따뜻하고 친밀한 느낌이 빠져 있는 듯했다. 손가락이 긴장을 풀고 다시 어깨를 주무를 준비를 하는 그 1천 분의 1초쯤 되는 순간이.

물론 내 감각이 날카로워졌다는 사실은 나도 인정해야겠다.

전에는 거의 알아채지도 못했을 것들을 이제는 느끼기 때문이다. 손상된 뇌가 최소한 그건 내게 말해주는 것 같다.

죽음은 아침에 가장 비현실적으로 느껴진다. 내가 경험한 죽음은 겨우 며칠에 불과하다. 하지만 이미 나는 하루가 저녁에 가까워질수록 항상 끝이 더 가깝게 느껴진다는 걸 말할 수 있다. 어쩌면 당연한 일인지도 모른다.

해가 뜨면, 해가 진다. 인생도 하루와 같다.

아침이면 인생은 기정사실처럼 보이지만, 저녁이 되면 그 확실성은 서서히 무너진다. 심지어 평상시에도 한낮에 일어나는 사건들은 본질 면에서 너무 덧없고 허술하고 잊기도 쉽다. 왜 진즉에 저녁마다 나의 죽음을 생각해보지 않았는지 놀라울 따름이다.

빵을 파는 밴, 커피를 파는 텐트, 자전거를 타고 다니는 노인들 같은 시장통의 익숙한 왁자지껄함. 나는 그저 모든 것이 가라앉도록 차를 몰고 헛되이 광장을 돈다. 아주 잠깐 동안, 나는 내가 조금 더 오래 살 수만 있다면, 멈춰 서서 커피 한잔과 사치스럽고 기름진 도넛을 맛있게 즐기리라고 생각한다. 설탕이 잔뜩 묻은 그 바삭한 껍질을 씹으면서. 그럼에도 불구하고 나는 지금 내 상황이 기정사실은 아니라고 인정할 수밖에 없다. 삶이 변덕스럽고 예측할 수 없는 것이라면, 죽음도 마찬가지 아니겠는가.

하지만 사비니에미는 여전히 제자리에 있다. 칼라스타잔카투 도로변에 있는 주택 바깥마당은 비어 있다. 언젠가 키스 리처드롤링 스톤스의 기타리스트를 닮은 남자가 전기톱을 들고 서 있는 걸 본 적 있다. 이제 통나무 더미는 집만큼 높이 쌓여 있다. 어떤 이유에서인지 나는 그 남자가 틀림없이 장작을 가지러 갔을 거라고 확신한다. 아마도 숲에서부터 곧장 나무를 해 오는 중일 것이다.

키파린카투 도로변에 차를 대면서 나는 본능적으로 백미러를 확인한다. 나는 토미 때문에 내가 그렇게 한다는 걸 깨닫는다. 하지만 그는 나를 따라오지 않는다. 지금 그가 따라가고 있을지 모를 유일한 것은 이따금 드리우는 낚싯바늘이나 어망일 것이다. 물론 바다 밑바닥에서.

다시 보니 마당은 전에 보았을 때보다 더 푸르른 것 같다. 폭발하는 화산처럼 자라 있는 양치류 식물들, 과일 판매대처럼 줄지어 서 있는 꽃들이 보인다. 냄새, 흙, 녹색 동굴과 나뭇가지가 정원 끝자락에 있는 나무들의 쉼터로 이어진다.

문은 잠겨 있지 않다. 나는 문을 열고 잠시 귀를 기울인다. 안으로 들어가 복도에서 신발을 벗고 주방으로 걸어 들어간다.

산니는 팬티만 입은 채 알몸이다. 내 쪽으로 등을 돌리고 서서 블렌더를 사용하고 있다. 의심할 여지 없이 고단백 셰이크를 만들고 있을 것이다. 그녀의 긴 적갈색 머리카락이 등 중간까지 내려와 있다. 밝은 파란색 새틴 팬티의 한쪽은 엉덩이골에 끼어 보이지 않는다. 그녀의 엉덩이는 희고 둥글고 운동선수의 엉덩이처럼 팽팽하다. 물론 반쪽만. 내 시선이 산니의 엉덩이가 있던 자리에 고정돼 있음을 깨달았을 때는 산니가 이미 내 쪽으로 돌아선 뒤다.

"좋은 아침이에요." 그녀가 말한다.

나는 한 번에 세 가지 일을 한다. 우선 산니의 엉덩이에서 시선을 떼고, 내 무례를 사과하고, 마지막으로 배를 끌어당겨 넣으며 가슴을 부풀리고 이두박근을 과시하려는 듯이 팔의 위치를 잡는다. 이 중 어느 것이 가장 부끄러운 짓인지는 잘 모르겠다. 산니는 손을 들어 올려 가슴을 가린다.

"들르라고 문자를 해서 왔어요." 내가 말한다. "난 그게 초대라고 생각해서……"

"맞아요. 옷 입고 올 테니까, 커피 좀 드세요."

나는 마음을 가다듬으려 애쓰면서 커피 한 잔이 놓인 주방 탁자에 앉는다. 그리고 주위를 둘러본다. 주방은 예쁘고 아늑하다. 일부러 옛날 시골 주방 느낌이 나도록 스웨덴 인테리어 디자인 업체의 카탈로그에서 가구를 골라 채워 넣은 게 분명하다. 식탁에 놓인 모든 음식에는 '유기농', '다이어트', '저지방', '천연', '단백질'이라는 단어 중 적어도 하나 이상이 표시되어 있다.

요즘은 다들 건강하게 먹는군. 심지어 나조차도. 난 원래 버터 하나만으로 살 수 있는 사람이었는데.

오늘은 가벼운 현기증, 귀가 울리는 이명(새로운 증상이다), 신장에서 발산되는 듯한 통증만 아니라면 상태가 그리 나쁘지 않은 듯하다. 특히 어제의 푸짐한 식사가 여전히 배 속에 남아서인지, 이 정도는 단지 사소한 불편함 정도로밖에 느껴지지 않는다.

"어제 아스코와 사미가 잠깐 다녀갔어요." 산니가 돌아서면서 말한다. 그녀는 헐렁한 빨간 티셔츠와 찢어진 청바지를 입고 있다.

"그래서 한두 가지 흥미로운 사실을 알게 됐죠. 우린 업무 얘기도 하고, 여름과 가을 시즌에 지역 버섯 시장을 어떻게 장악할지에 대한 계획도 논의했어요."

"당신에게 그걸 말해줬다고요?" 나는 믿을 수 없다는 듯 묻는다.

"물론이에요." 산니가 대답하고는 블렌더 뚜껑을 연다. "내가 그쪽 회사에서 일을 시작하겠다고 했어요. 곧장 시작할 수 있다고 했고요."

나는 탁자를 가로질러 커피를 뿜을 뻔한다. 산니는 블렌더를 들고 사탕무를 넣은 빨간 음료를 긴 유리잔에 붓는다.

"세상에, 맙소사!" 나는 소리를 지르면서 조심스럽게 커피잔을 탁자 위에 내려놓는다.

"음악 들을래요?"

산니는 대답을 기다리지 않는다. 휴대전화의 화면을 손가락으로 휙휙 넘기자 탁자 위에 놓인 스피커에서 음악이 흘러나오기 시작한다. 내가 아는 노래다. 밥 말리의 「이게 사랑인가요」.

"그쪽 회사로 옮겨가겠다고 했다는 겁니까?" 내가 당황해서 묻는다. "바로 어제 나와 새로운 계약을 맺었잖아요."

"그 방법 말고 내가 그들이 뭘 할지 알아낼 방법이 있기는 해요?" 그녀가 되묻는다. "내가 다 확인해봤어요. 모든 게 명확하더군요. 나는 원하기만 하면 백 건의 계약이라도 동시에 서명할 수 있어요. 그중 하나가 특별히 내가 다른 곳에서 일하는 걸 금지하지 않

는 한 말이에요. 겸업 금지 조항이라든가 그와 비슷한 조항이 있으
면……."

"나도 알아요." 내가 끼어든다. "그쪽 계약서에는 겸업 금지 조
항이 없나 보군요. 우리 회사에도 그런 조항은 없지만 요점은 그게
아니에요. 내 말은, 실제로 그럴 수가 없다는 겁니다. 물론 원한다
면 같은 날 오십 개의 일자리를 수락할 수도 있겠지만, 그 일 모두
를 동시에 처리하려면 몸이 열 개라도 부족할 테니까요."

"수습 계약이에요." 그녀가 말하고는 잔에 든 것을 한 모금 마신
다. 잠깐 그녀의 얼굴에 밝은 빨간색 콧수염이 생긴다. 그녀가 혀로
입술을 빠르게 핥자 수염은 사라진다. "원하면 언제든지 사직서를
제출할 수 있어요."

"글쎄, 음. 지금 당장도 그렇지만 앞으로 몇 주 후에는 우리에게
그 어느 때보다도 당신이 더 필요해질 텐데. 한 번에 두 곳에 있을
수는 없잖아요."

산니는 아무 말도 하지 않는다. 베이스의 깊고 부드러운 쿵쿵거
림과 징징거리는 기타 소리 그리고 부드러운 아침 햇살이 목조 가
옥의 향기로운 주방을 어딘가 머나먼 곳으로 운반해간다. 우리, 그
러니까 나와 산니와 그 신성한 팬티와 그녀의 아름다운 왼쪽 엉덩
이가 어느 섬의 오두막에 함께 있는 것을 쉽게 상상해볼 수 있는 그
런 곳으로.

"얼마나 만족하세요?" 그녀가 내게 묻는다. "삶에 말이에요."

나는 머릿속의 생각들에 당황하면서 그녀를 바라본다.

"모르겠네요." 나는 정직하게 대답하고 잠시 그 질문을 생각해 본다. "오랫동안 나는⋯⋯. 그냥 이 순간에는 큰 그림을 보는 게 그렇게 쉬운 일이 아니라고만 해둘게요."

산니는 셰이크를 이미 반이나 마셨다.

"사장님이 여기 처음 방문했을 때 뭔가 깨달았거든요. 그게 바로 정확히 내게 필요한 거였어요. 새로운 기회. 저는 너무 오랫동안 얕은 물에서 물장구만 치고 있었던 거예요. 틀에 박힌 삶을 살고 있었죠. 사람들이 흔히 그렇게 말하잖아요. '당신은 타성에 빠져 있어요.' 기분 나쁘지는 않았지만, 그게 사실이었죠. 제가 깨달음을 얻었다고 하실 수도 있겠지만, 사실 종교적인 의미는 전혀 없어요. 하지만 느낌은 꽤 비슷할 거예요. 눈을 크게 뜨면, 그동안 내내 그 자리에 놓여 있었음에도 전혀 보지 못했던 것들을 바로 눈앞에서 볼 수 있죠. 그리고 갑자기 온 세상과 나 자신의 삶과 그에 관한 진실을 보게 되는 거예요. 눈을 덮고 있던 비늘이 떨어지면 정말로 무슨 일이 일어나고 있는지, 지금 당장 눈앞에서 일어나는 일이 무엇인지 볼 수 있게 돼요."

"무슨 뜻인지 알아요." 내가 말한다. 한편으로는 그녀의 말에 동의하기 때문이고, 다른 한편으로는 산니의 목소리를 좋아해서 그걸 듣고 있는 게 좋기 때문이다.

"제가 말하고자 하는 바가 뭔지 아시겠어요?" 그녀는 유리잔 너머로 나를 바라보며 묻는다. 잔은 이미 비어 있다.

나는 고개를 저으며 내 커피를 홀짝인다.

"저는 세상을 정복하고 싶어요."

산니와 커피를 마시는 것은 불가능한 일로 판명이 난다. 처음에는 거의 알몸이나 다름없는 그녀로 인한 두근거림, 다음에는 그녀의 이직에 관한 소식 그리고 지금은 이것. 그녀의 푸른 눈동자에는 녹색의 기미가 있어서 시선을 긍정적으로 빛나게 한다.

"저는 버섯 얘기를 하는 거예요, 물론." 그녀가 말한다.

"그렇죠." 내가 말한다.

"모든 게 우리 손아귀에 있어요. 우리는 최고의 상품, 최고의 피커, 최고의 신선 보관 및 보존 시설을 갖추고 있죠. 좋은 인맥도 있어요. 그리고 이제는 최고의 경영진도 갖게 되었어요. 우리 사업을 발전시키는 데 관심이 있는 사람을 갖게 된 거죠."

나는 그녀를 빤히 바라본다. "진심이에요?"

그녀가 식탁에서 일어선다. 청바지가 너무 찢어져서 사타구니가 다 보일 지경이다. 나는 내 시선이 다시 한번 전적으로 부적절한 곳으로 날아가 꽂혔음을 깨닫는다. 산니는 카운터에 등을 기대고 상판 가장자리에 손을 올려놓는다. 그녀는 브래지어를 하지 않았고, 얇은 빨간색 티셔츠는 햇빛을 투과한다.

"왜 일본하고만, 왜 거기 있는 오직 한 회사하고만 거래를 하죠? 아시아의 나머지 지역은 왜 안 되는데요? 중부 유럽이 안 되는 이유는 뭐죠? 런던, 뉴욕은 또 왜 안 되죠?"

내가 무슨 말인가 하려고 하는데, 산니가 손을 들어 올린다.

"사장님 잘못이 아니에요. 우리 모두의 잘못이에요. 저도 포함해서요. 저는 마치 잠을 자고 있었던 것 같아요. 다른 방향을 바라보고 있어야 할 때 숲만 바라보고 있었던 거죠. 오해하지 마세요. 저는 숲을 사랑해요. 버섯도 사랑하고, 숲의 모든 것을 사랑하죠. 하지만 버섯은 더 큰 목적에 부합해야만 해요."

산니가 방금 말한 것은 모두 사실이고 합리적이다. 솔직히 말해 기운을 북돋우고 흥미진진하기까지 하다. 하지만 지금 내가 뉴욕에 관해 생각할 수 없는 데에는 여러 가지 이유가 있다. 난 내가 테르바사리를 다시 볼 수 있을지도 모르겠다. 내게 남은 시간에 하려고 하는 일을 완수할 수 있을지는 말할 필요도 없을 것이다. 아무튼 나는 내 살인 사건을 수사하면서 동시에 내 사업도 구해야 한다. 난 산니가 필요하다. 위장 수사를 하는 데 그녀의 도움이 필요하고, 이 직소 퍼즐을 푸는 데 그녀의 역할이 필요하다. 나는 바닥에 깔린 깔개의 경쾌한 노란색 술을 세어본다. 쏟아진 달걀노른자처럼 햇살이 깔개를 가로질러 퍼져나간다.

"좋아요." 산니의 말에 나는 고개를 든다.

"제가 너무 멀리 나갔나요?" 그녀가 묻는다.

"아니, 그런 게 아니라······."

"타이나 때문인가요?"

산니 눈동자 속의 초록빛이 짙어진 것 같다. 그녀의 자세, 그녀가 주방 카운터에 기대선 방식에서도 드러나지만, 산니는 기민하고 진지하고 진실하다. 그리고 그동안 나도 그녀에게 정직했다. 내 죽음을 제외한 모든 것에 대해.

"그런 것 같아요." 내가 더듬거린다.

"그렇게 생각하세요?" 그녀가 다시 묻는다.

"확실히는 모르겠어요."

"사장님이 모른다면 누가 알겠어요?"

"말하자면, 내가 그걸 조사하고 있어요."

산니는 답답하다는 듯이 쳐다본다. 밥 말리가 계속 노래한다.


아무 걱정 하지 말아요

모든 사소한 일까지 괜찮을 테니

노래해요, 아무 걱정 하지 말아요

모든 사소한 일까지 괜찮을 테니


"그런 걸 누구에게 물어보려고요?" 산니가 묻는다.

나는 그녀를 쳐다보고는 그저 커피잔을 탁자 위로 멀리 비끄러 트린다.

"당신 말이 맞아요." 내가 마침내 말한다. "버섯에 관한 얘기 말이에요. 그리고 불행히도 타이나에 대해서도. 나는 그녀와 내가 현재 상황을 매우 다르게 본다는 인상을 받았어요."

"얼마나 다르게?"

"거의 100퍼센트 다르게."

"그럼 당신은요?" 그녀는 전보다 더 부드럽게 들리는 목소리로 묻는다. "타이나가 당신은 어떻게 보는데요?"

"나를 전혀 바라보지 않는 것 같아요. 적어도 장기적으로는. 이 대답이 진실과 가장 가깝겠군요."

산니가 나를 쳐다보다가 마침내 입을 연다.

"어쩌면 타이나가 엉뚱한 방향을 바라보고 있는지도 모르죠."

## ‖ 11 ‖

나는 백미러를 흘낏거리지 않고 차창 밖으로 왼팔을 내밀기로 마음먹는다. 어린 시절 이래로는 그래 본 적이 없다. 따뜻한 아침이다. 내 팔은 날개처럼 그 아래로 공기를 모은다. 나는 오른손으로 핸들을 조종하면서 모퉁이가 나오면 넓게 곡선을 그리며 돌고, 가속페달을 부드럽지만 단호하게 밟는다.

나는 살아 있다.

아침이 얼마나 아름다울 수 있는지 알려면, 죽기 직전이 되어야 한다.

모든 것이 반짝반짝 빛을 뿜어낸다. 바다의 커다란 파란 뚜껑이 작은 흰색 보트들을 실어 나른다. 하늘 아래 땅은 부드러운 초록색 담요 같다.

팔을 차창 밖으로 늘어뜨리자 사람들이 그것을 인사라고 생각하고는 종종 기분 좋게 놀라며 반응한다. 나는 그들에게 미소 지으며, 입 모양으로 인사한다. 좋은 *아침입니다.* 우리가 함께 공유하는 아침이다. 한 사람 한 사람 모두가.

나는 한 노부인에게 키스를 날린다. 그녀는 너무도 놀라서 길을 벗어나 마네르헤이민티에 있는 어느 계단식 집 앞의 덤불 속으로 들어갈 뻔한다.

태양이 나를 따뜻하게 데우고, 내 팔은 공기 속을 날아다니고, 내 마음은⋯⋯.

페트리의 차다! 페트리가 운전대에 앉은 차가 내 앞의 교차로를 가로질러 마을 쪽으로 향한다. 차는 우리 회사 방향에서 오고 있지만, 물론 그것이 반드시 어떤 의미가 있는 것은 아니다. 하미나는 도로의 수가 제한된 작은 마을이다. 운전을 많이 해 다닌다면, 하루에도 몇 번씩 그 대부분의 도로를 지나다니게 된다. 하지만 아직 아침 8시도 되지 않았다. 페트리는 옆으로는 눈길도 주지 않는 것 같다. 나는 안전 삼각대 뒤에서 교차로에 접근하고 있고, 우선 통행권은 페트리에게 있다. 지금 그는 내 방향을 바라볼 필요가 없다. 그리고 그는 바라보지 않는다. 적어도 내가 보기에는 아니다. 내가 교차로에서 좌회전하고 차를 똑바로 세운 후 백미러를 보았을 때쯤, 그는 사라지고 없다.

내 왼팔은 더는 창밖에 매달려 있지 않다. 대신에 오른팔과 함께 핸들을 꽉 움켜쥐고 있다.

*

회사 내부는 어둡고 조용하다. 내가 가장 먼저 도착한 게 분명하다고 생각하려는 순간, 건조기가 낮게 윙윙거리는 소리가 들린다. 뒷문도 열려 있다. 복도를 통과해 걸어가서 문 앞에 도착하니, 의자 위로 놓인 발이 보인다. 나는 테라스로 나가서 발의 주인이 누구인지 본다.

올리는 모닝커피를 마시며 길고 끈적거리는 데니시 페이스트리를 입안에 밀어 넣고 있다.

"일찍 나오셨네요." 그가 말한다.

갈색 눈, 각진 턱 그리고 관자놀이 주위의 잿빛 머리카락 덕분에 그는 정말 조지 클루니처럼 보인다. 물론 설탕이 잔뜩 묻은 페이스트리를 가득 물고 말을 하지만 않는다면, 입가에 커다란 라즈베리 잼 덩어리가 붙어 있지만 않다면, 그리고 그가 라즈베리든 다른 맛이든 간에 잼 종류를 그토록 좋아하는 듯이 보이지만 않는다면 말이다. 그래도 그는 나처럼 배가 나오지는 않았다. 나는 내가 왜 갑자기 허리에 두르고 있는 이 모래주머니에 불안감을 느끼기 시작했는지 도무지 이유를 모르겠다. 그 질문에 대한 답을 알면 아마도 견디기 어려울 것 같다.

"기계가 다 가동 중이네요." 내가 짚어 말한다.

"맞아요." 올리가 입에 빵을 가득 물고 고개를 끄덕인다.

"음, 확실히 다 가동 중이군요." 내가 말한다. "그런데 뭘 하고 있는 거지요? 내가 알기로는 아직 버섯이 없을 텐데요. 우리는 여전히 비가 오기를 기다리고 있잖아요. 바라건대, 주말에는 비가 오겠죠. 그 후에는 건조할 버섯을 확보하게 될 테고요. 우리는 자연의 순환을 따르거나, 적어도 그러려고 노력해야 해요."

"나도 알아요." 올리가 간단히 대답한다.

나는 아무 말도 하지 않고 올리를 쳐다본다. 그도 그 사실을 알아차리고는, 테라스 탁자에서 키친타월 두루마리를 집어 한 장을 떼어내 입가를 닦는다. 그가 어찌나 큰 소리로 음식을 삼키는지 내 귀에도 들릴 정도다.

"새로운 기술을 시도해보는 중이에요." 그가 말한다. "버섯을 좀 더 빨리 말리려고요. 그게 가능할지 아직은 확실히 모르겠지만, 어쨌든 내가 뭔가 생각해낸 것 같아요."

"새로운 건조 방법을 말하는 거군요!" 이렇게 말하면서 나는 내 목소리가 굉장히 놀란 듯이 들린다는 사실을 깨닫는다.

"맞아요. 사장님이 생산량을 두 배로 늘리자고 이야기했고, 그건 우리가 건조할 양이 두 배가 된다는 의미이고, 그건 다시 말해서……." 그는 마치 사과하는 듯이 주저하면서 조심스럽게 말을 잇는다.

"올리." 내가 그의 말을 가로막는다. "정말 대단한데요? 좋아요, 정말로."

나는 그의 눈에 깃든 안도감을 볼 수 있다. 반쯤 먹은 데니시 페이스트리를 들고 있는 그의 손이 다시 편히 기대고 있던 위치로 돌아간다.

"방금 떠오른 생각인데, 사장님 얼굴이 너무……."

나는 그늘에 서 있다가 햇살 속으로 몇 걸음 나아간다. 그리고 테라스 한가운데 서서 머리 위로 쏟아지는 태양 빛을 느낀다. 올리의 성격에는 몇 가지 짜증 나는 별난 점이 있다. 하지만 항상 이런 긍정적인 작은 놀라움으로 그런 점을 보완한다. 나는 올리가 그 사실을 알고 있기를 바란다.

"미안해요. 내가 지금 좀 긴장해서 그럴지 몰라요. 어쨌든 이런 식으로 창의성을 발휘해주다니 정말 기쁘네요. 그게 바로 우리가 여기서 필요로 하는 긍정적인 정신이에요. 아침 내내 혼자 여기 있었어요?"

올리는 나를 바라보면서 그 질문에 어떻게 답해야 할지 망설이는 듯하다.

"당연하죠." 그가 말한다. "그러려고 이렇게 일찍 온 거예요. 그래야 평화롭게 상황을 확인할 수 있지요."

나는 고개를 짧게 끄덕이고는 한 걸음 더 가까이 다가간다.

"내가 전에 했던 말 기억하나요? 내 아내에 대해서? 그때 올리도 일반적으로 여자들과 했던 비슷한 경험을 내게 얘기해주었잖아요. 내가 제대로 이해한 게 맞다면요."

올리의 손에 들린 라즈베리 페이스트리가 마치 그가 방금 새롭게 발견해서 내게 선물하고 싶어 하는 물건처럼 보인다. 그것은 전혀 움직이지 않고, 그도 더는 그것을 먹지 않는다.

"네, 잘 기억해요." 이제 그의 목소리에서 좀 더 자신 있고 확신에 찬 어떤 것이 느껴진다. "그리고 나도 그 문제에 관해 좀 생각을 해봤습니다."

"정말이요?" 나는 놀라서 말한다.

올리가 고개를 끄덕인다.

"가만히 앉아서 그런 공격을 받을 수는 없잖아요, 이 사람아."

"그게 바로 내가 지금 물어보려는 거예요." 내가 말하고는 재빨리 하늘을 올려다본다. 해가 빠르게 솟아올라 어느덧 아침의 노란 태양이 하얗게 변해 있다. "그때 내가 아내 얘기를 했잖아요. 그런데 완전히 반해버릴 수도 있을 것 같아요."

"아내에게요?" 올리는 명백히 당황한 표정으로 묻는다.

"아니요." 내가 고개를 저으며 말한다. "아내에게 말고요."

올리는 더 단호하게 고개를 끄덕인다. 단순한 "그렇군요"보다 훨씬 많은 것을 말하는 몸짓이다. 그 몸짓은 이를테면 "아하, 음. 그래요, 무슨 말인지 알겠어요" 같은 말과 더 잘 어울릴 듯하다.

"그게 바로 기개라는 겁니다. 자신감을 가져요." 그가 말한다. "언제 배관배관을 의미하는 'pipe'는 속어로 남녀 모두의 성기를 의미한다을 청소해야 할지 모르니, 미리미리 준비도 해두고요."

나는 올리를 쳐다본다. 연못과 잔디와 다른 온갖 것에 관한 비유를 들먹이며 나누었던 이전 대화가 떠오른다. 이 배관공의 낭만주의란 항상 이런 식이다.

"아니, 아내가 죽어가는 것도 아닌데요, 뭘." 나는 죽어가는 사람은 나라는 걸, 아내가 그 사실만큼은 확실히 해놓았다는 걸 언급하지는 않기로 한다.

"물론 그렇지는 않죠." 그가 재빨리 대답한다.

"올리는 바람피워본 적 있어요?" 내가 묻는다.

"혹시 지금 바람피우고 있는 겁니까?"

올리의 질문은 예상치 못한 것이다. 나는 생각해본다. 답은 하나뿐이다.

"아니요."

"이해를 못 하겠네요."

"다른 여자는 없어요. 그러니까 이론적으로 하는 말입니다. 누군가에게 홀딱 반하는 일에 대해 말이에요."

"그 경우에는……." 올리가 말을 시작하다가 갑자기 아직 남은 페이스트리를 들고 있다는 사실을 깨달은 듯하다. 그는 그 빵을 크게 한 입 베어 물더니 커피를 꿀꺽 마셔 씻어 내린다. 나는 올리가 계속 말하기를 기다리지만, 그는 아무 말이 없다. 그는 내가 자신을 보고 있음을 알아차린다.

"왜요?"

"'그 경우에는'이라고 했잖아요. 사람들이 보통 그런 말을 하고 나서는 일종의 설명을 덧붙이거든요."

"맞아요." 그가 인정한다. "누군가에게 반하는 거. 그게 올바른 방향입니다. 하지만 내가 사장님이라면, 거기에 너무 신경 쓰지는 않을 겁니다."

"왜죠?"

올리는 커피잔을 탁자 위에 내려놓는다. 머그잔 가장자리에 분홍색과 밝은 갈색 얼룩이 묻어 있다.

"쇼핑하러 가면, 나는 약간의 전율을 느껴요. 차를 운전할 때도 짜릿함을 느끼죠. TV를 볼 때도 마찬가지예요. 광장을 걸어갈 때도 역시 전율을 느낄 때가 있어요. 그렇게 나는 하루에도 천 번 정도 뭔가에 홀딱 반해버린 듯한 짜릿함을 느끼지만, 저녁 무렵이 되면 대체 왜 그런 기분을 느꼈는지 전혀 이유를 댈 수가 없거든요."

"사람마다 다른 거니까요." 내가 말한다.

"그럴지도 모르지만, 중요한 건 사장님이 아내의 엉덩이에 구멍을 뚫어대고 있는 그 녀석을 극복하고 있다는 겁니다."

"난 그걸 구멍을 뚫는 것으로 생각하고 싶지는 않네요."

"그렇지만 그게 사실인걸요. 뚫고, 치고, 철썩이고."

"그래요, 알았어요." 나는 그의 말을 중단시키며 말한다.

나는 회사 안뜰에 서 있다. 햇볕이 피부가 따갑게 내리쬔다. 나는 갑자기 떠오른 어떤 생각을 말하려는 참이다. 그 생각은 이미 마

212

음속에 자리 잡고 질문을 던지고 있었다. 이건 아주 중요한 일이다. 하지만 나는 이 생각을 밖으로 소리 내어 말할 시간이 없다. 수비가 문간에 나타났기 때문이다. 그녀는 머리 위에 올려놓은 안경이 문틀 상단에 거의 닿을 정도로 키가 크다. 어쩔 수 없이 수비는 어깨를 웅크려 몸을 낮춘다.

그녀가 오른손에 들고 있는 종이 뭉치를 내게 보여주기 위해 들어 올린다. 머리의 빠른 움직임, 긴 팔이 뻗어 나오는 모습, 가늘고 호리호리한 몸이 우아하게 비스듬히 움직이는 모습이 마치 짤막한 무대 공연처럼 보인다.

"지금 이거 좀 봐주시겠어요?"

*

나는 내 책상 맞은편에 놓인 의자를 가리키면서 사무실 문을 닫고 들어간다. 이렇게 일찍 출근하는 게 모든 사람에게 얼마나 일상적인 일일지 궁금하다. 아니, 일상적일 리가 없다. 절대 그럴 리 없다. 수비는 의자에 앉아 왼쪽 다리를 꼬아 오른쪽 다리 위에 올려놓는다. 그녀의 허벅지는 길고 매끈하다. 중간쯤에는 멍이 들어있는데, 멍 자국의 가장자리는 파란색과 보라색이고 가운데는 거의 검은색이다.

서류는 여전히 그녀의 손에 들려 있다.

수비의 갈색 머리는 둥글게 말려 올라가 있고, 늘 그렇듯이 작고 가느다란 얼굴은 진지하다. 푸른 눈은 여느 때와 마찬가지로 중립적인 동시에 기민하다. 그녀는 초록색과 파란색이 섞인 여름 원피스에 하얀 샌들을 신고 있는데, 처음으로 모든 면에서 실제 나이인 스물일곱 살처럼 젊어 보인다. '품질 대비 가격'의 측면에서, 아마도 수비는 내가 지금까지 채용했던 직원 중 최고의 선택일 것이다. 작년에만 해도 그녀는 오직 진취성과 상식만으로 이미 초봄쯤에 자신의 전체 연봉보다 더 많은 금액을 절약할 수 있게 해주었다. 초봄은 우리가 유사곰보버섯을 수확하기 위해 막판 쟁탈전을 벌이면서 피커의 임금을 집계하는 시기다.

급여 인상 자격을 갖춘 사람이 있다면, 그건 수비다. 게다가 내가 아는 수비의 과거가 사실이라면, 그녀는 세부 사항에 대한 집중력보다 훨씬 많은 것을 우리 사업에 제공할 수 있을지도 모른다. 그녀는 이미 어떤 사람은 살면서 결코 겪어보지 못할, 또는 죽어서도 결코 겪어보지 못할 경험을 했다. 삶과 죽음. 이 두 가지 개념이 내 마음속에서 점점 더 뒤섞이고 겹치는 중이다. 나는 동시에 두 세계에 살고 있으며, 이상하게도 모든 것이 완벽하게 자연스러워 보인다.

수비가 서류를 내밀어 나를 다시 현실로 돌아오게 한다. 나는 그녀를 멈추려고 손을 들어 올린다. 그녀는 무릎에 서류를 올려놓고 계속해서 나를 똑바로 바라본다.

"잠시만." 내가 말한다. "서류를 살펴보기 전에, 내가 자네에게 물어보고 싶은 것이 있어. 자네만 괜찮다면."

수비는 아무 말도 하지 않는다.

"좋다는 걸로 받아들일게. 내가 너무 멀리 나간다고 생각되면 그냥 말하도록 해. 개인적인 얘기니까. 전적으로 자네의 의지에 달려 있다는 것도 강조할게. 내 말은, 원한다면 언제든 이 사무실에서 나가도 좋다는 거야."

"긴 버전을 원하세요, 짧은 버전을 원하세요?"

그녀는 자세를 바꾸어 왼쪽 다리를 풀어 내려놓더니 이번에는 오른쪽 다리를 왼쪽 다리 위로 꼬아 올린다. 다른 허벅지에는 멍 자국이 없다.

"미안해." 내가 말을 더듬는다. "내가 괜히……."

"제 과거." 수비가 내 말을 가로막는다. "그게 어디를 가든 항상 튀어나와요. 곧바로, 아니면 나중에라도."

"그것에 관해 얘기하고 싶어?" 나는 묻는다. 그리고 그게 얼마나 부자연스럽고 완전히 어리석은 말인지 내 귀로 확인한다.

"아니요." 그녀가 대답한다. "하지만 할 수는 있어요."

수비는 서류 뭉치를 허벅지와 의자 팔걸이 사이에 내려놓고 팔을 자유롭게 한 후, 가슴 앞으로 팔짱을 낀다.

"에사는 유망한 랠리 드라이버였어요. 주니어 리그에서는 국내 최고 선수 중 한 명이었고요. 항상 양심적이고 열정적이었죠. 제가 열다섯 살, 에사가 열여섯 살 때 우리는 데이트를 시작했어요. 그때부터 이미 에사는 빠르게 운전하는 걸 좋아했죠. 저녁마다 우리는 지역 비포장도로를 위아래로 운전해 다녔어요. 그게 엄청난 파문을 불러일으켰죠. 특히 우리 둘 다 운전 면허증을 소지할 만큼 법적으로 나이 들지 않았었으니까요. 아무튼 에사는 점점 더 많은 대회에 참가했어요. 그리고 그때 술맛을 알게 됐죠. 그가 세상에서 저보다 더 좋아하는 게 있다는 걸 저도 그때 알게 됐어요. 바로 라거 맥주였죠. 사실 맥주와 랠리 주행은 양립하기 힘든 조합이에요. 당연히 처음에는 아무도 눈치채지 못했어요. 에사는 숙취 상태로 운전을 하고, 경주 단계 사이사이에 속을 게워내고 다시 운전석으로 뛰어들어서 마치 내일이 없는 것처럼 차를 몰았어요. 그러고 나서 저녁이면 매일 남몰래 술을 마셨어요. 자신을 망각할 때까지 들이부었죠. 그는 라거를 정말 좋아했어요. 하루에 한 상자는 아무것도 아니었죠. 그건 그냥 입가심 정도에 지나지 않았어요. 그러던 중에 저는 임신을 했고요. 때때로 우리는 우리 배가 같은 속도로 자라고 있다고 농담을 하곤 했죠. 저는 그게 딱히 재밌지는 않았어요. 에사는 벌겋게 상기되고 잔뜩 부은 얼굴로 경주용 차를 운전했고, 우리는 첫아이를 안게 되었어요. 그는 생전 처음 차로 나무를 들이받는 것으로 축하를 대신했죠. 그리고 그가 사흘 동안 술에 취하지 않고 맨정신으로 견뎠을 때, 우리는 결혼했어요. 그건 마치 영원처럼 느껴졌어요."

그녀는 잠시 쉬었다가 말을 이었다.

"그는 항상 도로 위에 있었어요. 매번 집에 돌아올 때마다 얼굴은 더 투실투실하고 더 붉어졌죠. 그의 드라이버 점프 수트 허리가 어찌나 꽉 조이던지, 그걸 입을 때마다 그가 배에 힘을 주고 옆구리를 집어넣으면 제가 지퍼를 올려야 했어요. 그러다가 어느 날부터 그는 운전대를 잡은 상태에서도 술을 마시기 시작했어요. 그의 내비게이터랠리 코스에 대한 정보를 제공하고 주행을 보조하는 동승자도 약물 남용자였죠. 신경안정제 디아팜을 무슨 사탕이라도 되는 것처럼 입안으로 던져 넣었어요. 그러니 에사가 무슨 짓을 하고 있는지 아무에게도 말하지 않을 사람이었죠. 어떻게 그들이 어떤 경주든 간에 하나라도 이길 수 있었는지는 하나님만 알고 계실 거예요. 싸구려 라거와 디아팜 그리고 아침으로 마시는 샴페인이 그 비결이었다고 그들은 농담을 했어요. 그때쯤 저는 다시 임신했죠. 그들은 에사의 차에 라거를 담아둘 수 있는 10리터짜리 탱크를 설치했고, 일종의 냉각 시스템도 장착했죠. 내비게이터 몫으로는 문에 구멍을 뚫어 긴 관 하나를 설치하고 끝에 스프링을 달았어요. 거기에 알약을 채워 넣으면 그가 알약을 하나 빨아들일 때마다 스프링이 새 알약을 밀어내주었죠. 그들은 심지어 자기들이 그린 설계도까지 내게 보여주더라고요. 길고 덥고 화창한 시합일이면 에사는 차에 설치한 맥주 탱크 하나는 아주 쉽게 비우곤 했어요. 그는 간신히 일어설 수 있을 정도여서, 누군가 그를 차에서 끌어내 호텔로 데려가야 했죠. 다음 날 아침이면 그는 다시 운전대를 잡았어요. 얼굴이 어찌나 빨갛고 크게 부어올랐던지 언뜻 보면 마치 신호등 같았다니까요. 난 그가 어떻게 사물을 구분할 수 있었는지 모르겠어요. 난 확실히 그의 눈을 볼 수 없었거든요. 그러다가 그는 한 소규모 리그의 유럽 챔피언십 타이틀이 걸린 대회에 나가게 됐어요. 우승은 세계 선수권 대회 진출과 실질적인 계약을 의미했고, 마침내 우리 가족이 집을 갖게 되리라는 의미이기도 했어요. 그리고 마지막 레이스가 열리는 날이었죠. 에사와 그의 내비게이터는 어떤 것도 운에 맡기지 않기로 했어요. 그들은 맥주 탱크와 알약 튜브의 크기를 두 배로 늘렸어요. 처음 네 단계는 멋지게 진행되었고 그들이 레이스를 이끌었죠. 바로 그때 그들은 자만심에 사로잡혔어요. 그래서 서로의 '식량'을 바꿔 시도해보기로 한 거예요. 다섯 번째 단계가 진행되는 동안 에사는 나머지 진정제를 씹어 먹었고, 내비게이터는 에사가 맥주 탱크에 남겨놓은 술을 게걸스럽게 마셔댔죠. 그 결과, 여섯 번째 단계에서 그들의 차는 평원 한가운데 있는 길고 곧은 도로에서 멈춰버렸어요. 기술 지원 차량이 그곳으로 가서 두 사람을 발견했죠. 에사는 축 늘어진 바다코끼리처럼 코를 골며 자고 있었고, 내비게이터는 바지를 흠뻑 적신 채로 옆에 앉아 있었어요. 말할 필요도 없이 계약은 물 건너갔고, 에사는 집으로 보내졌어요. 그의 랠리 시절이 끝난 거죠. 그는 온갖 시도를 다 했지만, 결국에는 정비소에서 차량 페인트칠하는 일을 하게 됐어요. 그건 많은 화학 용제를 취급하는 일이잖아요. 그가 일부러 어떤 냄새를 들이마시거나 그런 건 아니지만,

항상 술에 취해 있었기 때문에 그리고 심한 근시였기 때문에, 늘 차체에 코를 박고 페인트칠을 해야 했어요. 그러다가 어느 날 쓰러져서 죽었어요. 사람들은 에사가 뭔가 냄새를 맡고 있었던 게 분명하다고 말했지만, 결코 그건 아니에요. 그는 그냥 죽은 거예요."

수비의 이야기는 끝이 났다. 나도 그건 안다. 하지만 뭔가가 빠져 있다. 난 그걸 확실히 느낀다. 그게 무엇인지는 모르겠다. 게다가 현기증이 밀려와 당장이라도 기절할 것 같은 기분이라서 기대했던 만큼의 공감이나 관심을 표현할 수도 없다.

이번에는 익숙한 번갯불은 전혀 보이지 않지만, 뇌의 신호에 문제가 있는 것 같은 기분이다. 눈앞이 텅 비고 깜박거리며 켜졌다 꺼지기를 반복하면서 초점이 맞지 않다. 눈앞에서 온갖 색깔이 번쩍거리면서 밝고 화려하게 소용돌이치며 돌아간다. 복부 근육이 경련을 일으키기 시작하고 가슴이 부풀어 올라서, 나는 허리를 구부려 책상에 머리를 찧는다. 처음에 내 심장은 박자를 하나 놓치더니 고통스럽게 떨기 시작한다. 그다음에는 뭔가 꽉 채우고 있던 것을 비워내려는 듯 날뛴다. 내가 얼마나 오래 이것을 참을 수 있을지 모르겠다. 다시 시야가 맑아져서 허리를 세우고 앉았을 때, 수비는 여전히 내 앞에 앉아 있었다.

"걱정 마. 자네나 자네 이야기 때문이 아니야." 내가 더듬거린다.

"어디 아프세요?" 수비가 묻는다.

"아니." 나는 대답한다.

나는 완벽하게 건강하다고 느낀다. 겉으로는 모순되어 보이지만, 내가 아픈 것일지도 모른다는 생각은 단 한 순간도 한 적이 없다. 나는 그저 죽어가는 것이다. 그뿐이다. 그 둘은 완전히 다르다.

"난 그냥……. 그 서류들을 봐야지, 그렇지?"

수비가 서류 뭉치를 넘겨준다. 영수증, 청구서, 주문 양식. 나는 그것들을 대충 훑어보고 서둘러 서명한다.

그러다가 중간에 서명을 멈춘다.

사전에 비용을 내야 하는 환급 불가 예약 건이다. 하미나에 있는 세우라후오네 호텔의 객실 여섯 개.

나는 예약 날짜를 본다. 그리고 오늘 날짜를 확인한다. 우선 내 컴퓨터 화면의 오른쪽 상단을 보고, 그다음에는 수비에게 묻는다. 그녀도 컴퓨터와 같은 대답을 한다. 나는 확실히 하기 위해 그녀에게 오늘이 무슨 요일인지 묻는다.

"목요일이요."

두 페이지로 된 예약 확인서에는 예약자 이름이 나와 있지 않다. 그냥 우리의 사업 내용이 나열되어 있고 내 휴대전화 번호가 기본 연락처로 기재되어 있을 뿐이다. 나를 오싹하게 하는 것은 그뿐이 아니다. 예약 날짜는 다가오는 이번 주말이다. 내일이 금요일 아닌가. 방 여섯 개, 내일 체크인. 예약 확인서에는 숙박객의 이름도 나와 있지 않다. 나는 수비에게 그 문서를 보여준다.

"자네가 예약한 거야?"

수비가 고개를 젓는다. "저도 오늘 아침에야 발견했어요."

"어디서 나온 거야?"

수비가 나를 쳐다본다. "세우라후오네 호텔이요."

"내 말은 이게 어떻게 자네 책상 위에 있게 된 거냐는 뜻이야."

"제 책상 위에 있던 게 아니에요. 그게 제가 말씀드리려던 거라니까요. 회사 이메일 계정에서 찾아냈어요. 아무도 더는 확인하지 않는 예전 이메일 계정이요. 누군가 그걸 연락처로 호텔에 제공한 게 분명해요. 예약 확인서 두 번째 페이지에 보면 나와 있어요. 제가 호텔에 확인해볼……."

나는 두 번째 페이지를 보면서 손을 들어 그녀의 말을 멈춘다.

여전히 낯선 사람이다.

단지 여섯 개의 호텔 객실만 예약된 것이 아니다. 레스토랑에도 테이블이 예약되어 있다. 토요일과 일요일에 총 여덟 명이 참석하는 저녁 식사. 나는 한눈에 내가 찾고 있던 그 관계를 알아볼 수 있다. 이제 그것을 찾은 것 같아서, 나는 두려움과 실망이 뒤섞인 감정을 느낀다. 눈 깜짝할 사이에 그 두 감정이 뒤섞여 합쳐지고 곧 폭발적인 분노가 되어 분출된다.

"그럴 필요 없어. 자네는 이 건에 관해서 잊어버려. 이건 내가 알아서 할게."

나는 나머지 서류들을 훑어본다. 일상적인 서류들이다. 나는 서류 더미를 수비에게 돌려주고 고맙다고 인사한다. 그녀가 일어선다. 수비는 진지한 젊은 여성이다. 그 사실은 딱히 놀랍지도 않다. 그녀의 이야기는 비범한 생존의 이야기다. 나는 일주일 전의 나보다 오늘의 내가 그 사실을 더 잘 이해한다고 굳게 믿는다. 또한 수비가 겪어야 했던 일 중 적어도 일부는 내가 이해할 수 있다는 사실도 굳게 믿는다.

"수비." 그녀가 거의 문 앞에 다다랐을 때 내가 부른다.

"네?" 그녀가 묻고 돌아선다.

"자네가 내게 말해준 것 말이야……."

"짧은 버전이었어요."

"아니, 그 뜻이 아니라 내게 털어놔 줘서 고마워. 그리고 이 일 말인데, 이 예약 건에 관해서는 아무에게도 말하지 마."

수비의 얼굴에 거리낌이라고는 없다. 그녀의 파란 눈도 마찬가지다.

"그 얘기를 들었던 사람 중에 당시 기분이 어땠는지, 지금은 어떤지 물어보지 않은 사람은 사장님뿐이에요. 고맙습니다. 예약에 관해서라면, 저는 본 적도 없어요."

\*

세우라후오네 호텔은 최근에 새 단장을 마쳤다. 누군가는 진작에 했어야 했다고 말할지도 모르겠다. 호텔은 19세기 후반부터 영업을 시작했고, 넓고 웅장한 계단과 복도를 갖춘 멋진 석조 건물에 위치하고 있다. 호텔 접수대는 레스토랑과 같은 일 층에 있다. 교회 느낌이 나는 키 큰 창문을 통해 빛이 흘러든다. 호텔의 고요함도 교회를 떠올리게 하는데, 묘하게 내 발걸음을 헤아리는 것 같은 돌바닥도 역시 교회를 생각나게 한다.

계단을 오르자 숨이 턱 밑까지 차오른다. 오늘 아침까지만 해도 나는 어린 망아지처럼, 또는 최소한 훌륭한 일꾼처럼 건강했었다. 나는 내 몸 상태가 악화하는 것이 일시적인 일이기를 바란다. 지금까지 여러 증상이 그래왔던 것처럼.

호텔 접수대는 비어 있는 것 같다. 바쁜 아침 식사 시간이 끝나서 식당은 깨끗하게 정리돼 있다. 나는 접수대에서 벨이나 직원들의 주의를 끌 만한 방법이 있는지 찾아본다. 아무것도 없다. 나는 더 나은 방법을 떠올릴 수가 없어서, 허공에 대고 외친다.

"안녕하세요!"

이 말이 예상치 못한 효과를 불러온다. 한 남자가 책상 뒤에서 벌떡 일어선 것이다. 그의 타원형 얼굴은 짙은 붉은색이고 절망적으로 보인다.

"안녕하세요?" 그가 말한다. "프린터를 좀 보느라고요. 뭘 도와드릴까요?"

나는 예약 확인서를 펼쳐서 남자의 얼굴 쪽으로 향하도록 돌린다. 그는 양식을 살펴본다. 첫 장 그리고 다음 장을 본다. 그런 다음

꼼꼼하게 하나씩 차례로 겹치더니 내 쪽으로 돌려서 접수대를 가로질러 반환한다.

그는 내 연령대에 키도 나와 비슷하다. 우리가 서로를 바라볼 때, 각자의 눈은 거의 정확하게 같은 높이에 있다. 그의 이마에는 스트레스가 만든 깊은 고랑이 패어 있고, 회색 눈에는 고통이 깃들어 있다. 분홍색 셔츠는 맨 윗단까지 잠겨 있는데, 너무 꽉 조여서 단추 중 하나가 터져버리는 것은 시간문제일 듯 보인다. 셔츠에 꽂힌 이름표는 그의 가슴 근육 위에 단단히 붙어 있다. 안전핀이 피부 표피층 아래로 이동해 간다고 해도 난 놀라지 않을 것이다. 일라리는 확실히 성질 급한 타입은 아닌 것 같다.

"예약에 이상 없습니다." 그가 조심스럽게 말한다.

"그렇지 않다고 믿을 이유가 없네요." 내가 말한다.

프린터가 윙윙거리고 삐걱거리고 덜컹거리기 시작한다. 일라리는 접수대 아래로 시선을 던진다. 그의 표정에서 절망감이 배어난다. 그게 아니라면, 분노를 간신히 억누르고 있는 듯하다. 종이가 기계에서 뿜어져 나와 바닥 여기저기로 떨어진다.

"프린터가 멈추지를 않네요. 도대체 멈추려고 하질 않아요."

"프린터라는 게 원래 그렇죠." 내가 말한다. "그게 프린터의 본성이잖아요. 전혀 필요하지 않을 때 인쇄를 해요. 정말로 무언가를 인쇄해야 할 때는 카트리지가 비어 있거나 용지가 걸려버리거나, 인터넷 연결이 끊겨서 문서가 저장된 컴퓨터를 인식하지 못한다고 알려주거나 그러잖아요. 제 의견을 물어보신다면, 종이 없는 미래, 즉 디지털 세상을 꿈꾸게 된 것도 애초에 프린터가 너무 많은 사람을 절망과 광기로 몰아넣었기 때문이라고 말하겠어요. 종이는 좋은 거예요. 아름답죠. 종이에는 아무 문제가 없어요. 손에 쥐면 기분이 좋고, 무언가를 읽기에도 가장 좋은 방법이죠. 유일한 문제는 애초에 종이 표면에 그 작고 검은 자국을 남기는 데서 생기는 겁니다. 모든 현대적인 기술력이 우리 손안에 있다고 해도, 그건 거의 불가능해요. 나는 프린터 회사와 이 세상의 항우울제 제조업자들이 한통속이 아닐까 하는 의심, 아니 절대적인 확신을 가지고 있어요."

"아침 내내 도무지 멈추려고 하지를 않아요." 일라리는 거의 울음이라도 터트릴 듯하다.

"저도 압니다." 내 말 뒤에 우리는 잠시 침묵을 공유한다. 그리고 서로의 눈을 바라본다.

또 한 명의 새 친구를 사귀었다는 확신이 들자, 나는 호텔을 방문한 이유로 돌아간다.

"예약과 관련해서 몇 가지 세부 사항을 확인하고 싶어서요."

"무엇이든 물어보세요." 일라리가 눈가를 닦아내며 말한다.

"예약 확인서에는 우리 회사 이름만 나와 있고 게스트나 예약한 사람의 이름은 표시가 되어 있지 않네요."

"예약은 이곳에 와서 직접 하신 겁니다. 제가 그건 잘 기억하고 있어요."

"내가 회사 대표예요." 나는 지갑을 열고 그에게 내 명함을 내민다. "그래서 예약 상황을 확인해야만 해요."

일라리가 키보드를 두드린다. 그의 눈은 여전히 촉촉하다. 프린터는 아직도 종이를 뱉어내고 있다. 하지만 이제 일라리는 자신의 좌절감과 분노를 털어놓았다. 프린터는 더 이상 그를 조종하지 못한다.

"숙박객의 이름이 예약 확인서에는 없어도 호텔 시스템에는 들어 있습니다." 나는 접수대에 기대어 목을 길게 뺀다. 파란색 배경에 흰색 블록체다.


노리유키 카쿠타마, 남성

쿠수오 유하라, 남성

다이수케 오키마사, 남성

모리아키 타케토모, 남성

시게유키 츠케하라, 남성

아키히로 하시모토, 남성


끝에서 두 번째 이름만 생소하다. 다른 이름들은 내가 개인적으로든 다른 식으로든 잘 아는 사람들이다.

"그리고 예약은 2박인가요?"

"4박입니다." 일라리가 대답한다.

나는 재빨리 계산한다. 금요일에 도착해서 화요일에 출발이다.

"그럼 왜 확인서에는 2박이라고 적혀 있죠?"

"2박을 먼저 신청하셨어요. 나중에 2박을 더 신청하셔서 그래요. 첫 번째 것을 수정한 게 화면에 떠 있는 내용이에요."

"그럼 그 추가 예약도 여기에서 이루어졌나요?"

"예, 제가 그것도 기억하고 있습니다. 아주 생생하게요. '상황이 현저하게 바뀌었습니다. 확실한 건, 더 좋은 쪽이라는 거예요.' 그때 딱 그렇게 말씀하셨습니다. 정확히 같은 어순으로. 그리고 미소도 지으셨어요. 아름다운 미소였죠."

일라리도 미소 짓는다. 그의 눈은 여전히 눈물로 반짝인다. 그는 약간 원기가 부족한 남자 같다.

"지금부터 제가 아주 특이하고 비공식적인 뭔가를 하려고 해요." 내가 말한다. "하지만 당신과 난 서로 간의 이해가 있으니, 도와주시겠죠?"

나는 지갑에서 사진 한 장을 꺼내 일라리에게 보여준다.

"이 사람이 예약했나요?"

일라리가 다시 미소 짓는다. 그의 긴장된 뺨에 눈물이 흘러내린다. 그가 고개를 끄덕인다.

"그리고 버섯은 직접 가져와서 사용하겠다고 하셨습니다."

## ‖ 12 ‖

일상생활이 이어지는 동안에는 시장 광장이 조용한 소강상태를 맞는다. 아침나절의 소란은 잠잠해지고, 저녁 손님이 나타나기까지는 아직 시간이 충분하다. 백열의 햇빛이 가차 없이 내리쬔다. 거의 피부를 찔러댈 정도다. 슈퍼마켓 벽에 걸린 온도계는 그늘에 매달려서도 28도를 가리킨다.

나는 커피 가판대로 가서 가장 멀리 떨어진 테이블에 자리 잡고 앉는다. 저지선으로 경계를 지어놓은 좌석 공간에 놓인 다른 테이블에는 야구 모자를 쓴 두 명의 노인이 앉아 있다. 한 명은 밝은 빨간색, 다른 한 명은 색이 바랜 파란색이다. 두 사람은 강한 하미나 억양으로 대화를 나누는 중이다.

나는 이곳 현지 사투리는 배우지 못했다. 일반 핀란드어보다 입안에서 더 복잡하고 느리게 느껴진다. 그것이 한 가지 의문을 불러일으킨다. 의사소통을 더 빠르고 덜 복잡하게 만드는 게 속어나 방언의 핵심이 아닌가? 내가 왜 갑자기 이런 생각을 하고 있나 모르겠다. 아마도 다른 생각을 하면 어쩔 수 없이 나 자신을 불안하게, 혹은 더 나쁘게 만들 테니, 잠시라도 그러지 못하게 고삐를 죄려는 것일 수도 있다.

커피 맛은 형편없다. 사우나에서 미지근한 주스를 마시는 것 같은 기분이다. 설탕을 바른 도넛 겉면이 마치 페이스트리가 땀이라도 흘리는 것처럼 반짝거린다.

나는 살해당하고 있다. 그리고 일본인들은 내일 도착한다. 타이나는 호텔 객실을 직접 예약했다. 십중팔구 그녀가 초대장도 직접 처리했을 것이다. 주말 내내 그들과 관련된 행사를 주최하리라는 것도 의심의 여지가 없다. 나는 가장 아픈 진실, 그 무엇보다도 가장 날것의 민감한 신경을 건드리는 사실을 곰곰이 생각해보다가 소스라치게 놀란다.

아무도 나와 상의하지 않았다.

나는 완전히 배제되고 외면당했다.

누군가가 내 음식에 독을 넣고, 나를 사무라이 검으로 찌르려 하고, 내 아내와 바람을 피우는데 이까짓게 뭐라고? 아니다, 이건 훨씬 더 심각한 문제다. 게다가 개인적인 일이기도 하다. 물론 나는 이것도 역시 허영심이라는 걸 깨닫는다. 내가 여자들과 함께 있을 때 잔뜩 힘을 주어 배를 집어넣으려 하는 것과 마찬가지로. 아마도 죽어가는 사람에게는 다른 걱정거리가 있으리라고 생각했겠지. 내 불완전함은 나와 함께 죽어 없어질 것이다. 하지만 그때까지는 난 그걸 얼마든지 즐길 수 있다. 흔한 말로 숨이 멎는 순간까지.

나는 결연한 의지력을 동원해서 마침내 더 큰 그림을 볼 수 있게 된다. 일본인들의 입국이 임박한 데는 그럴 만한 이유가 있을 것이다. 명백한 이유는 버섯이다. 또 다른 이유도 있을까?

나는 이 또 다른 이유가 그 모든 암시와 모호한 문장들 속에 놓여 있다고 짐작한다. 내가 충분히 역동적이지도, 호기심이 많지도, 현대적이거나 대담하지도 않다는 의미를 전달하는 암시와 모호한 문장들. 나는 최근에 만난 거의 모든 사람에게서 직간접적으로 이런 말을 들었다. 잠시 나는 일본인들이 왜 하필 지금 오는지, 그 방문 시기가 궁금해진다. 바로 그 순간 깨달음이 찾아온다.

내가 살아 있다.

누군가의 계산에 따르면, 나는 지금쯤 죽어 있어야 한다.

이렇게 생각해보면, 이를테면 지난주에 내가 죽었다고 상상해보면, 마침내 모든 상황이 새롭게 보인다. 나는 이미 죽었고, 사업은 아내의 명의로 넘어간다. 일본인들이 도착한다. 이제 타이나는 새로운 계약을 협상한다. 하지만 그렇다고 해도 계약의 세부 사항을 논의하자고 여섯 명이나 되는 사업가가 도쿄에서 하미나까지 그 먼 길을 여행해 올 것 같지는 않다. 그들은 뭔가 새로운 것을 기대하기 때문에 이곳으로 오는 것이다.

그게 무엇일까? 최근 며칠간 내가 나누었던 모든 대화를 검토해본다. 난 사람들이 원하는 바는 무엇이고, 계획하고 있는 바는 무엇인지에 관해 이야기를 나누었다. 그들이 사람들에게, 그중에서도 일본인들에게 제공할 수 있는 새로운 개념이란 무엇일까? 딱히 혁명적인 것을 떠올릴 수 없다. 라이모의 생분해성 퍼닛이나 페트리의 새 밴 같은 이런저런 사소한 것들이 있기는 해도, 뭔가 대단한 것은 없다. 하지만 그게 반드시 대단한 무언가가 되어야 하는 걸까?

사업과 젊은 연인. 사실 그것만 해도 이미 꽤 큰 이슈 아닌가?

재활용 플라스틱으로 만들고 색상도 원하는 대로 선택할 수 있는 2만 개의 퍼닛?

사운드 시스템이 제대로 갖추어진 밴?

아니.

아니다.

이런 것은 노리유키 카쿠타마나 쿠수오 유하라가 굳이 이곳까지 와서 보고 듣고 경험하거나 맛보고자 할 만한 종류의 것이 아니다.

나는 도넛을 내려다본다. 도넛이 나를 비웃는 것 같다. 마치 방금 내 귀에 비밀을 속삭이고는, 이제야 겨우 진실을 깨달았냐면서 고소해하는 것 같다. 나는 크게 웃으며 주위를 둘러본다. 두 노인이 뒤를 돌아본다.

"이 도넛, 유머 감각이 제법이네요." 내가 미소 지으며 그들에게 말한다.

노인들은 주저하다가 내게 친절한 끄덕임을 보내고 나누던 대화로 돌아간다. 그들 중 하나는 내가 위험하지는 않은지 확인이라도 하려는 듯 다시 내 쪽을 돌아본다. 나는 도넛을 한 입 베어 문다. 오븐에서 꺼낸 지 얼마 되지 않아 아직 뜨겁고 파삭하다.

　그때 저기서 라이모가 나타난다.


*


　라이모의 패션 감각은 도무지 이해할 수가 없다. 스타일 때문이 아니라, 겹쳐 입은 옷의 개수, 긴 소매, 두꺼운 직물 때문에 그렇다. 직사광선 아래서는 기온이 거의 40도에 육박할 텐데, 그는 11월에 입고 다니던 옷을 그대로 입고 있다. 내 반소매 셔츠는 등과 겨드랑이 쪽 둘 다 땀에 젖어 있다. 세우라후오네 호텔 예약 확인서를 접어서 집어넣은 가슴 쪽 주머니도 역시 흠뻑 젖어서 천이 가슴에 철썩 붙어버렸다. 라이모는 정장 재킷에 짙은 색 바지를 입고 콧수염까지 기르고 있어서 한마디로 볼 만한 모습이다. 그는 관중석에서 빠져나온 아이스하키팀 코치처럼 재킷 자락을 옆구리에서 펄럭거리며 내 쪽으로 빠르게 다가온다. 탁 트인 광장에서는 문을 쾅 닫거나 경첩의 내구성을 시험할 기회가 없지만, 일반적인 수준에서 그의 움직임은 기존의 원칙을 고수한다. 시장 광장의 자갈이 움직일 수 있다면, 반드시 그의 발걸음마다 움찔할 게 틀림없다.

"수비와 얘기를 나눴어요." 라이모가 말을 시작한다. "사장님이 시내에 나갔다고 하더라고요. 왠지 여기서 도넛을 드시고 있을 것 같아서, 잠깐 들러야겠다고 생각했어요. 앉아도 될까요?"

그가 자리에 앉는다. 동시에 금속 의자가 삐걱거리고 의자 다리가 자갈에 부딪히며 비명을 질러댄다.

"뭐 좀 마셔야죠?"

나는 커피 가판대 쪽으로 고갯짓을 하며 묻는다.

"저 사람은 레이트칼리에서 와요."

"그래서요?"

"난 지역 생산품만 삽니다."

"레이트칼리는 여기서 3킬로미터 거리에 있어요."

"8.5킬로미터예요."

"요즘은 거기도 하미나의 일부로 치잖아요."

"난 그런 건 절대로 받아들이지 않을 겁니다."

"그냥 내가 한잔 대접하면 어떨까요?"

라이모가 한숨을 쉰다. 정말로 이게 대단한 양보라도 된다는 듯한 태도다.

"자파 오렌지로 할게요. 고맙습니다."

나는 카운터에서 오렌지 레모네이드 한 병을 사온다. 라이모는 내가 미처 의자에 앉기도 전에 병의 절반을 꿀꺽거리며 마셔버린다.

"젠장, 오늘 정말 덥네요." 그가 말한다.

나는 그의 옷차림을 바라보며 아무 말도 하지 않는다. 절대로 여름옷 논쟁에 말려들지는 않을 것이다. 라이모가 어떤 사람인지 알기 때문이다. 어차피 그가 이겼다고 생각할 논쟁을 하게 될 것이다. 나는 가능한 한 어떤 방식으로든 힘을 아껴야 한다. 그러니 전투도 신중하게 선택해야 한다. 그 정도가 내가 마침내 깨달은 것이다.

"이거 끝내주게 맛있네요."

라이모는 고개를 끄덕이고 뺨을 부풀리며 트림을 해서, 콧수염 아래로 오래된 오렌지 냄새가 나는 공기를 훅 불어낸다. 그러고는 이마에 맺힌 땀을 닦는다.

"우린 대화를 나눠야 해요." 그가 말한다. "이 자리에서 얘기하려고 했는데, 오는 도중에 전화를 받아서 그만 차를 몰고 가봐야 하거든요. 너무 긴 얘기라서 지금 당장 설명할 방법이 없네요. 내가 제안할 게 있어요. 오늘 저녁에 피타얀사리에 있는 우리 집으로 오세요. 시간은 7시로 하죠. 사우나하면서 회의를 하면 되겠어요."

"어디서 뭘 해요?"

라이모가 나를 쳐다본다. "그 외에 사람들이 중요한 얘기를 나눌 수 있는 곳이 어디 있나요?"

난 사우나가 별로 당기지 않는다. 사우나에는 아직 발도 들이지 않았지만, 벌써 기절할 것 같은 기분이다. 보나 마나 장작을 때서 온도가 90도에 달할 테고, 자작나무 휘스크<sub></sub>자작나무 잔가지를 묶어 싸리 빗자루처럼 만들어서 몸을 두드려 마사지 효과를 내는 도구로 몸을 두드려댈 게 분명하기 때문이다. 하지만 이것은 다른 무언가, 훨씬 더 중요한 무언가를 위한 기회가 될 수도 있을 것이다.

"7시라고 했죠?"

"둘만 평화롭게 조용히 앉아서 사우나를 할 수 있어요. 아내는 아이들과 함께 코트카에 갔거든요."

라이모는 아직 음료가 남아 있는 병을 내려놓는다. 그가 느끼는 탈수 증세의 얼마만큼이 재킷 탓일지 궁금하다. 이런 날씨에 재킷이라니, 분명히 땀을 양동이로 흘려대고 있을 것이다. 그가 일어선다.

"사우나에서 뵙죠."

라이모는 다른 사람의 발을 밟지 않으려고 애쓰면서 자신의 차로 서둘러 걸어간다. 그가 후진으로 주차 공간에서 빠져나와 방향을 틀어 출발한다. 나는 입가를 닦고 두 노인이 어느새 사라진 것을 알아차린다. 내 차는 여전히 세우라후오네 호텔 밖에 세워져 있다. 나는 차로 걸어가기 시작한다. 곧 광장의 번화한 남동쪽 모퉁이에 도착한다.

사람들이 웅성거리는 곳은 주로 주류 판매점 근처다. 여름철이면 핀란드 사람들은 대단한 확신을 품고 술을 마신다. 7월의 무더운 날이면 주류 판매점의 자동문은 하루에도 1월 한 달의 개폐 횟수를 합친 것만큼 열리고 닫힌다.

건널목에서 나는 정확하게 도로 규칙에 따른다. 먼저 왼쪽을 보고 다음에 오른쪽을 살핀 다음, 다시 왼쪽을 본다. 두 번째로 왼쪽을 보는 순간, 심장이 빠르게 뛰면서 다리에 힘이 풀린다. 나는 사미의 모습을 흘낏 보고는, 그가 나와 같은 방향을 향해 같은 속도로 움직이고 있음을 즉시 깨닫는다.

*

사미는 못 알아볼 수가 없다. 그의 얼굴은 말 그대로 유령처럼 창백하다. 부자연스러울 정도로 하얀 피부가 머리카락의 검은 광택 덕에 더욱 두드러져 보인다. 그는 흰색 운동화에 배수관처럼 보이는 검은색 진과 흰색 티셔츠를 입었다. 누군가는 그를 왕년의 영국 록스타로 착각할지도 모르겠다. 하지만 나는 그 부분이 유사점이 끝나는 지점이라고 생각한다. 나는 산니가 전 남자 친구에 관해 했던 말을 기억한다.

*그러니까 그는 매번 방망이를 휘두를 때마다 야구공 대신 자기 머리를 후려칠 것 같은 사람처럼 보인다는 거죠?*

나는 아직도 검을 휘둘러대던 그의 사업 동료와의 만남을 잊지 않고 있다. 나는 모퉁이를 돌아 타운홀 쪽으로 향한다. 잠시 후 사미가 내 뒤에 나타난다. 고맙게도 그는 이전보다는 훨씬 조심스럽게 움직이면서 거리를 유지하는 듯 보인다. 적어도 현재로서는 그의 몸짓이 그다지 위협적이지 않다. 하지만 그는 나를 미행하고 있고, 그 사실에는 의심의 여지가 없다. 나는 도로와 블록의 수를 세고 내 차까지의 거리를 계산한다. 손에 자동차 키를 움켜쥐고 지금부터 달리기 시작하면 해낼 수 있을까 가늠해보지만, 시도해보지 않아도 답은 너무나 뻔하다. 나는 이미 다리와 호흡이 허용하는 최대치까지 빠르게 걷고 있다.

결국 사미가 나를 따라잡는다. 하지만 이미 결론이 난 것은 아니다. 어떤 식이든 생리적 장애로 고통받고 있는 게 나 하나만은 아닌 듯하기 때문이다. 사미는 오른쪽 다리를 절뚝거린다. 나는 속도를 높이기 위해 최선을 다한다. 셔츠는 흠뻑 젖고, 숨은 턱밑까지 차오른다. 이런 더위 속에 움직이는 건 힘든 일이다. 나는 어깨 너머를 바라본다.

사미가 너무 가까이 있어서 그의 표정도 읽을 수 있을 정도다. 피에 굶주렸다기보다는 괴로운 표정에 가깝다. 나는 마지막 모퉁이를 돌아 선다. 내 앞에서 자동차 전조등이 깜박이며 불이 들어온다.

사미는 내 발뒤꿈치에 바짝 붙어 있다. 그의 창백한 얼굴이 번들거린다. 무더위가 나만큼이나 그에게도 견디기 어려울 정도로 지독하게 느껴지는 모양이다. 나는 세우라후오네 호텔 레스토랑 바로 앞에 주차해놓은 내 차에 도착한다.

사람들이 테라스에 나와 앉아 여유롭게 맥주를 마시고 있다. 일부는 그늘에 있고 일부는 햇빛에 나와 있다.

그들에게 이 순간은 여름이다. 그들은 죽어가지 않는다.

나는 차 문을 열고 간신히 안으로 올라탄다. 내가 그곳에 차를 대놓은 동안, 그러니까 처음에는 세우라후오네 호텔에 들어가 조사 임무를 수행하고, 광장에서 도넛을 먹으며 이런저런 생각에 잠겨 있던 동안, 두 대의 차가 내 차를 앞뒤로 막아 움직일 수 없게 해놓았다.

사미가 차창을 두드리더니 몸을 웅크리고 안쪽을 들여다본다. 나는 어느 쪽으로도 움직일 수가 없다. 적어도 빠르게는. 그의 얼굴은 창백하고 고통스러워 보인다. 무엇보다도 그의 표정에는 확신이 없다. 그 사실이 나를 놀라게 한다.

나는 다시 백미러를 바라본다. 스바루의 바퀴 중심은 거의 내 뒷좌석과 맞닿아 있다. 앞에 주차된 빨간 밴의 뒷부분은 내 차의 앞범퍼에 닿아 있다. 하미나에서 살아온 3년 반 동안 샌드위치처럼 차들 속에 갇힌 적은 한 번도 없었다. 여기서 벗어나려면 오후 내내 애를 써야 할 것 같다. 난 상황을 받아들인다. 점화 스위치에 키를 꽂아 넣자 차가 부르릉거리며 살아난다. 나는 시동을 걸지는 않는다. 그저 차창을 내리면서 조용히 기도의 말을 속삭인다.

차창이 아래로 내려가는 동안 사미의 눈도 그것을 따라간다. 사미의 눈이 차창 유리가 사라진 공간의 가장자리에 잠시 머무른다. 그런 다음 사미가 고개를 들고 혀로 입술을 적신다. 그의 눈동자는 파랗고 왼쪽 눈은 사시 같다. 그 눈이 내 뒤의 테라스를 응시하는 것처럼 보인다.

"난 토미를 찾고 있어요."

사미의 목소리가 가늘게 떨리며 나온다. 애를 쓰고 있거나 화가 나 있거나 둘 중 하나일 것이다. 물론 전자였으면 좋겠다.

"여기 없는데요." 내가 대답한다. "보시다시피."

사미가 차 내부를 훑어본다. 내가 정말로 내 스코다 뒷자리에 그의 폭력적인 보디빌더 친구를 숨기고 있다고 생각해서 그러는 건지는 잘 모르겠다. 그가 차창 문틀에 한 손을 얹는다. 그의 손가락이 차 안으로 들어와 있다는 단순한 사실만으로도 영토를 침범당한 것 같은 불쾌감이 느껴진다.

"그가 당신을 만나러 간다고 했어요."

"나를요? 왜 그랬을까요?"

"우리가 당신 사무실에 찾아갔을 때, 당신이 우리 검에 대해 했던 말 때문에."

"그게 다예요?"

사미는 내 질문을 듣지 못한 듯하다. 계속 내 차 문에 기대 서 있다. 그의 하얀 팔은 전에도 내가 알아차렸듯이 앙상하지만 근육질이다. 나는 토미와의 사이에서 일어났던 모든 일을 빠르게 머릿속으로 훑어본다. 그게 다라고? 단지 내가 그를 화나게 했다는 이유만으로? 그제야 나는 그 검이 '낙타의 등을 부러뜨린 지푸라기'가 틀림없다는 사실을 깨닫는다. 내가 그들의 회사에 찾아가서 만졌던 검. 나를 반으로 쪼개놓으려 했던 그 검. 나는 토미가 이제는 행복하기를 바란다. 아무도 다시는 그의 검을 건드리지 않을 테니. 그건 그의 것이고, 그만의 것이다.

"토미는 내 절친이에요." 사미가 말한다.

나는 처음에는 아무 말도 하지 않는다. 하지만 곧 선상 술집 갑판에서 아스코가 했던 말을 기억해낸다.

"아스코는 토미가 상트페테르부르크에 갔을지도 모른다고 하던데요."

"아스코가?"

사미의 파란 눈이 내 눈을 빤히 바라본다. 더는 불가능할 정도로 면밀하게. 그리고 여전히 그의 왼쪽 눈은 테라스 어딘가를 바라보고 있다.

"당신 사장을 만났거든요." 내가 말한다. "아, 난 그가 당신의 상사라고 생각해요. 어쨌든 그가 나를 만나러 왔었어요."

사미는 다시 입술을 핥는다. 입술이 건조하고 빈혈기도 있어 보인다.

"아스코는 토미를 나만큼 알지 못해요. 상트페테르부르크에 갈 거였으면, 나한테 말했을 겁니다. 토미는 내게 당신을 만나러 간다고 했었어요."

나는 사미가 계속 말하는 걸 원치 않는다. 그는 논리적 후속 질문에 위험할 정도로 근접해 있다.

"지금 좀 바빠서요." 내가 말한다. "괜찮으시다면……."

"좀 전에 날 봤을 때 왜 도망쳤어요?"

아마도 사미는 내가 생각했던 것만큼 뇌 손상을 크게 입지는 않았나 보다. 그렇다고 하더라도 이 상황에서는 아첨이야말로 여전히 최선의 방어책이 될 수 있을 것이다.

"상당히 위협적으로 보였거든요." 내가 말한다. 이건 진심이기도 하다. "당신에게는 일종의 카리스마가 있어요."

사미는 그 말을 곰곰이 생각해보는 듯하다. 그러고는 나를 만나고 처음으로 미소를 짓는다. 그의 미소는 그의 눈만큼이나 비스듬히 기울어 보인다. 얼굴 오른쪽에서 위로 휘어져 올라가는데, 그게 팽팽하게 긴장한 전체적인 표정을 강조하는 역할을 한다.

"그거 참고하도록 하죠." 그가 만족스러운 태도로 말한다.

나는 그의 말이 무슨 뜻인지 물어볼 계획이 없다. 이번에도 그냥 고개만 끄덕인다.

"만약 당신이 토미에 관해 알고 있으면서도 내게 말하지 않았다는 걸 알게 된다면, 난……."

"물론입니다."

내가 말하고는 스위치를 눌러 차창을 닫기 시작한다. 위로 올라오는 창유리가 사미를 깜짝 놀라게 했는지 그가 초조하게 문틀에서 손을 뗀다.

"우리가 당신을 주시하고 있어요. 기억해요."

"잠시도 잊지 않을게요." 내가 말한다.

사미는 여전히 내 쪽으로 몸을 굽히고 있다. 차창이 올라가고 우리 사이를 유리가 가로막는다. 그 즉시 내 호흡이 좀 편안해진다. 나는 꽂아놓은 차 키를 돌리고, 1인치쯤 되는 거리를 후진했다가 핸들을 끝까지 감는다. 이건 지옥의 운전 학교다. 복수를 갈망하는 강사 앞에서 3점 방향 전환좁은 공간에서 차를 후진, 전진, 재후진해서 방향을 돌려 나가는 방법을 하는 것이다. 마침내 나는 겨우겨우 차 앞쪽이 도로로 나갈 수 있도록 한다. 사미가 너무 가까이 서 있어서 나는 그의 발가락을 차로 밟아 으스러뜨릴까 봐 걱정한다. 그런 일은 일어나지 않는다. 사미는 내가 차를 끌어내서 좌회전해 가는 동안에도 길 한가운데 버티고 서 있다.

*

점심시간이지만, 하미나 사람들은 점심을 먹으러 식당으로 가지 않는다. 그들은 집으로 운전해 가거나, 회사에서 도시락을 먹는다. 헬싱키 시내의 점심시간은 지금 내 눈앞에 보이는 것과 비교하면 거의 광란의 카니발이었다.

한가로이 자전거를 타는 사람, 몇 대의 자동차, 보행 보조기에 의지해 길을 건너는 사람이 보인다. 피자 가게 문은 열려 있지만, 안에는 손님이 없다. 공원의 커다란 느릅나무들은 거대한 짙은 녹색의 브로콜리 머리처럼 아무런 움직임도 없이 서 있다. 아이스크림 매점에도 줄이 없다. 매점 주인은 공원에서 가장 가까운 쪽 의자에 앉아 있다. 눈은 감고 있고, 얼굴은 하늘을 향해 있다. 가격표는 햇빛에 노랗게 변했고, 다양한 아이스크림 이미지들은 색이 바래 있다. 한때는 바나나였던 것이 이제는 바닐라로 보일 수도 있을 것 같다.

노래 하나가 떠오른다. 어느 화창한 날 아침, 젊은 주부인 주인 공이 자신은 따뜻한 바람이 머리칼을 흩날리는 동안 스포츠카를 타고 파리를 운전해 다닐 일은 절대로 없을 것임을 깨닫는 내용이다. 그녀가 어떤 기분이었을지 알 것 같다. 대도시에 살고 싶은 욕망을 느끼거나 스포츠카를 타고 싶다는 뜻은 아니다. 나는 바람에 흩날 릴 만큼 머리카락이 풍성하지도 않다. 머리숱은 물론이고 머리 모양을 생각해도 그런 일은 불가능하다. 아무리 빨리 달린다고 해도, 내 머리카락은 살짝 위치만 바뀌어 있을 것이다. 나는 노래의 주인 공도 유럽, 빠른 차, 아름다운 머리 모양 같은 '모든 것'을 원했다고 생각하지 않는다. 그녀가 깨달은 것은 본질적으로 이런 사실이다. 삶은 사라졌고, 꿈은 꿈일 뿐 절대로 실현되지 않으리라는 사실이 다. 자신에게는 지금 그리고 이곳뿐이며, 그조차도 일시적일 뿐이 라는 사실.

문득 위대한 철학자 한 명이 주장했던 이론도 떠오른다. 그 주장 의 기본적인 개념은 자신의 죽음에 대해 슬퍼하는 일은 자신이 태 어나기 이전의 시간에 대해 슬퍼하는 일만큼이나 쓸데없는 짓이라 는 것이다. 물론 이 이론이 물샐틈없이 완벽한 것은 아니다. 한 가지 도드라지는 약점이 있는데, 그건 다음과 같다. 태어나기 이전에 나는 살아 있다는 게 어떤 건지 전혀 경험할 수 없었을 것이다. 반면에 인간의 삶이 무한히 반복되는 순환의 한 주기라면, 또 다른 순환 주기가 시작될 때 나는 이미 살아 있다는 게 어떤 건지 경험했을 테고, 그렇게 되면 그 경험을 포기하기가 힘들어진다. 다들 살아봐서 알겠지만, 삶을 포기할 만한 어떤 비교 지점을 찾는다는 건 참으로 힘든 일이다. 한마디로 고통스럽다.

이 이론의 또 다른 약점은 태어나기 이전 시간과 관련이 있다. 나는 태어나기 이전의 기억은 전혀 없다. 내가 죽어서 태어나기 이전으로 다시 돌아간다면, 무의식과 망각의 끝없는 순환이라는 상황이 나를 기다리고 있으리라 추측만 할 뿐이다. 말하자면 늘 같은 상황이 기다리고 있을 것이다. 그게 딱히 매력적으로 느껴지지는 않는다. 그리고 이 짧은 인생이 어쩌면 내가 눈 뜨고 걸어 다닐 수 있는, 열어 놓은 창문을 통해 들어오는 여름날의 향기를 호흡할 수 있는 유일한 삶일지도 모른다.

생각이 혼란스럽기는 하지만, 그래도 나 자신에게 그 정도는 허락하고 싶다. 그 누가 내게 분별력을 기대할 수 있겠는가?

수천 수백만 년의 무無가 내 앞에 펼쳐져 있고, 뒤로도 수십 수백억 년쯤 되는 무가 펼쳐져 있다. 다음 망각의 기간이 언제 끝날지 알아낼 방법이란 없다. 지상에서 우리의 생이 끝날 때, 또는 그보다 좀 더 일찍, 혹은 그보다 좀 더 이어진 후에 끝나는 것일까? 아니면, 우리의 집단 혼수상태는 우주가 고립되고 압축되어 핀의 머리 크기로 줄어들 때에야 비로소 끝나는 것일까? 만약 그 사건이 다음 우주 탄생의 촉매라면, 내 망각도 처음부터 다시 시작되어 마침내 깨어날 때까지 수십억 년쯤 기다려야 할까? 그렇게 끝도 한도 없이 무한정 반복되는 것일까?

내가 나에게 솔직하다면, 영생이 있든 없든 간에 점차 이 우주가 참을 수 없을 만큼 스트레스가 많고 피곤한 곳으로 느껴지기 시작했다는 걸 인정해야 한다. 특히 그에 대해 좀 더 깊이 생각해보면 더욱더 그렇다. 그건 마치 그만두고 싶은 마음은 굴뚝같지만, 새로운 직장을 구하는 게 너무 어려울 것 같아서 어쩔 수 없이 다니는 회사와도 같다.

나는 괴롭고 실망스럽고 불안하다. 전에는 이런 문제들을 고민해본 적이 없다. 하지만 아내가 회사 대주주이자 남편인 나에게는 알리지도 않고 자기 사업 파트너와 함께 일본의 거래처 사람들을 초대해 미팅을 하려고 한다. 그런 사실을 생각하며 골머리를 썩이느니, 차라리 무한성과 우주의 본질을 숙고하며 시간을 보내는 게 낫지 않을까? 게다가 이 모든 게 나를 죽이고 나서 일어나기로 되어 있던 일이 아니던가.

# ‖ 13 ‖

창고에 있는 물건들은 상태가 좋다.

올리가 세심하게 관리한 덕분이다. 기계는 반짝거리고 깨끗하며 돌아갈 준비가 되어 있다. 냉장고는 정확히 알맞은 온도에서 윙윙 거린다. 모든 게 스위치만 누르면 되게끔 준비되어 있다. 이제 버섯 만 있으면 된다. 라이모의 퍼닛 걱정은 공연한 것이다. 우리는 다양 한 상자와 꾸러미를 넉넉하게 가지고 있다. 나는 라이모의 걱정이 그의 이미지와 더 관련 있는 게 아닌지 의심스럽다. 즉 사람들이 자 신을 구매 매니저로서 어떻게 생각하는지, 퍼닛 판매상들은 어떻게 보는지 그리고 스스로가 이 업계에서 자신의 위상을 어떻게 보고 있는지 등과 관련 있을 것이다.

모든 것과 마찬가지로 이것도 오직 인간적인 문제다.

우리가 하는 대부분의 일은 어떤 실체가 있거나 반드시 필요한 일이 아니다. 그보다는 다른 사람이 우리를 어떻게 생각하기를 바라는지, 그 기대감에서 동기를 부여받는다. 나야말로 그 완벽한 예가 아닌가. 생사의 갈림길에서 고통을 받으면서도, 그 와중에 내가 다른 사람의 눈에 어떻게 보일지 걱정하고 있으니 말이다. 나는 산니를 떠올린다. 그리고 내가 그녀로부터 도움을 받아야 한다는 사실을 나 자신에게 상기시킨다.

산니를 생각하면 머리에서 배 밑바닥으로 관통해 내려갔다가 다시 머리로 되돌아가는, 그 과정에서 몸속에 고통스럽고 따끔따끔한 공허감을 남기는 묘한 감각이 느껴진다. 나는 그녀의 적갈색 머리를 볼 수 있다. 그 감각이 현기증을 일으킨다. 두려움도 불러일으킨다. 아니, 어쩌면 이것은 중독의 또 다른 증상일지도 모른다. 혹은 누군가를 열망하는 느낌과 중독이 너무도 비슷해서 구분하기가 힘든 것일지도 모르겠다.

방금 내가 열망이라고 했던가? 내가 산니를 정말 그렇게 생각한다는 건가?

맙소사, 정말 최악이다. 재앙이나 다름없다. 머릿속에서 그런 생각을 몰아내기 위해 나는 물리적인 감각에 집중한다. 그 속에서 위안을 얻으려 노력한다. 건조기의 차가운 강철 표면을 따라 손을 미끄러뜨린다. 장비와 기구들을 바라보며 차례로 이름을 짓고 머릿속에 저장한다. 이런 과정이 산니의 적갈색 머리칼에 머물러 있던 내 생각을 콘크리트 바닥과 금속과 돌과 벽돌로 지어진 창고에 집중하게 한다.

이것은 나의 창조물이다. 물론 오직 내 것이라고는 할 수 없지만, 내가 몇 년 동안 쌓아 올린 것이다. 그리고 현재와 같은 상황에서 이것은 나의 삶이자 목적이다. 내게는 상속인도 없고, 시간도 별로 없다. 지금 내가 가진 것이 내가 남기게 될 모든 것이다.

버섯.

처음에 그것은 작고 막연하게 느껴지지만, 실재한다. 그렇기에 강력한 이미지다. 이 세상에서 나의 목적은 좋은 버섯을 찾아 사람들의 식탁과 입에 확실히 닿도록 해서, 이 작은 사업을 키우는 것이다. 나는 역사에 길이 남지는 않을 테지만, 그래도 여전히 목적이 있다. 내 남은 나날 동안 이루어가야 할 목적.

죽음 이후의 시간을 생각하니 뜻밖에도 기운이 솟는다. 세상을 긴 안목으로 바라보는 것은 언제나 도움이 된다. 심지어 지금도 그렇다. 새로 찾아낸 기운으로 활기 넘치게 사무실로 행진해 가면서 나는 수비에게 반갑게 인사한다. 복도 쪽으로 등을 돌리고 앉은 그녀가 내 인사에 응답했는지 안 했는지는 모르겠다. 어쨌든 나는 등 뒤로 문을 닫고 전화를 걸기 위해 자리에 앉는다. 내가 수화기를 막 들어 올렸을 때, 문 두드리는 소리가 난다. 보통 우리 회사 직원들은 노크 후에 바로 문을 연다. 그런데 이번에는 아니다. 다시 문 두드리는 소리가 들린다.

"들어와요!" 나는 문을 향해 외친다.

타이나는 내 사무실에 들어오기 전에 문을 두드리는 법이 없다. 그런데 지금 그녀는 10초 동안 두 번이나 문을 두드렸다. 민소매 여름 블라우스가 그녀의 넓은 어깨에 잘 어울린다. 갈색으로 그을린 투창선수 같은 팔은 강하면서도 여성스럽다. 과시할 만하다. 숱 많은 갈색 머리는 이제 곧 운동 경기를 치르기라도 하려는 듯이 목 위로 질끈 묶여 있다. 회청색 눈이 재빨리 내 눈에 고정되고 입술에는 친밀한 미소가 걸린다.

나는 책상 맞은편에 놓인 의자를 향해 손짓한다. 상황이 이상하게 느껴진다. 내가 타이나를 단순히 여느 회사 직원처럼 대하고 있다. 물론 엄밀히 말하자면 그녀도 직원이기는 하다. 회사의 위계 구조를 생각하면 그렇다는 것이다. 하지만 우리 둘 다 전에는 이렇게 행동한 적이 없다.

타이나가 앉아서 나를 쳐다본다.

"우리가 논의했던 걸 내가 다시 생각해봤어." 그녀가 말을 시작한다.

"정확히 어떤 논의?"

"당연히 모든 것에 대한 거지, 자기야. 솔직히 어디서부터 시작하고, 어떤 순서로 얘기해야 할지는 잘 모르겠어. 하지만 내가 요 며칠 동안 당신을 지켜봐 왔고, 생각해봤거든. 당신에 관해서 많이. 그리고 시간이 좀 주어진다면, 당신도 나와 같은 방식으로 상황을 보게 될 거야."

"사업상의 논의를 의미하는 거라면……."

타이나가 고개를 젓는다. 누군가와 의견이 맞지 않을 때 고개를 가로젓는 방식이 아니다. 옆길로 새는 대화를 멈추고 싶을 때 하는 방식이다. 움직임은 부드럽지만 확신으로 가득 차 있다. 이럴 때 기다려서 듣는 것 말고 더 나은 선택 사항이 있는지 잘 모르겠다. 그래서 나는 기다리고 듣는다.

"어젯밤에 당신 어깨를 풀어주면서, 난 지금 일어나는 일이 다 무엇 때문인지 깨달았어. 원인이 뭔지 알고 이해도 했어. 솔직히 말하자면, 당신 몸에서 그걸 느꼈어. 내가 한동안 의심해왔던 것이기도 해. 어쨌든 당신은 바로 잠들어버렸어. 나는 앉아서 「도전! 팻제로」를 끝까지 다 봤어. 우승자는 해리였어. 그 금발의 남자. 그는 이혼 후에 38킬로그램이 빠졌대. 진행자가 위로의 말을 건네는데 아내와 소유물을 나누는 동안 또 6.5킬로그램이 빠졌다고 하더라. 그때 난 당신에게 담요를 덮어주고, 아침에 그걸 해야겠다고 마음먹었어."

타이나는 자신이 날 아끼고 걱정해서 돕고 싶다는 듯이 말한다. 목소리에도 따뜻함과 우려가 묻어난다. 지난 몇 년간 그녀에게서 들었던 그 어떤 말보다 훨씬 인상적이다.

"그래서 아침에 뭘 하기로 마음먹었다는 거야?" 내가 묻는다.

타이나가 고개를 돌려 내 쪽을 바라본다. 그녀의 동그랗고 주의 깊은 눈은, 진짜 걱정으로 가득 차 있다.

"당신은 지쳤어, 자기야. 휴가가 필요해. 지금 당장. 그래서 내가 당신을 위해 휴가 계획을 짰어."

보아하니 나는 때맞춰 죽지도 못하나 보다. 그것이 내가 처음 한 생각이다. 아내는 나를 멀리 보내려 하고 있다. 자신의 기대만큼 내가 빨리 죽지 않았기 때문이다. 나는 그녀의 눈을 똑바로 바라본다. 이제 그 눈은 환자의 침대 머리맡에서 세상 다정한 태도를 보이는 간호사의 눈처럼 보인다.

"정말?"

내가 그럭저럭 보여줄 수 있는 유일한 반응이다. 그건 가장 영리한 질문도 아니고 가장 어려운 질문도 아니지만, 어쨌든 시간을 벌어준다.

타이나가 고개를 끄덕인다. "오늘부터 시작이야. 당신은 정말 쉬어야 해."

"그건 불가능해. 우리는 이미 동의했……."

"야코, 자기야, 내 말 좀 들어봐."

나는 타이나를 바라보며 그녀가 원하는 대로 조용히 듣는다. 이번에도 몇 초쯤 생각할 시간이 생긴다.

"당신 최근에 아주 이상하게 행동했잖아. 처음에 나는 당신이 소위 중년의 위기를 겪고 있다고 생각했어."

"난 서른일곱 살이야."

"그래 맞아. 하지만 요즘 당신은 시도 때도 없이 아무 때나 집에 돌아와서는 이상한 것들에 관해 이야기해. 심지어는 경찰이 당신의 절도를 의심해서 집으로 찾아오기도 했어. 당신은 회사에서 비정상적인 행동도 하잖아. 한동안 나는 당신이 미쳐버린 건 아닐까, 정신줄을 완전히 놓아버린 건 아닐까 걱정했어. 하지만 그때 번아웃에 관한 기사를 읽고 뭐가 잘못된 건지 깨달았어. 그리고 어젯밤에 내가 어깨를 안마해주는 동안, 당신은 말을 하다가 문장 중간에 잠이 들어버리더라고."

"그게 무슨 문장이었는데?"

"뭐라고?"

"잠들 때, 내가 무슨 말을 하고 있었냐고."

"별로 중요한 말은 아니었어. 뭔가 무거운 걸 들어 올려야 했다면서 어쩌고저쩌고하더니, 그래서 당신 허리가 그렇게 아픈 거라고 말했어."

"그런 다음에는?"

"난 위층 침실로 올라가서 누웠는데, 잠이 와야 말이지. 당신 생각이 머리에서 떠나질 않았어. 당신 말이야, 야코."

"나 때문에 깨어 있었다고?"

"그래. 하지만 그러다가 답을 찾았어. 당신에게 잠시 쉴 시간이 필요하다고."

"휴가 기간은 얼마나?"

"일단은 꽉 채운 한 주로 시작해보자."

나는 타이나를 바라본다. 아내를 이해 못 하는 것은 아니다. 지금 상황이 얼마나 곤란하겠는가.

아무래도 내가 충분히 빨리 죽지는 않을 듯 보이는 모양이다. 일본인들이 오고 있고, 지금쯤이면 나는 죽어서 묻혀 있어야 하는데.

"내가 어디로 가는데?" 나는 그녀에게 묻는다.

"온천. 내가 탈린<sub>헬싱키와 바다를 사이에 두고 남북으로 마주 보는 에스토니아의 수도</sub>에 있는 호텔 스위트룸을 예약해놨어. 배는 내일 아침 헬싱키에서 출발해. 원한다면 내가 헬싱키에 있는 호텔도 하룻밤 예약해줄게. 그러면 하루쯤 밤의 유흥을 즐길 수도 있을 테니까."

"밤의 유흥?"

"전에 자주 가던 술집과 레스토랑을 찾아가 보는 거지."

"다 문 닫고 없어졌어."

"내 말이 무슨 뜻인지 알잖아. 가서 긴장 풀고 재미있게 쉬고 회복하라는 거야."

"난 번아웃 아니야." 내가 단언한다.

타이나는 따뜻한 미소를 지으며 손을 들어 올려 집게손가락을 뻗는다.

"내가 읽은 그 기사에서 말하길, 특히 번아웃으로 고생하는 사람이 그 문제를 가장 늦게 인지한다고 했어. 당신은 그 모든 증상을 보인다고. 내 눈엔 그게 보여요, 귀염둥이."

귀염둥이? 정말?

"내가 직원들에게 각자의 계획을 취소하고 주말 내내 일할 준비를 하라고 했어. 그런데 내가 막판에 탈린에 있는 온천으로 가버리면 다들 어떻게 생각하겠어?"

"물론 우리는 번아웃에 관해서 아무에게도 말하지 않을 거야. 당신이 이 회사의 대주주야. 그러니 숲에서 기어 다니는 것보다는 더 나은 일을 해야지. 직원들에게는 당신이 출장 중이라고 하면 돼."

"그건 내 질문에 대한 답이 아닌데." 내가 말한다. "그 모든 일을 다 어떻게 끝낼 건데?"

타이나의 눈은 여전히 다정하고 따스함을 발산하지만, 긴장해 있기도 하다. 난 그녀를 알기에 그 사실도 알 수 있다. 적어도 어느 정도까지는.

"그건 그때 가서 해결하면 돼." 그녀가 말을 잇는다. "예약해놓은 거 내가 다시 확인할까?"

"왜 굳이 이번 주말이야?"

타이나는 좌절감을 감추기 위해 최선을 다하지만, 몸짓 언어에서는 어쩔 수 없이 긴장감이 드러난다.

"이번 주에 당신이 유독 지쳐 보이거든, 자기야. 지난 주말까지는 아니었어. 이번 주야. 당신은 이번 주말에 휴식이 필요해."

"당신 정말로 걱정하는 것 같네."

타이나는 마침내 내가 맞는 말을 한다는 듯이 고개를 끄덕인다. 이제 우리 둘 다 멋진 상을 타게 될 참이다.

"맞아." 그녀가 한 마디씩 강조하며 말한다. "정말 걱정돼."

"어쩌면 내가……."

"맞아, 자기야."

"그렇지만 누가……?"

"나머지 직원들 모두 다. 우리 모두, 함께. 당신도 내가 이 사업을 어떻게 운영해야 할지 안다는 거 인정하잖아. 그러니 아무것도 걱정할 필요 없어."

내가 이메일 계정을 컴퓨터 화면에서 숨길 새도 없이 타이나가 일어나서 책상으로 온다. 그녀가 내 뒤에 멈춰 서서 어깨에 손을 얹고 부드럽게 문지르고 쓰다듬고 누른다. 거의 애무에 가깝다. 마지막으로 이런 일이 일어났던 때가 언제였더라? 우리가 데이트를 시작하고 처음 4개월 즈음이었고, 심지어 그때도 딱 한 번 있었던 일이다.

"그리고 당신이 돌아오면," 타이나가 내 뒤에서 말한다. "우리는 새로운 시각으로 상황을 재평가할 수 있을 거야. 당신이 너무 많은 책임을 짊어지고 있어서 스트레스가 몸에 스며든 거라고. 어깨가 꼭 돌덩이처럼 뭉쳐 있잖아."

내 어깨가 돌덩이처럼 굳어버린 건 내 바로 뒤에 바람을 피우는 살인자가 서 있기 때문이다.

"당신은 정말 재미있어, 우리 귀염둥이." 그녀가 계속한다. "나뿐 아니라 다른 직원들도 회사 경영에 관해서 한두 가지쯤은 알고 있다고."

"그건 추호도 의심하지 않아."

"내가 서비스도 몇 개 예약할까?"

"서비스?"

"힐링 스파 서비스 말이야. 마사지, 목욕, 사우나, 피부 관리, 얼굴 마사지, 발 마사지, 이발?"

타이나는 그 온천을 홍보하는 걸어 다니는 광고판쯤 되는 듯이 말한다. 나는 대답을 보류한다.

"어쩌면 당신 말이 맞는지도 모르겠어." 그녀를 충분히 기다리게 했다는 생각이 들자 내가 말한다. "내가 스트레스를 받긴 한 것 같아. 당신 제안에 대해 생각을 좀 해봐도 괜찮겠어?"

어깨를 문지르던 타이나의 손이 잠시 멈췄다가 다시 부드럽게 움직인다.

"당신은 항상 뭔가 제안을 하면 너무 저항을 해, 자기야. 심지어 당신에게 좋은 것에 대해서도. 특히 당신에게 좋은 것에는 더."

"저항하는 게 아니야." 내가 말한다. "쓸데없는 일로 당신에게 부담 주고 싶지 않아서 그래. 새로운 맛과 조리법을 연구할 때, 당신 모습은 말 그대로 물 만난 물고기 같아. 하지만 사업을 운영하는 건, 글쎄…… 당신이 정말 그 많은 일과 책임감과 걱정을 떠맡고 싶어 하는지 난 잘 모르겠어. 당신이 전혀 생각지도 못했을 일들이 많아."

타이나의 손이 더는 움직이지 않는다. 나는 그 손의 온기를 느낄 수 있다. 손가락 끝이 마치 뜨거운 바늘 같다. 곧이어 정수리에 따뜻한 입김이 느껴진다. 머리카락이 몇 가닥 남아 있지도 않은 그곳을 무언가가 어루만지는 듯한 느낌이 들더니 부드럽고 촉촉한 입술이 두피에 닿는다.

"바보 같은 소리 하지 마." 그녀의 입술이 내 머리를 꾹 누른다. "나도 모든 경우의 수를 다 생각해봤어. 이건 당신을 위한 거야. 며칠 쉬면 모든 게 달라 보일 거야."

타이나를 내 사무실에서 내보내는 유일한 방법은, 내가 그 제안에 대해 생각해보고 빠르게 답을 주겠다고 약속하는 것이다. 그것도 아주 여러 번.

얼마나 빨리?

아주 빨리.

타이나가 문 쪽으로 걸어간다. 걸어가는 그녀의 엉덩이가 흔들리고 씰룩거린다. 전에는 이런 모습을 본 적이 없다. 문간에 이르자 그녀는 뒤돌아보며 미소 짓는다. 그 미소에는 동정심뿐 아니라, 성적인 함의, 일종의 약속도 분명히 포함돼 있다. 상당히 당황스러운 조합이다. 나는 타이나에게서 그런 것들을 보는 데 익숙하지 않다. 다른 여성들에게서도 그런 약속은 받아본 적이 없다. 내 평생 한 번도 없었다.

나는 어떻게 반응해야 할지 몰라 컴퓨터로 시선을 돌리고 문이

닫힐 때까지 기다린다. 문이 딸깍하고 닫히는 소리를 듣고서야 나는 마치 비상착륙에서 살아남은 사람처럼 참고 있던 숨을 헐떡이며 내쉰다. 그리고 팔걸이를 움켜잡은 손에 힘을 풀면서 의자에 등을 기댄다.

이게 전부 섹스에 관한 거였나? 아니, 그렇지는 않다. 분명히 아니다. 당연히 아니다. 내가 세상에서 가장 실력이 좋거나 열정적인 남자가 아니라는 것쯤은 나도 안다. 하지만 그렇다고 내가 최악은 아니라는 것도 안다. 내가 알기로 내 전략적 측정치는 평균이다. 말 그대로 진짜 줄자를 꺼내 재본 것은 아니다. 하지만 사우나와 탈의실에서 충분한 시간을 보내왔기에 딱히 자랑할 만한 크기는 아니어도 부끄러워할 정도도 아니라는 걸 안다. 정력 또한 알약의 도움 없이도 얼마든지 잘 지낼 수 있을 정도다. 내가 크로스컨트리 지구력 스키 선수는 아닐지 모르지만, 이른바 중간 광고 시간보다는 더 오래 할 수 있다. 치펀데일 쇼라스베이거스에서 공연하는 남성 퍼포먼스 쇼에 등장하는 남자들처럼 몸이 좋지는 않지만, 리듬감은 좋다. 아니, 적어도 그렇다고 들었다. 물론 타이나에게서는 아니다. 우리가 마지막으로 사랑을 나눈 게 언제였더라? 아마도 지난 주말? 맞다. 그리고 그게 어땠는지 내게 묻는다면, 전희부터 최종 라운드에 이르기까지 모든 과정이 매우 훌륭하게 진행되었으며, 우리 둘 다 소기의 목적을 달성했다고 대답하겠다.

어쩌면 이것은 결국 섹스 때문이 아닐 수도 있다. 그렇다면 이 모든 일에서 페트리가 차지하는 역할이 내가 지금까지 상상했던 것보다 더 흥미로울 수 있다. 한여름부터 크리스마스까지 오직 단백질 셰이크만 마셔대는 그가, 알고 보니 거시기만 달고 있는 머저리가 아니라면?

그 문제를 좀 더 생각해볼 겨를도 없이 전화벨이 울린다.

미코 티카넨 수사관의 목소리는 직접 만나서 들을 때만큼이나 전화로도 매우 듣기 좋다. 그는 교활하게 정보를 낚으며 아주 친근하게 이야기한다.

"아니요, 그다지 바쁘지 않습니다." 나는 말한다.

하지만 바쁘고 아니고를 떠나서, 내가 해야 할 말이 그가 다음에 제안하는 것과 딱히 어떤 관련이 있는지 의심스럽다.

"경찰서로 좀 와주셨으면 합니다. 괜찮으시면 지금 당장이요."

"무슨 일인가요? 그냥 전화로 얘기하면 안 될까요?"

"저는 얼굴을 보고 얘기하는 걸 선호하거든요."

*내가 선호하는 게 뭔지는 중요하지 않은 것 같군.* 나는 속으로 생각한다. 이건 적당한 균형을 찾는 문제다. 의심을 불러일으키고 싶지는 않지만, 그렇다고 너무 기꺼이 응하는 느낌이 들게끔 하고 싶지도 않다.

"무슨 일인지 말씀해주시면, 가는 길에 좀 생각해볼 수도 있을 것 같네요."

"그냥 일상적인 잡담이나 하자는 거죠. 갑자기 연락드렸는데 와

주실 수 있다니 정말 다행입니다."

티카넨이 전화를 끊는다.

나는 시계를 보고 내 건강 상태를 생각한다.

*

여름휴가 중임에도, 의사는 내가 전화를 걸자 즉시 받는다. 휴대전화 너머로 아이들이 왁자지껄 떠드는 소리가 들린다. 크게 고함을 지르고 기쁨의 비명도 질러댄다. 아마도 해변에서 하루를 보내는 듯하다. 탁 트인 공간에서 부는 바람 소리, 잔잔한 파도가 해안에 부딪히는 소리, 바다가 움직이는 소리가 들려온다. 나는 아이들이 의사의 자녀들인지 손주들인지 궁금하다. 그는 나이를 추측하기가 쉽지 않다. 하지만 그게 내가 전화한 이유는 아니다.

내 소개를 하자, 의사는 휴대전화에 뜨는 내 번호를 보고 알고 있었다고 말한다.

"전화해주셔서 다행입니다." 그가 곧장 다시 말한다. "방금 새로운 정보를 받았거든요. 몸 상태는 어떠세요?"

나는 의외로 상태가 매우 좋다고 얘기한다. 물론 육체적인 데 한정된 얘기다. 정신적으로는 그렇지 못하다.

의사가 내 말을 가로막는다. 내 정신 건강에는 별 관심이 없는 모양이다.

"그건 우리가 이미 알고 있는 사실과 일치하네요. 선생님의 가장 최근 샘플이 현재 모두 테스트되었는데, 놀랍게도 지금 우리가 생각하는 것은 일종의 중단입니다. 그게 신체의 자체 방어 메커니즘 덕분인지, 아니면 독소와 중독을 유발하는 요소의 감소 덕분인지는 확실히 모르겠습니다. 하지만 궁극적으로 어느 쪽이든 중요하지 않아요. 방금 말씀하신 내용으로 판단해보면, 중요한 것은 중독이 다소 안정화되었다는 겁니다."

　내가 후속 질문을 하기 전에, 아이 하나가 비명을 지르고 파도가 모래에 부딪힌다. 의사가 말을 잇는다.

　"이것은 우리가 암 환자에게서 흔히 보는 상태와 매우 유사합니다. 치료 과정을 통해, 때로 불특정한 기간 동안 특정 독소가 단순히 휴면 상태에 도달하는 거죠."

　의사가 잠시 말을 멈추었다가 덧붙인다.

　"물론 이게 병이 악화하고 있다거나, 아예 사라졌다는 의미는 아닙니다. 이건 결국 시간의 문제예요. 증상이 언제 어떤 속도로 나타나는가가 문제입니다."

　이것이 내가 하지 못한 후속 질문에 대한 답이다.

　"하지만 당분간은⋯⋯?" 내가 묻는다.

　"지금 선생님은 어느 때와 같이 건강하다고 할 수 있습니다. 물론 어느 날 그렇지 않게 될 때까지는요."

*

하미나 경찰서는 시대의 산물이다. 1990년대는 핀란드 건축의
황금기로 기억될 만한 시기는 아니다. 조립식으로 지은 건물의 일
부는 상태가 얼마나 좋지 않은지, 바라보는 것조차 고통스러울 지
경이다. 경찰서 내부는 어둡고 폐소 공포증을 불러일으킬 것 같다.
부실 공사의 냄새가 순식간에 콧구멍을 파고든다. 나는 잠시 로비
에 서서 확실히 건강에 해로울 것 같은 미생물을 들이마신다.

짧은 복도에 있는 문이 열리고, 미코 티카넨의 길게 빼낸 머리가
시야에 들어온다.

"금방 오셨네요. 들어오세요."

그는 다시 사무실 안으로 사라진다. 나는 문으로 걸어가서 안으
로 들어선다.

방은 의사의 진료실을 떠올리게 한다. 밝은색 책상, 책상 위의
컴퓨터, 책상 뒤의 의자에 앉아 있는 티카넨, 그 맞은편에 있는 빈
의자. 그가 빈 의자에 앉으라고 내게 손짓한다. 나는 앉아서 왼쪽을
쳐다본다. 벽에 걸린 두 개의 선반에는 빨간색과 파란색 폴더가 번
갈아 가며 꽂혀 있다. 하지만 내용물에 관한 표시는 어디에도 없
다. 오른쪽 벽에는 동네 슈퍼마켓에서 나눠준 공짜 달력이 걸려
있지만, 여전히 지나간 달을 보여주고 있다. 이 사무실은 다른 사
업체나 조직에 속해 있다고 해도 전혀 이상할 게 없어 보인다.

티카넨도 수사관처럼 보이지 않는다. 그는 투어 날짜와 장소가 적힌 검은색 AC/DC호주 출신의 하드록 밴드 티셔츠를 입고 있고, 선글라스를 이마에 자연스럽게 얹고 있다. 그의 경찰 배지만이 이 만남의 목적을 보여주는 유일한 표지다.

그것과 그가 나를 바라보는 방식만이.

"대화를 나누는 동안 제가 메모를 좀 해도 될까요?" 그가 컴퓨터 키보드를 두드리며 묻는다.

이 상황은 우리가 최근에 나눈 전화 통화 내용의 반복이다. 표면적으로 티카넨은 나에게 양해를 구하는 것처럼 보인다. 그러나 내 동의 여부와는 상관없이 그는 원하는 것과 이미 결정한 것을 할 것이다. 상황과 분위기가 달랐다면 "여기 와보니 좋네요"라고 말했을지도 모른다. 나는 어제 경찰서 밖에서 벌어졌던 작은 공연을 기억한다. 내가 광장 맞은편, 한 무리의 관광객 뒤에서 지켜보고 있을 때 티카넨과 페트리 사이에는 대화가 오가고 있었다. 그들이 짧은 만남을 가졌다는 사실, 그 자체가 이 상황에 피해망상적인 느낌이 들게 한다.

"일단 선생님의 이름, 오늘 날짜와 시간 그리고 이곳에 자발적으로 오셨다는 사실부터 적어 넣겠습니다. 그런 다음 본론으로 들어가 보죠."

건물 안에서는 티카넨의 손가락이 키보드를 두드리는 소리 외에 다른 소리는 들리지 않는다. 이곳에 우리 둘만이 있을 가능성이 크다. 티카넨이 타자 치던 것을 멈추고 잠시 화면을 들여다보며 마우스를 클릭한다. 그리고 마치 화면의 이미지에 자신을 맞추듯이 고개를 한쪽으로 기울이더니, 입술을 적시고 마우스를 몇 번 더 단호하게 클릭한다. 그가 적어 넣은 내용에 만족하며 내 쪽으로 고개를 돌려 나를 바라본다.

"토미 알라탈로와 아는 사이였습니까?"

이렇게 단도직입적인 질문이라니. 하지만 이때 나는 그의 과거 시제 사용에 주목한다.

"성까지는 몰랐던 것 같네요." 내가 대답한다. "성을 들어본 적이 있는지도 잘 모르겠습니다."

"토미 알라탈로. 하미나 머시룸 컴퍼니에서 일했었죠. 거구에 금발이고 보디빌더 타입입니다."

"만난 적은 있습니다만, 어떤 식으로든 그를 안다고는 할 수 없을 것 같네요."

"그의 실종 신고가 들어와 있는 건 알고 계셨나요?"

"네. 그의 상사가 말해줬습니다."

"아스코 마키투파 말인가요?"

"맞아요."

티카넨이 컴퓨터에 무언가를 입력한다. 나는 그가 키보드를 보지 않고 손가락을 움직이는 걸 바라본다. 경찰에 관해 흔히들 하는 농담이 다 맞지는 않는 모양이다. 다시 그가 나를 바라본다.

"어떤 대화를 나누셨나요?"

"무슨 뜻입니까?"

"아스코 마키투파와는 경쟁 관계에 계시잖아요. 사실 저야 버섯 사업에 관해 아무것도 모르지만, 그래도 역시 다른 사업 부문과 마찬가지로 경쟁 요소가 있다고 생각하거든요. 괜찮으시다면 제가 추측을 좀 해보겠습니다. 경쟁자가 선생님을 방문해서 그의 직원 이야기를 한다? 그렇다면 그건 어느 정도 중요한 문제일 겁니다. 어떤 종류의 대화가 뒤따를지에도 영향을 미칠 테고요."

"아스코가 술이나 한잔하자고 청해왔었습니다."

"어디로 갔었나요?"

"테르바사리에 있는 선상 술집이요. 맨 윗갑판에서 해안에서 가장 먼 테이블에 앉았어요. 나는 항구와 바다를 마주 보고 앉아 있었고요."

"그게 언제였죠?"

"어제 오후 이맘때요."

모든 일이 얼마나 빨리 일어나고 있는지 당황스러울 지경이다. 죽기 전에 그동안 살아온 삶이 마치 빠르게 돌아가는 영화처럼 눈앞에 펼쳐진다는 말은 사실이 아니다. 모든 일이 너무 빨리 일어나 영화를 보듯 관람하는 것은 불가능하기 때문이다.

"그리고요?"

"아스코도 내게 정확히 똑같이 말했어요. 토미가 안 보인다고.

아스코는 토미가 상트페테르부르크에 갔을지도 모른다고 생각하더군요. 분명한 건 그가 때때로 그렇게 한다는 거예요. 갑자기 사라져서 걱정을 시키다가 결국에는 상트페테르부르크에 있다고 연락해온다는 겁니다. 아니, 그가 돌아온 후에야 그 사실을 알게 된다고 했던가? 어느 쪽이었는지는 정확히 기억이 안 나네요."

"그게 선생님을 당황하게 하던가요?"

"누군가 상트페테르부르크에 갔을지도 모른다는 게? 아니요, 별로 당황스럽지 않았어요."

"경쟁자인 아스코 마키투파가 선생님을 찾아가서 자기 직원 중 하나가 어디 있는지 물어봤다는 사실 말입니다."

"제가 오해했네요."

"왜 아스코 마키투파는 선생님이 토미의 행적을 알고 있으리라 짐작했을까요? 그는 어떻게 선생님이 그의 직원에 관해 알고 있을지도 모른다는 생각을 머릿속에 떠올렸을까요?"

초기의 의구심에도 불구하고 나는 미코 티카넨이 좋아지기 시작한다. 만나는 대부분의 사람이 그에게 진실이 아닌 다른 말을 하는 동안, 무슨 일이 일어나고 있는지 알아내려 부단히 애쓰면서 맡은 일을 하고 있지 않은가. 충분히 공감할 수 있다. 나는 그에게 거짓말을 하고 싶지 않다. 단지 몇 가지 사실을 빼먹기만 하면 된다. 토미와 내가 타운홀을 돌고 있던 동안, 그가 여기 이 사무실에 앉아 있었는지 궁금하다. 여기 베네치아 블라인드 뒤에 있는 창문은 안뜰을 내다보고 있다.

"내가 그의 검을 만졌으니까요." 내가 설명한다. "토미의 사무라이 검 말이에요. 난 그게 그를 짜증 나게 했을 거라고 생각해요. 그리고 내가 아는 한 그는, 즉 토미는 상사인 아스코에게 자기 감정이 어떤지 말했어요."

티카넨은 막 컴퓨터 쪽으로 고개를 돌리려던 참이었다. 그의 손이 공중에서 멈추고, 그의 손가락 끝이 키보드 위에서 잠깐 맴돈다.

"검을 훔쳤다고 인정하시는 건가요? 어제는 부인하셨잖아요."

"아직도 부인합니다. 난 살면서 도둑질이라고는 해본 적이 없어요. 벽에 세워둔 진열장에서 검을 들어 올려 손에 잠시 쥐어봤습니다. 그런 다음 다시 제자리에 올려놓았어요. 그게 다예요."

티카넨의 손가락은 여전히 공중에서 맴돈다.

"지난번에 제게 했던 말 중에 혹시 지금이라도 수정하고 싶은 것이 있나요?"

"없어요." 나는 고개를 젓는다.

"전혀 없나요?"

티카넨이 나를 쳐다본다. 그의 손가락은 이제 거의 키보드에 닿아 있다. 어떤 이유에서인지 그게 방아쇠를 당기는 손가락을 떠올리게 한다.

"없어요." 나는 반복한다.

티카넨은 잠시 나를 빤히 바라보다가 손가락을 키보드 위로 빠르고 노련하게 움직인다. 그가 멈추더니 쓴 것을 읽어보고는 나를 바라본다.

"선생님과 만났을 때, 아스코가 다리에서 뛰어내린 친구 이야기를 들려주던가요?"

나는 고개를 끄덕인다.

"사실 그 이야기는 아스코가 선생님께 들려주었을 법한 그런 식으로 진행되지 않았습니다."

"그 친구가 다리에서 뛰어내려 결국 죽지 않았나요?"

"그가 죽은 건 맞아요." 티카넨이 말한다. "하지만 그가 자발적으로 뛰어들었는가는 또 다른 문제죠. 시밀라 형제가 동시에 그 구조물 꼭대기에 있었던 것도 아닙니다. 칼레는 빌레가 이미 뛰어내린 후에 올라갔어요. 아니면, 떨어진 후나 추락하던 중에. 칼레는 점프나 낙하가 어떻게 일어났는지는 보지 못했어요. 하지만 나중에 빌레가 '하지 마, 젠장. 저기 통나무가 있어' 또는 그와 비슷한 말을 하는 걸 들었다고 주장했죠. 나중에 빌레가 그 사건이 일어나기 전에 아스코의 여자 친구를 빼앗았다는 사실이 밝혀졌어요. 물론, 그 사건이 그저 불행한 우연이 연속해서 일어난 결과였을 수도 있죠. 빌레가 스스로 뛰어내렸을 수도 있고, 칼레가 잘못 들었을 수도 있으니까요. 하지만 칼레가 제대로 들었고, 빌레도 물에 잠긴 통나무를 보았고, 아스코는 여자 친구를 훔쳐 간 데 대한 복수로 빌레를 다리에서 밀어버렸을지도 모르죠. 누가 알겠습니까? 결국 우리는 아스코의 설명만 들을 수 있으니, 그게 다인 거죠. 알아두시는 게 좋을 것 같아서 말씀드리는 겁니다."

누군가 방의 온도를 낮춘 모양이다. 한기가 느껴진다. 티카넨은 의자를 움직여서 나를 정면으로 마주 본다. 그는 약간 비스듬히 앉아서 왼쪽 팔꿈치에 몸을 기댄다.

"알아두는 게 좋을 것 같다니, 그게 무슨 뜻인가요?"

"정확히 말 그대롭니다. 알아두시는 게 좋을 거예요. 혹시라도 아스코와 얽힐 생각이시라면요." 티카넨이 대답한다.

"제가 왜 그러겠어요?"

티카넨이 나를 바라본다. 분명히 나를 읽어내려 애쓰고 있다.

"오늘 아침 해안에서 토미 알라탈로를 발견했습니다. 농어 그물에 걸려 올라왔어요. 아마추어 어부 몇 명이 오늘 아침 일찍 바다로 나갔거든요. 처음에 그들은 재수가 좋다고 생각했답니다. 그런데 간신히 그물을 끌어 올려보니 사람 형체와 뭔가 반짝이는 게 있었던 거죠. 그길로 우리에게 신고했고요. 현재 진행 중인 수사라서 더는 말씀드릴 수가 없네요."

나는 아무 말도 하지 않는다. 티카넨은 손가락을 살짝 움직여서 조용히 의자 팔걸이를 두드린다. 겉으로만 본다면, 그는 완벽하게 정감 있는 우리 대화를 약간 지루해하는 것 같다. 하지만 사실은 그 반대다. 나는 무슨 말이라도 해야만 한다. 그냥 아무 말 없이 그의 사무실을 걸어 나갈 수는 없다. 그 무엇보다도 큰 의심을 불러일으킬 이 시점에.

"나는 아스코와 얽힐 계획이 전혀 없습니다." 내가 마침내 말한다. "그럴 이유도 없고요."

티카넨은 천천히 어깨를 으쓱한다. "아스코도 달리 결정하지 않기를 바라보자고요."

"그가 왜 그러겠습니까?"

"토미가 사라졌고, 아스코가 선생님을 찾아가 그의 행방을 물었습니다. 이제 토미가 발견되었으니, 아스코가 어떤 식으로 나올까요?"

나는 티카넨의 공로를 인정해야만 한다. 사실 그는 정말 교묘하게 거미줄을 쳐놓았다. 그는 나를 의심한다고 말하지 않았고, 취조한다는 느낌을 주거나 어떤 식으로든 이게 공식적인 심문이라는 기미도 내비치지 않았다. 하지만 난 여기서 이렇게 진퇴양난에 처해 앉아 있다. 나는 즉시 대답하지 않고, 티카넨도 전혀 서두르지 않는다.

"다른 건 없나요?" 내가 묻는다.

티카넨이 두 손을 내민다. "선생님 마음에 다른 뭔가 떠오르는 게 없다면요."

우리는 서로를 응시한다. 나는 고개를 젓는다.

"딱히 없습니다."

"알겠습니다."

나는 막 일어서려던 참이다.

"한 가지만 더." 티카넨이 말한다. "어디 다른 데 가지 마시고 마을에 머물러주셨으면 합니다."

나는 일어서 있고, 나도 모르게 그를 내려다보고 있다는 것을 깨닫는다.

"물론입니다. 이맘때 누가 하미나를 떠나겠습니까?"

티카넨은 의자에 등을 기대고 앉는다.

"저도 정확히 그렇게 생각했습니다."

내 셔츠 등판은 젖어서 차갑고, 피부에 철썩 들러붙어 있다. 나는 그것을 아래로 당겨 내리고 돌아선다. 문 앞에 거의 다다랐을 때, 내내 마음에 걸리던 말을 하기로 한다.

"아스코에 관해 해주셨던 이야기 말인데요. 그게 왠지 형사님께 중요한 일처럼 들리더군요. 아스코가 한 이야기를 수정해주어야 할 만큼 중요하게 말이죠."

티카넨은 방 맞은편 의자에 앉은 채로 나를 바라본다. 그의 뒤에 있는 블라인드를 통해 얇은 빛줄기가 방 안으로 흘러든다. 그는 무언가를 말하려고 하지만 주저한다. 거의 눈치채기 어려울 만큼 아주 짧은 순간이고, 적어도 지금까지는 그에게서 본 적 없는 망설임이다.

그는 재빨리 평정을 되찾고 말한다.

"내가 어떤 사람을 상대하고 있는지 미리 알아두면 좋잖아요, 안 그래요?"

## ‖ 14 ‖

　처음에는 손에 닿는 아이스크림 통의 느낌이 겨울의 덩어리 같
지만, 금세 따뜻해진다. 아이스크림은 가장자리부터 녹기 시작해
서 결국에는 가운데 부분도 부드러운 우윳빛으로 잘 떨어져나온다.
나는 아이스크림 통 옆면에 적힌 글을 읽는다. 자유롭고 행복한 젖
소가 기쁘게 짜낸 우유, 즐겁게 휘저은 버터, 할머니의 오래된 레시
피로 만든 비스킷과 가족 농장에서 길러낸 바나나. 물론 이 중 어느
것도 사실이 아니다.
　오후가 저녁으로 저물어간다. 바다는 오래 바라볼수록 더 푸르
다. 지구 끄트머리를 보려고 애를 써보지만, 눈이 아프다. 수평선이
처음에는 고르지 못하다가 흐릿해진다. 아무리 쳐다봐도 세상 끝까
지는 볼 수 없다.
　경찰서에서 나왔을 때, 나는 편집증 환자들이 어떤 기분일지 알

것 같았다. 처음에 난 공공연히 나를 사냥하거나, 나의 몰락을 계획해서 궁극적으로 나를 죽음으로 몰아가고 있는 사람들의 수를 셀 수조차 없었다. 그렇게 잠시 차에 앉아 좌절감을 느끼며 마지막을 기다렸다. 체포당하거나 암살자에게 죽임을 당하리라 생각하면서. 하지만 아무 일도 일어나지 않고, 끝도 오지 않았다. 차가 도저히 참을 수 없을 정도로 뜨거워지기 시작했을 때, 나는 아이스크림 매점에 잠시 들렀다가 해안가로 운전해 내려갔다.

내가 강박적으로 세는 것이 많기는 하지만, 칼로리는 거기 포함되지 않는다. 나는 에너지가 필요하고 아이스크림은 내가 메스꺼움을 느끼지 않는 유일한 음식 중 하나이다. 어쩌면 내 장기들이 너무 충격을 받아서 오직 달콤한 유제품만 소화할 수 있는지도 모르겠다. 나는 또 다른 아이스크림 통을 연다. 남반구의 산비탈에서 자란 코코아 콩으로 만든 초콜릿, 대대로 전해 내려오는 비법으로 만든 영국식 토피. 세상은 결국 강철과 콘크리트로 만들어지는 게 아니라, 설탕과 솜사탕으로 만들어진다.

통을 반쯤 비웠을 때, 나는 다시 하던 생각으로 돌아간다.

티카넨과의 대화, 그의 어조, 교활하고 주도적인 질문들 그리고 그의 순간적인 망설임을 다시 머릿속으로 훑어나간다. 라이모와의 만남과 그의 갑작스러운 사우나 회의 초대에 관해서도 생각한다. 타이나도 떠올려본다. 그녀는 일본인 고객들을 맞이하기 위해 나를 관심과 연민이라는 명목하에 어떻게든 마을 밖으로 내보내려 한다.

나는 아스코의 이야기도 떠올린다. 그가 복수를 실행에 옮긴 경험이 있는, 피도 눈물도 없는 살인마일 가능성을 가늠해본다. 나는 토미의 운명에 관해 티카넨에게 모든 것을 털어놓지 않았다. 티카넨도 내가 더 많은 걸 알고 있다고 짐작하지만, 때를 기다리기로 마음먹은 듯 보인다. 도대체 왜? 그건 나도 모르겠다. 사미가 자신의 가장 친한 친구가 사무라이 검에 찔린 채로 바다에서 건져졌다는 소식을 들으면 어떻게 반응할지는 생각조차 하고 싶지 않다.

나는 계획이라는 걸 세워봤자 아무 소용없으리라는 걸 안다. 결국 그때그때 상황에 따라 즉흥적으로 대처하게 될 가능성이 크다. 누군가 제어하기에는 지금 벌어지는 상황에 변수가 너무 많기 때문이다. 하지만 이 상황을 탁 트인 푸른 하늘과 눈앞에 펼쳐진 바다처럼 더 넓은 관점에서 바라볼 힘과 열망이 있다면, 삶이 이보다 더 흥미진진하고 파란만장하게 느껴졌던 적이 있던가 싶을 것이다. 인간에게는 무언가를 느끼고 경험하고자 하는 선천적인 욕구가 있다. 그동안 여성 잡지도 한 번씩 넘겨보고, 타이나가 좋아하는 토크쇼도 오랫동안 시청해왔기에 나도 이 정도 사실은 알고 있다.

내가 복수를 하려는 것일까?

그런 생각이 잠시 마음에 스치기는 했었다. 때때로 그것은 거센 바람에 나부끼는 핏빛 깃발처럼 내 마음속에서 펄럭인다. 또 어떤 때는 그곳을 지나는 모든 것을 빨아들이는 검은 수렁처럼 부글거린다. 당연히 나는 어떤 형태든 정의를 원한다. 갚아주고 싶다. 하지만 다시 생각해보면, 내가 가장 원하는 것, 충분한 시간을 두고 해낼 수 있기를 바라는 것은 내 사업을 구하는 일이다. 나는 회사가 엉뚱한 손에 넘어가는 걸 두고 볼 수 없다. 내가 죽은 후에라도 그것이 파괴되는 것을 가만히 앉아서 지켜보지만은 않을 것이다.

오늘부터 산니는 경쟁사에서 일하기 시작한다. 전화를 해봤지만 받지 않는다. 나는 셔츠 주머니에서 예약 확인서를 꺼내 거기 적어놓은 손님 명단을 다시 한번 읽는다.

이제 두 번째 아이스크림 통도 비었다. 나는 그것을 첫 번째 통 옆에 내려놓고 바위 사이에 자리 잡는다. 해안 근처의 지형은 들쭉날쭉 자란 풀과 거친 모래땅이 뒤섞여 있다. 편안히 자리 잡고 누우려니 시간이 좀 걸린다. 내 목표는 곯아떨어지는 게 아니라 생각을 하는 것이다. 하지만 인생에서 자주 그렇듯이 생각은 감당하기 어려운 것이다. 나는 어느새 잠에 빠져들어, 얼굴 없는 남자들 무리에 맞서 아이스크림 통을 무기 삼아 싸우는 꿈을 꾸기 시작한다.

남자들의 얼굴이 없는 이유는 곧 분명해진다. 그들의 머리가 바로 아이스크림 통이다. 나는 도망치려 하지만 아무 소용이 없다. 배는 아프고, 다리는 나를 끌어가지 못하고, 신발은 아이스크림 수렁 속으로 푹푹 빠져든다. 갑자기 나는 길고 빛나는 검을 집어 든다. 그것으로 아이스크림 남자들을 베고 자르고 찌른다. 난 더는 아이스크림 속이 아니라 부두에, 내 부두에 서 있다. 아이스크림 남자들은 이제 어디에도 보이지 않는다. 아름답고 고요한 여름 저녁이다.

검은 여전히 내 손에 들려 있지만, 이내 무겁게 느껴진다. 나는 검을 들어 올리고, 타이나의 머리가 둘로 쪼개지는 것을 본다.

나는 크게 울부짖고 허공을 마구 더듬으며 잠에서 깨어난다.

하늘의 채도가 바뀌었다. 이제는 좀 더 어두워진 듯하다. 바람의 속도도 빨라졌다. 바위틈에서 고개를 들자마자 그것을 느낄 수 있다. 입안이 몹시도 텁텁하고, 입천장에는 마치 우유에 담갔던 양말이 덮여 있는 듯하다. 나는 잠시 바위에 기대어 있다가 주머니에서 휴대전화를 꺼낸다. 잠이 든 후로 벌써 몇 시간이 지난 걸 보니, 아마도 휴식이 몹시도 필요했던 모양이다.

*

회사의 구매 책임자인 라이모 라빈토는 피타얀사리 지역에 살고 있다. 그 지역은 테르바사리 다리 맞은편 섬에 있다. 가장 좁은 지점을 기준으로 섬과 본토 사이의 거리는 20미터 정도에 불과하지만, 그럼에도 분위기와 주변 환경은 극적으로 달라진다.

사람들이 피타얀사리를 환상의 섬이라고 부르는 걸 들은 적이 있는데, 충분히 이해할 만하다. 주택은 대부분 오래됐고, 간혹 지은 지 100년이 넘는 것들도 있다. 고풍스러운 낮은 지붕을 올린, 초기에 지은 목조 건물 중 일부는 기묘하게 기울어져 있다. 그런 집은 키가 평균 정도 되는 사람도 안으로 들어갈 때는 몸을 구부려야 한다. 빨갛고 노란 벽, 정원과 부두가 있는 집들은 수년에 걸친 개보수 후에 완성되었는데, 그 모습은 마치 역사책 속에서 곧장 튀어나온 것 같다.

라이모는 바로 그런 집에 산다. 그의 집은 피타얀사리 북쪽의 반도 끄트머리에 있다. 섬에 있는 집들은 비교적 가깝게 붙어 있지만, 라이모의 집에는 사적인 공간이 풍부하다. 반짝이는 흰색 창틀이 있는, 그 매력적인 붉은색 통나무집은 도로에서 시야가 차단되어 있다. 현대적인 건축 규제가 등장하기 훨씬 전에 세워진 길쭉한 사우나 겸용 헛간은 아무도 그 안을 들여다볼 수 없게 되어 있다.

나는 집 뒤뜰로 운전해 들어가 자갈 위에서 차를 돌리고 차고 앞에서 후진한다. 차고 문은 잠겨 있다. 틀림없이 안에는 라이모의 차가 있을 것이다. 나는 차에서 내려 라이모가 어딘가에서 나타나거나, 깊게 공명하는 그의 목소리가 들려오기를 기다린다. 그러나 들리는 것은 모터보트가 지나가는 소리뿐이다.

사우나 굴뚝에서 연기가 올라온다. 어쩌면 그것은 연기가 아니라, 단지 공기를 굴절시키고 부드럽게 하는 온기일지도 모른다. 박람회장에 있는 요술 거울이 사람들의 얼굴에 하는 일을 푸른 하늘에 하면서 라이모가 사우나를 데우고 있을 것이다. 어쨌든 나를 사우나 회의에 초대했으니, 난로에 장작을 때야 하지 않겠는가. 아름답게 잘 관리된 정원은 해변 쪽으로 경사져 내려가고, 사우나 왼쪽으로는 부두가 푸른 바다까지 멀리 뻗어 있다. 정원을 반쯤 내려가면 탁 트인 전망이 눈앞에 펼쳐진다.

목선 한 척이 바다를 향해 나아간다. 길이가 약 10미터쯤 되는데, 위쪽으로 캐빈을 확장해서 여가용 목적으로 개조하기 전에는 한때 어선으로 쓰던 배 같다. 그런 배 한 척을 잡아타고, 현재의 걱정에서 벗어나 아름답고 험준한 섬으로 들어가면 기분이 어떨까 생각해본다. 지금 내 걱정들은 대부분 확실히 그리고 고통스럽게 영구적인 특성을 띠고 있지 않은가. 도피의 생각이 어찌나 매력적인지, 바다로 뛰어들어 수영해서 그 배를 따라잡고 싶은 심정이다. 디젤 엔진의 낮은 웅웅거림과 뱃머리에 부딪혀 부서지는 파도 소리도 너무나 유혹적이다. 하지만 나는 사우나 쪽을 향해 걸어간다. 라이모의 이름을 소리쳐 부르려는 찰나, 주머니에서 문자메시지가 삑삑거린다.


야코, 아내를 데려와야 할 것 같아요. 너무 아파서 버스를 탈 수가 없대요. 사우나는 데워놨으니까 몸 좀 지지고 가요. 열쇠는 현관 깔개 아래 있어요. 얘기는 내일 하죠. - 라이모


정원은 텅 비고 조용하다. 나무와 건물은 엿보는 눈뿐 아니라, 바람에서도 나를 보호한다. 저녁 햇살이 나를 품에 끌어안는다. 꽃도 향기롭고, 바다도 마찬가지다. 이제는 열심히 집중하거나 더 공들여 상상할 때만 보트 소리를 들을 수 있다. 데워놨든 아니든 간에

난 사우나는 사용하지 않을 것이다.

어쨌든 현관 깔개 밑에서 열쇠를 꺼내 헛간 문을 열고 안으로 들어간다. 탈의실은 바로 앞에 있고 사우나로 들어가는 문은 오른쪽에 있다. 나는 안쪽을 들여다본다.

구식 사우나다. 샤워 시설도, 별도로 씻을 만한 시설도 없다. 깨끗한 물은 호스를 통해 건물로 직접 공급되고, 물통은 채워져서 준비된 듯하다. 난로는 먼 벽의 중앙에 있다. 커다란 난로다. 장작을 넣는 앞쪽의 해치도 마찬가지로 크다. 온도가 사우나에 적당한 것 같다는 생각이 든다. 벽에 걸린 온도계도 내 추측을 확인해주듯이 84도를 가리킨다. 라이모가 떠난 지 얼마 안 된 모양이다. 나는 난로 쪽으로 다가가서 앞에 웅크리고 앉아 국자핀란드 사우나는 달구어진 스토브나 돌에 국자로 물을 뿌려 증기를 유발하는 방식이다를 이용해 해치를 연다. 감히 맨손으로 금속 손잡이를 만지지는 못한다.

난로에서 뿜어져 나오는 열기가 거의 나를 두들겨 패는 듯하다. 불기가 살아 있는 석탄이 밝은 빨간색으로 빛난다. 라이모는 사우나 난방 작업을 매우 진지하게 생각하는 게 분명하다. 난 다리의 위치를 조정해서 체중 대부분을 발뒤꿈치로 옮기고 몸을 일으켜 세운다. 뒤로 돌아서는 순간 현기증이 밀려든다. 난로의 열기와 기를 쓰고 일어서려는 노력의 조합이 너무 과했던 모양이다.

나는 왼쪽으로 창문을 향해 비틀거리며 걸어간다. 여전히 내 손에 들려 있던 국자가 내 몸이 앞으로 휘청일 때 스토브의 해치를 당겨서 활짝 열어놓는다.

그다음 사건은 너무도 엄청난 속도와 도저히 설명할 수 없는 힘
이 합쳐져 일어났다. 마치 사건의 시작부터 끝까지 모든 움직임이
최적화되어 완벽에 도달한 것 같다.


\*


그 도끼는 아마도 대량 생산되는 장작 패기용 제품 중 가장 무겁
고 비싼 상품일 것이다. 무게는 4.5킬로그램이며 칼날은 날카롭고
손잡이는 끝으로 갈수록 넓어진다. 그것은 모든 도끼의 왕이며, 장
작 패기 세계의 벤틀리라 할 수 있다. 내가 그런 사실을 잘 아는 까
닭은 나도 그것을 구매할까 고민해봤기 때문이다. 철물점에서 처음
보았을 때, 느낌이 어떤지 알아보기 위해 손으로 집어 들고 몇 번
휘둘러보기까지 했었다. 그것과 슈퍼마켓에서 파는 보통 도끼의 차
이는 항공모함과 노 젓는 배의 차이와 비슷하다. 그것을 휘두르는
것도 항공모함을 움직이는 것과 마찬가지로 치명적이다. 무슨 말인
가 하니, 일단 그 속도와 방향이 일정 지점에 도달하면 멈추거나 바
꾸는 일이 불가능하다는 뜻이다. 목표물과 접촉하면 멈추지만, 접
촉한 목표물은 완파된다.

내가 몸을 지탱하기 위해 왼쪽으로 비틀거리며 휘청인 것은 천
운이다. 그 도끼가 바로 내 옆의 발판에 닿아서 멈췄기 때문이다.

나무판이 파편으로 폭발한다. 도끼가 발판을 곧바로 뚫고 콘크리트 바닥에 부딪히자, 타격의 힘으로 콘크리트도 갈라진다. 나는 여전히 사우나 국자를 손에 든 채 옆으로 쓰러지고, 도끼날은 바닥에 부딪혀 갈린다.

그다음에는 도끼날이 측면에서 날아온다.

내가 사미를 과소평가했다.

그 앙상한 체격과 음대생을 연상케 하는 창백함에도 불구하고, 그는 폭발적인 힘으로 도끼를 휘두른다. 그제야 나는 그 이유를 이해한다. 전직 야구선수가 도끼를 방망이처럼 사용하고 있는 것이다. 그는 물리학 이론은 단 한 가지도 댈 수 없을 테지만, 그래도 물리학 법칙을 잘 활용하고 있는 듯하다. 내가 다시 균형을 찾으려 애쓰는 동안, 측면에서 도끼가 휙휙거리며 나를 향해 날아온다. 몸을 이리저리 무작위로 비틀대는 것이 도끼날을 피하는 가장 좋은 방법이다. 타자의 관점에서 내 움직임을 예측할 수는 없을 것이다. 내 몸은 투수가 던진 공이나 한곳에 묵직하게 놓인 통나무와 달리 정해진 궤적을 따르지 않는다.

도끼날이 머리숱이 가장 적은 지점을 스치는 것을 느낀다. 날이 스치며 두피에 고통스러운 찰과상을 남기지만 그게 이마가 없는 삶보다는 훨씬 낫다.

도끼가 사우나 벽에 충돌한다. 어둡게 광택 처리한 근사한 목제 패널이 마치 잼 항아리처럼 산산조각난다. 나는 간신히 다시 일어선다. 허리는 여전히 구부리고 있다. 여기에는 두 가지 이유가 있다. 일단은 정말로 기절할 것 같기 때문이고, 두 번째는 등을 똑바로 세우는 것보다 훨씬 더 유리한 자세이기 때문이다.

사미의 움직임은 예측이 불가능하다. 그는 지금 절뚝거림과 사시 외에도, 매우 깊고 격렬한 분노에 고통받고 있는 듯하다. 하지만 그는 확실히 휘두르는 법을 안다. 마치 포스 플레이<sub>야구에서 타자가 타격</sub>으로 진루권을 얻어, 선행 주자들이 점유했던 루를 비워주어야 하는 상황를 준비하는 선수처럼 도끼를 능숙하게 돌려서 제자리에 위치시킨 후, 다시 한번 휘두를 준비를 한다. 이 모습을 보기만 해도 대부분 사람들이 목숨을 걸고 달아날 것이다. 하지만 난 아무 데도 갈 수가 없다. 사미가 바로 문 앞에 자리 잡고 있기 때문이다.

다시 도끼가 허공을 가른다. 이건 분명히 스위치 히트<sub>야구에서 타자</sub>가 오른손과 양손을 둘 다 써서 공을 치는 것다. 사미는 내 머리에 도끼날을 꽂아 넣으려 한다. 도끼날은 위에서 내려와서 호를 그리며 다시 위쪽으로 되돌아갈 테고, 이 경우 공과의 접촉(내 경우에는 두개골과의 접촉)은 가능한 한 바닥과 가까운 위치에서 이루어질 것이다. 타자의 목표는 공을 매우 강력하게 쳐서 가능한 한 높이 띄워 먼 거리를 이동하게 하는 것이다. 그래야 3루에서 기다리는 선수가 공이 돌아오기 전에 홈까지 달려갈 충분한 시간을 갖게 된다.

하지만 내 머리가 도끼와 접촉하게 된다면, 그것은 어디로도 튀어 나가지 않을 것이다. 적어도 한 조각으로는 아니다. 나는 사우나 국자를 여전히 손에 꽉 쥔 채 앞으로 돌진하면서 몸을 비스듬히 위로 날린다. 내 몸에는 딱 한 번 도약할 수 있는 기운밖에 없다. 시야는 흐릿하고, 온몸이 찌릿찌릿하며, 숨도 가쁘다.

사미의 동작에 실린 힘은 너무도 커서, 도끼를 날리는 것과 똑같은 방식으로 그의 몸도 함께 나른다. 도끼날이 허공을 가른다. 그의 양손이 호를 그리며 움직일 때 그의 몸도 같이 움직인다. 도끼가 나를 놓친다. 나는 벌떡 일어나 사미를 향해 돌진한다. 동시에 그의 손에서 도끼를 쳐내기 위해 국자를 들어 올린다. 나는 세게 휘두르지만 도끼와 그의 손 둘 다 비껴간다. 대신 국자가 사미의 머리를 후려친다. 그가 앞으로 다이빙한다.

문으로 가.

나는 다리가 내 지시에 따르도록 하는 데만 집중한다.

사미가 나를 지나쳐 앞으로 쓰러진다. 국자가 그의 움직임에 추진력을 전달한 게 분명하다. 와장창, 덜그럭, 쿵 하는 소리가 들리더니, 벽이라고 짐작되는 것을 무언가가 퍽 치는 소리가 난다. 나는 쓰러지면서 내가 이미 정원에 나가 있기를 바란다.

*

깎아놓은 풀이 내 뺨을 긁는다. 개미가 목을 간지럽힌다. 저녁 햇살이 무성한 자작나무 잎 사이로 걸러지면서 길고 나른한 빛의 손가락을 정원과 집 담벼락을 따라 늘어트린다. 공기는 바비큐 소시지 냄새로 무겁다. 입안이 너무 건조해서 마치 다른 사람의 입처럼 느껴진다. 차츰 감각이 하나둘씩 돌아오고 팔다리도 깨어난다. 나는 사지를 움직여본다. 전혀 손상되지 않았다.

나는 일어서려 애써보지만, 첫 시도는 너무 빠르고 갑작스럽게 느껴진다. 두 번째는 좀 더 신중하게 시도한다. 무릎을 꿇어서 몸을 지탱해야 하지만 어쨌든 성공이다. 마침내 나는 등을 곧게 편다. 보아하니 내 위치는 중간쯤이다. 집과 사우나가 등거리에 있는 걸 보니 아마도 마당 한가운데가 아닌가 싶다. 나는 정원이나 사우나 건물에 움직임은 없는지 살펴보며 잠시 귀를 기울인다. 아무것도 보거나 들을 수 없다. 나무를 흔드는 산들바람도 없고, 물에 떠 있는 보트도 없으며, 거리를 지나는 차도 없다.

정말 아무것도 없다.

하루가 끝을 향해 나아가는 중이고 바다는 더 어두워 보인다. 사우나 문이 열려 있다. 처음에 나는 차로 달려가서 도망쳐야 한다고 생각한다. 하지만 사미가 여전히 나를 사냥하는 중이라면, 난 이미 산산조각이 나서 잔디 위에 짓이겨져 있어야 한다. 나는 조심스럽게 걷는다. 균형 감각은 아직 완전히 회복되지 않았다. 사우나 밖의 베란다에서 나는 안쪽을 바라본다. 바뀐 풍경은 아무것도 없다.

사우나 내부 온도는 뚝 떨어졌다. 문은 활짝 열려 있다. 얼마나 오랫동안 열려 있었는지는 잘 모르겠다. 도끼는 위로 높이 날아가

천장에 박혀 있다. 사미는 몸을 쭉 펴고 바닥에 널브러져 있다. 머리만 빼고. 그의 머리와 어깨는 사우나 난로에 들어가 있다.

*

　다시 정원으로 돌아오며 가장 먼저 한 생각은 구급차를 불러야 한다는 것이다. 하지만 난 전화하지 않을 것이다. 사미의 머리는 이제 새까만 숯덩어리일 뿐이다. 제세동기는 사미를 살려내지 못할 테고, 마찬가지로 인공호흡도 큰 도움이 될 것 같지 않다. 나는 라이모에게 전화를 걸까 고민하지만, 그건 심지어 더 나쁜 생각 같다. 라이모는 이 모든 일을 계획하는 데 어떤 식으로든 관여되어 있거나, 또는 아예 아무것도 모르거나 둘 중 하나일 것이다. 어느 경우든 간에 나는 그에게 할 말이 없다. 적어도 지금 당장은. 나는 심지어 티카넨에게 전화를 걸까도 생각해본다. 하지만 경찰을 이 일에 끌어들인다는 건 모든 일에 끌어들인다는 의미가 될 것이다. 그러고 싶은 욕구는 나에게 주어진 시간만큼이나 없다.
　그럼 이제 사미를 어째야 할까.

# ‖ 15 ‖

난 사우나 뒤편에 사미를 묻는다.

내가 사우나와 바다 사이 자투리땅의 부드러운 흙 속으로 차고에서 찾은 삽을 찔러 넣는 동안, 그는 내 옆에 누워 있다. 밖에서는 내 모습을 볼 수가 없다. 빽빽하게 엉킨 덤불과 해안을 따라 서 있는 키 큰 갈대 그리고 자작나무 숲이 가리고 있기 때문이다. 나는 사우나 건물 뒤로 완전히 가려져 정원에서도 보이지 않는다. 자투리땅의 폭은 약 5미터다. 사미의 마지막 휴식 장소는 사우나보다 바다 쪽에 훨씬 더 가까워질 예정이다. 이것은 단지 외부로부터 내 시신 은닉처를 최대한 숨기기 위함이다. 토미에게 있었던 일 같은 불행한 실수를 더는 감당할 여력이 없다. 나는 사우나에서 찾은 자파 오렌지 주스 한 병으로 기운을 얻는다.

무덤을 파는 것은 느리고 힘든 일이다. 삽으로 떠낸 흙은 하나도 남김없이 옆에 쌓아놓아야 한다. 걷어낸 잔디는 별도의 더미로 쌓아둔다. 작업이 끝나고 나면, 최선을 다해 무덤의 조경을 다듬어놓을 생각이다. 사미가 이 무덤에 영원히 남아 있으리라고 기대하지는 않는다. 하지만 가능한 한 오랫동안 여기 머물 수 있도록 최선을 다할 것이다.

땀이 비 오듯 흐르고, 손바닥은 까지고, 팔 근육은 쑤시고, 허리가 뻐근하다. 때때로 사우나 벽에 기대 정신을 잃지 않으려 애쓴다. 처음에는 기운을 아껴볼 요량으로 사미를 올림픽 다이빙 선수처럼 몸을 반으로 구부려 묻어볼까 생각했지만 곧 그런 생각이 부적절하게 느껴졌다. 그래서 오래 걸리더라도 전통적인 형태로 무덤 터를 판다. 마침내 구멍은 깊이가 1미터가 되고 길이도 대략 사미의 키 정도가 된다. 휴대전화에서 문자메시지가 삑삑거릴 때, 나는 허리 깊이쯤 되는 사미의 무덤에 들어가 있었다. 셔츠 자락으로 손을 문질러 닦고 주머니에서 휴대전화를 꺼낸다.


세계 최고의 사우나죠, 안 그래요? 그런 증기는 느껴본 적이 없을 거라고 내가 장담합니다. 나 대신 국자 좀 휘둘러줘요! - 라이모


나는 구덩이에서 빠져나온다. 그리고 사미의 발목을 잡아당겨 무덤까지 끌어 온다. 그는 사우나 바닥과 테라스 그리고 잔디밭에 그을음의 흔적을 남긴다. 마치 누군가가 두꺼운 검은색 크레용으

로 바닥을 가로질러 그어놓기라도 한 것 같다. 매장을 마치고 나서도 정리할 게 많다. 나는 그의 발목을 잡고 다시 앞으로 당긴 다음, 좀 더 힘을 그러모으기 위해 구덩이 가장자리에 멈춰 선다. 그다음 셋까지 세고 시체를 위로 들어 올려 무덤으로 떨어뜨린다. 사미는 1미터 아래로 떨어져서 등을 쾅 부딪힌다. 길이와 너비 둘 다 치수가 완벽하다.

무덤을 채우는 건 팔 때보다 훨씬 속도가 빠르다. 나는 사미가 적어도 0.5미터 높이의 진흙으로 덮일 때까지 아래를 내려다보지 않는다. 마침내 아래를 내려다보자, 움푹 팬 바닥만이 보인다. 그것은 온갖 종류의 정원 가꾸기 작업을 통해서도 만들어낼 수 있는 모양이다. 나는 그 나머지 구멍도 채우면서 땅을 더 단단히 다지기 위해 이따금 멈춰서 흙을 밟는다.

우리 모두처럼 사미의 몸도 특정한 부피가 있다는 걸 내가 까맣게 잊은 것 같다. 땅 위에 있든 아래에 있든 인간의 부피는 상당하다. 남은 흙이 너무 많아서 여러 번 그것을 밟아 눌러야 한다. 마지막에는 따로 모아두었던 잔디 덩어리를 그 위에 올려놓는다.

초저녁 어스름 속에서는 모든 게 무난해 보인다. 라이모가 앞으로 며칠 동안은 사우나 뒤편에서 부디 아무것도 하지 않기를 바란다. 일기예보와 내 본능이 정확하다면, 또 주말에 비가 내린다면, 이곳은 마을의 거의 모든 정원에서 볼 수 있는 완벽하게 평범한 자투리땅처럼 보일 것이다.

나는 사우나로 돌아가서 호스를 이용해 청소를 시작한다. 호스는 안뜰과 정원까지 닿을 만큼 충분히 길다. 물을 최대치로 튼다. 곧 사미의 숯 얼룩도 그의 몸을 따라 땅속으로 흘러든다. 이제 사우나 안의 물건을 제자리에 돌려놓는다. 비누와 샴푸 병과 여기저기 날아가 있던 스펀지와 사우나 천을 집어 든 후, 국자도 물통에 다시 꽂아넣는다. 그다음 사우나 해치를 닫고, 나무 파편을 치우고, 벽에 난 구멍도 깔끔하게 정리한다. 최선을 다했음에도 벽은 여전히 도끼로 찍은 듯 보이지만, 더는 내가 할 수 있는 일이 없다. 도끼의 경우에는 이 집에 있던 것인지, 외부에서 가져온 것인지 내가 결정해야만 한다. 나는 그것을 가져가기로 한다.

나는 주위를 둘러보면서 생각한다. *완벽하지는 않아. 하지만 이 정도면 충분해.*

나는 문을 닫고 깔개 밑에 열쇠를 넣어두고 내 차로 걸어간다. 너무 힘을 써서 다리가 후들거린다. 도끼를 트렁크에 집어넣는다. 트렁크 불빛 속에서 나는 문득 내 손을 본다. 그리고 내가 광부처럼 보일 것이라는 사실을 깨닫는다. 머리부터 발끝까지 진흙과 땀과 검댕으로 뒤덮여 있지 않은가. 나는 사이드미러로 얼굴을 들여다본다. 진흙을 팠다기보다는 진흙 속을 기어 다니다가 온 것 같다. 집 한쪽 구석에 있는 빗물받이통으로 가서 얼굴과 손발을 씻는다. 신발, 양말은 물론이고 셔츠와 바지도 벗는다. 옷은 진흙 구덩이에서 몇 시간쯤 뒹군 세 살짜리 아이의 것이라고 해도 믿을 정도다. 나는 옷을 둘둘 뭉쳐 트렁크의 도끼 옆에 끼워 넣는다. 이제 난 휴대전화를 들고 팬티만 입은 채 서 있다.

지금 상황이 이상적이지는 않다. 하지만 요즘 들어 내가 이상적인 상황이었던 때가 있었던가?

*

다시 한번 나는 테르바사리 다리를 건넌다. 본토에 도착해서는 테르바사리 쪽으로 차를 돌려서 반도 끝까지 운전해 간다. 공원 일대는 텅 비고 어둡다. 나는 차 트렁크에서 더러운 옷과 도끼를 꺼내 커다란 쓰레기통에 쑤셔 넣는다. 선착장에 배를 정박해둔 여행객과 방문객이 사용하는 쓰레기통이다. 내 물건은 일반 쓰레기와 자연스럽게 섞일 것이다. 무거운 도끼가 둔탁한 소리를 내며 쓰레기통 바닥을 친다. 나는 차로 돌아가 운전을 하며 타이나에게 전화한다. 그녀가 지금까지 내 전화를 받고 이렇게까지 감격스러워한 적이 있나 싶다. 나는 그녀의 제안을 받아들이고 싶다고 설명한다.

"당신 말이 맞아. 난 스트레스를 받고 있어. 아무래도 좀 쉬어야겠어."

"아, 야코. 그래, 당신은 쉬어야 해." 타이나가 한숨을 쉬며 대답한다. 그녀의 목소리는 안도감으로 무겁다. "그게 정확히 내가 당신에게 말하려고 했던 거야."

"오늘 저녁에 떠나려고. 집에 안 들르고 갈 거야."

짧은 침묵.

"벌써 가는 중인 거야?" 그녀가 묻는다. "지금 어딘데?"

나는 그녀에게 말하고 싶은 충동을 느낀다. 만약 다음에 당신이 남편을 죽이려 하지만 그의 사망 시간을 제대로 맞추는 데 실패한 다면 말이지. 다음에 당신이 배려심 많고 연민 넘치는 아내를 연기 하려 애쓰면서 동시에 죽어가는 남편을 마을 밖으로 몰아내고 그의 사업 동료들을 훔치려고 할 때는 말이지. 당신의 작은 연극이 최소 한 아주 조금이라도 믿을 만하게 보이도록 애쓰도록 해. 지금 난 당 신이 하는 말의 모든 음절에서 거의 절제되지 않은 기쁨이 배어나 는 걸 들을 수 있거든.

"이제 막 출발했어." 나는 말한다. "하지만 제대로 가고 있는 것 같아. 비가 올 것 같아서 주말 일정 확인하려고 전화한 거야."

"지금 휴가 중이잖아, 자기야."

"버섯 수확에 참여하지 못해서 기분이 안 좋네. 특히 애초에 내 가 모든 직원이 초과 근무를 하도록 몰아간 당사자잖아."

가슴과 어깨 사이의 피부가 안전띠에 쓸리고, 등은 의자에 들러 붙었고, 가속 페달은 맨발 아래서 딱딱하고 뻣뻣한 느낌이다. 속옷 차림으로 운전해 돌아다니는 건 생각보다 훨씬 불편하다.

"대체 어떤 바보가 헬싱키에서 하룻밤을 보내고, 스파에서 편안 한 주말을 보내려고 가는 중에 일 얘기를 하려고 할까?"

"그래, 당신 말이 맞네."

"당연하지."

"내가 쓸데없는 걱정을 하는 거겠지."

"늘 그렇듯이."

"혹시 라이모한테 들은 말 없어?"

이번에는 그녀도 주저하지 않는다. "라이모? 무슨 말?"

"그냥 궁금해서. 아내가 어디 외출을 했는데, 몹시 아프다고 연락이 와서 데리러 간다고 했던 것 같거든."

"그래서 그게 어쨌다는 건데?"

타이나는 진짜 궁금한 것 같다. 그게 아니라면, 라이모에 대해 진심으로 아무 신경도 쓰지 않는 것처럼 들린다.

"그냥 아무 일도 아닐 거야." 내가 말한다. "수확 구역은 어떻게 나눌 생각이야?"

"지금 누가 휴가 가는 중이었더라?"

"나."

"그래 맞아, 우리 완두콩."

우리 완두콩?

"하지만 누가 나한테 당신이 있는 곳을 물어오면, 어디로 가야 찾을 수 있는지 알려줄 수 있어야 하잖아."

또다시 짧은 침묵.

"누가 당신한테 그런 걸 묻겠어." 마침내 타이나가 대답한다. 목소리에 초조한 기색이 역력하다. 타이나도 그 사실을 알아차리고는 즉시 목소리를 바꾸어 아이에게 채소를 먹이려고 달래는 듯한 말투로 돌아간다.

"걱정하지 마, 자기야. 중요한 건 모두 이메일로 보내줄게. 그러니까 이번 주말에는 그저 맘껏 즐기면서 당신을 위해 준비된 모든 근사한 것들을 생각해보는 게 어떻겠어?"

\*

저녁은 따뜻하고 고요하며 그림자는 깊고 검다. 폭우가 내리기 전에 늘 그렇듯이 대기는 부드럽고 음울하다. 나는 집에 시선을 집중하고 먼저 백미러를 바라본 다음 똑바로 앞을 본다. 어느 곳에서도 움직임은 보이지 않는다. 귀 기울여 보지만 아무 소리도 들리지 않는다.

자갈 때문에 발바닥이 아프다. 맨발로 걷도록 설계되지는 않은 길이다. 나는 이쪽저쪽으로 흔들리면서 힘겹게 앞으로 나아간다. 발을 땅에서 뗄 때마다 불필요하게 높이 번쩍번쩍 치켜든다. 물론 그것이 무의미하다는 사실을 곧 깨닫기는 한다. 속옷만 입고 있는 내 모습이 어떻게 보일지는 오직 상상만 할 수 있을 뿐이다. 오늘 아침만 해도 내 속옷은 깨끗했는데.

나는 정원으로 들어가 잔디 위로 올라선다. 마치 천국처럼 느껴진다. 거친 자갈길을 지나온 후라 잔디는 솜털 담요로 덮인 매트리스 같은 느낌이다. 환한 창문이 보인다. 계단을 올라 초인종을 누른 후에 나는 다시 힘을 주어 배를 바짝 끌어당긴다. 그러다가 이제는 내가 생각해도 그런 행동이 너무 터무니없게 느껴져서 그냥 포기해 버린다. 아무리 배를 집어넣고 가슴을 부풀려봐야, 그게 설명의 필요성을 대체할 것 같지는 않다. 실제로도 그럴 리 없다.

산니의 표정은 내가 예상했던 것만큼 당황스럽지는 않다.

그녀는 가슴 앞으로 팔짱을 끼고 문틀에 어깨를 기대고 선다. 따뜻한 빛이 그녀를 에워싸고 있다. 얼굴 양쪽으로 느슨하게 흘러내린 머리카락이 두 눈을 가로질러 그림자를 드리운다. 나는 그녀가 들어오라고 청하지 않는다는 사실에 주목한다.

"아무래도 먼저 전화부터 할 걸 그랬네요." 내가 말한다.

"아니면 옷이라도 좀 입으시던가." 산니가 대답한다.

나는 고개를 끄덕인다. "혼자 있어요?"

"그렇다고 말한다면 너무 무모한 대답이 될까요?"

나는 설명 대신 양손을 내젓는다. 몸짓은 자연스럽게 나오지만, 나는 그것이 뭘 제안하려 하는지 보여주는 꼴로 비칠 게 분명하다는 사실을 곧 깨닫는다. 어스름한 저녁노을의 은은한 빛과 안에서 비치는 전등 불빛 속에서 그녀가 내 뺨이 붉게 물든 것을 볼 수 있을지는 잘 모르겠다.

"솔직히 말해서, 내가 일이 좀 꼬였어요. 도움이 필요해요. 정말이지 샤워도 하고 싶고, 괜찮다면 옷도 좀 빌리고 싶어요. 내일까지만. 그리고 우린 아스코와 하미나 머시룸 컴퍼니에 관해서도 얘기를 나눠야 하잖아요. 그 외에도 몇 가지가 더 있죠. 내가 한 가지 제안할 것도 있고요."

산니는 여전히 아침에 입었던 얇고 헐렁한 빨간색 티셔츠 차림이다. 회색 조깅 반바지는 누가 봐도 잘 어울린다고 할 것 같다. 나는 오늘 아침 일찍이 있었던 속옷 관련 에피소드를 머릿속에서 떨쳐버릴 수가 없다.

"그리고 그 제안이라는 건……?" 산니가 묻는다.

"여기서는 안 돼요." 이렇게 말하고 나는 다시 한번 내 지위를 강조한다. "어쨌든 사장이 직원에게 하는 제안이에요."

그게 더 안 좋군. 이런 생각에 내가 막 상황을 바로잡으려는 찰나에 산니가 끼어든다.

"타이나가 쫓아냈군요, 그렇죠?"

이걸 기대한 건 아니었다. 이 갑작스러운 방향 전환이 내게 물리적인 영향을 미친다. 오늘 아침에도 그랬던 것처럼, 허리를 똑바로 펴고 배를 집어넣은 후 좀 더 남자다운 모습으로 자세를 가다듬는 것이다. 거의 본능적으로 이렇게 하고 나서야, 내가 또 이런 행동을 했음을 깨닫는다.

"어떻게 보면 그렇죠." 내가 말한다.

결국 그게 진실 아닌가. 나를 다른 지역으로 몰아냈으니 쫓아낸 것이나 마찬가지다.

"대체로 꽤 곤혹스러운 저녁이었어요."

잠시 우리는 아늑한 여름 공기 속에 서 있다. 산니가 돌아선다.

"욕실은 오른쪽 첫 번째 문이에요."

*

심지어 샴푸조차도 단백질이 첨가된 것이다. 병에 적혀 있다. 단백질이 머리카락에서 이두박근까지 어떻게 이동하는지 그 경로를 상상해볼 수는 없지만, 만약에 대비하여 듬뿍 짜서 사용한다. 다리의 떨림이 멈추지 않아서, 나는 샤워기 아래 주저앉는다. 먼저 물줄기가 입으로 향하게 조준한다. 그런 다음 헹구어낸다.

머리와 귀와 심지어 입까지, 전신에서 흙과 모래가 헹궈져 나오면서 내 주변으로 오물 웅덩이가 형성된다. 손가락 끝에는 열 개의 새까만 초승달이 떠올라 있어서 각각의 큐티클을 문질러 닦아야 한다. 마침내 나는 깨끗해진다. 나는 몸을 똑바로 세우고 감귤 향이 나는 두꺼운 수건으로 몸을 말린다.

산니는 내가 입을 수 있도록 세탁기 위에 티셔츠와 조깅 바지를 가져다두었다. 나는 그것을 입는다. 조깅 바지는 적당한 크기지만 엉덩이가 너무 꼭 낀다. 내 모습이 어떻게 보이는지 확인하기 위해 거울을 보지는 않는다. 파스텔 녹색 티셔츠도 잘 맞지만, 가슴이 너무 깊이 파여서 다소 어색하게 느껴진다.

산니는 거실 소파에 앉아 내가 들어서는 모습을 지켜본다. 그녀 바로 뒤에 바닥 램프가 있다. 따뜻하고 조도가 낮은 조명이 그녀의 적갈색 머리카락과 맨발에 빛을 드리운다.

"차?" 산니가 작은 커피 탁자 위에 놓인 주둥이가 넓은 머그잔을 향해 고갯짓하며 묻는다. "원하시면 컵 가져다드릴게요."

나는 고개를 젓고, 어쨌든 고맙다고 말한 후 안락의자에 앉는다.

거실은 너무 작아서 거의 굴속 같고 기분 좋게 어둑하다. 편안해 보이는 갈색 소파 하나와 책과 사진 액자로 가득 찬 어두운 색깔의 목제 책장이 있다. 바닥에는 길고 넓은 양탄자가 깔려 있다. 양탄자 무늬 중에서 나는 나무 하나를 알아본다. 나뭇가지 위에 화려한 꼬리를 가진 새들이 앉아 있다. 그 양탄자 위로 방 한가운데 튼튼한 다리가 있는 탁자가 놓여 있다. 타이나라면 구식이라고 말했을 것이다. 나는 아늑하다고 말하고 싶다.

"양말 한 켤레 드릴까요?"

몇 초 정도 우리가 서로를 빤히 바라보고 난 후, 산니가 묻는다.

"아니요, 괜찮아요." 나는 말하고 나서 부끄러움을 느끼며 내 발을 내려다본다. "그러고보니 내가 신발도 안 신고 왔네요."

"꽤 급하게 집을 떠나셨나 봐요."

"정말 느닷없이 일어난 일이라고 해야 할 것 같네요." 내가 인정한다. "오늘 아스코를 만났나요?"

산니가 고개를 끄덕인다. "그에게 내 수확 일정을 보여줬어요. 분명한 건 내일 내가 그의 일본인 인맥을 만나게 될 거란 사실이에요. 아스코는 그에게 우리가 제공할 수 있는 걸 모두 보여주고 싶어해요. 우리는 그 사람을 여기저기 데려갈 거예요. 가서 수확은 어떻게 할지, 또 버섯은 어디서 나는지 보여주고, 우리 상품이 유기농이고 최고의 품질이라는 걸 확인시켜줄 거예요."

"그 사람? 한 명뿐이에요? 더는 없어요? 혹시 아스코가 그 '사람들'이라고 하지 않았어요?"

"우리 둘 다 핀란드어로 말하고 있었어요. 그가 그 '사람들'이 아니라, 그 '사람'을 데리고 갈 거라고 말했다고 확신해요."

"아스코가 그 인맥의 이름을 말하던가요?"

산니는 고개를 젓고는 차를 마신다. 머그잔 주둥이는 그녀의 얼굴만큼이나 넓다. 그녀의 턱이 찻잔 뒤로 사라진다.

"아스코가 또 뭐라고 했어요?"

"당신에게 꿍꿍이가 있다고 했어요." 산니는 커피잔을 탁자 위에 내려놓으며 마치 날씨 이야기를 하듯 태연하게 말한다.

산니가 발을 들어 소파 위에 올려놓는다. 다리가 내 쪽을 향하고 있다. 그녀의 눈도 계속 내게 고정되어 있다. 하지만 이제 그녀의 시선이 갑자기 날카로워지는 것 같다. 나는 의자 팔걸이에 양손을 올려놓은 채 양탄자의 부드럽고 쾌적한 표면을 가로질러 발가락을 움직인다.

"다른 건 없어요?" 내가 묻는다.

"정말 무슨 꿍꿍이가 있는 거예요, 야코?"

우리는 서로를 응시한다. 어디가 아픈지 구체적으로 말할 수 없는 통증처럼, 피로감이 뼈를 통해 사방으로 번져간다. 나는 완전히 지쳤다. 마지막 남은 힘까지 다 소진해버렸다. 나는 경찰서에서 사우나로 무덤으로 움직여 다녔다. 내 장기가 지금 아무리 안정되어 있다고 한들, 여전히 정상과는 거리가 멀지 않은가. 나는 어둠이 다가오는 걸 느낄 수 있다. 빨리 행동해야 한다.

"무슨 일을 벌이고 있기는 해요." 내가 말한다. "내가 당신에게 날 위해 스파이 활동을 해달라고 한 것도 일이라면 일이고, 아스코와 그 친구들의 회사도 방문했었고요. 아스코는 내가 자기네 검 하나를 훔쳤다고 생각해요. 아마 당신도 벽에 검이 걸려 있는 걸 알아차렸을걸요."

"그건 알아차리지 못하기가 더 어렵죠. 아스코가 굉장히 애지중지하더라고요. 일본인 인맥이 도착하는 것과 관련 있는 듯해요. 당신이 그의 검을 훔쳤어요?"

"당연히 아니죠."

"아스코는 당신이 그랬다고 생각해요."

그건 아스코가 아직 토미에 관해 듣지 못했음을 의미한다. 그가 그 사실을 알게 되면 보나 마나 검을 돌려달라고 요구할 테고, 당연히 돌려받게 될 것이다. 그가 그걸 돌려받게 된다면, 난 또다시 사지가 절단될지도 모르는 상황을 걱정해야만 하는 걸까?

"아스코가 또 뭘 의심하나요?" 내가 묻는다.

"당신이 아직 날 포기하지 않았을 거라고, 그렇게 쉽게는 아닐 거라고 의심하고 있어요."

"그가 그렇게 말했나요?"

"그건 말을 했다기보다는 행간을 읽어냈다고 봐야겠죠."

"놀랄 일도 아니네요." 내가 말한다. "그는 아마 당신에게서 많은 잠재력을 보았을 거예요."

"당신은요, 야코? 당신은 뭘 보나요?"

반짝이는 다리를 가진 아름답고 야심 찬 적갈색 머리칼의 여자. 내가 신뢰해도 좋을지 결단을 내려야 하는 여자.

"수확은 어디서 시작하자고 제안했나요?" 내가 묻는다.

산니가 나를 쳐다본다. 그녀의 눈에서 가장 중요한 감정이 무엇인지 분리해내기란 쉬운 일이 아니다. 내가 그녀의 질문을 가볍게 무시해버린 데 대한 차가운 실망감일까, 아니면 우리의 협력이 불러오게 될 온갖 상황에 대한 조용한 배려일까?

"온카마아에서요." 그녀가 말한다. "소나무 숲, 들판, 초원, 덤불, 벌목 지대 등이 잘 어우러져 있잖아요. 여러 요인이 최상의 조건으로 조합돼 있죠. 비가 내린 직후에 그곳에 간다고 가정하면 최고의 장소예요. 어쩌면 비가 내리는 동안에도……"

"비가 오는 동안에요?"

산니가 고개를 끄덕인다. "그리고 아스코는 우리는 이제 '형님들'과 상대할 거라고 말했어요."

"그가 정말로 그렇게 말했어요?"

"내 생각에 그 말은 징징거리는 잔챙이들은 신경 쓰지 않는다는 의미 같아요."

"정확해요." 나는 기운을 내려 애쓰면서 말한다. 심지어 앉아만 있는 데도 힘이 필요하다. 나는 의자에 등을 더 단단히 기댄다. 효과는 두 가지다. 의자가 더 안정적으로 나를 받쳐주지만, 동시에 졸리게 한다. 안락의자가 너무도 부드러워서 나를 빨아들이는 것 같다. 방이 조금 전보다 더 어둡게 느껴진다. "그게 아마도 그가 의미하는 바일 거예요. 최신 일기예보가 어떻게 되죠?"

"내일 오후부터 비가 많이 내릴 수도 있어요."

"그리고 당신이 숲으로 손님을 데려가는 게 내일인가요?"

"날씨가 허락하고, 손님이 나타난다면 그리고 아스코가 그러자고 하면요."

"잠깐만요." 내가 말한다. "당신과 아스코와 일본 남자만? 다른 사람은 없어요?"

산니는 마치 방금 뭔가를 기억해낸 듯한 표정이다. "듣고 보니 나도 궁금하네요. 우리 세 명만 갈 거라면, 왜 미니버스를 빌렸을까요? 내 차에 다 탈 수 있는데. 아마도 아스코는 사미와 토미도 함께 갈 거로 생각한 거 같아요. 그럼 다섯이 되잖아요."

나는 잠시 생각해본다. 사미와 토미가 당분간 버섯 수확에 참여하지 않으리라는 건 확실하다. 그러나 어쩌면 아스코는 그들을 전혀 계산하지 않았을지도 모른다. 그것은 그가 다른 승객을 염두에 두고 있음을 의미한다.

"뭔가 더 알게 되면 내게 바로 문자 보내줘요. 이건 중요해요. 내 말은, 중요할 수도 있다는 거예요."

산니는 아무 말도 하지 않는다. 그녀의 눈에 희미한 그림자가 드리운다. 하지만 여전히 나는 그 속에서 번뜩임을 볼 수 있고, 머리의 기울어진 각도에서는 커지는 의문을 볼 수 있다. 나는 너무도 피곤해서 한 번에 1센티미터씩 배를 자유롭게 풀어놓는다. 생각과는 정반대로, 나는 비치볼 크기쯤 되는 공기를 빨아들여 가슴을 부풀리고 어깨를 넓히려고 애를 쓰고 있었다. 하지만 지금은 그게 너무도 힘든 일처럼 느껴진다.

살다 보면 쓰라리게 비참한 기분에도 불구하고, 족쇄 풀린 중년의 뻔뻔함이 죽음마저 초월하는 순간이 있다. 지금이 바로 그런 순간 중 하나다. 난 겪어봐서 잘 안다. 하지만 나는 산니가 무슨 변명이라도 하길 내게 기대하지는 않으리라고 생각한다. 기대한들 내가 뭐라고 말하겠는가? 나는 먹는 걸 좋아하고, 달달한 도넛이라면 사족을 못 쓰며, 살이 쪄서 죽어가고 있다고?

"그러면 어떻게 되는데요?"

산니의 질문이 나를 선잠과 처량한 자기 채찍질에서 깨운다.

"아스코가 실제로 무엇을 계획하고 있는지 더 명확하게 알 수 있겠죠." 내가 말한다. "전반적인 상황을 더 잘 파악할 수 있을 거예요. 그리고 우리 사업도 구하게 되고요."

산니의 머리카락이 이제는 거의 온 얼굴을 덮고 있다. 빛이 그녀의 위와 뒤쪽에서 떨어진다. 머리카락은 마치 늘어트린 커튼처럼 얼굴 양쪽에 매달려 있다.

"내 질문에 답을 하긴 할 건가요?"

나는 그녀의 눈이 있으리라고 짐작되는 곳을 올려다본다.

"아스코가 옳아요." 내가 진심을 담아 말한다. "난 당신을 그렇게 쉽게 포기하지 않을 겁니다."

\*

산니는 우리가 한 번에 하나씩 모든 도시를 정복할 방법을 설명한다. 우리는 주요 레스토랑 운영자들을 매료시키고, 전문 아웃렛에 배송을 시작할 것이며, 핀란드 전역의 이국적인 장소로 가는 시식 여행을 제공할 것이다. 그리고 누군가가 핀란드에 오고 싶지 않다고 하면, 핀란드 숲을 그들에게 가져다줄 것이다. 영향력 있는 인물, 송이버섯 시장, 시식회를 통해 차례차례 사업을 키울 것이다.

"일단 몇 가지 세부 사항을 검토해야 해요. 특히나 시식을 담당하고 있는 타이나가 방금 당신을 쫓아냈다면요."

나는 그냥 일시적인 거라고 말한다. 하지만 내 결혼 생활 전체가 일시적이라는 사실은 털어놓지 않는다. 내 삶도 역시 일시적일 뿐이라는 사실도 말하지 않는다. 나는 시식회를 계획하는 것은 단지 부차적인 문제일 뿐이라고 덧붙인다. 우선은 가장 중요한 일을 처리해야 한다. 나는 내 현재 상태를 가늠해본 후에 말한다.

"산니, 난 정말 쉬어야 할 것 같아요."

"자고 싶다는 말인가요?"

내가 쉬어야 한다는 말이 그것 말고 또 어떤 의미가 있겠느냐고 물어볼 새도 없이 산니가 소파에서 벌떡 일어선다. 벽장문이 열리고 닫히는 소리가 들리더니, 산니가 거실로 돌아와서 탁자 위에 침대 시트 더미를 내려놓는다. 나는 소파를 바라본다. 너무 짧다. 부드럽고 의심할 바 없이 매우 편안하지만, 정말이지 너무 짧다. 그래도 사우나에서 그다지 운이 좋지 않았다면, 지금쯤 내가 들어가서 쉬고 있을지도 모를 장소와 소파를 비교해본다. 이 소파 정도면 더 바랄 게 없다. 나는 힘을 그러모아 일어선다.

"이 시트면 되겠어요?"

"그럼요. 이거면 충분해요."

우리는 서로를 응시한다. 산니의 청록색 눈이 어둑한 방 안에서 묘한 매력을 풍기며 반짝거린다. 그녀의 눈은 내가 본능적으로 사로잡히는 종류다. 나는 내 눈이 그 눈을 한참 바라보고 나서야 비로소 내가 그러고 있음을 깨닫는다. 몇 년 동안 타이나 말고는 그 누구와도 이래 본 적이 없다. 잠깐만, 정확히 뭘 이래 본 적이 없다는 거야? 난 단지 잠만 잘 거잖아, 그렇지?

산니는 내가 나 자신을 혼란스럽게 하는 말과 행동과 생각을 하게 한다. 그녀도 아마 그 사실을 알고 있을 것이다.

"욕실이랑 주방이 어딘지는 알죠? 필요하면 사용해요."

"고마워요, 산니. 잘 자요."

"잘 자요."

또다시 우리는 서로를 바라보는 우리 자신을 발견하고, 그렇게 다시 몇 초 정도 침묵이 흐른다.

그러고 나서 나는 저녁 내내 나를 괴롭히던 질문을 한다.

"당신이 나와 했던 대화를 아스코와 나누지 않는다는 사실을 내가 어떻게 알 수 있죠?"

"할 거예요." 그녀가 말한다. "하지만 당신이 아스코보다 더 많은 월급을 주는 동안은 아니에요."

내가 놀라자 산니의 얼굴에 미소가 떠오른다.

"장난이에요, 야코." 그녀가 말하고는 돌아선다.

그녀가 시야에서 거의 사라졌을 때, 나는 문간에서 그녀가 말하는 소리를 듣는다.

"나도 당신에게서 많은 잠재력을 보고 있어요."

## ‖ 16 ‖

아침 햇살이 나무와 잔디와 관목을 초록으로 빛나게 하고, 모든 이파리와 줄기와 꽃잎을 개별적으로 채색한다. 그리고 그 자체의 고유한 색조로 음영을 넣는다. 오른쪽에서 왼쪽으로, 동쪽에서 서쪽으로, 초 단위로, 분 단위로, 아침 햇살이 꽃잎에 닿을 때마다 정원이 불타오르듯이 깜빡인다. 그 불길은 온 정원이 화염에 휩싸이기라도 한 듯이 반짝이며 빛나게 한다.

1. 내가 아는 사람

  - 노리유키 카쿠타마

  - 쿠수오 유하라

  - 다이수케 오키마사

  - 모리아키 타케토모

- 아키히로 하시모토

2. 내가 모르는 사람

- 시게유키 츠케하라


　나는 창가를 떠나 탁자로 돌아가서 종이에 적어놓은 목록을 응시한다. 나는 아침에 해가 뜨자마자 일어났다. 몸 상태는 전혀 나쁘지 않다. 피곤하지도 않다. 마음은 이상하게 가볍다. 내가 죽지 않았다는 사실도 기쁘다. 행복이 무엇인지는 잘 모르지만, 그것이 살아 있다는 것과 본질적인 면에서 연결된 게 틀림없다.

　나는 차를 한 모금 홀짝인다. 난 차를 마시는 습관 같은 건 없지만, 사실 생각해보면 반복적으로 살해 위협을 당하거나 산니의 소파에서 잠이 깨는 습관 같은 것도 없지 않은가.

　나는 배와 갈비뼈를 손으로 만져보고, 거울 속에서 혀와 목구멍을 들여다본다. 정확히 속이 아프거나 메스꺼움을 느끼는 것은 아니다. 하지만 작은 변화, 즉 내가 좀 느려진 것은 알아차릴 수 있다. 마치 여전히 굴러가기는 해도 조금씩 속력을 잃어가는 차를 천천히 운전해나가는 것과 비슷한 느낌이다.

　나는 각각의 이름 뒤에 그들이 하는 일을 적는다.


- 카쿠타마(책임자)

- 유하라(품질 관리)

- 오키마사(마케팅)

- 타케토모(물류, 보존, 보관)

- 하시모토(소매)

- 츠케하라(모르겠다)


츠케하라의 정보를 검색하는 동안, 나는 휴대전화의 배터리가 2 퍼센트까지 내려간 것을 알아차린다. 휴대전화를 충전해야 한다. 난 휴대전화가 꼭 필요하다. 토스터 옆에 충전기가 있지만, 모델이 달라서 내 휴대전화에 맞지 않는다.

벽시계는 6시 13분을 가리킨다.

지금 출발하면 몇 분 안에 사무실에 도착할 테고, 이 시간에는 아무도 없을 것이다. 그러니 상점들이 문을 여는 9시 전에 여분의 충전기를 가져올 수 있을 것이다. 시내 중심부는 피해 가는 게 좋을 것 같다. 공공장소를 돌아다니게 되면, 지금 당장 만나고 싶지 않은 누군가와 마주칠 위험이 존재한다. 사실 난 공식적으로는 에스토니아의 온천에 있지 않은가.

나는 조용히 복도로 나가 신을 만한 신발이 있는지 골라본다. 산니의 발은 작은 동물의 발과 같다. 신발이 너무 좁고 짧아서, 그것에 맞는 발이라면 작은 동물의 앞발뿐일 거라는 생각이 든다. 난 발이 큰 사람이다. 나는 신발장과 복도의 선반을 다 훑어본다. 마침내 현관문 옆의 벽장에서 남성용 검은 고무장화 한 켤레를 찾아낸다.

사이즈는 48이다. 진열된 다른 신발들 옆에서 그것은 마치 가구처럼 보인다. 기껏해야 한 번 정도 신었을 것 같다. 장화가 너무 깨끗하고 검어서 얼룩이 뚜렷하게 보인다. 무슨 생각을 해야 할지 잘 모르겠다. 나는 장화를 신는다. 거의 무릎까지 올라온다. 거울에 내 모습을 비춰본다. 꽉 끼는 조깅 바지, 그 바지보다도 더 꽉 끼는 길고 반짝이는 장화 그리고 오픈칼라가 달린 얇은 티셔츠. 내가 어떻게 보일지는 생각하고 싶지 않다.

현관문 앞에서 나는 다른 사실도 깨닫는다. 내 차를 타고 갈 수는 없다는 것이다. 그것을 운전해 다니다가 들키면 안 되기 때문이다. 산니의 차 키는 복도 탁자 위에 있다. 나는 장화를 벗고 주방으로 돌아가 메모를 남긴다. 그녀에게 쾌적한 아침을 기원하고, 내가 잠시 차를 빌려야만 할 것 같다고 설명한다. 그다음 복도로 돌아가 집을 나선다.

산니의 차는 내 것보다 냄새가 좋다. 그 말을 하고 보니, 내 기억이 어제의 여정에서 얻은 죽음의 악취에 여전히 오염되어 있을 가능성이 농후하다. 테올리수스카투까지 우회로를 타고 가서, 마네르헤이민티에 끝에 있는 다리 바로 앞에서 우회전하자 몇 분 만에 회사 앞이다. 다른 차는 보이지 않는다.

창고는 조용하고 비어 있다. 오늘 창고는 마치 교회 같은 느낌이다. 이곳이 그만큼 내게 경건한 의미를 갖고 있는 것이다. 내가 막 사무실 쪽으로 향하려고 할 때 건조기 중 한 대의 문 위에 주황색 불이 켜진 것이 보인다. 기계의 웅웅거림이 들리지 않는다는 건, 건조 과정이 최종 단계에 들어섰다는 의미다. 아마 몇 분밖에 남지 않았을 것이다. 건조 구역으로 들어가던 중에 벽에 걸린 시계가 눈에 들어온다. 나는 발뒤꿈치를 누르고 빙 돌아선다. 서둘러야 할 것 같다.

충전기는 선반에 있다. 케이블을 플러그에 감고 막 떠나려는 순간에 발소리가 들린다. 어딘가 익숙하고 점잖고 경쾌한 걸음걸이다. 나는 긴장을 푼다. 누구의 발소리인지 알기 때문이다. 나는 계단을 향해 걸어가서 옆으로 나가 반갑게 인사한다.

올리는 마치 임무를 수행하는 사람처럼 창고를 가로질러 성큼성큼 걸어가다가 멈춰서 돌아선다. 그의 뒤에 있는 창문을 통해 햇살이 비쳐든다. 그는 아무 말도 하지 않는다. 그가 잠시라도 입을 다물고 조용히 있을 때면, 기괴할 만큼 조지 클루니와 닮아 보인다. 하지만 입을 열면 그 즉시 마법이 사라진다. 나는 그의 수많은 이혼을 이해하기 시작한다. 그 관계들의 시작과 중간과 끝을 볼 수 있다. 웅대한 꿈, 완벽한 오해, 궁극적인 파국.

"좋은 아침입니다." 내가 먼저 말한다.

"뭐 잘못된 거라도 있나요?" 올리가 묻는다.

"아니요." 나는 반사적으로 대답한다. "당연히 아니죠."

"일찍 출근하셨네요." 올리의 지적에는 암묵적인 질문이 담겨 있다. 나는 그걸 깨닫는다.

"이걸 가지러 왔어요." 내가 말하면서 손을 들어 올린다. 올리가 내가 들고 있는 것을 볼 수 있을지는 모르겠지만, 아마도 그건 그렇게 중요하지 않을지도 모른다. 훨씬 더 시급한 문제가 있지 않은가.

"올리, 우리 잠시 얘기 좀 해요."

올리는 아무 말도 하지 않는다.

"좋아요." 침묵이 몇 초 이상 이어지기에 결국 내가 먼저 말한다. 우리는 거의 창고 정중앙에서 서로에게서 4미터쯤 떨어진 곳에서 있다. "난 여기 있으면 안 돼요."

침묵.

"타이나는 내가 탈린에 있다고 생각하거든요. 그러니 오늘 아침 여기서 날 봤다는 말은 아무에게도 하지 말아달라고 부탁해야만 하겠어요. 오늘은 날 본 적 없는 겁니다. 절대로."

올리가 눈에 띄게 긴장을 푼다. 그는 몸에서 무거운 짐을 내려놓은 듯 보인다. 그가 몇 번 고개를 끄덕인다.

"여자들이란." 그가 코웃음을 친다.

"아니……." 나는 말을 시작하다가 이것이 나의 기회고, 더 나은 선택지라는 사실을 깨닫고는 이내 입을 닫아버린다. 이걸로 가는 게 좋겠다. "내 말이 그거예요. 여자들이란."

"타이나가 당신을 쫓아냈군요? 의심의 여지가 없어요."

올리는, 타이나가 나를 쫓아냈다고 추측한 두 번째 사람이다. 왜 나는 그녀를 쫓아낸 사람이 될 수 없을까?

"젊은 애인하고 동거라도 할 계획인가 보네요, 그렇죠?" 그가 쉬지도 않고 묻는다.

"글쎄요, 말하기 어려워요." 내가 대답하고는 그의 첫 번째 오해를 바로잡으려고 하는 순간, 그가 세 번째 오해를 내놓는다.

"탈린에 관해서는 전혀 걱정할 필요 없습니다. 원래 그런 식이니까요. 고양이가 없으면 쥐들만 살판나는 거잖아요, 안 그래요? 필요하면 내가 주소를 몇 개 알려드릴 수도 있어요."

"고맙지만, 사실은……." 나는 더듬거리며 말을 시작하다가 문득 깨달음을 얻는다. 만약에 내가 올리가 방금 말한 것에 모두 동의한다면 대화가 길어지는 걸 피할 수 있고, 동시에 내가 선택한 방향으로 대화를 이끌어갈 수도 있을 것이다. "주소를 몇 개 얻을 수 있으면 큰 도움이 될 것 같네요."

"사람이란 원래 베푸는 만큼 얻게 마련이에요, 이 사람아." 그가 말한다. "그 반대도 마찬가지죠. 타이나는 계속 회사를 다닐까요?"

이 질문이 진정으로 내 허를 찌른다.

"네?"

"아니, 아내가 배달하는 직원이랑 놀아나는데, 계속 회사에 나오게 할 수는 없는 거잖아요."

나는 올리를 쳐다본다.

"배달하는 직원이요?"

올리는 두 손을 맞잡고, 오른손 엄지손가락으로 왼손 엄지손가락과 집게손가락 사이를 비벼댄다. 처음에 그는 내 눈을 똑바로 바라보다가 시선을 옆으로 돌리더니 마침내는 완전히 낮춘다.

"사장님이 그 상황을 털어놓은 이후로 내가 눈을 크게 뜨고 지켜봤거든요."

"눈을 크게 뜨고요?"

"저쪽." 올리가 사무실 쪽으로 고갯짓을 하며 말한다. "파일 캐비닛에 기대서. 페트리가 그녀를 공중으로 들어 올리고는……. 그는 젊고 종마처럼 강해서 아마 모르긴 해도 밤에 열다섯 번쯤은 할 수 있을 겁니다."

"올리." 내가 그의 말을 끊는다. "그들이 알아차렸나요? 당신이 주시하고 있다는 걸?"

올리가 고개를 젓는다. "내내 끙끙거리고 신음하고, 철썩이고 퍼덕이느라고……."

"이 얘기 다른 사람에게는 말한 적 없죠, 그렇죠?"

올리가 다시 내 눈을 똑바로 바라본다. 그는 자신이 무엇을 지지하는지 명확히 아는 사람처럼 단호하고 결단력 있어 보인다.

"네. 그리고 이 문제에서 나는 100퍼센트 사장님 편입니다."

*

나는 나와 마주친 사실에 대해서는 물론이고 모든 면에서 신중할 것을 올리에게 맹세하게 한다. 그는 오늘 나를 본 적도 없고, 내게서 아무 말도 듣지 못했다. 타이나와 페트리는 동료 그 이상도 이하도 아니고, 올리는 그들의 사생활이 어떻든 간에 그것에 관해서는 전혀 알지 못한다. 게다가 올리는 여기서 무슨 일이 벌어지고 있는지 전혀 모른다.

올리가 내게 약속한 앞의 사항을 다 암기하면, 나는 건물을 떠날 참이다.

벽에 걸린 시계가 째깍거리는 동안, 시곗바늘의 움직임은 매 순간 더 빨라지고 심드렁해진다. 나는 줄어드는 시간에 개의치 않고 그가 내가 건넨 약속 목록을 나름대로 편집하게끔 내버려 둔다. 올리는 추억에 잠겨 있다. 자신이 경험한 추억을 맛보려 애쓰고 있다는 걸 알 수 있다. 그는 펜 끝을 씹다가 입술에 대고 툭툭 치면서, 어딘가 먼 곳을 표류해 다닌다. 서두르라고 재촉하면 오히려 속도가 느려질까 봐 그러지도 못하겠다. 더 나쁜 것은 그런 재촉이 우리의 형제 같은 새로운 우정에 긴장감을 불어넣을지도 모른다는 것이다.

올리가 마침내 자신이 쓴 것을 찬찬히 바라본다. 적어놓은 글 몇 줄을 읽는 데 꽉 찬 몇 분이 걸린다. 나는 그의 손에서 종잇조각을 비틀어 빼내 문밖으로 달려 나가지 않기 위해 안간힘을 쓰며 버틴다. 올리가 드디어 내게 종이를 건네준다. 내 강한 인내심이 보상받는 기분이다. 그는 나를 위아래로 쳐다보며 말한다.

"나라면 집에서 나오기 전에 옷을 갈아입었을 거예요."

산니는 뮤즐리곡물, 견과류, 말린 과일 등을 섞은 아침 식사 대용식와 요거트를 그릇에서 섞은 다음 커다란 항아리에 든 꿀을 그 위에 바로 뿌린다. 바깥에는 바람이 불기 시작한다. 장마 전선이 다가오고 있다. 아침 햇살의 유일한 잔재는 짙어지는 구름 뒤에서 이따금 반짝이는 빛뿐이다. 날씨가 빠르게 변하고 있다. 산니는 꿀 항아리를 닫고 양손으로 뚜껑을 누른다.

"당신은 내 차를 훔쳤어요." 그녀가 말한다. "그리고 이제 나더러 공짜로 옷을 사달라는 거네요?"

"당신 차는 빌린 거예요. 그리고 옷값은 낼게요. 지갑을 찾는 대로요."

내 지갑은 사미와 함께 묻혔거나, 테르바사리에 있는 쓰레기통 속에 들어 있을 것이다. 나는 몇 가지 실수를 저질렀다. 그건 나도 잘 알고 있다. 그렇다고 나 자신을 탓할 수는 없다. 처음 해보는 일이었기 때문이다. 나는 시체를 숨기거나 증거를 없애버리는 일에 익숙하지 않다. 그 상황은 새롭고 놀라운 것이다. 나는 쓰라린 경험을 통해 그건 내 인생 전체에도 똑같이 적용된다는 것을 알게 됐다. 모든 게 처음이자 마지막으로 일어나고 있다는 얘기다.

"눈치 못 챘을까 봐 얘기하는데, 이번에도 농담이에요."

"제발 그러길 바랐어요."

"하지만 이건 꼭 물어봐야겠네요. 타이나가 일하러 나가 있는 동안, 그냥 집으로 가서 옷을 찾아 입으면 안 돼요?"

산니의 청록색 눈동자는 날카롭고 기민하다.

"옷장 하나를 새로 사는 것보다는 그게 훨씬 더 쉽고 싸게 먹히지 않겠어요?"

이 마을에서는 뭔가를 비밀로 하는 게 불가능하거든요. 나는 속으로 생각한다. 이곳에서는 심지어 죽은 자도 다시 살아난다. 모든 것에 적절한 설명이 있어야만 한다. 산니는 나를 바라보고, 나는 그녀의 앙증맞은 턱이 움직이며 내는 소리를 듣는다. 하얀 치아가 견과류, 건포도, 플레이크, 말린 과일 등을 씹어 먹는 동안 아삭거리는 소리가 들려온다. 나는 그녀의 눈을 바라보면서 탈린에 관해 털어놓는다. 사실 내가 그녀의 주방에 앉아 있기는 해도 다른 곳에서, 또는 다른 누구에게도 목격되어서는 안 된다는 사실을 그녀에게 명심시킨다. 나는 산니의 표정이 어떤 의미인지 읽어낼 수 없다. 하지만 이제는 그녀의 얼굴 전체를 볼 수 있다. 적갈색 머리는 바짝 올려 질끈 묶어놓았다.

"셔츠는 라지 사이즈죠?" 그녀가 뮤즐리 한 그릇을 더 준비하면서 말한다. "신발 크기는 대략 45. 청바지는 허리가 38, 길이는 32. 타이나는 정말 당신이 그림에서 빠져주길 원하는군요."

"엑스라지로 사는 게 좋겠어요. 그게 안전할 것 같아요. 신발은 45면 적당하고, 청바지도 그 정도면 될 거예요. 그리고 맞아요, 더 멀리 빠져주면 더 좋아하겠죠."

"어떤 느낌이에요?"

"새 옷이요?"

"집에서 쫓겨나는 거요."

나는 어깨를 으쓱해 보인다.

"잘 모르겠어요." 나는 솔직히 말한다. "나도 계속 생각 중이에요. 지금까지는 그간에 일어났던 일들이 자연적으로 발전해온 것처럼 느껴져요."

"그래도 딱히 크게 충격을 받은 것처럼 보이지는 않네요."

산니는 식사를 마치고 머그잔에 차를 우리는 도구를 집어넣는다. 나는 그녀의 말을 곱씹어본다.

"맞아요. 그렇지는 않은 것 같아요."

차를 우리는 도구가 뮤즐리 그릇에 부딪혀 쨍그랑거린다. 산니는 그것을 한쪽으로 밀어놓고 머그잔 양쪽으로 탁자 위에 팔꿈치를 괸다.

"사실 나는 이혼한 날이 내 인생 최고의 날 중 하나였어요. 이 얘기 아무에게도 하면 안 돼요."

"안 할게요."

"이혼의 가장 좋은 점은," 산니가 혀끝으로 입술을 핥으며 말을 잇는다. "그를 내 삶에서 완전히 밀어내버렸다는 거예요. 그걸 소리 내서 말하니까 거의 범죄를 저지르는 기분이네요. 누군가를 삶에서 밀어내버린다는 건 그들을 만나거나 함께 보낸 시간보다 더 많은 걸 의미해요."

"그렇게 느껴질 수도 있겠네요." 내가 말한다.

이 순간 어떤 게 범죄이고 어떤 게 아닌지 더 잘 아는 사람은, 우리 둘 중에 바로 나라고 생각한다.

"하지만 난 무언가를 소리 내서 말하는 게 인간이 할 수 있는 최악의 일이라고 생각하지는 않아요." 내가 덧붙인다.

"난 너무도 자유롭고 행복하다고 느꼈거든요." 그녀가 계속 말한다. "심지어 파티를 열고 싶었어요."

"그랬군요."

산니는 찻잔에서 시선을 들어 올리더니 마치 그 순간으로 다시 돌아가는 듯 보인다. 그러다가 문득 자신이 진흙을 뒤집어쓰고 속옷 차림으로 문간에 나타났던 남자와 이야기를 나누고 있음을 기억해낸다.

"미안해요." 그녀가 말한다. "내가 하고 싶은 말은, 모든 것에는 긍정적인 측면이 있다는 거예요."

"무슨 말인지 이해해요." 나는 진심을 담아 대답한다. "아마 당신 말이 맞을 거예요. 난 그런 식으로 생각해볼 시간이 없었지만요. 그런데 당신이 말했듯이 내가 그다지 크게 충격을 받지는 않았을지 몰라도, 확실히 놀라기는 했어요."

"당신은 아직 앞날이 창창해요."

나는 산니를 보며 인상을 찌푸린다.

"좋아요, 진부한 표현이었어요." 그녀가 말한다. "그리고 감상적으로 들리기도 하는 말이죠. 하지만 이런 일이 원래 다 그렇잖아요. 내가 장담하는데, 나중에 이 일을 되돌아보며 타이나를 생각하게 되면, 더 큰일 없이 이쯤에서 끝난 걸 고마워하게 될 거예요."

"더 큰일 없이?"

"둘이 얼마나 오래 함께했어요?"

나는 그녀에게 우리가 데이트했던 기간과 7년간의 결혼 이야기를 들려준다. 이젠 다 끝났어, 맙소사! 난 속으로 생각한다. 하지만 물론 그게 있는 그대로의 진실은 아니다. 이것은 오히려…… 그때 산니의 전화가 울린다. 그녀는 전화기를 집어 들고는 바라본다.

"아스코예요. 고객이 헬싱키에 도착한 게 분명해요. 그렇다면 몇 시간 후에는 하미나에 있을 거라는 의미죠. 아스코는 필요하면 내게 문자를 보내겠다고 하네요. 아까 나한테 부탁한 게?"

"세 가지를 부탁했죠. 일단 차를 한 대 빌려야 해요. 나한테 계속 상황을 업데이트해줘요. 마지막으로 갈아입을 옷이 필요해요."

*

산니는 옷을 사러 간다. 그녀가 돌아오면, 우리는 차를 빌리러 그녀의 오빠 집으로 갈 것이다. 그동안 나는 내가 했던 말과 타이나에 대해 그리고 나의 결혼에 대해 생각할 시간을 갖는다. 내가 그다지 큰 충격을 받지 않았다는 말은 사실이다. 충격받는 것 말고도 할 수 있는 일이 얼마든지 많았기 때문이다. 난 당황하고, 격분하고, 질투하고, 복수심에 불타고, 실망하고, 분노하고, 심지어 무심했다. 하지만 그런 감정들은 간단히 나를 통과해서 가버렸다. 나는 그것들을 더는 붙들고 있을 수가 없다.

이게 애초에 내가 타이나를 진정으로 사랑하지 않았다는 의미일까? 물론 그렇지 않다. 분명히 아니다. 하지만 오래 생각할수록 그 사실은 더욱 불확실해진다. 나는 창밖을 뚫어지게 바라본다. 내 차는 가능한 한 산니의 집에 가깝게 옮겨다 놓았다. 도로에서는 오로지 차 뒷부분만 볼 수 있다. 산니의 집은 조용한 막다른 골목 끝에 자리해 있다. 그래도 혹시 사람들의 눈에 띌 위험이 없지 않으니 난 마당도 돌아다니지 않는 게 좋을 것 같다. 이 마을에서는 광케이블을 통해 정보가 옮겨 다니는 것보다 더 빨리 소문이 옮겨갈 수 있다는 걸 난 이미 경험했다. 게다가 산니의 집은 정말 아늑하다.

처음에는 내 집보다 더 집처럼 느껴진다는 사실이 어쩐지 잘못된 것 같은 기분이었다. 하지만 나는 곧 이 또한 바꾸어야 한다는 걸 깨달았다. 죽지 않고 계속 살게 된다면, 난 집을 나가 혼자 살 것이다. 뒷마당에서 아내가 페트리 위에 올라타는 걸 목격했던 곳을 정말 집이라고 할 수 있을까? 그렇게 생각지 않는다. 지금 벌어지는 사건의 진상은 머지않아 나를 죽게 할 뿐 아니라, 노숙자로 만들

수도 있다. 그러니 난 어쩌면 이보다는 더 충격을 받아야 하지 않을까? 하지만 사실 그건 날 거의 동요시키지 않는다.

죽음의 좋은 점은, 그에 가까워질수록 그동안 중요하다고 생각했던 많은 것이 점점 그 의미를 잃어간다는 것이다. 우리는 죽음이 가까이 오면 어떠하리라고 나름대로 생각해보기도 하고, 다른 사람이 그에 관해서 하는 말을 듣기도 한다. 하지만 죽음은 그런 식으로 진행되지 않는다. 죽음이 다가온다고 해서 사랑하는 사람의 존재가 더 중요해지고, 돈은 그 의미를 잃으며, 신(또는 하나님)의 정신과 영원한 내세의 진가가 현실로 다가오거나 하지는 않는다는 말이다. 내 경우에는 사랑하는 사람이 적이 되었다. 사업의 성공이 이제는 무엇보다도 중요해졌으며, 영생의 불꽃이란 단지 사미를 불태워서 잉걸불처럼 반짝이게 하는 것이 되어버렸다. 죽음은 우리 모두를 기다리며 천천히 끓어오른다. 이런 내 생각이 나를 두렵게 한다. 이런 일들에 관해 생각해보기 전까지는 자기 마음의 깊이를 헤아리기 쉽지 않다.

산니가 마당에 차를 세운다.

\*

옷은 잘 맞는다. 그게 어떻게 가능한지는 잘 모르겠다. 그동안 난 이토록 여유롭고 맵시 있어 보인 적이 없었다. 밝은 갈색의 무릎 길이 반바지, 빨간색과 파란색 체크무늬 셔츠 그리고 흑백 아디다스 운동화. 마치 부유한 관광객처럼 보인다.

우리는 차를 가져오기 위해 출발한다. 가는 도중에는 아무런 대화도 나누지 않는다. 나는 필요한 경우 눈에 띄지 않도록 누울 수 있게 뒷좌석에 앉는다. 시내를 벗어나자마자 나는 똑바로 앉아 주위를 둘러본다. 산니는 안전한 편이 나을 테니 우회해서 길게 도는 노선을 택해 갈 거라고 설명한다. 아스코의 전처가 직통으로 가는 도로 끝에 살고 있는데, 때때로 아스코가 그곳을 방문해서 함께 밤을 보내고 가기 때문이라고 한다. 그러면서 더는 묻지 말라는 말도 덧붙인다.

우리는 뻗어 있는 흙길을 따라 차를 몰아간다. 풍경은 도로 양쪽으로 경사져 내려가서 커다란 모래밭까지 이어진다. 모래밭 일부는 덤불과 작고 매력적인 연못으로 덮여 있다. 어린 가문비나무가 해안과 연못 주변을 따라 자라고 있다. 대부분 연못은 수영하기에 적당히 깊어 보이는데, 가장 큰 것은 테니스장 여러 개를 합친 크기다. 이 작은 후미는 머나먼 나라에 있는 낙원 같은 해변의 축소판이다. 내가 아직 소년이었다면, 이 모래 언덕이 수많은 모험을 위한 완벽한 환경을 제공해주었을 것이다.

하늘이 어두워지고 바람이 나뭇가지를 흔들어놓는다.

산니는 더 좁은 길로 좌회전한다. 5분 정도 그 길을 따라가다가 우회전해서 어느 마당으로 들어간다. 우리는 차에서 내려 전부 노란색으로 칠해진 목조 주택과 두 개의 작은 별채 사이에 있는 정원으로 들어선다. 정원의 네 번째 면은 탁 트여 강을 바라본다. 우리는 강둑 위에 있다. 가파른 경사면은 강으로 이어지는데, 강은 몇 주 동안 덥고 건조했던 날씨로 거의 바싹 말라 있다. 산니는 나를 흘낏 쳐다보고 아래위로 훑어본다. 그리고 자신이 꾸며준 내 모습에 만족하며 인정하는 듯한 미소를 지어 보인다.

마티가 나타난다. 느닷없이 나타난 탓에 어디서 나온 것인지는 알 수 없다. 어쩌면 집과 별채들 사이에서 나왔는지도 모르겠다. 우리는 악수한다. 마티는 산니보다 약간 나이가 많고, 눈은 갈색이며 시선은 강렬하다. 머리카락은 전혀 없으며, 여동생과 마찬가지로 늘씬한 체격에 날렵해 보인다. 그와 산니는 이미 차 문제를 상의한 게 분명하다. 우리는 곧장 한 별채의 끝에 있는 차고로 향한다.

마티는 확실히 나를 평가하고 있다. 전적으로 이해할 만한 일이다. 그는 나에게 자기 차를 빌려주려는 참이고, 이런 시골에서 차는 그 자체만으로도 중요하다. 이곳 사람들에게 차란 대도시 사람들이 생각하는 것과 다르다. 이곳에서 차는 거의 신성한 것이다. 무엇보다 소중하고 쉽게 손댈 수 없는 것이다. 어쩌면 나는 마티를 안심시켜야 할지도 모른다. 다른 사람에게 아내를 빌려주는 것 역시 문제가 없는 일은 아니지만 나는 그런 일도 극복한 사람이라고.

차고 문이 열린다. 차는 내가 예상했던 것과 꽤 거리가 있다.

## || 17 ||

차는 렉서스이고 스포츠카 모델이며 거의 새것이다. 비싸고 호화로운 최고급 사양이다. 대뜸 나는 겁을 잔뜩 집어먹는다. 그러다가 곧 타이나는 이 금속 색깔의 차에는 조금도 관심을 기울이지 않으리라는 사실을 깨닫는다. 게다가 밖에서 보면 그것도 보통 소형차와 다름없어 보인다. 자세히 살펴봐야만 어떤 차인지 알 수 있다. 그리고 내가 마티의 마당에서 차를 빼다가 실수로 평소보다 더 세게 가속페달을 밟았을 때 들었던 그 모터 소리를 들어야만 여느 차와 다르다는 걸 알 수 있다.

나는 마티가 빌려준 하미나 야구 클럽 모자를 이마 위로 깊숙이 눌러 쓴다. 타이나가 백미러로 자세히 뒤차를 살펴보기로 마음먹는다고 해도, 나는 단지 낯선 차에 타고 있는 낯선 사람일 뿐이다. 그녀가 별로 걱정할 것 같지도 않다. 나는 탈린에 있고, 다른 사람은 그녀가 무슨 일을 하고 다니는지 관심도 없기 때문이다.

근처 어딘가에서는 이미 비가 전력을 다해 대지를 두드려댄다. 나는 내가 죽어가고 있다는 사실을 산니에게 어떻게 말해야 할지 생각해본다. 언젠가는 그녀에게 이 소식을 전해야 하지 않겠는가. 심지어 오늘도 그녀는 유럽의 모든 대도시를 언급하면서 우리의 버섯 사업을 미래시제로 이야기했다. 양쪽 신장 두 개가 동시에 쑤시고 접촉에 예민하다. 이 정체기가 영원히 이어질 수는 없다. 너무도 당연한 얘기다. 영원한 것은 없다.

나는 타이나를 본다.

그녀가 어깨에 메고 있던 커다란 검은색 체육관 가방을 트렁크에 집어넣고 차에 올라탄다. 그리고 차량 진입로에서 후진해 나온다. 그녀가 차를 돌려 운전해 가는 동안 타이어가 바닥에 갈린다. 타이나도 나처럼 편안하고 세련된 옷차림이다.

바로 그 순간, 오랫동안 예고되었던 일이 마침내 일어난다.

비가 내린다.

커다랗고 공격적인 첫 빗방울이 더 많은 비를 약속하면서 바닥으로 떨어져 내리기 시작한다. 그런 다음 빗방울은 좀 더 조밀하게 규칙적으로 내려온다. 곧 땅이 검어지고, 도로가 번들거리고, 지나는 차들의 전조등이 빗물에 굴절된다. 비. 마침내 비가 내린다. 며칠 동안이나 답답하고 무더운 날씨가 이어진 후라, 비는 해방이자 구원처럼 느껴진다. 단지 공기에 미치는 영향 때문은 아니다. 버섯에도 영향을 미치기 때문이다. 숲에서 버섯이 자라는 소리가 거의 들리는 것 같다.

타이나의 운전은 차분하고 평온하다. 내가 그녀를 미행하는 게 쉽다고 느낄 때쯤, 전화벨이 울린다. 나는 발신자의 이름을 확인하고 전화를 받는다.

"안녕, 자기야. 이미 탈린에 가 있는 거야?"

나는 바로 앞에서 붉게 빛나는 타이나의 후미등을 빤히 바라본다.

"아직 아니야."

"거기도 비 와?"

"쏟아지고 있어." 내가 말한다. "이 비가 버섯에 놀라운 일을 하게 될 거라는 생각을 하고 있던 참이야."

"시기가 이보다 더 좋을 수 없어. 그렇지만 당신은 그런 거 걱정하지 마. 어제는 근사한 저녁 시간 보냈어?"

그래. 시체 한 구를 파묻고 덤불 사이로 기어 다니고, 남의 집 소파에서 밤을 보냈지.

"대부분 가봤던 데라……. 몇 군데 놀랄 만했어."

"그거 다행이네, 자기야. 들리는 소리가 아직 페리에 타고 있는 것 같은데. 배경에서 엔진 소리도 들리고 빗소리도 들리네."

"빗속에서 운전하고 있어. 있잖아, 상황이 하도 정신없이 돌아가서, 내가 얘기하고 왔어야 하는데 깜빡한 게 있거든. 산니가 사직서를 냈어."

타이나는 교차로에서 좌회전을 기다리고 있고, 웅덩이를 지나는 차가 그녀의 앞 유리에 물벼락을 내린다.

"정말?" 그녀가 말한다. 방금 회사에서 가장 중요한 직원을 잃어버린 사람의 목소리처럼 들리지 않는다. "글쎄, 그녀도 많은 생각을 했을 테고, 스스로 최선이라고 생각하는 일을 하는 거겠지."

"나는 그게 우리 회사 운영에 상당한 영향을 미칠 것 같다고 생각하고 있었어. 너무 뜬금없이 사표를 낸 데다 정말 중요한 시기잖아. 수확이 대체로 산니의 책임이라서……."

"우리도 버섯이 어디 있는지 알잖아." 그녀가 불쑥 말한다. 어쩌면 그녀 자신도 그 대답이 얼마나 빨리 나왔는지 알아차리고는 깜짝 놀랐을 것이다.

우리는 시장 광장의 가장자리를 따라 천천히 운전해 간다. 우리 앞에는 주차 공간을 찾거나 주차 공간에서 벗어나려는 사람들이 있다. 차들은 도무지 움직이지 못하고 정체되어 있다.

"내 말은, 우리에게 반드시 산니가 필요한 건 아니라는 거야."

"그녀가 우리 경쟁사로 옮겨갈지도 몰라." 내가 위험을 무릅쓰고 말한다. "하미나 머시룸 컴퍼니. 당신도 알잖아."

"알아, 알아. 난 그 사람들은 걱정 안 해. 산니가 그쪽에 뭘 제공할 수 있겠어? 우리 회사에서 했던 일이나 그 비슷한 걸 하겠지. 그건 지금 우리에게 필요한 게 아니잖아. 그리고 마지막으로 자기야, 자긴 지금 쉬어야 할 시간에 일 얘기로 열변을 토하고 있는 거야.

이제 끊어야 할 것 같아. 즐거운 주말 보내."

비가 차창에 거의 은색 커튼을 만들며 퍼부어댄다. 우리는 다시 움직이기 시작한다.

"타이나?"

"응?"

"난 우리 사이에 무슨 일이 일어난 것 같아." 내가 불쑥 말한다. "물론 그게 오랫동안 그 자리에 있었는데 내가 알아차리지 못했던 건지는 모르겠지만, 그게 내가 느끼는 거야."

직진 후 왼쪽으로, 그다음 오른쪽 가장자리로. 타이나는 내가 세우라후오네 호텔을 방문했을 때와 거의 같은 위치의 포장도로 가장자리로 차를 몰아간다. 그녀가 다시 말을 하기 시작할 때, 내가 그녀의 차를 지나쳐 간다.

"당신 이번 휴가가 정말 필요한 것 같아, 자기야. 좋은 하루 보내. 또 전화할게."

*

일본인들이 도착한다. 미니버스가 세우라후오네 호텔 앞에 정차한다. 운전석에 페트리가 앉아 있다는 사실은 별로 놀랍지도 않다. 나는 일본인 일행이 버스에서 내리는 것을 바라본다. 한 명 빼고는 모두 아는 얼굴이다. 모르는 얼굴이 시게유키 츠케하라가 틀림없을 것이다. 그는 회사의 책임자인 카쿠타마와 나이대도 비슷하고, 스타일도 마찬가지로 세련된 신사다. 둘 다 오십 대이고 정장에 넥타이 차림이다.

페트리는 우산을 들고 이리저리 뛰어다니며 폭우로부터 손님들과 그들의 여행 가방을 보호하려 애쓰는 중이다. 하지만 쉽지는 않다. 대표단에 여섯 명의 남자가 있고 여행 가방도 뒤섞여서 약간의 혼란이 있는 듯하다. 페트리는 짐가방을 나르고 우산을 받쳐 들고 여기저기 돌진해 다닌다. 그러다가 결국 포기하고는 빗속에 망연자실해서 그냥 서 있다. 그는 옷을 다 차려입고 수영을 하다가 자신이 잘못된 시간, 잘못된 장소에 있다는 사실을 이제 막 알아차린 사람 같다.

타이나는 세우라후오네 호텔 문 앞에 서 있다. 그녀는 호텔 안으로 들어가는 남자들과 볼 키스를 교환한다. 잠시 후 거리는 텅 빈다. 타이나가 하는 환영 연설의 초점은 의심할 여지 없이 내부에 자리 잡은 사람들이다.

페트리는 우산을 약하게 흔들면서 아직 길거리에 서 있다. 그의 태도에 뭔가 변화가 있는 것 같다. 어깨는 축 처지고, 체격도 작아진 듯하다. 기민하고 혁신적인 사고를 통해 버섯 사업을 크게 성공시키려는 사람 같은 인상은 주지 않는다. 그는 놀라울 정도로 오랫동안 문간에 서서 내리는 비를 바라보다가 자신의 발을 쳐다본다. 그러고는 돌아서서 안으로 들어간다.

지금으로 봐서는 동시에 세 개의 진영이 운영되고 있다.

1. 내가 대표하는 사업: 조금 전까지만 해도 타이나와 페트리도 거기 소속
   돼 있었다.
2. 타이나와 페트리가 선봉에 서서 지휘하는 새로운 사업: 내 사업에서 고
   객을 빼앗아 자체 시장을 만들려고 한다.
3. 하미나 머시룸 컴퍼니: 아스코(얼마 전까지 사미와 토미도 함께)가 세운 새
   로운 기업으로, 아스코는 새로운 인맥인 츠케하라를 통해 우리의 협력
   을 완전히 새로운 방향으로 이끌어가려고 시도할지도 모른다. 그렇게
   되면 나와 타이나와 페트리는 각자의 상처나 핥고 있어야 할 것이다.


비가 차 지붕을 두드린다. 한 시간이 지나간다. 그동안 나는 신
장의 통증을 걱정하고, 한 차례 현기증에 시달린다. 그러다가 회복
되면, 카쿠타마와 느긋하고 자연스럽게 일대일 대화를 할 수 있는
가장 좋은 방법은 무엇일지 궁리한다. 타이나와 페트리는 세우라후
오네 호텔에 있다. 나는 화재 탈출구를 이용할까 고민해본다. 그러
면 지붕까지 올라갔다가 내려가야 한다. 그러나 내 신체 상태가 비
에 젖어 미끈거리는 주석 지붕을 기어 다닐 수 있을지도 의문이고,
카쿠타마의 방 번호를 모른다는 사실도 걸려서 그 생각을 실행에
옮기지는 못한다.
더군다나, 나는 타이나의 말을 기억한다.

우리도 버섯이 어디 있는지 알잖아.

페트리가 밖으로 나와 미니버스로 돌아가서 시동을 건다. 타이나가 나타난다. 그녀는 방수 고어텍스와 튼튼한 워킹 부츠로 옷을 바꿔 입었다. 페트리가 버스 문을 열자 타이나가 안으로 올라타고 문이 닫힌다. 타이나가 미친 듯이 사방으로 손을 흔들어대기 시작한다.

곧 일본인들이 나타난다. 그들도 이제 날씨에 맞게 옷을 갖춰 입었다. 나는 카쿠타마의 밝은 빨간색 전신 외투에 주목한다. 전체 대표단의 차림 중 유일한 컬러다. 타이나가 그들에게 자리를 안내한다. 그녀의 손은 이제 더 부드럽고 더 느리게 움직인다.

버스는 우리를 마을 밖으로 인도한다.

*

타이나는 버섯을 이용하는 다양한 방법, 조리법, 시식 그리고 우리가 이쪽 사업에서 이야기하는 '최종 생산물'에 관해서는 전문가라 할 수 있다. 그리고 숲속 덤불을 통과하는 일에도 역시 경험자다. 하지만 나도 마찬가지라는 말은 못 하겠다.

우리는 우스키 마을과 카틸라이넨 마을 사이 어딘가에 있을 것이다. 미니버스는 점점 더 깊은 숲으로 이어지는, 갈수록 좁아지는 흙길을 택해 시골로 향해간다. 나는 완전히 방향 감각을 잃어버렸다. 폭우 때문에 해가 어느 쪽에 떠 있는지도 알 수가 없다. 버스가 전조등을 끄고 시야에서 사라져버린다. 우리가 이 마지막 길 위에 올라섰을 때, 나는 미리 내 전조등을 껐다.

대표단이 밝은색 옷을 입고 있는 게 그나마 다행이다. 나는 그들이 숲 지형을 따라 움직여 가는 것을 얼핏 본다. 빨간 외투가 내가 찾는 것이다. 마침내 나는 작은 언덕 꼭대기에서 나머지 사람들을 따라잡는 빨간 외투를 발견한다. 나는 헛되이 조수석을 바라본다. 내게는 얇은 여름 방수 재킷이 없다. 몸에 걸친 거라고는 산니가 오늘 아침에 사다 준 여름옷뿐이다. 대표단의 뒤를 따라가는 카쿠타마의 외투가 나무 사이에서 깜빡거린다.

하늘에 구멍이라도 난 듯이 비가 내린다. 공기는 따뜻하고 습하며 땅은 축축하고 질척거린다. 새로 산 아디다스 운동화가 덤불 속으로 사라진다.

과거에 숲속을 돌아다니는 게 힘들었다면, 지금은 몇 배나 더 죽을 맛이다. 나는 나머지 일행과 벌어진 거리를 절망적으로 바라본다. 발걸음마다 숨이 턱턱 막혀서 젖 먹던 힘까지 쏟아내야 한다. 배가 아프기 시작하고 갈비뼈가 쑤신다. 신장이 다시 말썽을 부리기 시작하는 건지, 다른 요인이 있는 건지 잘 모르겠다. 어쩌면 폐가 무너지고 있는지도 모른다. 때때로 나는 전나무에 몸을 기대고 서서 지면 가까이로 몸을 낮추려고 애를 쓴다.

숲의 냄새는 성장하는 유기체와 죽어서 썩어가는 물질이 기이하게 혼합되어 진하고 자극적이다. 열심히 쫓아가는 것과는 별개로, 대표단을 따라가는 건 복잡한 일이다. 나는 걸어 온 방향은 물론이고, 빌려 온 차를 세워두고 온 곳도 확신하지 못한다. 산니의 오빠는 내가 그의 차를 숲에다 세워놓고 찾지 못했다고 말하면 경악할 것이다.

마치 누군가가 전등 스위치를 켜고 끄는 것처럼 카쿠타마의 빨간 외투 뒷자락이 소나무 줄기 사이에서 나타났다 사라진다. 나는 최선을 다해 그들의 시야에서 벗어난 채로 외투를 따라가려 고군분투한다. 타이나는 상당한 각오로 그룹을 이끌어 간다. 그들의 줄은 이제 거의 20미터 길이로 늘어나 있다. 그게 바로 숲에서 일어나는 일이다. 마침내 시야가 탁 트이고, 벌목 지역의 가장자리에 도착한다. 일련의 큰 바위들이 이스터섬의 거석상처럼 보인다. 나는 바위 뒤로 뛰어가서 하나씩 차례대로 옮겨간다. 새로운 바위로 갈 때마다 카쿠타마에게 몇 걸음씩 가까워진다. 이름을 불러도 들릴 만큼 가까운 거리까지 다가갔지만, 그러지는 않기로 한다.

이유는 두 가지다. 나는 숨을 크게 들이마실 수도 없고, 그럴 수 있다고 하더라도 소리를 지르는 것은 좋은 생각이 아닌 듯하기 때문이다. 다른 사람들이 내 소리를 듣게 될 것이다. 나는 다음 바위로 가고, 또 다른 바위로 옮겨간다. 발소리가 들릴까 봐 걱정하지는 않는다. 타이나의 일행도 죽은 나뭇가지와 잔가지들을 밟아 부러트리며 걷고 있기에 보나 마나 자기들의 부츠 소리 외에는 아무것도 들을 수 없을 것이다. 카쿠타마는 손 닿을 만큼 가까이 있지만, 그래도 나는 서둘러야 한다. 난 크게 숨을 들이마시기 위해 한 번씩 쉬어 가야 한다. 그러지 않고는 오래 걸을 수가 없다. 벌목 기계에 나무가 잘려나가서 짧은 도랑이 되어버린 곳에 발을 들여놓았을 때, 좋은 생각이 하나 떠오른다. 땅은 온통 뒤집혀 있다. 나는 적당한 크기의 돌멩이 몇 개를 집어 들고 조준한 후 던진다.

처음 던진 돌은 목표물을 놓쳤지만, 카쿠타마는 속도를 늦추고 옆을 돌아본다. 하지만 뒤돌아보지는 않는다. 어쩌면 사람들은 눈으로 볼 수는 없어도 자신을 향해 날아오는 물체를 감지할 수 있는지도 모르겠다. 나는 그를 제외한 누구에게도 내 존재를 드러내고 싶지 않기 때문에 바위 뒤에서 나올 수가 없다. 그러니 그를 맞혀야만 한다. 오직 그 사람만을. 그래서 그가 완전히 돌아서서 바위 뒤에 있는 나를 알아차리게끔 해야 한다.

나는 또 다른 돌을 던진다. 그게 빨간 외투의 거의 한가운데를 맞힌다.

카쿠타마가 너무 크게 비명을 지른다. 그리고 휙 돌아선다. 그는 공포 영화에서 겁에 질린 사람처럼 주변을 둘러본다. 다른 사람들도 돌아서기 시작한다. 나는 그들 눈에 띄지 않기 위해 바닥으로 납작 엎드린다. 일본어와 영어로 나누는 대화 소리가 크게 들려온다. 처음에는 카쿠타마의 목소리가 그다음에는 타이나의 목소리가 들린다. 나는 "어쩌면" 그리고 "새"라는 단어를 알아듣는다.

최근 이어진 따뜻한 날씨에도 불구하고 흠뻑 젖은 땅은 놀랍도록 차갑다. 비는 계속해서 고르게 가차 없이 쏟아붓는다. 숲 바닥의 냉기와 축축함이 마치 욕조 속의 물처럼 내 몸을 꾸준히 위로 밀어 올린다. 누워 있는 것의 한 가지 긍정적인 점은 호흡을 고를 기회를 얻는 것이다.

나머지 일행은 더 멀리 이동한다. 카쿠타마는 여전히 바닥에서 무언가를 찾고 있다. 아마도 기절해 있는 새 같은 작은 생물체를 찾는지도 모른다. 나는 다시 양손을 흔든다. 카쿠타마는 여전히 올려다보지 않는다. 나는 휘파람을 분다. 새소리를 흉내 내려던 것은 아니지만, 카쿠타마는 새소리를 듣기라도 한 양 뜨거운 기대감을 드러내며 시선을 들어 올린다. 새의 수수께끼를 풀 수 있으리라고 기대한 모양이다. 하지만 대신에 그는 나를 본다.

또다시 그는 공포 영화에서 흔히 볼 수 있는 겁에 질린 표정을 지어 보이지만, 아주 잠깐이다. 나는 그의 표정이 어리둥절함에서 호기심으로 변하는 것을 보며 행운의 별들에 감사한다. 그가 곧 무슨 말인가 하려 하지만, 나는 얼른 손가락을 내 입술에 가져다 댄다. 그 상황은 비가 퍼붓는 동안에도 몇 초간 이어진다.

내 집게손가락의 도움 없이도 카쿠타마가 조용히 있을 거라는 확신이 들 때, 나는 같은 손으로 그에게 가까이 다가오라는 신호를 보낸다. 그는 머뭇거리며 일행이 있는 쪽을 흘깃거린다. 다들 이미 벌목 지역의 반대편에 도달해 있다. 카쿠타마가 어리둥절해하는 건 이해하지만, 내겐 시간이 별로 없다. 내 손은 마치 공중에서 크림을 휘젓듯이 움직인다. 카쿠타마는 고개를 끄덕이더니 내가 있는 바위 쪽으로 걸어온다. 그의 걸음 하나하나가 내겐 새로운 고뇌의 원천이다.

그 순간 나는 우리의 이전 만남과 지금 미팅 사이의 결정적인 차이점이 무엇인지 깨닫는다. 이번에는 우리의 의사소통을 도울, 우리보다 영어를 잘하는 사람이 없다. 내 영어는 술 취한 관광객의 영어만큼 엉터리는 아니지만, 아무리 잘 봐줘도 엉성하고 어휘도 제한적이다. 한편 카쿠타마의 발음은 상황이 최고로 좋을 때도 이해하기가 힘들다.

이제 카쿠타마는 충격에서 회복되었다. 눈에는 호기심과 놀라움이 담겨 있지만, 그래도 친절하다.

우리는 악수한다.

"다른 사람들이 우리가 대화한 걸 알면 안 됩니다." 내가 말하자 카쿠타마가 고개를 끄덕인다.

"무슨 일이 있었던 겁니까?" 그가 묻는다.

"얘기하자면 길어요. 당신의 도움이 필요합니다."

"부인께서는 당신이 더는 버섯 사업에 종사하지 않는다고 하던데요."

"사실이 아닙니다. 제 말 믿으세요."

"하지만 당신의 아내가 그렇게 말했어요."

"그녀는 이제 제 아내가 아닙니다."

카쿠타마는 나를 쳐다보다가, 앞쪽에서 헤매고 다니는 일행들을 흘끗 바라보고는 다시 나를 쳐다본다. 나는 카쿠타마가 이제껏 듣고 보았던 이런저런 상황을 종합해보고 방금 나름의 결론에 도달했다는 인상을 받는다. 사용하는 언어가 달라도, 결론은 같다. 나는 그가 과거와 미래를 모두 들여다보고, 새로운 이해를 얻어 이 순간으로 돌아왔음을 그의 눈을 통해 알 수 있다.

"여긴 왜 온 겁니까?"

나는 손을 사용해서 내가 의미하는 곳이 바로 이 장소, 이 숲이라는 사실을 확실히 하며 묻는다.

카쿠타마는 바로 대답하지 않는다. 그는 수십 년의 경험을 가진 사업가다. 우리는 지난 몇 년 동안 함께 사업을 해왔다. 그리고 그는 항상 나를 신뢰했다. 내가 제공하는 상품의 가격은 공정하고 품질은 항상 최고다. 나는 절대로 절차를 생략하는 법이 없고, 약속을 목숨처럼 지킨다. 카쿠타마가 마음을 정한다.

"새로운 송이버섯이요."

처음에 나는 그의 말을 이해하지 못한다. 그가 말한 것은 오직 두 단어이고, 둘 다 익숙한 단어임에도 그렇다.

새로운 송이버섯.

깨달음의 순간은, 내게 등을 돌리고 서 있던 인형의 집이 갑자기 빙그르르 돌아가면서 내가 그 안의 방과 가구들을 한눈에 볼 수 있게 되는 그런 순간처럼 찾아온다. 타이나의 행동들이 갑자기 이해된다. 그러나 용납되는 건 아니다. 새로운 송이버섯이란 새로운 속 생물학 체계의 분류을 의미하는 것이다. 그렇다. 때로 해답은 간단하다.

나는 고맙다고 말한다. 그런 다음 가능한 한 단순하고 간결하게 내 생각과 목표를 표현하고자 마음을 가다듬는다.

"나는 여전히 버섯 사업을 하고 있어요. 당신에게 한 가지 제안을 하려고 합니다. 오늘 저녁에요."

이번에도 카쿠타마는 나머지 일행 쪽을 돌아본다.

"그래요. 제안해주세요." 그가 말한다. "지금은 가야 해요."

카쿠타마가 걸어간다. 그에게는 선택의 여지가 없다. 일행이 벌목지 맞은편의 숲속으로 방금 사라졌기 때문이다.

## ‖ 18 ‖

　욕실은 익숙하기도 하고 동시에 설명할 수 없는 방식으로 낯설기도 하다. 내 눈은 문에서 창으로, 창에서 샤워기로 이동해 다닌다.

　전체적인 모습은 하늘색과 자연스러운 흰색이 조화를 이루고 있다. 타이나의 디자인이다. 작은 장식품도 모두 그녀의 것이다. 선반 공간을 채우고 있는 다채로운 병, 항아리, 통, 상자 등이 이제는 모두 내 전처가 될 여자의 물건이다. 지금 그녀는 일본인들과 숲속을 헤매며 돌아다니고 있다. 그러면서 가끔 내 생각을 할 만한 시간이 있다면, 그녀는 바다 저편에 있는 어떤 나라, 또는 완전히 다른 차원에 있는 내 모습을 상상할 것이다.

　하지만 나는 여기 있다.

　여기 벌거벗고 서서 면도 중이다. 아마도 이 거울 앞에 서 있는 건 지금이 마지막일 것 같다. 여러 상황을 고려해볼 때, 나는 놀랄 만큼 건강하다. 심지어는 몸무게도 조금 준 것 같다. 나는 거울에 옆모습을 비춰본다. 배는 여전히 뚱뚱하고 엉덩이 아래까지 비참하게 축 처져 있지만, 그래도 전보다 아주 조금 작아진 것 같다. 자세도 더 나아졌다. 어깨도 올바른 높이로 돌아왔다. 어쩌면 팔뚝에 근육이 붙었을지 모른다는 기대감에 팔을 구부려본다. 나는 거울을 정면으로 바라보며 폐에 공기를 채웠다가 천천히 숨을 내쉰다. 산니의 말이 옳을지 모른다는 생각이 든다.

나는 뜨거운 물 샤워를 하며 남은 면도 거품을 헹구어낸다. 숲에서 작은 모험을 하고 돌아온 후라 그런지 상이라도 받는 느낌이다. 일본인들이 안전하게 호텔에 도착하자마자 타이나가 곧장 집으로 돌아오더라도, 내게는 약 한 시간 정도의 시간이 남는다는 계산이 나온다. 모든 가능성을 고려했을 때, 그들은 여전히 숲속 깊숙한 곳에서 버섯 군락을 살펴보고 있을 것이다. 그러니 타이나는 내 젖은 발자국이 마르기 전에는 집에 돌아올 일이 없다.

늘 보던 방송용 안테나 하나가 숲에서 내가 방향을 찾아 나오는 데 도움이 되었다. 그것으로 내가 어디에 있으며, 차를 어디에 주차했는지 그리고 새로운 송이버섯 속이 자라는 곳은 어디인지 대략 파악할 수 있었다. 때가 되면 찾을 수 있을 것이다.

침대 옆 탁자에서 애프터셰이브 한 병을 가져온다. 아직 포장도 뜯지 않은 새 제품이다. 나는 비닐 포장을 뜯어내고, 턱 아래와 목에 두루 뿌린다. 내게는 두 벌의 정장이 있다. 하나는 업무용이고 다른 하나는 특별한 행사가 있을 때 입는 옷이다. 나는 후자를 꺼내고 흰색 셔츠에 청록색 줄무늬 넥타이를 맨다. 옷을 차려입은 후에는 갈아입을 옷 몇 벌을 가방에 챙겨 넣는다.

이보다 더 많은 옷이 필요하지는 않을 것이다. 내가 곧 죽을 운명이라 그렇다는 게 아니다. 카쿠타마와 그의 동료들이 일본으로 돌아갈 때쯤이면 타이나는 내가 아직 살아 있으며, 줄곧 시내에 있었음을 알게 될 것이기 때문이다. 나는 적어도 첫 수확 때까지는 무슨 일이 있어도 살아남으리라고 굳게 결심했다. 그때쯤이면 우리는 이렇든 저렇든 간에 서로의 견해 차이를 정리할 수 있을 것이다.

내 주관적인 의견에 지나지 않지만, 어쨌든 나는 지난 몇 년 동안보다 훨씬 더 보기 좋고 냄새도 좋다. 나는 거울에서 돌아서서 창밖의 정원을 바라본다. 하늘은 여전히 잿빛에 무겁지만, 비는 잠시 소강상태다. 나는 화장실을 깨끗이 닦고 정리한 후, 내가 여기 있었음을 암시할 만한 명백한 증거 같은 게 남아 있지는 않은지 확인한다. 일 층으로 계단을 내려갈 때는 절로 휘파람이 나온다.

아래층에 닿을 무렵, 나는 노래를 부른다. 어린 시절 가장 좋아했던 밴드의 노래로 아주 묵직한 로큰롤이다. 가사를 다 아는 것은 아니지만 그래도 상관없다. 기타 연주 부분은 그냥 넘기고, 코러스 부분에는 다시 부르고, 춤도 추며 내려온다. 한두 바퀴 회전도 한다. 현기증이 느껴지지만, 복도 거울에 비친 내 모습을 보니 그럴 만한 가치가 있다. 나는 거리낄 게 없다. 맵시 있게 옷을 차려입은, 자신감 넘치고 확실히 살아 있는 국제적인 신사가 아닌가. 그동안 이런 내 모습이 어디 숨어 있었는지 궁금하다.

나는 가방을 움켜잡아 어깨에 둘러메고, 마지막으로 주변을 확인한다. 모든 게 내가 도착했을 때와 같다. 나는 현관문을 열면서 "좋았어, 가는 거야" 같은 말을 웅얼거린다.

그때 렉서스 옆에 서 있는 티카넨을 발견한다.

"옛것은 버리고," 그가 말한다. "새것을 취한다?"

나는 계단을 내려가 키를 눌러 차 문을 연다. 조수석으로 가방을 던져 넣고, 외딴 해안 마을의 시골 공기 속에 스치는 내 애프터셰이브 향기를 맡는다. 마법은 증발해버렸다. 바다에서 휘몰아치는 바람과 함께 날아가더니, 결국에는 티카넨의 목에 걸린 경찰 배지에 의해 풀려버렸다. 그가 렉서스 쪽으로 고갯짓을 한다.

"더 세련되고 날렵한 외모에 어울리는 차를 원하셨나 봐요?"

그는 마치 경찰인 자신이 그 차가 누구 것인지 알아낼 수 없다는 듯이 말한다. 나는 그가 이미 알고 있다고 확신한다.

"빌린 겁니다." 내가 설명한다.

"본인 차는 어쩌시고요?"

"문제가 좀 있어서요." 내가 대답한다. 그 말은 어느 정도 사실이다. 문제란 바로 내 차를 타고 다니면 아내가 나를 알아볼 수 있으리라는 것이다.

"양복 정말 근사하네요." 그가 진심을 담아 말한다.

나는 이게 티카넨이 수사관 일을 하는 데 가장 큰 자산이라는 걸 깨닫기 시작한다. 그는 정말 모두의 친구다.

"마을 밖으로 나가시려는 건 아니겠죠?"

"당연히 아니죠. 저를 미행하시는 건가요?"

티카넨이 나를 쳐다본다. "그게 좋은 생각일지 궁금해지기 시작했습니다. 선생님 주변에서 사건들이 일어나는 것 같거든요."

나는 기다린다. 필요 이상으로 많은 정보를 제공해서 괜한 위험을 초래하고 싶은 생각은 전혀 없기 때문이다. 하지만 티카넨도 그런 건 필요치 않은 모양이다.

"토미 알라탈로의 실종에 관해서는 이미 대화를 나누었죠." 그가 내 눈에서 시선을 떼지 않은 채 이야기한다. "그의 시신을 발견했다는 사실도 말씀드렸고요. 토미의 친구들은 선생님이 토미의 실종에 책임이 있으리라고 생각합니다. 우리는 그 이유에 관해서도 대화를 나누었습니다. 당시에 저는 그게 흥미롭다고 생각했어요. 하지만 순전히 우연일지도 모른다는 생각도 했죠. 그게 인생이잖아요, 안 그런가요? 그러다가 저는 사미 네발라이넨도 실종되었다는 소식을 알리는 메시지를 받았습니다. 그리고 그도 실종되기 전에 선생님을 만나러 갈 거라고 했다네요. 현재 사미와 연락이 닿지 않습니다. 그런데 선생님은 밀라노 패션위크에 참석하는 옷차림으로 값비싼 새 차를 몰고 돌아다니시는군요. 더군다나 방금 조수석으로 며칠 치 깨끗한 옷이 들어 있을 것처럼 보이는 가방을 던져 넣으셨어요. 이 모든 것을 제가 어떻게 해석해야 한다고 보십니까?"

나는 티카넨이 방금 한 말을 곰곰이 생각해본다.

"메시지요?" 내가 묻는다. "무슨 메시지를 받으셨다는 건가요? 그리고 누가 보낸 건가요?"

"제가 그 정보를 누설할 수 없다는 점은 충분히 이해하시리라고 봅니다."

"그렇군요. 그렇다면 그건 아스코라는 의미네요." 나는 티카넨이 대답할 기회도 주지 않고 말을 잇는다. "아니면 익명의 제보를 받았을지도 모르겠네요. 그게 더 안 좋은 거겠지만."

티카넨이 가슴 앞으로 팔짱을 낀다. "그런 주장이 근거 없다고 생각한다는 말씀인가요?"

나는 거짓말을 싫어한다. 거짓말을 하고 싶지도 않다.

"토미 알라탈로와 사미 네발라이넨이 제게 반감을 품고 있다는 점에서는 아주 근거가 없다고 할 수는 없겠죠. 제가 올바르게 이해했다면, 그 반감은 상당히 강하죠. 하지만 동시에 저는 그들이 왜 그렇게 반감을 느끼는지는 모르겠습니다. 전혀 모르겠어요. 제가 말할 수 있는 건, 저는 그들을 화나게 할 만한 짓은 아무것도 하지 않았다는 겁니다. 아시다시피, 저는 그 사람들이 그렇게 소란을 피우며 찾는, 이 모든 일의 발단이 된 그 검을 훔치지 않았습니다."

"결국 그 사라진 검으로 다시 돌아왔네요."

"저는 훔치지 않았습니다."

"물론 그렇겠지요?" 티카넨이 말한다.

날은 어둡고, 구름은 두꺼운 콘크리트 덩어리처럼 하늘을 덮고 있다. 비가 곧 다시 물의 벽처럼 우리 주위를 휘감기 시작할 것이다. 티카넨의 마지막 말은 여전히 공중에 매달려 있고, 그 의미는 우리 둘 다에게 분명하다. 그는 자신이 방금 말한 것보다 더 많은 것을 알고 있음을 내가 이해하기를 원한다.

"그래, 어디로 외출하시나요?" 그가 질문하며 내 넥타이 쪽으로 고갯짓을 한다.

"사업상 미팅이 있어서요."

"여기 하미나에서요?"

"저 아무 데도 안 갑니다. 가방에는 좀 더 편하게 입을 만한 옷을 챙긴 겁니다. 청바지, 티셔츠, 그런 거요."

티카넨은 잠시 멈춘다. "중요한 미팅인가요?"

"그렇다고 할 수도 있겠네요."

"선생님의 경쟁자들이 계속 사라지는 동안에 중요한 미팅을 하시는군요." 그는 뺨을 긁적이며 말한다. 그의 턱수염은 입 주위로 완벽한 사각형을 이루고 있다. 그런데 수염을 다듬으면서 피부에 손상을 주는 모양이다. "그거 엄청난 우연이네요."

나는 그의 눈을 바라본다. "그중 어느 것도 제가 요구한 게 아닙니다."

"글쎄요, 뭐가 됐든 우리가 이생에서 요구할 필요가 있기는 한지 잘 모르겠네요." 티카넨이 대답한다.

그의 목소리는 다시 한번 친구처럼 진심을 담고 있다.

"때때로 저는 실로 많은 일이 우리가 요구하지 않아도 일어난다고 생각합니다."

뺨과 정수리에 빗방울이 내리는 게 느껴진다. 나는 내가 날씨를 예의 주시하고 있다는 것과 비가 온다는 것을 알아차렸음을 보여주기 위해 손을 들어 올린다.

"이제 가도 될까요?" 내가 묻는다.

"원하시면 언제든지."

나는 그가 한 말을 들었지만, 즉시 움직이지는 않는다. 그러다가 마침내 차 문을 연다. "저를 따라오실 겁니까?"

"아는 걸 모두 제게 말씀하신 건가요?"

우리는 서로를 바라본다. 나는 아무 말도 하지 않는다. 나는 차에 앉아서 시동을 건다. 비가 내리고 있음에도 티카넨은 자기 차 옆에 그대로 서 있다. 전에는 내 집이었던 곳의 차량 진입로를 빠져나올 때, 나는 가속페달을 너무 세게 밟지 않도록 주의한다.

*

마을은 텅 비어 있다. 비는 광장을 가로질러 반짝이는 양탄자를 깔아놓았다. 눈에 보이는 가판대는 없다. 빵을 파는 밴 두 대만 영업 중이다. 차량의 해치는 버팀대 위로 열려 있고, 내부에서 뿜어져 나오는 빛은 잿빛 풍경 속에서 마치 포효하며 유혹하는 화롯불 같다. 신선한 호밀빵 냄새를 거의 맡을 수 있을 듯한 기분이다. 딱딱해진 빵 껍질을 파고들어 부드럽고 두꺼운 조각을 잘라내는 톱니 모양의 빵칼도 거의 손에 잡히는 기분이다. 밀도 높고 달콤 짭조름한 버터 맛의 반죽도 입안에서 느낄 수 있을 것 같다.

하지만 난 내가 호밀빵을 먹을 수 없다는 걸 안다.

배 속에 아주 작고 뜨거운 바늘이 가득 차 있는 듯하기 때문이다. 몸은 전체적으로 한기를 느낀다. 그것이 내 중독에 따른 여러 부작용 때문인지, 아니면 티카넨과의 깜짝 만남과 그 심리적인 파장 때문인지, 아니면 둘의 조합 때문인지 잘 모르겠다.

나는 앞쪽만큼이나 뒤쪽도 살핀다. 아무도 따라오지 않는 것 같다. 어쩌면 나는 티카넨을 제외한 모든 방해꾼을 다 저세상으로 보내버렸는지도 모른다. 심지어 지금은 티카넨의 폴크스바겐 폴로도 눈에 띄지 않는다.

다른 통증에 더해 이제는 머리까지 지끈거린다. 나는 일단 약국과 매점에 들렀다가 차에 기름을 넣는다. 물과 콜라를 좀 마시고, 진통제 파라세타몰을 삼킨 다음 아이스크림과 초콜릿을 한입 가득 베어 문다. 이런 종류의 식단에는 많은 이점이 있다. 모든 게 입안에서 녹아 씹을 것도 없고, 따라서 삼키기도 쉽다는 것이다. 두통도 완화되고 전반적인 기력도 즉시 솟구친다. 솔직히 내 경우에는 단

점이라고는 찾아볼 수 없다. 나는 살이 찔 만한 시간도 없을 테고, 이도 썩지 않을 것이다. 당뇨병도 내 걱정거리에는 끼지도 못한다. 지금 내 몸이 어떻게 황폐해지고 있는가를 생각해보면 급격히 오르내리는 혈당 수치의 영향은 미미할 테니 말이다. 그래서 나는 초콜릿 바를 빵처럼 게걸스럽게 먹어치우고 아이스크림을 죽처럼 떠서 입에 넣고 콜라로 씻어내린다.

그런 다음 기다린다.

쉬운 일은 아니다. 현재로서는 가장 어려운 일이다. 마치 누군가 내 시간을 한 번에 1분씩 빼앗아가는 듯한 기분이다. 매초가 똑딱거리며 지날 때마다, 절벽 가장자리를 향해 아주 조금씩 다가가는 듯한 기분이다. 자꾸만 드는 생각들이 마음에 들지 않아서 대신 라디오를 켠다. 두 명의 진행자가 서로 티격태격한다. 그것을 잠시 듣고 있다가 다시 라디오를 끈다.

미니버스가 도착한다. 페트리가 운전석에 앉아 있다. 그들은 오후 내내 숲에서 시간을 보낸 모양이다. 아무도 더는 비를 신경 쓰지 않는다. 이제 페트리는 그들에게 우산을 씌워주려 애쓰는 건 고사하고 버스에서 내리지도 않는다. 다른 사람들이 우르르 버스에서 내리는 동안 운전석에 그대로 앉아 있다. 반면에 타이나는 움직이는 중이다. 남자들을 호텔까지 안내하느라 정신이 없다. 마치 버스에서 호텔까지 가는 그 6미터의 여정 동안 손님들이 길이라도 잃을까 봐 걱정되는 모양이다.

일단 대표단이 다 안으로 들어가자, 타이나는 조수석 문을 열고 페트리에게 무언가를 말한다. 페트리가 미니버스에서 내려 뒤쪽으로 걸어간다. 그리고 상자 몇 개를 운반한다. 그가 트렁크에서 세 개의 상자를 꺼내 호텔 뒤쪽까지 가져가면, 호텔 직원들이 넘겨받아 운반해 간다.

나는 상자에 무엇이 들어 있는지 추측해볼 수 있다. 아니, 알고 있다. 새로운 송이버섯. 좌절감에 어쩔 줄 모르던 호텔 직원 일라리가 일러준 대로, 대표단이 저녁 식사로 먹을 버섯이다.

나는 손목시계를 확인한다. 준비하려는 것이 무엇이든 간에 타이나는 원하는 것을 할 시간이 넉넉하다. 그녀는 시식회를 맡아 손님들을 매료시킬 것이다. 좋은 기회다.

기다림이 더는 고통스럽게 느껴지지 않는다.

이제 곧 7시다.

저녁 식사 시간이다.

# ‖ 19 ‖

레스토랑은 아름답게 불을 밝히고 있다. 전등은 어둑어둑하지만 따뜻하고, 양초는 방 전체에 고르게 신경 써서 배치된 듯하다. 접시들은 반짝이고, 식탁보는 눈부시게 하얗고, 전체 분위기는 꽂아놓은 생화와 근사하게 조화를 이룬다. 레스토랑은 다른 사람들의 출입이 금지된 듯하다. 손님들은 방 끄트머리 바 근처에 모여 거품이 이는 잔을 들고 서 있다. 한눈에 샴페인이 싸구려가 아님을 알아볼 수 있다.

일본 대표단 전체가 이곳에 있다. 모두 맵시 있는 검은색 정장 차림이다. 내가 아는 다섯 명의 남자와 내가 만난 적이 없는 한 남자. 등이 깊게 팬 무도회 드레스 차림의 타이나가 연설로 그들을 환영한다. 페트리는 일본 대표단의 오른쪽, 레스토랑의 가장 어두운 구석에 서 있다. 그도 양복과 넥타이 차림이지만, 허탈한 몸짓으로 보아 의도적으로 멀리 떨어진 자리를 택한 듯하다.

　타이나는 내게 등을 돌리고 대표단 쪽을 향하고 있다. 그녀가 손에 든 잔을 들어 올린다. 샴페인 거품이 끓어오르고, 잔이 촛불의 깜빡임을 반사한다. 타이나의 목소리는 들떠서 호들갑스럽다. 영어로 말하고 있지만, 문법을 완전히 이해하고 한다기보다는 열정으로 문장을 채워간다. 그녀는 저녁 메뉴를 설명한다. 음식의 절묘한 맛이 인류를 화합으로 이끌어갈 것이라는 이야기도 한다.

　일본 대표단의 표정으로 판단해보건대, 카쿠타마는 적어도 품질 관리 책임자인 유하라에게는 나와의 만남에 관해 언급한 것 같다. 두 사람은 다른 일행과 약간 떨어져 있다. 그들은 내가 도착하자, 나갔던 일행이 돌아오기라도 한 것처럼 자연스럽게 반응한다. 다른 사람들은 그보다는 훨씬 당황한 듯하다. 대표단 중 가장 젊은 물류 담당 타케토모는 자기 옆에 서 있는 피부가 안 좋은 마케팅 담당자 오키마사에게 귓속말을 속삭인다. 살짝 허리가 굽은 소매 담당 하시모토는 샴페인 잔을 내려놓고 뭔가를 준비하듯이 초조한 시선으로 주변을 둘러본다. 비상구라도 찾고 있는 듯하다. 카쿠타마처럼 머리가 살짝 희끗희끗하고 나와 초면인 츠케하라만이 유일하게 미소 짓는다. 하지만 그의 미소는 완전히 다정하지는 않다. 그 안에 뭔가 차가움이 느껴진다. 샤덴푸르드남의 불행을 고소해하는 마음을 일컫는 핀란드어를 넘어서는 무언가가 있다. 페트리도 나를 발견하고는 내리는 비와 점점 짙어지는 어둠밖에 없는 창밖으로 시선을 돌린다.

타이나는 완전히 분위기에 취해서 내 발소리를 듣지 못한다. 그녀의 등은 갈색이다. 은은한 조명 속에서 그녀의 피부와 둥글게 틀어 올린 머리칼은 거의 구릿빛 광택을 뿜어낸다. 나는 팔을 뻗으면 닿을 만큼의 거리를 두고 그녀 뒤에서 멈춰 선다.

타이나는 몇 마디 더 하고 나서야 모든 고객의 시선이 자신이 아닌, 자기 위치 약간 뒤편에 집중되어 있음을 알아차린다. 보통 우리는 무슨 일이 일어나고 있는지 실제로 알기 전에 일단 피부로 먼저 느낀다. 타이나는 잠시 말을 멈춘다. 그다음 어깨 너머로 힐끗 바라보더니 새된 비명을 지른다.

타이나의 눈은 원래 크지만, 지금은 평소보다 훨씬 크다. 표정은 방금 총에 맞은 올빼미 같다. 입은 벌어져 있고, 입술 가장자리로 와인과 침이 흘러내릴 참이다. 유리잔은 여전히 손에 들려 있지만, 샴페인은 잔에서 찰랑이며 바닥과 그녀의 검은색 하이힐 위로 쏟아진다.

"안녕하세요, 여러분. 늦어서 죄송합니다." 나는 내 최고의 영어로 말한다. "여보, 괜찮아. 나 이제 열도 다 내렸어."

타이나는 내가 무슨 말을 하는지 이해 못 하는 것 같다. 적어도 내가 보기에는 그렇다. 심지어 초등학교 1학년도 내가 하는 단순 명료한 영어는 알아들을 수 있을 테지만, 상황이 말 그대로 너무 당황스러운 모양이다. 나는 한 걸음 더 나아가 카운터에서 샴페인 잔 하나를 들어 올리고 손님들을 바라보며 입을 뗀다.

"숲에서 즐거운 시간 보내셨기를 바랍니다."

모두가 잠시 머뭇거리다가 잔을 들어 올리기 시작한다. 카쿠타마의 잔이 건배 높이에 도달한 최초의 잔이다.

"이제 곧 맛있는 음식이 대접될 겁니다." 내가 말하고는 타이나 옆으로 간다. 그리고 그녀의 허리에 팔을 감고 옆에 나란히 선다. "저는 아내가 우리를 위해 깜짝 선물을 준비했으리라고 확신합니다. 아주 놀라운 선물을요."

나는 타이나의 허리를 감싸 안은 채로 마지막 문장을 특히 강조해 말하고, 몸짓으로 그 말의 효과를 강화한다.

타이나의 시선은 방 한쪽 구석의 거의 완전한 어둠 속으로 물러난 페트리에게서 손님들에게로, 마침내는 나에게로 움직인다. 하지만 나를 힐끗 단 한 번 바라볼 뿐이다. 그리고 평정을 되찾는다. 입은 다물고 있지만, 입술은 반쯤 미소 지으려 노력 중이다. 잔을 들고 있는 손도 이제는 진정이 되었다. 내 몸에 닿은 그녀의 몸은 따뜻하고 튼튼하다. 나는 내 아내가 어떤 느낌인지 거의 잊고 있었다.

손님들은 불안해하면서도 기대하는 듯한 표정이다. 물론 충분히 이해할 수 있다. 타이나가 내가 더는 버섯 사업을 하지 않는다고 말한 걸 들은 게 겨우 오늘 오후 아니던가. 하지만 나는 여기 있다. 나는 우리 고객들의 예의를 신뢰한다. 그들은 정말로 무슨 일이 일어나고 있는지 알고 싶어도 즉시 질문을 시작하지는 않을 것이다. 그들은 버섯을 맛보고 거래를 성사시키려고 이곳에 온 것이다. 그리고 그때까지는 모든 게 명확해져야 한다. 그렇게 될 때까지 우리는 서로에게 예의를 차리면서 상황이 어떻게 전개되는지 지켜볼 수 있다.

나는 핀란드 동부에서 가장 아름답고 가장 매력적인 작은 해안 마을을 방문한 고객들을 환영하며, 내가 사업에서 손을 뗐다는 소문은 과장된 것이라고 설명하는 짧은 연설을 한다. 나는 우리 사업의 성공을 위해 몸과 마음을 모두 바쳐 일하는 아내에게 특별히 감사한다. 마지막으로, 내가 아내 옆에 앉고 싶기에 자리 배정을 약간 변경했다는 사과의 말을 전한다. 손님들은 내 조처를 이해해주는 것 같다. 내가 말한 모든 지침을 따르는 것을 보니 그렇다. 모든 것에는 설명이 있는 법 아닌가. 우리는 조용히 동의하면서 서로에게 고개를 끄덕여 보인다.

세우라후오네 호텔의 접수 직원이자 안면이 있으며, 전 세계 프린터와의 전쟁에서 가장 용감하게 싸우는 전사인 일라리가 주방 쪽에서 나타난다.

"주방은 준비됐습니다."

타이나에게 하는 말이다. 타이나는 간신히 더듬거리며 고맙다고 말한다. 일라리는 다시 사라지고, 언어 장벽에도 불구하고 고객들은 돌아가는 상황을 이해하는 듯하다. 하지만 당연히 우리의 확인을 기다린다. 모든 시선이 타이나에게로 향한다.

나는 그녀의 뺨에 키스하고 귀에 대고 속삭인다.

"당신이 날 살해하고 있는 거 알아." 나는 핀란드어로 말하면서 그녀의 뺨에 다시 한번 축축한 키스를 한다.

"그리고 그 이유도 알아."

우리는 손님들을 바라본다. 그들은 미소 짓는다. 나의 애정 표현이 정확히 의도대로 보인 듯하다. 반면에 타이나는 끔찍한 악몽을 꾸다 깨어났지만, 결국 모든 게 사실이라는 것을 깨달은 사람처럼 보인다. 나는 영어로 계속한다.

"아내가 여러분 모두 자리에 앉아주시길 청하는군요."

*

쇳덩어리처럼 뻣뻣하게 굳어 있지만, 동시에 전적으로 융통성 있는 타이나는 결국 내가 안내하는 대로 긴 테이블 한가운데 자리 잡고 앉는다. 나는 오른쪽에는 타이나, 왼쪽에는 오키마사를 앉히고 정면에는 카쿠타마가 앉게 한다. 카쿠타마의 오른쪽은 유하라다. 그의 왼쪽, 그러니까 타이나의 앞에는 우리의 새로운 지인 츠케하라가 앉는다.

페트리는 테이블 끝에 있는 여분의 자리에 앉는다. 내가 그의 자리에 앉았기 때문이다. 그의 맞은편 자리는 비어 있다. 만약 그가 한순간이라도 식탁보에서 시선을 들기로 작정한다면 앞으로는 벽이 보일 테고, 옆으로는 가로등 불빛에 반짝이는 빗줄기 말고는 아무것도 없는 창문을 보게 될 것이다.

카쿠타마는 우리에게 숲에서 겪은 하루를 이야기한다. 그는 그
것이 매혹적이고 심지어 흥미진진했다고 말한다.

일라리가 모두에게 화이트와인을 따라준다. 그는 그것이 드라이
한 와인 중에서도 가장 드라이한 종류이며, 파삭하고 날카롭고 길
고 풍부한 뒷맛은 우리 전채요리의 흙 맛과 완벽하게 어울린다고
설명한다. 그런 일라리의 모습이 날 행복하게 한다. 이제 그는 자신
이 통제할 수 있는 영역에서 맘껏 기량을 펼치는 물 만난 고기 같
다. 우리 모두에게는 그런 영역이 필요하다.

타이나는 한마디도 하지 않는다. 얼굴은 백지장처럼 창백하다.
나는 그녀의 뺨에 약간의 홍조나 햇볕에 그은 자국이 없는 모습은
지금껏 본 적이 없다는 생각을 한다. 나는 그녀에게 전채요리에 대
해 하고 싶은 말이 있는지 물어본다.

"뭐라고?" 그녀가 핀란드어로 묻는다.

나는 내 질문을 반복한다.

이 시점에서 일라리가 수프 그릇을 내오기 시작한다.

"수프는……." 그녀가 영어로 더듬거린다.

타이나가 갑자기 긴장한 것을 본 일라리가 아름다운 영국식 영
어로 대신 설명한다. 우리가 지금 먹는 것은 유기농 송이버섯 수프
로 그 풍부한 맛은 빗속에서 자란 신선한 버섯뿐만 아니라, 현지에
서 생산된 유기농 로즈마리, 들판에서 자유롭게 방목해 키운 행복
한 소의 우유로 만든 무가공 크림에서 나온 것이라는 내용이다.

우리는 일라리에게 감사한다. 그는 손님에게 음식 서빙을 할 수 있는 것에 큰 자부심과 만족감을 느끼는 듯하다. 그가 로마의 기둥처럼 등을 곧게 펴고 주방 안으로 사라지자, 우리는 먹기 시작한다.

내가 전에 먹어본 그 어떤 수프보다 더 진하고 깊은 맛이다. 그 맛이 우리의 고객들도 기쁘게 하는 것 같다. 겨우 몇 숟가락 떠먹었음에도, 우리는 서로서로 시선을 맞추며 만족스러운 소음을 내고 다시 무거운 숟가락을 앙증맞은 그릇 가장자리에 부딪힌다. 타이나를 제외한 모두가 그렇게 한다. 그녀는 꼼짝도 하지 않고 내 옆에 앉아 있다. 하지만 내 눈에는 그녀가 아주 조금씩 옆으로 옮겨가려고 애쓰는 것 같다. 어쩌면 한 번에 1밀리미터에 불과할 수도 있지만, 어쨌든 그 일이 일어나고 있다고 나는 확신한다.

"이게 새로운 버섯이야?" 내가 핀란드어로 묻는다.

타이나의 숟가락은 그릇과 입 사이, 거의 가슴 높이에서 멈춘다. 그녀는 아무 말 하지 않는다.

"이 버섯에 대해 우리에게 전부 말해주고 싶지 않아?" 내가 핀란드어로 묻는다.

잠시 타이나의 손이 더 뻣뻣해지는 것 같다는 의심이 든다. 손은 단지 허공에 멈춰 있을 뿐 떨리는 것 같지는 않다. 숟가락에 담긴 진하고 고소한 수프의 표면은 잔잔한 호수의 물처럼 고요하다. 조용하고 안정적이다. 잠시 후 그녀는 숟가락을 천천히 그릇에 내려놓는다. 그리고 침묵한다. 조금 전까지 손에 남아 있던 뻣뻣함이 이제는 얼굴로 옮겨갔다.

"내가 몇 마디 하면 어때?" 내가 제안한다.

타이나는 대답하지 않는다. 촛불 때문인지 충격의 후유증 탓인지는 모르겠지만, 그녀는 이제 살아 있는 것처럼 보이지도 않는다.

테이블 맞은편에서 카쿠타마와 유하라가 나를 바라본다. 둘 다 수프를 거의 다 먹었다. 나는 나이프를 집어 들어 술잔에 부딪힌다. 고개들이 내 쪽을 돌아보고, 나는 일어선다. 그리고 영어로 설명한다. 나는 오늘 우리가 이곳에 모인 이유에 관해 말하고 싶으며, 우리가 공유하는 언어인 영어로 말하기 위해 최선을 다할 것이지만, 어떤 사항은 모국어로도 설명해야 할 것 같기에 역시 핀란드어도 하게 될 것이라고 말이다.

나는 좌중의 끄덕임을 보고 시작한다.


영어: 환영합니다, 친구들.

핀란드어: 나의 사랑하는 아내여.

영어: 하미나까지 먼 길을 이렇게 찾아와주셔서 정말 감사합니다. 이것은 저에게 크나큰 기쁨이자 영광입니다.

핀란드어: 당신은 나쁜 년이야. 사악하고 저급한 년.

영어: 성공은 함께 일할 때 이룰 수 있습니다. 우리는 서로가 필요합니다.

핀란드어: 당신의 벌거벗은 엉덩이가 페트리의 사타구니에 철

썩이는 걸 봤을 때, 난 먹은 걸 다 토해냈어.

영어: 함께 일한다는 것은 각자가 맡은 자리에서 항상 최선을 다한다는 것을 의미합니다. 또한 이것은 우리가 제공할 새로운 상품이 있을 때마다, 그 상품에 관해 여러분에게 가장 먼저 그리고 즉시 알려드릴 것임을 의미합니다.

핀란드어: 당신이 회사 배달 직원의 거시기를 빨아대고 있다는 게 나로서는 도저히 이해할 수 없는 일이기는 해. 하지만 그게 최악은 아니야.

영어: 오늘 여러분은 우리가 힘을 합치면 큰 성공으로 바꿀 수 있는 새로운 속, 이 새로운 송이버섯을 처음으로 확인했을 뿐 아니라, 맛도 보았습니다. 이 수프로 판단하건대, 저는 이것이 세계에서 가장 맛있는 버섯의 맛일 뿐만 아니라, 강렬한 성공의 맛이라고 단언할 수 있습니다.

핀란드어: 최악은 기만이야. 그리고 그중에서도 최고는 날 죽이려 한 거지.

영어: 오늘은 우리가 함께하는 기쁨과 미래의 성공을 축하하는 날입니다. 우리는 협력을 통해 더 효과적으로 사업을 성공시킬 수 있습니다. 제가 여러분에게 드리고 싶은 제안이 있습니다.

핀란드어: 당신이 엉덩이가 아파서 제대로 앉을 수도 없을 때까지 페트리와 실컷 놀아난다고 해도 전혀 신경 안 써. 원한다면 침대 끝에 그 무뇌아이자 걸어 다니는 성기를 붙들어 매놓고, 평생 아

무엇도 하지 말고 그 거시기만 만지면서 살 수도 있겠지. 종종 그런 일이 일어나잖아. 그 정도야 얼마든지 용서받을 수 있어. 충분히 이해할 만한 일이야.

영어: 제가 제안하고 싶은 것은 이겁니다. 우리는 여러분에게 송이버섯을 더 많이, 그것도 최고의 품질로 제공하겠습니다. 그리고 도쿄에 우리 회사의 지부를 열어 여러분과 함께 일본에서의 사업을 확장해갈 겁니다. 저야말로 그런 일을 할 수 있는 사람입니다.

핀란드어: 하지만 기만, 내 등 뒤에서 음모를 꾸민 것. 그건 전혀 이해하거나 받아들일 수 없는 일이야.

영어: 그리고 그 대가로 제가 무엇을 요구하냐고요? 헌신, 일부일처제. 즉 앞으로 5년 동안 우리가 여러분의 유일한 송이 수출업자가 되는 것입니다.

핀란드어: 당신은 날 죽이지 말았어야 했어.

영어: 저는 우리가 가능한 한 빨리, 바라건대 오늘 저녁에라도 이 거래에 합의하는 악수를 할 수 있기를 진심으로 바랍니다.


나는 주위를 둘러보다가 맞은편에 앉아 있는 카쿠타마를 바라본다. 그는 고개를 끄덕이고는 양손을 들어 올려 박수를 친다. 다른 사람들도 그를 따른다. 그런 다음 우리는 테이블을 가로질러 악수를 나눈다. 다른 사람들은 계속 박수를 친다. 우리는 자리에 앉는다.

끝이 좋으면 다 좋은 법이다.

갑자기 내 귀 바로 옆에서 산탄총을 쏜 것 같은 소리가 들린다. 거의 동시에 뭔가가 분출되며 둔탁하고 귀를 찢어놓을 듯한 굉음이 뒤따른다. 분출의 힘과 영향력은 그것이 유발하는 소음의 속도를 능가한다.

타이나가 토한다.

마치 빠르게 자유 낙하하는 양동이에서 뿜어져 나오는 귀리죽이 공중을 비행하듯이 타이나의 입에서 터져나온 모든 것이 순식간에 허공에 떠 있다. 입에서부터 그려진 호가 길고 인상적일수록 그 뒤에 더 많은 힘과 속도가 채워진다. 그녀의 입은 치과 의자에 누워 있을 때처럼 크게 벌어져 있고, 표정은 치과 치료를 받을 때처럼 고통스러워 보인다. 뺨은 거의 터질 것 같고, 식도는 거의 두 동강 날 것만 같다.

소리는 그녀의 위와 폐 밑바닥 어디선가에서 들려온다. 인간이 낼 수 있는 모든 소리 중 가장 원시적이다. 전장의 외침과 산고를 겪는 여성의 울부짖음이 뒤섞인 것처럼 몹시도 심오해서 우리 인간 종족의 탄생과 그 너머까지, 빅뱅과 우주의 극미한 열과 압력까지 생각하게 한다.

그 유동체는 이미 그 거침없는 제트엔진 궤적을 따라 치솟고 있다. 그것의 꼭짓점이 양초들을 통과한다. 지나는 경로에 있는 모든 것을 적시고 촛불을 꺼트려서 테이블을 어둠의 나락에 빠뜨린다. 확실히 타이나의 위 부피를 초과한 듯 보이는 그 액체는 공중을 이동해 가는 동안 더 많은 추진력을 얻는다. 일단 탁자를 넘어가서는 마침내 태풍처럼 바닥으로 추락한다.

츠케하라는 자신의 눈을 믿지 않았을지도 모른다. 하지만 몰려오는 쓰나미를 알아볼 만한 시간은 있었을 것이다. 그는 똑바로 앉아 왼손은 무릎에, 오른손은 탁자 위에 얹어 놓고 있다. 그의 수프 그릇은 잠시 비어 있다. 그의 양복, 맵시 있는 검은 재킷과 흰색 셔츠, 감각적이고 반짝이는 넥타이도 잠깐 보인다. 그러다가 갑자기 그것들도 휩쓸려간다.

츠케하라의 무표정한 얼굴이 가장 먼저 사라진다. 그다음 그의 옷은 송이버섯 수프의 유기농 크림색인 옅은 갈색으로 변한다. 앞에 놓인 그릇은 가득 채워진다. 눈 깜짝할 사이에 츠케하라는 한 마리 늪지 생물로 변한다. 등에 아가미를 가진 선사 시대 존재가 마른 땅에서 삶을 시작하기 위해 태고의 바다에서 기어 나온 듯하다. 온몸을 털어대는 그의 모습을 다른 말로는 묘사할 수 없다. 이제 그 생물은 오직 해안에 도달해 생존하고 발아래 땅을 느끼는 데만 전념한다. 그의 손은 붙잡을 만한 것, 그를 지탱해줄 무언가를 잡기 위해 뻗어나간다. 그는 몸부림치며 살기 위해 싸운다.

첫 번째 분출에 이어 다시 구토물이 쏟아진다. 그러나 이번에는 타이나의 상체가 옆으로 움직이며 아래쪽을 겨냥한다. 그녀가 의자며 그 외 모든 것과 함께 쓰러진다. 그리고 바닥에 부딪혀서 또 다른 구토물을 입 밖으로 뿜어내는 바로 그 순간, 테이블의 다른 쪽 끝에서 다시 산탄총이 발사된다.

모두가 돌아본다. 역류해 나온 수프에 뒤덮이지 않은 사람들은 굳은 채 서서 페트리가 타이나의 공연을 반복하는 것을 지켜본다. 페트리 앞에는 맘껏 사용할 수 있는 충분한 공간이 있다. 입에서 분출된 담즙이 방을 절반 정도 가로질러 뻗어간다.

이쯤 되자 우리는 모두 테이블에서 물러나 멀찌감치 움직이기 시작한다. 의자 다리가 바닥을 가로지르며 끼익 소리를 낸다.

누군가 비명을 지른다.

유리잔이 부서진다.

일라리가 달려 들어온다.

페트리는 반대편 끝에서 바람을 내뿜는데, 분명히 그 외의 다른 것도 내뿜고 있다.

촛불이 펄럭이고 곧 양초는 축축하게 젖어 넝마가 된다.

나는 몸을 웅크려 타이나의 얼굴을 살핀다. 창백하고 생기가 없다. 나는 재빨리 돌아서서 바닥에 쓰러져 있는 페트리를 본다. 그의 표정도 역시 낯익다. 첫 발작이 끝나고 화장실에서 세수하고 거울을 보았을 때, 내 얼굴도 그렇게 보였었다. 공식적인 진단은 필요 없다. 나는 타이나와 페트리에게 무슨 일이 일어나고 있는지 안다.

이것은 정확히 내 초기 증상과 같다.

# ‖ 20 ‖

일라리는 팔 길이의 노란색 고무장갑을 끼고 극도의 충격을 받아 어쩔 줄 모르는 츠케하라를 잡고 있다. 내 생각에 츠케하라는 신체적으로 피해를 입었다기보다는 너무 놀라 어안이 벙벙한 것 같다. 그렇지만 어쨌든 그의 다리는 마치 축 늘어진 스파게티 같다. 일라리는 토사물을 뒤집어쓴 츠케하라의 옷을 만지지 않으려 애를 쓰다가 멈춰 서고 만다.

타이나와 페트리는 로비의 소파에 누워 있다. 페트리는 셔츠는 벗어버리고 양복바지만 입고 있다. 어떤 이유에서인지 그는 양말도 벗은 것 같다. 일라리는 타이나에게 커다란 수건 두 장을 가져다주었는데, 그녀는 마치 스파에서 얼큰한 취기를 즐기는 사람처럼 수건으로 어색하게 몸 전체를 덮고 누워 있다. 발작의 가장 극심하고 강력한 단계는 지나갔다.

우리는 모두 레스토랑에서 나왔다. 지금 그곳은 거대한 배수 재앙의 현장처럼 보이고 냄새도 딱 그렇다. 구토 냄새가 콧구멍에 걸리고 눈을 찌르고 귀에서 울리면서, 우리도 결국 먹은 것을 다 게워내고 말았다. 물류 담당자 타케토모는 아직도 자기 넥타이로 입을 닦고 있다.

나는 차례로 각각의 손님을 진정시키려 애를 쓴다. 나는 그들에게 이 상황은 방금 먹은 음식과는 아무 상관이 없으며 전혀 걱정할 필요도 없다고 여러 번 이야기한다. 적어도 카쿠타마는 나를 믿고 싶어 하는 것 같다.

나는 모든 걸 설명할 수 있다고 말하며 그의 눈을 바라본다.

우리는 조용히 대화를 나누기 위해 접수대 근처 로비 구석으로 이동한다.

"왜 저러는 건가요?" 카쿠타마가 묻는다.

지금은 말할 수가 없다고 내가 답한다.

말할 수 없는 이유가 아직 그 답을 모르기 때문이라는 말은 하지 않는다. 지금까지 나는 나를 독살하려 한 것이 타이나와 페트리라고 추측해왔다. 내 나름대로 논리적이라 생각되는 여러 증거도 확보해놓은 참이었다. 그러나 방금 일어난 일을 고려해보면, 아무래도 그렇지 않은 것 같다. 공공장소에서 죽도록 구토를 하며 동반 자살을 시도하려고 먼저 살인을 저지르는 사람은 아마도 거의 없을 것이다.

따라서 합리적인 결론은 오직 하나뿐이다. 그들은 나처럼 그리고 정확히 나와 같은 방식으로 독살되고 있다. 이것은 내가 주치의에게 즉시 연락해야 함을 의미한다. 그가 중독의 초기 단계에 대해 말해주었던 것을 너무도 잘 기억하기 때문이다.

나는 카쿠타마에게 조금만 시간을 달라고 요청한다. 그리고 우리가 방금 맺은 협정은 여전히 유효하며, 나는 그 협정의 정신을 온전히 존중할 것이라고 장담한다.

버섯에 문제가 있는 건지 카쿠타마가 내게 묻는다. 그의 태도는 단호하다. 반쯤만 진실인 해답이나 창의적인 표현 같은 건 허락하지 않겠다는 느낌을 전달한다.

"아닙니다. 버섯은 최고의 품질이며, 항상 그럴 것입니다."

내가 대답하자 카쿠타마가 나를 쳐다본다. 아주 오랫동안.

"그럼 좋습니다." 그가 말한다. "나는 전에도 당신의 말을 믿었으니, 이번에도 당신을 신뢰하겠습니다. 우리는 화요일에 도쿄로 돌아갈 겁니다. 그때쯤이면 이 모든 게 정리되고 우리의 협정이 명확해지기를 바랍니다."

카쿠타마가 로비를 향해 손짓한다. 그곳에 타이나와 페트리가 신음하며 소파 위에 널브러져 누워 있고, 타케토모는 고개를 저으며 서 있다.

나는 그에게 감사를 표하고 의사에게 전화한다.

"선생님."

"상태에 변화가 있었나요?" 의사가 묻는다.

"제 상태는, 아니요. 하지만 이제 다른 두 명이 저와 똑같은 증상을 보입니다."

의사가 침묵한다.

"똑같은 증상이요?" 그가 결국 묻는다.

나는 그의 도움과 그가 일전에 말했던 해독제가 필요하다고 말한다. 의사는 중독의 초기 단계에서는 그 해독제가 효과가 있을 것이라고 했었다. 나는 그에게 두 환자가 곧 병원에 도착할 것이며, 다른 사람 없이 혼자서만 그 환자들을 살펴봐야 한다고 당부한다.

"정말 다행입니다. 제가 병원에서 15분 거리에 있거든요." 의사는 말한다.

"아니요." 내가 대답했다.

"선생님은 5분 만에 오셔야 합니다."

*

내 말대로 하지 않으면 당신은 죽게 될 거라는 말을 누군가에게 하는 것은 얼마나 어려운 일인가. 아니, 그들에게 말하는 것은 어렵지 않다. 그 소식을 들은 그들의 반응을 다룰 일이 오히려 더 문제다. 페트리는 벌떡 일어나서 화분에 심어진 유카나무를 거칠게 잡아채더니, 접수대 뒤의 자기 자리로 방금 돌아간 일라리에게 집어 던진다. 일라리는 날아오는 나무를 재빨리 피한다. 그다음 페트리는 내가 이해할 수 없는 소리를 질러댄다.

그동안 내면에 억눌려 있던 모든 긴장이 한꺼번에 터져 나오는 모양이다. 자기기만, 시신 처리를 도왔던 일, 급성 중독 증세, 성적 노리개 역할 등. 타이나는 그 모습을 지켜본다. 나는 페트리가 이해할 수 없는 말을 고래고래 소리 지르는 것을 그대로 내버려 둔다. 이제 타이나에게 해독제 처방을 받기 위해 병원으로 이송되어야 한다는 사실을 알려야 하기 때문이다.

"무슨 해독제?"

타이나의 질문에 내가 대답한다.

"죽음에 대한 해독제."


*


나는 가능한 한 빨리 그들을 내 차에 태우고 대화를 나누어야 한다. 우리끼리만. 두 가지 중요한 이유 때문이다. 첫째, 나는 정보가 필요하다. 둘째, 여전히 티카넨이 이 문제에 관여하지 못하도록 해야 한다. 더는 그의 답답한 사무실에 앉아 수수께끼 같은 질문에 답하면서 시간을 보내고 싶은 마음이 없다.

누군가가 나를 죽이고 있고, 타이나와 페트리도 죽이려고 한다. 나는 그들이 그냥 죽어가도록 내버려 둘 수도 있었다. 비록 아주 잠깐 든 생각이지만, 피할 수 없는 생각이기도 했다. 하지만 타이나와 페트리는 충분히 벌을 받았고, 나는 내 버섯 사업을 되찾았으며, 여전히 내 살인의 진상을 규명하고 싶다. 이를 위해서는 타이나와 페트리의 도움이 필요하다. 틀림없이 그들이 뭔가 아는 게 있을 것이다. 그들은 아직 그 사실을 인식하지 못할지라도, 나는 확신한다.

페트리의 증세는 급성이다. 갑작스러운 발작 때문에 다소 쇠약해졌을 수는 있지만, 그의 몸은 여전히 건장하다. 어떻게든 그를 진정시켜 병원으로 데려가야만 한다. 나는 카쿠타마와 유하라와 놀랍도록 건강해 보이는 오키마사에게 도움을 청한다. 일라리가 하얀 수건 더미를 가져다주어서 우리는 그것으로 페트리를 묶었다. 순식간에 그는 단단한 수건 묶음으로 변했다.

물론 페트리는 여전히 상당한 소음을 내고 있지만, 대부분은 배경에서 낮게 으르렁거리는 소리에 불과하다. 카쿠타마와 유하라와 오키마사가 페트리를 차로 운반하는 것을 돕는다. 우리는 긴 식탁보 하나를 사용해서 그를 뒷좌석에 단단히 묶는다. 나는 타이나가 걸어서 차에 타도록 돕고 병원으로 함께 출발한다.

"타이나." 내가 말한다. "지난주 초에 나에게도 같은 일이 있었어. 같은 증상이었고, 마찬가지로 불쾌한 일련의 사건이 일어났지. 누군가 우리를 독살하려 한 거야. 최근에 이상한 일이 벌어지고 있다는 느낌 받은 적 없어?"

내 말투는 다른 누구도 아닌 티카넨처럼 들린다. 나는 내 질문이 아이러니하다는 것을 이해한다. 나는 지금 쿠데타를 계획해 오고, 나를 기만하고, 간통을 저지르고, 잠재적인 사업 동료에게 구토를 해댄 여성과 이야기하고 있지 않은가. 그래, 좀 더 구체적으로 질문해야겠다.

"당신이 나를 독살하는 데 관여했어?"

타이나가 고개를 젓는다.

"그럼 누가 나를 독살했는지 알아?"

타이나가 다시 고개를 젓는다.

"당신과 당신의 연하 애인을 독살하고 싶어 할 만한 사람은?"

타이나가 다시 고개를 젓는다.

"나는 당신이 한 짓이라고 확신했어. 하지만 지금은 그런 것 같지 않아. 당신이 스스로를 독살하려 하지는 않았을 테니까. 당신은 그런 타입이 아니야. 방금 일어난 일을 보니까 우리의 새로운 경쟁자가 범인이 아닐까 생각했지만 아닐 거야. 아니, 그들이 배후에 있지는 않을 거라고 확신해. 나는 그들이 간접적으로 행동하기보다 직접적으로 행동한다는 것을 알아. 그 정도는 알 만큼 그들을 경험했거든. 만약 그들이 누군가를 없애버리고 싶었다면, 그냥 두드려 패거나 칼로 찔러 버렸……."

지금까지도 페트리는 울부짖고 으르렁거린다. 나는 방침을 바꾸기로 한다. 나는 타이나의 눈을 빤히 바라본다. 교통 상황 같은 건 걱정 안 한다. 저녁 시간이고, 게다가 이곳은 하미나 아닌가.

"이 상황을 생각하면 할수록 왜 우리가 함께 당한 건지 모르겠어. 분명히 이상해. 나는 당신이 나를 왜 죽이고 싶어 하는지는 이해했어. 나를 사업에서 제외하려고 했으니까. 그리고 우리 경쟁자들의 관점에서 본다면, 그들이 우리 둘을 제거해야 하는 이유도 알 것 같아. 하지만 뒤에 있는 저 덩치만 커다란 어린 녀석은 대체 뭐지? 저 녀석은 왜? 그를 죽여야 하는 이유는 없잖아? 이건 뭔가 다른 목적이 있어. 그게 뭘까?"

페트리가 개처럼 짖기 시작한다. 그러고 나서는 웅얼대며 흐느낀다.

타이나가 수건으로 얼굴을 닦는다. "난 모르겠어."

그녀가 너무 조용히 말해서 나는 그 말밖에 못 들었다.

"뭘 몰라?"

"아무것도." 그녀가 말한다. "내가 원했던 건……. 이제 나 죽는 거야?"

"곧 의사를 만나게 될 거야. 그러면 알게 되겠지. 당신이 죽지 않을 가능성은 얼마든지 있어."

페트리는 길고 고뇌에 찬 훌쩍거림을 내뱉는다.

"나는 그런 짓은 안 할 거야." 타이나가 조용히 말한다. "당신을 죽이는 짓 말이야."

나는 무슨 말을 해야 할지 모르겠다. 물론 아내가 나를 살해할 생각 같은 건 하지 않았다고 말하는 건 듣기 좋다. 그 당연한 말을 그녀의 입으로 듣고 안심한다는 사실 자체가 우리의 결혼 생활이 한동안 잘 풀리지 않았음을 암시한다.

나는 계속 말한다. "주변 사람들에 대해서 곰곰이 잘 생각해봐. 대체 누가 나를 가장 먼저 독살하고, 그다음에 당신과 저 어리바리한 녀석을 독살해야 할 이유가 있을까?"

"내 이름은 페트리야!" 페트리가 크게 자기 이름을 외친다.

타이나의 표정은 여전히 냉담하다. 뒷좌석에서 들려오는 걸걸한 울음소리에 동요하는 내색을 조금도 내비치지 않는다. 그런 다음 그녀는 내가 마음에서 지울 수 없는 말을 한다.

"우리에 대해서는 아무도 몰라." 그녀가 말한다.

"우리가 누군데?"

"나와……."

"페트리!" 뒤에서 또다시 외침이 들려온다.

"나와 페트리와 일본인들의 방문." 그녀가 말한다. "그건 비밀이야. 전부 다. 그것에 관해서는 아무도 몰랐어."

타이나가 내 쪽으로 고개를 살짝 돌린다.

"그런데도 어찌 된 일인지 당신은 내내 알고 있었잖아."

나는 빠르고 조심스럽게 운전하고 있지만, 제한 속도를 넘지는 않는다. 1분 1초가 중요하다. 탁자를 두드리는 천 개의 작은 손가락처럼 비가 앞 유리창을 두드려댄다.

"당신의 계획에 대해 아무에게도 말하지 않았다는 거 확실해?"

타이나는 길고 무거운 몇 초 동안 말이 없다.

"난 심지어 페트리에게도 모든 걸 말하지 않았어." 그녀가 마침내 말한다.

우리는 병원 밖에 차를 세운다. 나는 미리 동의한 대로 건물 뒤편으로 곧장 운전해 가서 배달 구역 옆 주차장으로 간다. 의사가 우리를 기다리고 있다. 그의 옆에는 한 여성이 서 있다. 사복을 입고 있음에도, 나는 그녀가 내 혈액 표본을 채취했던 나이 지긋한 간호사라는 것을 알아본다. 나는 그들 앞으로 차를 가져가서 세운다. 의사는 그를 도울 사람이 필요하다고 말한다. 우리는 페트리를 자리에서 풀어주기 전에 약속을 받아낸다. 그의 눈꼬리에서 눈물이 흘러내린다. 타이나는 의사에게 묻고 싶은 것 천지다. 의사는 너무 많은 것을 약속하지는 않지만, 그들 둘 다 잘 버텨낼 가능성이 크다고 말한다. 그 말을 하는 동안 그가 나를 쳐다본다.

나는 닫힌 병원 문 뒤에 서 있다. 중얼거리듯 내리는 빗소리를 제외하고는 조용한 저녁이다. 빗소리가 마치 세 개의 벽처럼 생긴 지붕 주위로 떨어지면서 세상을 가득 채운다. 타이나와 페트리는 그들의 계획에 관해 누구에게도 말한 적이 없다. 하지만 나는 타이나와 페트리에 관한 이야기를 한 적이 있다.

## || 21 ||

마당은 텅 비었다. 땅은 비를 맞아 부드러워지면서 여기저기 웅덩이가 생겨 있다. 버섯 상품의 생산 공정을 처리하는 건물 벽에 달린 등은 현관문만 비추게 되어 있고, 그마저도 간신히 비춘다. 나는 물로 가득 찬 웅덩이를 밟지 않으려고 최선을 다한다. 얼굴과 정수리와 목과 맨손에 빗방울이 느껴진다. 차에서 현관문까지는 채 15미터가 되지 않지만, 나는 이미 흠뻑 젖었다.

창고 안에 들어서서 나는 양복 상의를 벗고 잠시 그대로 멈춘다. 그다음 전등 스위치를 켜고 나서 처음 그 생각을 떠올린 복도의 지점까지 걸어간다. 이번에는 건조실의 전등은 켜져 있지 않다. 내 주의를 끌다가 곧 주변 세상의 소음과 섞여드는 낮고 단조로운 기계의 웅얼거림도 들리지 않는다.

나는 전원을 올리지만 건조기를 작동시키지는 않는다. 대신 작동 기록을 살펴본다. 지난봄 이후로 아무것도 없다. 내가 잘못 짚었나? 혹시 말 그대로 엉뚱한 나무를 올려다보며 짖고 있는 걸까? 나는 곰곰이 생각하다가 내 사무실로 들어가 컴퓨터를 켠다. 잠시 기다린 후 마우스를 몇 번 클릭한다.

건조기는 수동 및 디지털 방식으로 작동할 수 있다. 모든 디지털 사용은 건조실 프로그램의 자체 사용자 프로필 및 이력에 자동으로 기록된다. 일련의 버튼을 누르는 것에 지나지 않는 수동 사용도 프로그램에 기록되고 등록된다. 사실 크든 작든 모든 전자기기의 사용은 회사의 에너지 소비 관리 시스템에 기록되어 있다. 에너지 소비 관리 시스템이란 내가 회사의 전기 사용료를 줄이려고 약 1년 전에 설치한 간단한 프로그램의 복잡한 이름이다.

건조기는 시스템에 고유 번호가 있는데, 로그 세부 정보 중에그 번호가 등장한다. 그것이 최후의 공식적인 디지털 가동 이래, 수동으로 건조기를 작동시킨 게 총 8회라는 사실을 알려준다.

나는 복도로 돌아가 건조기 문을 연다. 불이 자동으로 켜진다.

건조기는 기본적으로 표준 가정용 오븐과 보존용 선반 시스템의 절충물이다. 다른 점이라면 크기가 매우 거대하다는 것이다. 대략 자동차의 높이와 너비 정도 되고, 수십 개의 분리 가능한 건조 선반이 있다. 모든 것이 정확히 제자리에 있어야 할 방식으로 있는 것 같다. 나는 무작위로 열 개의 선반을 꺼내서 확인한다. 모두 깨끗하다.

생각이 하나 떠올라서 나는 건조기 옆으로 돌아간다. 환풍기를

고정하는 볼트를 돌려 조심스럽게 필터를 제거한다. 지름이 약 40
센티미터이고 새것이며 밝은 흰색인 걸 보면, 최근에 교체한 것이
분명하다. 나는 필터를 제자리에 다시 끼워 넣으면서 생각보다 끼
우기가 쉽지 않다고 생각한다. 나는 건조기 앞으로 다시 걸어가서
몇 걸음 뒤로 물러난다. 기계의 왼쪽에 내가 무의식적으로 줄곧 찾
고 있던 것이 보인다.

복도 맨 끝에 있는 벽에는 긴 카운터가 기대어 놓여 있는데, 카
운터 끝부분은 직원들이 차 마시는 장소로 이용한다. 아마도 수도
꼭지가 설치되어 있기 때문일 것이다. 카운터에는 커피 머신이 있
고, 그 옆에는 안락의자 하나와 스툴 몇 개가 놓여 있다. 카운터 위
에는 직원들의 머그잔이 죽 진열된 선반이 있는데, 각각의 머그잔
에는 재미있거나 사랑스러운 글귀가 적혀 있다.

'세계 최고의 할아버지.'

이 문구가 새겨진 컵 옆에는 작은 주석 깡통이 있고, 거기에는
다양한 비스킷이 들어 있다.

내가 틀리지 않았다면, 비스킷이 처음 등장한 시기는 건조기를
처음 수동으로 작동했던 때와 일치한다. 나는 갑자기 그 비스킷이
내 책상 구석에 나타났을 때, 내가 얼마나 기뻐했었는지 떠올린다.
나는 회사 서류를 처리하면서 커피 한 잔과 함께 그 과자를 우물거
리는 것을 즐겼다. 내가 이 풍부하고 달콤 짭조름한 맛의 비결이 대
체 무엇이냐고 물을 때마다 돌아오는 건 "조리법은 비밀"이라는 대

답이었다. 그리고 곧 대화의 주제는 규칙적이고 체계적으로 바뀌었다. 여성의 잘못, 여성의 비논리적인 사고 그리고 남녀 간의 영원한 투쟁에서 우리는 어떻게 대처해야 하는지에 대한 것으로.

나는 그 주석 깡통을 두 손으로 들어 올린다. 퍼즐 조각이 하나둘씩 맞춰진다.

의사의 말에 따르면 내 중독은 자연 독소에 의한 것이다. 누군가 그것들을 모아서 우리 건조기를 사용해 건조했다. 그런 다음 분말로 갈아서 비스킷 반죽과 섞었다. 비스킷을 구워 내 사무실로 가져다주었다. 그리고 나는 그것을 먹었다.

이제 단 하나의 질문이 남는다.

왜지, 올리?

*

이소임피라카투, 즉 '빅 서클 스트리트'라고 불리고 있음에도 완전한 원을 형성하지는 않는 그 거리는 목조 주택이 밀집해 있는 군락에서 끝난다. 그 주택 중 가장 오래된 집들은 지어진 지 100년도 더 되었고, 그 기초는 커다란 바위 위에 자리 잡고 있다. 그중 일부는 기우뚱하고 일부는 개축됐으며, 다른 일부는 허물어졌다. 올리가 사는 집은 그 극단 사이에 있다고 보면 된다.

옅은 노란색 빛, 비에 젖은 낡은 건물들, 좁은 거리와 몇 그루의 키 큰 나무, 밤처럼 어두운 나뭇가지 같은 것들 덕분에 그 길은 마치 타임머신처럼 보인다. 시대가 현대라는 증거는 그 어디에도 없다. 만약 내가 지금 당장 죽고 이것이 내가 보는 마지막 풍경이라면, 내가 1946년에 죽었는지 2016년에 죽었는지, 아니면 이것이 인간의 죽음이라는 웅대한 계획에서 중요한 문제이기는 한 건지 전혀 말할 수 없을 것이다. 많은 사람이 항상 죽지만, 그들 대부분은 자신이 너무 빨리 죽는다고 생각한다.

올리의 주소와 아파트 호수로 판단해보건대, 그의 집에는 거리를 내다보는 두 개의 창문이 있는 것으로 추정된다. 지금은 둘 다 베네치아 블라인드로 덮여 있다.

정원은 작은 나무 조각을 연결해 만든 울타리로 둘러싸여 있고 문은 열려 있다. 올리의 사륜오토바이는 작은 처마 밑에 주차되어 있다.

정원은 진흙과 웃자란 풀로 뒤덮여 있다. 올리는 끈적버섯, 독미나리, 주목나무 열매, 광대버섯 등을 모을 수 있었을 테고, 그것들을 활용해서 영리하게 사람을 독살하는 법을 알고 있었을 것이다. 하지만 정원을 가꾸는 것은 그의 능력을 넘어서는 일이었던 모양이다. 정원이 내려다보이는 창문 중 하나의 블라인드는 완전히 닫혀 있지 않다. 처음에 나는 안에서 불이 난 게 아닐까 생각했지만, 곧 그게 텔레비전에서 나오는 빛이라는 걸 깨닫는다. 방의 색상과 조명이 계속해서 바뀌고 있기 때문이다. 밖에서 보면 마치 디스코장이라도 되는 것 같다.

나는 초인종을 누르려다가 비를 맞아 반짝이는 문손잡이를 바라본다. 손잡이를 당기자 문이 부드럽게 열린다. 텔레비전 소리가 들리는데, 내가 방영 중인 쇼를 알아볼 때까지는 약간의 시간이 걸린다. 「백만장자 퀴즈쇼」. 올리에게는 사람을 독살하는 것 외에 다른 열정도 있는 것 같다.

발밑에서 백 년이나 된 마루판이 움직이는 것이 느껴지지만, 텔레비전 소리가 너무 커서 삐걱거리는 소리는 들리지 않는다. 복도는 화장실 문에서 끝이 나는 짧은 통로다. 오른쪽에는 두 개의 문이 있다. 앞쪽에 있는 문 뒤의 어두운 방은 아마도 침실인 듯하다. 따뜻한 빛이 새어 나오고 텔레비전 소리가 들려오는, 더 가까이 있는 문은 거실로 이어지는 게 분명하다.

텔레비전에서 누군가가 틀린 답을 말하자 청중이 실망으로 한숨을 내쉰다. 올리는 내가 알아들을 수 없는 말을 내뱉는다. 그는 안락의자에 반쯤은 앉고 반쯤은 누운 자세로 있다.

거실은 깔끔하지만 약간 우울한 분위기다. 가구는 다른 사람들이 이사 나갈 때 버리는 것을 얻어다 놓은 것 같다. 벽지와 허리 높이의 패널은 영국식 방갈로와 핀란드식 사우나의 이상한 조합이다. 천장에 매달려 있는 돔 조명은 너무 밝은 전구를 끼워놓아서 천장의 습기 찬 부분뿐 아니라, 벽 패널과 바닥 구석구석에 낀 먼지까지도 모두 드러내 보여준다.

"올리, 텔레비전 소리 좀 줄여줄래요?"

내 목소리에 올리의 손이 의자 팔걸이에서 날아오른다. 동시에 등이 곧게 펴지더니 얼굴은 길어진 듯하고, 입이 벌어지고 눈은 의문으로 가득 찬다. 하지만 그는 의자에 그대로 앉아 있다. 그 모습은 얼마 전에 마지막 영화를 찍은 조지 클루니처럼 보인다.

"사장님?" 그가 말한다.

"아직 살아 있어요." 나는 그의 무릎에 비스킷 하나를 던진다.

그는 그것을 잡으려는 시늉조차도 하지 않는다. 완전히 얼어붙은 것 같다. 갈색 비스킷이 그의 회색 조깅 바지 앞쪽에 떨어지면서 두 조각으로 갈라진다. 올리의 시선은 그 반쪽짜리 비스킷 두 조각을 보기 위해 움직인다. 그가 이게 다 무슨 상황인지 이해하려면, 저 과자를 대체 얼마나 오랫동안 쳐다보고 있어야 하는 걸까? 나는 그가 상황을 곱씹어볼 수 있도록 몇 초의 시간을 준다. 그런 다음 탁자에서 리모컨을 집어 들어 텔레비전을 끈다.

고요가 그를 깨우는 것 같다. 그가 눈을 들어 올려 나와 시선을 맞춘다. 이제야 정확히 내가 아는 올리처럼 보인다. 성실하고, 느리거나 교활하고(나는 아직 둘 중 어느 쪽인지 결론을 못 내렸다), 이성을 대하는 그 모든 뛰어난 기량에도 불구하고 어쩐 일인지 늘 관계에서 퇴보하는 듯 보이는 그런 사람.

"내가 당신을 위해 그들을 독살했어요." 올리가 말한다.

내가 예상했던 첫 대답은 아니다.

"그들?"

"타이나와 페트리." 그가 대답한다. "둘이 아주 토끼처럼 그 짓을 해대는 걸 보고 있자니……."

"올리." 내가 말한다. "당신은 나를 제일 먼저 독살했어요."

그는 잠시 침묵한다. 그리고 내 눈을 바라본다. 여전히 개방적이고 정직한 사람처럼 보인다.

"그건 미안해요."

나는 목조 주택 안에 서서 나를 죽인 살인자를 바라보고 있다.

"그건 미안하다고요?"

"네."

그가 다시 한번 진심이 담긴 목소리로 고개를 끄덕인다.

"음, 그렇다면 괜찮네요." 내가 말한다. "그럼 모든 게 다 괜찮은 거네요. 당신은 사과했고 상황은 다 끝났으니까, 나는 집에 가서 죽으면 되겠어요."

나는 내가 동요하고 있음을 깨닫고 깊이 심호흡한다.

"올리, 맙소사." 내가 침착하게 말한다. "내가 뭘 기대하고 여기까지 왔는지 정말 모르겠어요. 간단한 사과만으로 모든 게 괜찮아졌다고 말한다면, 나는 거짓말을 하는 게 분명할 거예요."

올리가 어깨를 들어 올린다. 아마도 어깨를 으쓱하는 몸짓인 것으로 추정되지만, 생각보다 너무 오래 그러고 있으니 한순간의 숙고가 아무 결론도 내지 못하고 끝나버렸음을 나타내는 신호로 보인다.

"우연한 사고였어요." 그가 말한다. "어떤 면에서는."

"어떻게 우연히 독버섯을 모아서 말리고 달콤한 반죽과 함께 섞고 밀어서 작은 빌어먹을 비스킷으로 구워낼 수 있어요?"

내 목소리는 질문이 끝날 때까지 계속 올라간다.

올리가 갑자기 나를 두려워하는 것처럼 보인다.

"나는 단지 내가 그런 일을 할 수 있을지 알아보려고 했을 뿐이에요. 그러니까 그게……, 내가 그런 걸 주면 사람들이 먹는지 보려고요."

"젠장 내가 그걸 먹었다고요!"

"전부 다 먹었죠."

나는 고개를 젓는다.

"처음엔 날 죽이더니, 이젠 내 식습관을 비난하는군요."

올리는 자기방어를 위해 양손을 들어 올린다.

"아니에요, 이 사람아! 그런 게 아닙니다. 누구나 원하는 대로 먹을 수 있고, 누구나 자기 몸에 대한 권리가 있고, 누구나……."

"올리!"

나는 개에게 명령하듯이 말한다.

우리 둘 다 잠시 침묵한다. 올리는 앞을 바라보다가 눈썹 밑으로 나를 흘깃 쳐다본다.

"나는 그걸 만드는 연습을 하고 있었어요. 그 비스킷이요. 내게 더는 선택권이 없다고 생각하거든요."

"선택권? 무슨 선택권? 아예 아무것도 굽지 않거나, 치명적인 버섯 비스킷을 굽거나, 둘 중의 하나를 택하는 그런 선택권?"

올리가 고개를 젓는다.

"내가 이혼을 세 번 했다고 얘기했잖아요. 난 이혼하고 싶지 않았어요. 단 한 번도. 여자들이 항상 나를 떠났죠. 난 버려진 겁니다. 그게 진실이에요. 게다가 난 약혼도 여섯 번이나 했는데, 매번 파혼당했어요. 나는 아무도 차버린 적이 없어요. 그런 걸 견딜 수 있는 사람은 세상에 없을 거예요. 나는 확실히 견딜 수 없어요. 다음 사람은 나를 떠나지 않을 겁니다. 내가 비스킷을 먹일 거니까요. 그녀를 독살할 겁니다. 그게 유일하게 현명한 선택이에요. 그 망할 여편네는 내게서 달아날 기회를 얻기 전에, 여전히 행복할 때 죽게 될 겁니다. 우리 둘 다 행복할 때. 그게 서로에게 윈윈이 되는 거죠."

나는 무슨 말을 해야 할지 모르겠다.

"적어도 타이나와 페트리는 마땅히 받아야 할 벌을 받은 겁니다." 올리의 목소리는 무언가를 노리고 간청하는 듯하다.

나는 다시 고개를 젓는다. "그들은 지금 병원에 있어요. 중독 증세가 일찍 발견된 거라면, 의사들이 독이 퍼지는 걸 막을 수 있을지도 몰라요."

"하지만 당신이 그걸 원하지……."

"내가 그렇게 말했을지도 모르고, 내 감정을 강하게 표현했을 수도 있어요. 그렇다고 내가 이런 일이 일어나기를 정말로 바랐다는 의미는 아닙니다."

올리의 얼굴에 나타난 놀라움은 진짜처럼 보인다.

"난 당신과 내가 같은 편이라고 생각했어요."

"젠장! 당신이 나를 죽이고 있고 다른 사람들도 죽일 계획을 세우고 있는데, 어떻게 우리가 같은 편이 될 수 있다는 거예요?"

올리는 앞만 빤히 바라본다. 무언가를 골몰히 생각하는 것 같다. 그게 내 질문인지, 완전히 다른 무엇인지는 잘 모르겠다. 그러고 나서 그가 나를 다시 올려다본다.

"경찰에 신고할 겁니까?" 그가 묻는다.

"당신은 어떻게 하고 싶은가요? 경찰도 독살해버릴까요? 그런 다음에는 나머지 하미나 사람들도? 그다음 우리가 발각되면, 핀란드 국민 전부를? 우리를 찾아낼 사람이 아무도 남지 않을 때까지 사람들에게 그 작은 비스킷을 먹일 수도 있겠네요."

올리는 대답하지 않는다. 그는 이전에 하고 있던 일련의 움직임을 반복한다. 먼저 앞을 바라보고, 다음에는 은밀하게 나를 흘깃 바라보는 움직임. 그가 움직일 때 나는 그가 나를 공격할지도 모른다고 생각한다. 하지만 아니다. 올리는 도망치려 한다. 달아나려는 것이다. 그가 내 옆을 쏜살같이 지나친다. 내가 그를 뒤쫓아야 한다는 걸 깨달을 때쯤, 그는 이미 현관문을 여느라 허우적대고 있다.

신발을 신으려고 멈추지도 않는다. 현관문을 힘껏 잡아당기고, 현관 계단을 펄쩍 뛰어 내려가서는 전력으로 질주한다. 그 순간 나는 계단 꼭대기에서 기운을 끌어모아 공중으로 뛰어서 그의 등으로 몸을 던진다.

비가 쏟아붓고 있고, 땅은 부드럽고 축축하다. 우리의 무릎과 팔꿈치가 진흙 속으로 가라앉는다. 땅은 마치 흠뻑 젖어 울퉁불퉁한 매트리스 같은 느낌이다. 우리는 서로 부둥켜안고 몸부림친다.

우리 둘 다 제대로 주먹다짐하는 법을 모르는 것 같다. 서로 상대방을 단단히 붙잡고는 바닥으로 쓰러트리려 고군분투한다. 하지만 우리는 최고 수준의 운동선수도 아니다. 그런 것과는 거리가 멀다. 게다가 나는 죽음까지 얼마 남지 않은 사람이다. 나는 순식간에 숨이 차서 공기를 들이마시려 헐떡인다. 혈류 속의 과도한 젖산이 내 움직임을 거의 멈추게 한다. 목에 맨 넥타이도 최고의 레슬링 도구는 아니다. 이제 나는 신축성 좋은 라이크라 섬유의 이점을 이해하기 시작한다.

우리는 비틀고 돌고 헐떡이고 끙끙대지만 움직임은 느리다. 때때로 우리 얼굴은 너무 가까워서 서로의 콧김을 들이마시고, 또 어떤 때는 거의 일어서서 발로 씨름을 하다가 다시 무너져서 진흙탕 속을 뒹군다. 나는 이제 더는 아무것도 볼 수 없다. 눈과 입은 흙과 땀과 비로 범벅이 되었다.

어느 시점에서 우리는 창고 벽에 충돌한다. 벽 옆에는 약 1미터 길이의 판자를 포함한 잡동사니들이 쌓여 있다. 올리가 내 목에 팔을 감는 동안 나는 가까스로 그 판자를 움켜잡는다.

그가 뒤에서 너무 세게 쥐어짜면서 들어 올리는 탓에 나는 목이 부러지고 머리가 어깨에서 빠져나올 것 같다. 이 비 오는 밤에 이상하고 밝은 빛이 눈에 보이기 시작한다. 나는 단 한 번의 동작에 온 힘을 쏟아붓는다. 그의 손목을 쥐고 있던 손에서 힘을 완전히 빼고 양손을 자유롭게 한 후, 판자를 단단히 움켜잡은 다음 끌어낼 수 있는 모든 힘을 다해 내 머리 측면을 향해 날린다.

내 목을 옥죄고 있던 힘이 내가 꿈틀거려서 빠져나올 수 있을 정도로 느슨해진다. 나는 돌아선 다음 다시 판자를 휘두른다. 이번에는 판자를 옆으로 돌려서 잡았다. 판자가 올리의 귀를 후려친다. 그가 마치 더 잘 들으려는 사람처럼 왼손을 머리 측면으로 들어 올린다. 동시에 좌우로 비틀거린다. 그의 다리는 그를 지탱하지 못하고 좌우로 뻗어나가며 균형을 잡으려 애를 쓴다.

이제 내 차례다.

나는 장작을 쌓아두는 헛간의 문을 열고, 돌아서서 올리의 셔츠 깃을 움켜잡는다. 그가 나를 더 잘 붙잡을 수 있게 손의 위치를 조정하기 전에, 거의 춤을 추듯이 그를 움켜잡고 내 몸과 함께 비튼다. 몇 번의 피루엣발레에서 한 발로 서서 빠르게 도는 춤동작 끝에 우리는 헛간 안으로 들어간다. 나는 움켜잡은 손의 힘을 빼고 그를 콘크리트 바닥으로 쓰러뜨린 후 주위를 둘러본다.

빛이라고는 홀로 서 있는 가로등에서 나오는 옅은 노란색 빛과 열린 현관문을 통해 나오는 희미한 빛줄기뿐이다. 통나무와 이런

저런 목재 외에는 아무것도 볼 수 없다. 도끼나 다른 도구는 보이지 않는다. 나는 쓰러진 올리를 바닥에 남겨두고 밖으로 나가 문을 닫는다. 그리고 잠시 문을 어떻게 잠가야 할지 고민한다.

집 안 복도 탁자 위의 신상 위스키 통에서 나는 사륜오토바이의 열쇠를 찾는다. 오토바이 시동을 걸어 창고 앞으로 끌어 온다. 조심스럽게 문 앞으로 움직여 가다가 마지막에 벌컥 밀어 문을 막는다. 이제 엔진을 끈다. 올리는 그대로 있으면 된다.

비가 웅얼거리며 계속 내리고 나는 흠뻑 젖었다. 사륜오토바이 손잡이에서 손을 떼자, 마치 내 의식도 놓아버리는 듯한 느낌이 든다. 휴대전화가 어디에 있는지 궁금하다. 아마도 차 안에 그대로 있을 것이다. 누군가에게 전화를 걸어 올리를 데려가게끔 해야만 한다. 경찰에게, 티카넨에게.

내가 걸고 있다는 건 알겠지만, 그것을 느낄 수가 없다. 나는 비와 하나이고 땅속으로 흘러들어 가며 내 형체를 하나씩 잃어가는 중이다. 나는 내가 죽어간다고, 정말 죽어가고 있다고 생각한다. 느낌이 딱 그렇다. 내가 차 문을 만지는 것도 전혀 느낄 수가 없다. 내가 차 안에 앉았는지, 여전히 차 밖에 서 있는지조차도 알지 못한다. 차를 출발시켰는지, 아니면 그냥 거기 앉아만 있는지도 모르겠다. 내 손가락이 꽉 움켜쥔 채 돌리고 있는 이것이 정말 핸들일까, 아니면 완전히 다른 무엇일까? 눈꺼풀이 처지고 무겁다. 나는 더이상 불완전한 원형의 거리, 이소임피라카투에 있지 않다. 더는 하미나에 있지도 않다. 나는 표류하고 자유로우며, 또 모든 것에 연결되어 있다. 무중력 상태이면서 동시에 이곳저곳에 단단히 묶여 있다. 나는 날고 떠다니고 활강하고 휴식한다.

## [ 3부 ]
## 잘 가요, 독한 사람들

## ‖ 1 ‖

누군가가 조심스럽게 관 뚜껑을 들어 올린다. 나는 살아 있다. 내가 편안하게 죽는 때, 내가 온갖 노력을 다한 끝에 쉴 수 있게 되었을 때다. 이생에서는 사람들이 평화롭게 죽을 수도 없는 것 같다. 누군가는 그것에 대해서도 할 말이 있을 것이다. 어쩌면 우주의 영원한 법칙 중 하나는 우리는 뭐든 제대로 하는 일이 없으며, 항상 다른 사람이 우리가 무엇을 어떻게 해야 하는지 더 잘 알고 있다는 사실이다. 그리고 거기에는 죽음도 포함된다.

눈꺼풀 뒤에서 빛이 소용돌이친다. 나는 눈을 뜨기 전에 이미 깨어 있다. 무언가를 보기 위해 나는 잠시 눈을 깜빡여야 한다. 처음 내 눈에 보이는 것은 반짝이는 빛, 번쩍이는 세상이다. 모양이 천천히 형성되기 시작한다. 커다란 떡갈나무, 밝은 갈색 울타리, 좁은 길, 밝은 노란색 목조 주택.

나는 몇 번 숨을 크게 들이마신다. 침을 삼킬 수가 없다. 입이 너무 말라서 거의 느낄 수도 없을 지경이다. 목이 너무 아프다. 입고 있는 양복은 진흙과 빗속에서 뒹굴던 동안에도 내내 입고 있던 것처럼 보인다. 내가 기억할 수 있는 최악의 숙취에 백을 곱하면 지금 상태가 될 것 같다. 왼손은 핸들의 구멍으로 들어가 꺾인 채로 반대편에 매달려 있다. 감각도 느껴지지 않는다. 오른손은 무릎 위에 얹혀 있다. 자동차 키는 이미 점화 스위치에 꽂혀 있는 것 같다. 내가 지금 여기서 무엇을 하고 있는지 전혀 이해를 못 하겠다. 어떤 이유에서인지 내 머릿속에 가장 먼저 떠오른 생각은 사륜오토바이다. 나는 사륜오토바이는 한 번도 몰아본 적이 없는데? 그제야 나는 그 외의 모든 것과 내가 무엇을 하려고 이곳에 왔었는지 기억한다.

내 휴대전화는 좌석 사이의 플라스틱 통에 들어 있다. 나는 그것을 집어 들어 바라본다. 손이 굉장히 빨리 움직인다. 나는 거의 실신할 것 같다. 창문을 열려고 하는데 왼손이 움직이지 않는다. 나는 오른손을 사용한다. 신선한 공기가 마치 물과 같아서 나는 꿀꺽이며 마셔댄다.

시간과 빛의 양으로 보아 아침이 틀림없다. 산니가 내게 여섯 번이나 전화를 걸어왔었다. 나는 전화벨 소리를 듣지 못했다.

잠들었었다. 또는 의식이 없었는지도 모른다. 그녀는 내게 문자메시지도 세 개나 보냈다. 마지막 문자는 불과 몇 분 전에 온 것이다.

첫 번째 문자: 야코, 계획이 뭐예요? 이하마아로 가는 중. 아스코와 츠케하라는 오랜 친구가 분명함. 둘이 뭔가를 꾸미고 있음. 모든 일본인이 우리와 함께 있음. 무슨 일이 일어나고 있는 게 분명함.

두 번째 문자: 야코, 느낌이 좋지 않아요. 아스코가 나를 빤히 노려보고 있어요. 츠케하라는 일본어로 열변을 토하는 중. 대체 무슨 일인지 모르겠어요. 이상한 상황.

세 번째 문자: 아스코가 와요.


\*


나는 노점상에서 2.5리터짜리 코카콜라 병을 집어 들고, 그중 하나를 선 자리에서 마셔버린다. 많은 양이 내 턱과 셔츠 앞섶과 내가 이미 여러 번 느슨하게 당겨놓은 넥타이 위로 쏟아진다. 얼음처럼 차갑고 단 음료가 이토록 맛있게 느껴진 적은 처음이다. 이제 나는 사람들이 갈증을 해소한다고 말하는 게 정확히 무슨 의미인지 안다. 내 입은 텅 빈 오븐처럼 바싹 말라 있었지만, 이제는 깨어 있다. 처음에 내 목구멍은 거의 구역질을 할 듯이 들이마신 액체를 다시 뱉어 내려 애를 쓰지만, 결국에는 다시 살아난다.

비는 멈추었고 하늘은 어둡고 무겁다. 나는 할 수 있는 한 빠르게 운전을 하고, 그동안 내내 콜라를 마신다. 가속페달을 더 세게 밟자 렉서스가 반응한다. 앞으로 길고 곧게 뻗어 있는 텅 빈 도로 위에서 내 속도는 거의 시속 200킬로미터에 달한다. 나는 산니와 통화를 하려 애쓰지만 그녀는 전화를 받지 않는다. 나는 방향을 확인한다. 구글은 목적지까지 18분이 걸린다고 말한다.

긴 시간이다. 내가 산니를 어떤 일에 휘말리게 했는지 생각하고, 동시에 생각하지 않으려 애를 쓴다. 아스코의 심복들이 내게 저질렀던 그런 짓들을 언제든 거리낌 없이 저지를 준비가 되어 있었다면, 그들의 두목은 대체 무슨 짓까지 저지를 수 있을까? 만약 산니가 방금 한 일 때문에, 그러니까 무슨 일이 일어나고 있는지 내게 알려준 것 때문에, 아스코가 그녀를 노려보고 있었던 거라면 어쩌지? 아스코가 산니에게 무슨 짓을 할까? 타이나가 위장 속에서 역류시킨 수프로 흠뻑 적셔놓았던 그의 일본인 지인 츠케하라의 마음에서는 무슨 일이 벌어지고 있는 걸까? 아스코가 이미 토미와 검의 운명에 관해 들은 것일까? 만약 그 사실을 전해 들었다면, 그가 어떤 행동을 보일까? 만약 자신들의 계획이 갑자기 위협받게 된다면, 아스코와 츠케하라는 어떻게 반응할까?

그들의 계획은 무엇일까?

나는 산니에 대해 생각하는 것을 멈출 수가 없다. 그녀의 목소리, 그녀의 새로운 열정, 그녀의 아름다운 거실, 그녀가 나를 놀리는 방식. 그녀를 그만 생각해야 한다고 생각할 때도 나는 그녀를 생각한다. 특히 그런 순간에는 더욱더.

나는 나머지 여정을 11분 만에 주파한다. 이하마아는 단지 지명

일 뿐이다. 마을도 아니고 주택이 밀집한 지역도 아니다. 지도에서 이하마아가 있다고 표시된 지점에는 길 끝에 타원형 공터만이 있을 뿐이다. 공터 오른쪽에 두 대의 차량이 주차되어 있다. 그중 하나가 미니버스다. 나는 렉서스를 미니버스 뒤로 바짝 붙여 세우고 차에서 내려 주위를 둘러본다.

처음에는 상황이 절망적으로 보인다. 나는 산니가 마지막 메시지를 보낸 지 몇 분이나 되었는지 계산하기 시작한다. 일행이 출발하기 전에 채비를 갖추고 짐을 챙기는 데 적어도 5분은 걸렸을 것이다. 그리고 오른쪽 길은 들판과 도랑을 가로질러 숲의 맞은편으로 가는 코스라 너무 멀다. 그러니 그 길은 배제한다. 그들이 그 길을 택했다면, 내가 그들의 모습을 볼 수 있었을 것이다. 나는 길을 가로질러 왼쪽 숲속으로 뛰어든다.

숲은 넓지만 조용하기도 하다. 누군가 평소보다 아주 약간만 더 큰 소리로 말해도 내 귀에 소리가 들릴 것이다. 만약 사람들이 이동 중이라면, 발밑으로 잔가지를 밟아 부러트리고 나뭇가지에 얼굴을 맞아 누군가 비명을 지른다면, 역시 내가 들을 수 있을 것이다. 때때로 일행을 다시 불러 모으기 위해 고함을 질러대는 소리도 들릴 것이다. 나는 한동안 터벅이며 앞으로 걸어가다가 멈춰서 소리를 듣는다. 아무 소리도 들리지 않는다. 더 걸어간다. 멈춘다. 듣는다. 걷는다. 멈춘다. 걷는다. 멈춘……

누군가 외국어로 말하는 소리다. 순간 나는 막 개간지로 나서려던 찰나였기에, 곧장 바닥으로 납작 엎드려 숨는다. 츠케하라가 하는 말을 알아듣지는 못하겠지만, 대략 진지하게 사업 얘기를 하는 듯하다.

나는 조심스럽게 고개를 든다. 앞의 땅은 비교적 큰 개간지로 직사각형이다. 좀 더 자세히 살펴보니 장방형의 작은 공간으로 나뉘어 있다. 좁은 통로가 각 공간 사이사이로 나 있고, 일행은 그 통로 중 하나에 모여 내게 등을 보인 채 한 줄로 서 있다. 아스코와 츠케하라만이 내 쪽을 향하고 있다. 산니는 나머지 일행과 약간 떨어져서 서 있다. 그녀는 츠케하라를 보고 있지 않다. 그녀의 눈은 앞에 있는 땅에 집중해 있는 듯하다. 아스코는 산니를 빤히 바라보는 것 같은데, 조용히 위협하는 듯이 보인다. 나는 아침 햇살 속에서 무언가 반짝이는 것을 본다. 아스코가 왼손으로 잡고 있는 길고 반짝이는 도구가 그의 허벅지에 매달려 있다.

이제 아스코가 말할 차례다. 그는 나보다 영어를 잘한다. 츠케하라가 그의 말을 일본어로 번역한다.

이제야 나는 이게 다 무슨 상황인지, 아스코가 왜 그렇게 자신의 성공을 확신했었는지 이해하기 시작한다.

계획은 기발하다. 그들은 바로 이곳, 이 숲에서 자라는 자연산 유기농 송이버섯을 전례 없이 낮은 가격에 전례 없이 많은 양을 제공하겠다고 제안한다. 하지만 위의 제안은 어느 것 하나 사실이 아니다. 그들의 송이버섯은 숲속에서 자라는 게 아니라, 이 개간지에서 자라는 것이다. 그리고 자연산도 유기농도 아니다. 화학비료를 사용해서 키우기 때문이다.

이건 사기지만, 아스코는 그 사실을 소리 내어 말하지 않는다. 하지만 나는 큰 목소리로 말할 것이다. 이것은 모욕이고, 심지어 내 게는 상처다. 또한 이것은 이 영예로운 직업 전체를 깎아내리는 짓 이며, 사람들과 원칙을 기만하는 짓이다.

나는 앞으로 몸을 구부리고 공터로, 일행들을 향해 곧장 돌진한 다. 사람들이 나를 보고 돌아선다.

솔직히 말해서 내가 뭘 하고 있는지 잘 모르겠다. 하지만 그게 삶의 본질, 즉 삶의 이야기가 주는 교훈 아니던가? 아무리 잘해봐 야 인생은 단순한 실천에 지나지 않는다. 어둠 속에서 더듬어가는 실천. 하지만 내 의도는 선의에서 나온다. 이제 내 주요 목표는 산 니를 보호하는 것이다. 단검이든 단도든 간에(나는 아스코가 들고 있 는 게 이 둘 중 하나라고 생각한다. 기다란 검처럼 보이지는 않기 때문이다), 아스코의 칼이 산니를 어떤 식으로든 위험에 빠트리는 걸 두고 볼 수 없다. 절대로 안 된다. 나는 목청껏 소리 지르면서 아스코를 향 해 돌진한다.

# ‖ 2 ‖

흔히들 내일 죽을 것처럼 살아야 한다고 말한다. 나는 '내일'이 아니라 당장 죽을 것처럼 이 순간을 살고 있다. 두려워할 건 아무것도 없다.

인생은 항상 새롭다. 내 밑에서 나뭇가지가 부러지고, 내 발이 쿵쿵거리며 땅을 밟고, 숲이 심하게 흔들리는 것 같고, 내 목구멍에서 터져 나오는 원시적인 포효가 무엇보다도 나를 두렵게 하는 이 순간, 삶은 매 순간이 모험이다. 내 배 속에 들어 있는 북미산 설탕 용액 3리터, 찰흙과 진흙이 범벅된 채로 내 몸을 감싸고 있는 뻣뻣한 양복 그리고 물에 흠뻑 젖어 꽉 끼는 인조 가죽 구두는 확실히 그러한 공격에 최적의 무기라고는 할 수 없다. 하지만 그렇다고 돌진을 멈출 수는 없다.

나는 일행의 표정을 통해 이것이 그들이 기대하던 바와는 아주 다른 상황이라는 사실을 짐작한다. 츠케하라는 몹시도 화가 난 표정이다. 하지만 가까스로 분노를 폭발시키지 않고 참는 사람처럼 보인다. 카쿠타마는 놀랄 만큼 차분하다. 내가 앞으로 돌진하는 걸 바라보면서 거의 만족스러운 기색을 보인다. 다른 사람들은 각기 다른 정도의 충격을 받고 다양한 수준으로 당황함을 드러낸다. 그들의 입술은 나에게 질문하고 싶어서 바르르 떨리기까지 한다. 산니는 내가 예상했던 대로 깜짝 놀란 표정이다. 그 모습은 나를 설레게 한다. 내가 틀리지 않았던 것이다.

아스코는 내가 처음 보는 모습으로 변해 있다. 만약 그가 사냥꾼으로 변했다고 말한다면, 그건 그를 얕잡아 보는 표현이 될 것이다. 이제 그는 포식자다. 살인자다.

아스코는 줄지어 늘어선 구경꾼을 헤치고 나를 향해 달려오면서 손에 쥔 칼을 들어 올린다. 그의 손이 위로 올라가는 동안 어떻게 칼날이 점점 길어질 수 있는지 나는 전혀 알 수가 없다. 하지만 그 때 칼자루가 옆으로 휙 소리를 내며 날아가는 것을 본다. 이것은 평범한 버섯 수확용 칼이 아니다. 나는 바닥으로 낮게 웅크려서 크고 무거운 소나무 가지 하나를 집어 든다.

갑자기 나는 일주일 동안 발휘했던 민첩함을 몽땅 합친 것보다 훨씬 더 빠르게 움직인다. 아마도 그것은 설탕, 카페인, 아드레날린, 사랑, 분노 그리고 이 훌륭한 버섯 사업을 지키려고 분투하는 동안 내가 느끼는 심오하고 성스러운 울분이 다 합쳐진 덕일지도 모르겠다.

우리는 중세 마상시합에서 맞붙은 두 명의 기사처럼 서로를 향해 접근한다. 아스코는 모든 자제력을 잃은 게 분명하다. 그는 자신의 분노가 거침없이 분출되도록 내버려 둔다. 나는 손가락을 움직여서 소나무 가지를 양손으로 있는 힘을 다해 단단히 움켜잡는다.

아스코는 마치 쿵후 영화에 등장하는 배우처럼 다가온다. 그의 모습은 아주 작은 움직임까지 모든 동작을 슬로 모션으로 끊어 보여주는 영화의 한 장면 같다. 나는 그의 분노한 얼굴, 공중으로 솟아오르는 칼날, 그 칼날의 반짝임, 바늘처럼 가느다란 칼끝을 본다. 그게 날 친다면 난 보나 마나 풍선처럼 뚫리고 사과처럼 얇게 저며질 것이다. 아스코가 돌진한다. 나도 곧장 달려 나간다.

영화에서처럼 우리 둘 다 공중에 있다.

아스코의 칼은 햇빛이 닿을 때마다 반짝거린다. 강철이 거울처럼 광채를 반사하며 번득인다. 나는 나뭇가지를 움켜쥐고 앞으로 찌른다. 숲은 고요하고, 개간지는 조용한 방과도 같다. 아스코 뒤에 있는 사람들은 마치 그 자리에 세워진 동상처럼 얼어붙어 있다. 아스코가 인상을 쓰며 이를 드러낸다. 내 쪽에서 보면, 칼날 뒤로 보이는 그의 치아가 마치 상어의 이빨 같다. 그는 무슨 말을 외치려 했는지도 모르지만, 목적을 달성하지 못한다.

소나무 가지가 아스코의 칼보다 길다. 그 단순한 사실이 모든 것을 해결한다. 내 소나무 가지가 아스코의 사타구니를 상당한 힘으로 때린다. 아스코는 공중에서 반으로 몸을 접는다. 칼은 그의 손에서 날아가 마치 혜성처럼 내 얼굴을 지나쳐간다.

나뭇가지 길이만큼 결정적이었던 것은 내가 그것을 휘두른 방식이다. 난 내 안에 남은 모든 힘을 쏟아부어 휘둘렀다. 아스코가 토해내는 비명은 벼락에 맞은 남자와 가장 극심한 고통에 빠진 남자가 낼 수 있는 소리를 합쳐놓은 것이다.

우리는 바닥으로 쓰러진다. 아스코는 태아의 자세로 몸을 말고 양손을 컵 모양으로 만들어 자신의 가장 귀한 보물을 보호한다. 물론 이것은 단순한 몸짓이자 본능적인 움직임에 지나지 않아서, 그런다고 고통이 사라지지는 않는다. 그는 여전히 소음을 내고 있지만, 이제는 소리의 성격이 바뀌었다. 처음에는 고통의 울부짖음이었던 것이, 내가 그를 향해 기어가서 몸 위로 타고 올라 내 몸무게를 그의 몸 전체에 싣자 점차 울먹이는 신음으로 잦아든다. 그는 누구에게도 더는 위협이 되지 않는다. 나는 이제 승리의 미소를 지으면서 사람들, 특히 산니를 마주하기 위해 돌아설 참이다. 하지만 갑자기 내 계획이 바뀐다.

어떤 면에서 츠케하라의 분노는 이해할 만하다. 그는 장장 8000킬로미터를 여행해 왔다. 그리고 자신의 사업 동료인 아스코와 새로운 종류의 버섯 수입 계약을 체결하자고 동료들을 설득할 계획이었다. 그와 아스코가 오래 알고 지낸 사이라는 점에는 의심의 여지가 없다. 그런데 성공과 존경은커녕 토사물을 뒤집어썼고, 계획은 수포로 돌아갔으며, 그의 공모자는 거의 의식을 잃고 쓰러져버렸다. 그보다 덜한 일에도 사람은 얼마든지 분노할 수 있다.

츠케하라의 다리는 날렵하고, 손은 작은 새의 날개와도 같다. 그가 나와 아스코를 지나쳐 바닥에 떨어진 칼을 집어 들더니 공격 자세로 달려든다. 눈은 분노로 가득 차서 거의 질끈 감겨 있고, 무슨 말인가 고함을 지르는 그의 모습은 마치 흐느끼는 것처럼 보인다. 나는 소나무 가지로 채 팔을 뻗을 시간이 없다. 그게 어디 있는지도 모르겠다. 츠케하라가 내 위로 떠올라 칼을 내 두개골에 막 찔러 넣으려는 찰나, 숲이 흔들린다. 탕! 마치 몇 그루의 나무가 동시에 쓰러지는 듯한 소리다.

츠케하라가 그 자리에 얼어붙었다가 무너지는 집처럼 옆으로 스르르 쓰러진다. 그의 손은 자신의 오른쪽 허벅지를 꽉 쥐고 있다. 바지를 통해 진한 붉은색 얼룩이 번져나간다. 아스코와 츠케하라 둘 다 신음한다. 그르렁거리고 툴툴거리는 화음은 꽤나 깊고 연속적이다.

그때 티카넨 형사가 개간지를 가로질러 우리 쪽으로 걸어온다. 그의 손에 총이 들려 있다.

# ‖ 3 ‖

산니의 손은 따뜻하고 섬세하다. 그녀의 손은 내 손을 잠시 붙잡고 있다가 힘을 푼다. 그녀는 다시 잠들려고 한다. 비행기 창밖으로 보이는 풍경은 마치 만화 속 장면 같다. 해가 떠오르고 구름은 새하얗다. 하늘은 흠잡을 데 없는 파란색이다. 나는 만족스럽다. 배에 힘을 줘 집어넣을 필요도 느끼지 못한다. 그래 봐야 아무 의미 없을 것이다. 그녀는 셔츠를 입지 않은 나를 보았다. 바지를 입지 않은 나도 보았다. 그녀는 내가 어떻게 생겼는지 안다. 내가 누구이고 어떤 사람인지 안다. 나는 기회가 생기자마자 그녀에게 모든 것을 털어놓았다.

우선 타이나에게 이혼을 원한다고 말해야 했다. 타이나는 여전히 병원에 있지만, 회복세는 무척이나 순조롭다. 우리의 대화는 오래 이어지지 않았다. 나는 뭔가 긍정적인 말을 해야겠다는 생각이 들어 지금까지 나에게 만들어주었던 음식들에 대한 고마움을 전했다. 내가 그동안 얼마나 잘 먹었는지 결코 잊지 못할 것이라고 말했다. 그 추억이 이제는 뚜렷하게 시큼한 뒷맛과 함께 떠오르지만, 그조차도 그 모든 미식의 즐거움과 함께 상당 부분 희미해져 버렸다는 사실은 말하지 않았다.

*이제 다 끝난 것 같아.*

나의 말에 타이나는 고개를 끄덕였다. 그녀는 자신과 페트리가 함께 헬싱키로 이사하지는 않을 것이라는 말을 덧붙였다. 페트리가 하미나에 머물고 싶어 하는 게 분명하다. 타이나가 직접 이유를 말하지는 않았다. 사실 페트리는 그 사건 이후로 타이나와 얘기를 나누지 않고 있기 때문이다. 타이나는 그들이 너무 많은 일을 너무 일찍 함께 겪어야 했기 때문이라고 추측한다. 어느 정도는 나도 그 말에 동의한다.

아스코는 이번 일이 끝난 후에 공식적으로 어떤 혐의도 받지 않았다. 그러나 수십 년 전의 살인 사건이 다시 수면 위로 떠올랐기 때문에 이제는 마을을 예전처럼 돌아다니지는 못한다. 게다가 그는 버섯 업계에서 영원히 환영받지 못하는 사람이 되었다. 속임수를 써서 사업을 하려 했기 때문이다. 사람들은 그런 잘못은 절대로 잊지 않는다. 이 업계에서 그런 행동은 살인과도 같다. 공소시효가 없다는 말이다.

올리는 결국 숲에서 발견되었다. 티카넨이 그를 잡아 왔다. 올리는 체포에 저항하지 않았다. 그는 다시 결혼한다. 이번 신부는 하미나 여성 교도소에서 아주 잘 지내고 있다.

라이모는 자신이 노로바이러스에 감염된 아내를 데리러 간 동안, 사우나에서 정확히 무슨 일이 일어났었는지 나에게 조심스럽게 물어왔다. 그는 국자를 다루는 내 솜씨에 뭔가 문제가 있다는 의심이 든다고 말했다. 벽에 구멍을 뚫고 마루판을 꺾어놓으려면 상당히 격렬하게 국자를 던져야 하기 때문이다. 나는 그에게 내가 미끄러졌다고 했다. 사우나 뒤에 숨겨진 것에 대해서는 한마디도 하지 않았다. 매년 이맘때면 풀은 빠르게 자란다.

그날 일어났던 사소한 사건에 관해서라면, 사미는 여전히 실종 중이다. 심문 중에 내가 사미는 종종 자기 감정의 희생자처럼 굴었고 툭하면 버럭 성질을 내곤 했다고 말했을 때, 티카넨은 나를 오랫동안 빤히 바라봤다.

수비는 이제 시간제 직원이 아니다. 우리 회사의 재무 관리자다. 나는 그녀의 과거에 대해 들은 이후로 다시 그 일은 화제에 올린 적이 없다.

그리고 내 목숨을 구한 티카넨에게 나는 수도 없이 고마움을 전했다. 그럴 때마다 티카넨은 내가 빠른 판단으로 두 사람의 생명을 구했다는 사실을 상기시켜주었다. 그건 사실이다. 하지만 여전히 나는 내 목숨은 구할 수 없었다.

글쎄, 아직 시간이 있을지도 모른다.

어쩌면 우린 죽은 뒤에도 계속 살아가는 것일지도 모른다. 숨결이나 생각, 혹은 다른 무엇, 그 밖의 어떤 것이든 남기고 떠날 수 있기 때문이다.

우리의 버섯 사업은 그 어느 때보다도 번창하고 있다. 카쿠타마는 특히 내가 나의 사업을 위해, 우리의 업무 협약을 지키기 위해서 무엇이든 희생할 각오를 하고 있다는 사실에 감명을 받았다. 그는 오직 소나무 가지 하나로 무장한 채 30센티미터의 회칼을 휘두르는 노련한 칼잡이에게 맞서는 내 모습에 존경심이 들었다고 말했다. 그는 나에게 그때 당시 칼이 얼마나 길었는지, 또 얼마나 날카로웠는지 설명했다. 나는 기절하지 않고 그의 말을 끝까지 들은 나 자신을 여러 번 칭찬해주었다.

산니가 나를 다시 살아나게 했다. 여러모로. 나는 그녀를 내 품에 안고 싶고, 그녀에게 모든 걸 감사하고 싶다. 나는 그녀에게 내 몸의 모든 세포와 모든 힘을 다해 사랑한다고 말하고 싶다. 물론 나는 절대 회복되지 않을 테고, 곧 죽을 것이다. 하지만 그것은 우리 모두에게 해당하는 일이다. 심지어 우리가 영원히 살리라고 상상했던 그런 사람들에게도.

산니가 눈을 뜬다. 그녀가 미소 지으며 내 눈을 바라본다.

"뭐라고 했어요?"

나는 고개를 저으며 그녀의 머리에 부드럽게 키스한다. 그녀는 곧 다시 잠이 든다.

화면에는 이 비행기가 세 시간 후에 도쿄에 도착하리라는 안내가 떠 있다. 우리가 떠오르는 해를 향해 날아가는 동안 창밖으로 파란 하늘이 보인다.

옮긴이 전행선

연세대학교 영문학과를 졸업하고 2007년 초반까지 영상 번역가로 활동하며 케이블 TV 디스커버리 채널과 디즈니 채널, 그 외 요리 채널 및 여행 전문 채널 등에서 240여 편의 영상물을 번역했다. 그 후 바른번역 아카데미를 수료하고, 현재 바른번역 회원으로 활동하는 출판 전문 번역가이다. 옮긴 책으로는 『고양이 사진 좀 부탁해요』, 『와인의 세계』, 『이웃집 소녀』, 『템플기사단의 검』, 『살인을 부르는 수학 공식』, 『무조건 행복할 것』, 『지하에 부는 서늘한 바람』, 『3~7세 아이를 위한 사회성 발달 보고서』, 『허풍선이의 죽음』, 『마지막 별』, 『아도니스의 죽음』, 『미라클라이프』, 『예쁜 여자들』, 『전쟁 마술사』 등이 있다.

# 사장님, 아무거나 먹지 마세요

**초판 1쇄 발행** 2021년 6월 28일
**초판 2쇄 발행** 2021년 8월 18일

**지은이** 안티 투오마이넨
**펴낸이** 김선준

**책임편집** 이주영
**편집1팀장** 마수미
**디자인** 김세민
**마케팅** 조아란, 신동빈, 이은정, 유채원, 유준상
**경영지원** 송현주

**펴낸곳** (주)콘텐츠그룹 포레스트 **출판등록** 2021년 4월 16일 제2021-000079호
**주소** 서울시 영등포구 국제금융로2길 37 에스트레뉴 1304호
**전화** 02) 332-5855 **팩스** 02) 332-5856
**홈페이지** www.forestbooks.co.kr **이메일** forest@forestbooks.co.kr
**종이** (주)월드페이퍼 **출력·인쇄·후가공·제본** 더블비

ISBN 979-11-91347-29-6 (03850)